LAURA LABAS

trust me more

Roman

W0408702

everlove by PIPER

Mehr über unsere Autorinnen, Autoren und Bücher:
www.everlove-verlag.de

Wenn dir dieser Roman gefallen hat, schreib uns unter Nennung des Titels »Trust Me More« an *empfehlungen@piper.de*, und wir empfehlen dir gerne vergleichbare Bücher.

Von Laura Labas liegen im Piper Verlag vor:
Lady of the Wicked (Serie)
Emerald Witches (Serie)
Bronwick Hall (Serie)
Night of Shadows and Flames (Serie)
Tale of a Huntress (Serie)
Trust Me More
Resist Me Less

»Trust Me More« enthält Themen, die belasten können. Deshalb findest du am Ende dieses Buchs auf Seite 447 eine Inhaltswarnung. Achtung: Diese enthält Spoiler für das gesamte Buch.

Inhalte fremder Webseiten, auf die in diesem Buch (etwa durch Links) hingewiesen wird, macht sich der Verlag nicht zu eigen. Eine Haftung dafür übernimmt der Verlag nicht. Wir behalten uns eine Nutzung des Werks für Text und Data Mining im Sinne von § 44b UrhG vor.

ISBN 978-3-492-06691-4
© everlove, ein Imprint der Piper Verlag GmbH,
Georgenstraße 4, 80799 München 2025, *www.piper.de*
Für einen direkten Kontakt und Fragen zum Produkt
wenden Sie sich bitte an: *info@piper.de*
Redaktion: Wiebke Bach
Page Overlay: Carina Vellichor
Satz: psb, Berlin
Gesetzt aus der Dolly Pro
Druck und Bindung: GGP Media GmbH, Pößneck
Printed in Germany

Für Nonna

Prolog

Dante

Mein altes Leben streifte ich unfreiwillig an einem scheinbar gewöhnlichen Abend in New York ab. Der Sonnenuntergang war ein beeindruckendes Farbenspiel an diesem frühlingshaften Tag. Ein orangefarbenes Glühen am Ende der Second Avenue, die von Wolkenkratzern gesäumt wurde, als wären sie die Säulen, die den Weg in den Himmel wiesen. Ich stand auf dem Gehweg und wartete darauf, dass Mom aus der schwarzen Limousine stieg. Kurzzeitig hatte ich mich in dem Anblick verloren. Das war ein Zeichen dafür, wie chaotisch mein Leben zurzeit war. Normalerweise drifteten meine Gedanken nicht so leicht ab.

»Hast du Troy noch eine Lebensweisheit reingedrückt?«, zog ich Mom voller Zuneigung auf. Sie war unter unseren Freunden dafür bekannt, jedem einen gut gemeinten Ratschlag mit auf den Weg zu geben.

Sie schnalzte mit der Zunge und schlug mir spielerisch auf den Unterarm, bevor sie ihren braunen Mantel zurechtzupfte. Es war noch recht frisch, und keiner von uns wollte sich erkälten.

Besonders nicht, nachdem die letzten zwei Wochen bereits an unseren Nerven gezerrt hatten.

»Ich habe ihm ein anständiges Trinkgeld gegeben. Er hat es gerade auch nicht leicht.« Sie sprach es nicht aus und machte mir keine Vorwürfe, aber wir wussten beide, dass die Schuld bei mir lag.

Die ganze beschissene Situation war auf meinen Mist gewachsen, und ich konnte nichts anderes tun, als zuzusehen, wie mein Business den Bach runterging. Einzig, weil ich die falsche Frau gedatet hatte.

»Fuck«, entfloh es mir. Mit einer Hand fuhr ich mir durchs Haar, das sich ohnehin jedweder Frisur widersetzte.

»Dante Marinotti, wenn ich noch einmal ein solches Wort aus deinem Mund höre, folgen Konsequenzen!« Sie sah mich mit ihren großen graublauen Augen an, die sie meinem jüngeren Bruder Isaac vererbt hatte. Drum herum hatten sich kleine Fältchen gebildet, doch der Rest ihres ovalen weißen Gesichts war makellos.

Man sah ihr die fünfundfünfzig Jahre keineswegs an.

Ich hatte sie nie gefragt, aber ich war mir fast sicher, dass sie – so wie Dad – hin und wieder auf Botox zurückgriff. Der gesellschaftliche Druck der High Society machte auch vor meinen Eltern nicht halt. Attraktivität öffnete Türen, wenn Geld nicht ausreichte.

Manchmal kam mir der Gedanke, dass auch das meine Schuld war. Als mich meine Eltern adoptiert hatten, waren sie Arbeitnehmer gewesen, gehörten zum Mittelstand. Durch meine Idee und mein Business, bei dem ich Fitnessgeräte entwickelte und verbesserte, wurden wir direkt in den Kreis der Neureichen katapultiert. Geldsorgen wurden letztlich von Sorgen ums Ansehen ersetzt. Auch wenn sich Mom und Dad charakterlich nicht verändert hatten, für sie waren Isaac und ich immer noch das Wichtigste in ihrem Leben. So wie sie für mich.

Ich würde mein Geschäft jederzeit aufgeben, wenn es etwaige Umstände verlangten. Wie auch immer diese aussehen mochten.

Oder?

Kopfschüttelnd kehrte ich in die Gegenwart zurück und legte einen Arm um Moms zierliche Schultern. Sie war einen Kopf kleiner als ich, was sie mir nie ganz verziehen hatte. Da sie mit ihren ein Meter siebenundsiebzig bereits groß war, hatte sie gehofft, zumindest einen ihrer Söhne überragen zu können.

»Deine Konsequenzen haben mittlerweile an Wirkung verloren, Mom. Ich bin fünfundzwanzig«, erinnerte ich sie lachend.

Gemeinsam setzten wir uns in Bewegung. Das Apartment meiner Eltern befand sich nur fünf Gehminuten von hier. Normalerweise brachte uns Troy, ihr Fahrer, direkt bis vor die überdachte Eingangstür, doch wir hatten den anstrengenden Bürotag mit einem Spaziergang entlang der geschäftigen Second Avenue ausklingen lassen wollen.

»Das bedeutet nicht, dass ich dich nicht zurechtweisen kann. Nicht mal, wenn du so alt bist wie ich jetzt«, erwiderte sie stur über den Verkehrslärm hinweg. Wir lebten schon so lange in Manhattan, dass ich diesen kaum noch wahrnahm. »Wie geht es dir denn, mein Schatz? Es kann nicht einfach sein, Interview für Interview auszuschlagen und die Wahrheit für dich zu behalten.«

Meine Familie unterstützte mich darin, keinen Kommentar abzugeben, auch wenn sie anfangs dagegen argumentiert hatte. Sie wollte nicht, dass ich von allen für den Bösewicht gehalten wurde, den die Presse aus mir machte.

Und Ava.

Allein dadurch, dass sie schwieg. So wie ich. Im Gegensatz

zu mir hatte sie aber die Macht, etwas zu ändern. Die Wahrheit zu offenbaren.

»Ich weiß es nicht«, antwortete ich ehrlich und drückte sie enger an mich. Wenn ich auch noch Mom und Dad oder Isaac verlor, würde es mich komplett kaputt machen. »Ich hoffe, das interne Gespräch hat heute geholfen, aber …«

»Es wird immer ein paar geben, die zweifeln«, sprach sie wie so oft meine Gedanken aus, die ich selbst nicht formulieren konnte.

»Jesus, warum ist das alles so eskaliert?« Das war eine rein rhetorische Frage. Natürlich wussten wir, wie das passiert war.

»Du konntest nicht ahnen, dass Ava so unehrlich ist.«

»So unehrlich, mich zu betrügen, oder so unehrlich, jetzt darüber zu schweigen?«

Es tat weh, dabei zusehen zu müssen, wie mein Geschäft unter dem Druck der Öffentlichkeit litt. Mein Geschäft, das ich mit Schweiß und Blut aus dem Nichts errichtet hatte.

Jetzt übten die Gesellschafter bereits Druck auf mich aus, vorübergehend zurückzutreten. Bisher hatte ich mich ihnen noch widersetzen können, aber wie lange noch?

Ich hatte geglaubt, nach zwei Wochen würde der Terz, so vollkommen haltlos, wie er war, abebben, doch Avas Fans waren entschlossen, meinen Ruf zu ruinieren. In ihrem Namen.

»Alles hat seinen Sinn, mein Schatz. Am Ende des Tunnels gibt es immer einen Ausgang. Vertraue darauf, dass die Wahrheit ans Licht kommt«, beschwichtigte mich Mom.

»Leichter gesagt als getan, wenn unser Leben und unser Ruf auf dem Spiel stehen«, erwiderte ich grantig.

Ich hatte es so satt, zu schweigen. Gleichzeitig würde ich niemals Avas Wahrheit ausplaudern.

»Unser Ruf? Vielleicht. Doch solange wir gesund sind und einander haben, ist unser Leben vollkommen in Ordnung.«

Sie meinte jedes Wort so.

»Okay, okay. Was gibt's zu essen?«

Sie lachte wegen des abrupten Themenwechsels. Der Eingang mit dem dunkelblauen Baldachin war bereits in Sichtweite, als sich eine Gruppe Mädchen und Jungen im Teenageralter von den Schatten zwischen den geparkten Autos löste. Sie stellte sich uns entgegen. Sofort schrillten meine Alarmglocken. Niemand von ihnen lächelte. Sie empfanden keine Freude. Keinen Spaß.

Nein.

Sie waren eindeutig auf Krawall gebürstet.

Bevor ich reagieren konnte, holten sie Obst, Gemüse und Eier aus ihren Taschen hervor und begannen, uns damit zu bewerfen. Eine überreife Tomate landete auf meiner Wange und platzte.

Ohne mich um den Saft zu kümmern, der unangenehm in meinen Kragen sickerte, packte ich Moms Handgelenk. Hastig zog ich sie hinter mich. Versuchte, sie durch die Gruppe Jugendlicher hindurchzukriegen.

Dann kam der erste Blitz und daraufhin der zweite.

Entweder hatten uns Paparazzi gefunden, oder Avas Fans – denn dass sie für sie Rache übten, war mir durch ihr Gekreische und Gebrüll klar – machten Fotos von uns. Später würden sie diese auf sämtlichen Social-Media-Kanälen verbreiten.

»Lasst uns durch«, rief ich, obwohl sie nicht auf mich hören würden.

»Du Arschloch!«

»Ava hat jemand Besseres als dich verdient!«, brüllte eine andere. Aus dem Augenwinkel sah ich, wie sie ausholte.

Ich hob meinen anderen Arm, um Moms Gesicht zu schützen, doch der Gegenstand schoss darüber hinweg und traf sie direkt an der Schläfe.

Mom schrie auf.

Mein Magen krampfte sich schmerzhaft zusammen. Noch nie in meinem Leben hatte ich sie einen solchen Laut ausstoßen hören. Als ich sie ansah, konnte ich nur Blut sehen, das in dünnen Rinnsalen von ihrer Braue hinabrann.

»Mom!«, rief ich, bevor ich mich hinabbeugte und sie auf die Arme hob.

Genug ist genug.

Ich rannte los, ohne darauf zu achten, wen ich mit meinen Ellbogen traf. Sollten sie doch der Reihe nach hinfallen! Sie hatten eine Grenze überschritten.

»Mr Marinotti!«, hörte ich den Portier rufen.

Erleichterung durchflutete mich, als er und zwei Securitymitarbeiter mich erreichten und flankierten.

Die Teenager wurden zurückgedrängt, und ich konnte mit Mom auf dem Arm endlich ins rettende Gebäude.

Vorsichtig setzte ich sie im Foyer ab, in dem es immer nach frischen Blumen duftete, und führte sie auf das dunkelgrüne Brokatsofa. Ihre Beine waren so zittrig, dass sie meine Hilfe brauchte, um sich hinzusetzen.

»Lass die Augen geschlossen«, wies ich sie sanft an. Ihre zarten Schultern bebten unter meinem Arm, bevor ich mich vorsichtig löste.

Ich blickte zurück zum Eingang, an dem die Mädchen und Jungen standen und immer noch wüste Beschimpfungen ausstießen. Durch das verdunkelte Glas waren wir jedoch vor ihren Blicken geschützt.

»Kann ich etwas für Sie tun, Mr Marinotti?« Der Portier, Denton, hatte mich erreicht. Atemlos sah er zwischen Mom und mir hin und her.

»Rufen Sie bitte meinen Vater an. Er soll sofort runterkommen«, befahl ich ihm noch unter Strom stehend, während ich nach etwas suchte, mit dem ich die Blutung stillen konnte. Mein Pullover musste herhalten. Ich zog den ruinierten Mantel und meinen grauen Strickpullover aus und drückte diesen dann zusammengeknüllt auf die Platzwunde. Mit der anderen Hand an Moms Hinterkopf hielt ich sanft dagegen. Nur noch im T-Shirt dastehend, sah ich auf diese starke Frau hinunter, die meinetwegen leiden musste.

Fuck. Fuck. Fuck.

»Es ist nicht so schlimm«, nuschelte Mom an meinem Pulli vorbei. »Das war bloß der Schock. Gerade tut es kaum noch weh.«

»Es muss trotzdem genäht werden. Sobald Dad und Isaac hier sind, fahren wir ins Krankenhaus.«

»Wir können auch Doc anrufen.« Doktor Bane, oder auch Doc, war ein Freund der Familie und Arzt. Bei kleinen Wehwehchen kam er vorbei und untersuchte uns, ohne dass wir einen ganzen Tag in einer Arztpraxis verschwenden mussten.

»Auf keinen Fall. Ich will, dass du von oben bis unten durchgecheckt wirst. Nicht dass du eine Gehirnerschütterung hast oder dergleichen.«

»Dante? Was ist passiert?« Isaac und Dad kamen aus einem der drei Fahrstühle gestürmt.

Ich trat an dem niedrigen Tisch vor dem Sofa vorbei, um ihnen Platz zu machen.

Während Mom beteuerte, dass es nicht schlimm war, klärte ich die beiden mit wenigen Worten auf. Die Wut in mir ballte sich zu einer undurchdringlichen Masse zusammen, die mir das Atmen erschwerte.

Die Security hatte sich mittlerweile um die Fans gekümmert und den Eingang geräumt. Mein Selbsthass blieb. Ich hatte diese Eskalation zu verantworten. Niemand sonst.

Weil ich nichts sagen konnte. Weil ich mich immer noch an New York klammerte.

Mit plötzlicher Klarheit wusste ich, was zu tun war, weil ich schon länger mit dem Gedanken gespielt hatte. Doch bis hier und heute hatte ich mich nicht dazu überwinden können.

Dad half Mom beim Aufstehen. Zusammen steuerten sie den Fahrstuhl an, um zur Tiefgarage zu gelangen, wo unsere Autos geparkt waren.

»Kommt ihr?«, fragte er über seine Schulter hinweg. Als er meinen Blick auffing, wurde seine Miene weicher. »Es ist nicht deine Schuld, Dante.«

Ich machte ein unbestimmtes Geräusch. »Isaac? Einen Moment noch?«

»Was ist? Bist du auch verletzt?« Besorgt musterte er mich von oben bis unten. Er hatte das aschblonde Haar von Dad. Wirkte ohnehin wie sein jüngerer Zwilling. Ein halbes Jahr nachdem mich meine Eltern adoptiert hatten, war Isaac geboren worden. Er war ihr Wunder, mit dem sie nie gerechnet hatten. Der unerfüllte Kinderwunsch und der eigentliche Grund, warum ich in New York gelandet war.

»Mir geht es gut«, antwortete ich, mich eilig von diesem Teil meiner Gedanken lösend. Er brachte mich nie an einen guten Ort. »Ich brauche deine Hilfe.«

»Was soll ich tun?« So war er. Mein jüngerer Bruder, bester Freund und Geschäftspartner. Immer für mich da.

Ich wischte mir über die untere Gesichtshälfte. Fühlte noch Tomatenüberreste und ekelte mich. Vor mir selbst und vor New York.

»Ich werde zurücktreten und die Staaten vorerst verlassen.«

»Was? Das ist viel zu verfrüht! Du denkst nicht klar ...«

»Die Entscheidung ist gefallen«, widersprach ich auf eine Art, die sagte, dass es daran nichts zu rütteln gäbe. Ich konnte mich nicht mehr vor dem unabwendbaren Schicksal drücken.

»Ich will, dass du dir die Verantwortung mit Rachel und Hilary teilst. Ich werde alles veranlassen.«

»Dante …« Er schüttelte den Kopf. »Wohin wirst du gehen?«

Ich ließ meinen Blick über den blank polierten Marmorboden nach draußen wandern, wo der Sonnenuntergang längst nicht mehr zu sehen war.

»Nach Italien.« Zu meinen Wurzeln.

1

Cleo

Ich würde mich nicht an den Temperaturwechsel zwischen Klimaanlage und Außentemperatur gewöhnen. In der einen Sekunde musste ich mich in die cremefarbene Strickjacke graben, in der nächsten schwitzte ich aus sämtlichen Poren.

Feuchtigkeit prickelte unangenehm in meinem Nacken und an meinem Kinn. Hinter einem glückselig lächelnden Pärchen, das im Partnerlook den Flugsteig hinabspazierte, versuchte ich, meine Strickjacke auszuziehen, ohne dabei meinen schwarzen Chanel-Rucksack zu verlieren. Mein Blick blieb an ihre Rücken geheftet, auf dem der zweigeteilte Aufdruck *Ti amo* stand. Rot auf Pink. Hervorragende Fashion Choice.

Ich stolperte über meine eigenen Füße und verlor den Halt. In meiner Vorstellung sah ich mich schon die Metalltreppe hinunterfallen, doch zu meinem Glück gab es nur eine weitere Stufe, und die konnte ich noch irgendwie überspringen, ohne dass mir die Beine einknickten.

Dennoch war ich froh, als ich in den Shuttlebus steigen konnte, der uns auf die andere Seite des Flughafens von Brindisi bringen würde. Ich konnte sogar einen der wenigen Sitzplätze ergattern. Auch wenn ich diesen einen Moment später räumen musste, weil eine schwangere Frau einstieg.

Freundlich lächelnd, aber mit hundert mehr Schweißperlen zog ich mich in eine Ecke zurück und stopfte die Jacke in meinen überfüllten Rucksack, ehe sich der Bus in Bewegung setzte.

»Jesus«, murmelte ich und stieß ein paar leise Flüche aus.

Ein klein wenig wünschte ich mir doch, mit meinem Freund Oliver gefahren zu sein. Selbst wenn mir während langer Autofahrten schlecht wurde. Dann hätte ich mich immerhin nur krank und nicht allein gefühlt.

Nicht wie jetzt.

Jetzt war mir zwar nicht kotzübel, doch ich fühlte mich verloren und so, als würden mich alle anstarren, weil ich allein von Rom in den Süden Italiens geflogen war.

Nur eine Nacht.

Heute Abend würde sich Oliver bereits mit dem Leihwagen auf den Weg machen und in der Nacht bei mir im Hotel ankommen. Ich hatte das Schlimmste doch bereits überstanden.

Das Schlimmste, echote es in meinem Verstand.

Erst zwei Wochen waren wir zusammen in Italien unterwegs, doch gefühlt hatte ich jedes Abenteuer allein erlebt. Jedes Mal, wenn ich einen Ausflug geplant hatte, kam Oliver kurz vorher mit einer Ausrede daher, warum er sich nicht danach fühlte.

Es ist zu heiß, Babe. Ich bleibe hier am Pool. Geh du nur.

Ich muss gestern was Falsches gegessen haben. Mein Magen macht nicht mit.

Hatten wir das so abgemacht? Ich habe jetzt den letzten Platz für die Bootstour gebucht. Dir wird ja eh schlecht.

Am Ende der zwei Wochen hatte ich ihn nur noch höflichkeitshalber gefragt.

Umso überraschter war ich gewesen, als er bereitwillig

zugestimmt hatte, Rom zugunsten Brindisis zu verlassen, um Süditalien zu erkunden. Dabei war er plötzlich so hilfsbereit und zuvorkommend geworden, als hätte er endlich gemerkt, wie er sich mir gegenüber verhalten hatte.

Das hatte mir Hoffnung gemacht.

Unsere Beziehung war ... speziell. Anfangs war ich mit ihm zusammengekommen, weil ich ihn heiß gefunden hatte. Recht schnell hatten wir dann jedoch gemerkt, dass wir kaum Gesprächsthemen hatten, die sich überschnitten. Er wurde manchmal ziemlich grob, und ich war kurz davor gewesen, mich von ihm zu trennen, als ich die Reaktion meiner Familie gesehen hatte. Die Art, wie sie bei seinem abgeranzten Anblick die Nase gerümpft hatte.

Ich konnte mich meiner Familie nicht direkt widersetzen, aber ihr auf derartige Weise zu zeigen, wie wenig ich auf ihre Meinung gab? Das hatte ich mir nicht entgehen lassen können.

Und wenn ich ehrlich war, hatte ich all meine vergangenen Beziehungen unter diesem Aspekt ausgewählt. Hauptsache, sie ging meiner Familie gegen den Strich.

Mein Blick glitt zu der Hand, mit der ich mich an der Haltestange festklammerte. Der Bluterguss um mein Handgelenk war noch deutlich sichtbar. Das erste und bisher einzige von Olivers Überbleibseln. Eine Erinnerung an seine kalte Wut. Daran, dass ich es nicht wagen sollte, ihn infrage zu stellen, weil letztlich *er* die Entscheidungen traf. Ob sie mir gefielen oder nicht.

Mir war klar, dass das Unsinn war. Dass ich gehen sollte. Dass er mich manipulierte und zurechtstutzte, wie er mich haben wollte.

Die Erkenntnis half mir nicht. Sie brachte mich nicht dazu, zu gehen, weil ich dann allein dastand.

Der Bus kam zum Stehen, und nacheinander drängten wir

uns in den feuchtwarmen Abend. Der Himmel, ein Mix aus sanftem Blau und Orange, die ineinanderflossen, als hätte jemand zu viel Wasser zu den Farben gemischt. In meinen Ohren dröhnte das laute Motorengeräusch eines abhebenden Fliegers.

Nicht nur ich duckte mich automatisch, was mir mich etwas weniger lächerlich vorkommen ließ.

Zum Glück war der Eingang zur Flughafenhalle nicht weit entfernt. Nacheinander schlüpften wir durch die Automatiktüren in den abgetrennten Bereich. Schon wenige Sekunden später trocknete die auf Hochtouren laufende Klimaanlage die Schweißperlen auf meinem Gesicht. Die Hitze zwischen Rücken und Rucksack verflüchtigte sich ebenso rasch. Meine Situation wirkte mit einem Mal viel weniger schlimm als noch vor fünf Minuten.

Wie enorm die richtige Umgebungstemperatur doch mein Leben beeinflussen konnte.

In New York, meiner Heimat, war ich der Willkür des Wetters kaum jemals so ausgesetzt wie hier. Ich konnte mich mit einem persönlichen Fahrer problemlos zwischen Apartment, College und jeglichem Ziel fortbewegen. Etwas, auf das meine Eltern bestanden und gegen das ich auch nichts einzuwenden hatte. Wenn sie mich schon kontrollieren wollten, konnte ich immerhin einen Vorteil daraus schlagen.

Das bedeutete keineswegs, dass ich den Sommer hasste, den Regen oder den Schnee.

Ich hasste es bloß, zu einem Termin aufzutauchen, wenn ich nass geschwitzt oder vom Regen durchnässt war.

Einen Sommer lang hatte ich auf einer Ranch verbracht, hatte hart gearbeitet und mich in sechs Wochen nicht ein einziges Mal richtig sauber gefühlt, aber es waren die besten sechs Wochen meines Lebens gewesen.

Die High Society von New York war das Leben meiner Eltern, meiner Schwestern und meiner Nonna – meine italienische Großmutter. Ich war bloß das Anhängsel, das mitkommen musste, das aber eigentlich niemand so richtig haben wollte.

Ich war keineswegs zynisch, sondern realistisch. Mittlerweile machte sich niemand mehr Mühe, die wenig vorteilhaften Gedanken über meine Wenigkeit zu verschleiern. Meine Eltern, die das italienische Fast-Food-Imperium führten, erwarteten sogar, dass ich froh war, nach dem College einen Job als Assistentin meiner ältesten Schwester zu bekommen.

Als wäre mein Studium nichts wert. Als würden sie kein Vertrauen in meine Fähigkeiten setzen.

»Urgh«, stieß ich aus, weil ich mich über mich selbst ärgerte. »Bleib positiv, Cleo«, sprach ich mir selbst Mut zu.

Das hier war voraussichtlich für sehr lange Zeit meine einzige Auszeit. Ich hatte sie mir hart erarbeitet. Bezahlt mit meinem eigenen Lohn aus Nebenjobs, von denen meine Familie nichts gewusst hatte. Zwei Monate Italien. Das war mein Traum, weil ich das Land meiner Vorfahren kennenlernen wollte.

Einzig Nonna hatte mich unterstützt, während alle anderen bloß betonten, dass sie mir keinen Cent zukommen lassen würden.

Ich brauchte sie nicht. Zumindest nicht während meines Sommers.

Da es sich bei meinem Flug lediglich um einen Inlandsflug handelte, ging die Passkontrolle recht schnell. Bevor ich meinen Koffer an der Gepäckausgabe abholte, machte ich einen Abstecher in die Waschräume.

Eine zierliche Brünette lächelte mir beim Hinausgehen

zu, weil ich ihr die Tür aufgehalten hatte. Ich reagierte einen Moment zu spät, und mein Lächeln traf mein eigenes zerzaustes Spiegelbild.

Charmant.

Ich suchte zunächst eine freie Kabine. An Board hatte ich fast anderthalb Liter Wasser getrunken. Aus Nervosität. Gleichzeitig war ich zu ängstlich gewesen, meinen Gurt zu lösen und auf die enge Kabinentoilette zu gehen. Da ich einen Sitz in der Mitte belegt hatte, hatte ich mich nicht dazu imstande gesehen, meinen Sitznachbarn zu bitten, mich vorbeizulassen. Was, wenn er ein Nickerchen hatte machen wollen? Was, wenn er mich dafür hasste, dass ich ihn gerade aus einer gemütlichen Sitzposition verscheuchte?

Nein, danke.

Der Flug war letztlich nach einer Stunde vorbei gewesen, und ich hatte meine Unterleibsschmerzen fast schon verdrängt.

Nachdem ich meine Hände gewaschen und mir Wasser ins Gesicht gespritzt hatte, vibrierte mein Handy. Ich fischte es aus den Tiefen meines Rucksacks, bevor ich die Jacke wieder reinstopfte.

Summer. Meine beste Freundin.

Ein echtes Lächeln stahl sich dieses Mal auf meine Lippen.

Summer: Nach meiner Berechnung müsstest du jetzt gelandet sein. 🤔 Meld dich, Babe.

Ich: Vor 10 min. Hier ist es noch heißer als in Rom. Was habe ich mir nur dabei gedacht? 😳

Summer: Du wolltest mehr als nur die Stadt der 7 Hügel sehen. So beeindruckend das Schätzchen auch ist. 😉 Ist Oliver schon da?

Ich: Stimmt. Hatte ich fast wieder vergessen. 😝 Hoffentlich ist das kein Reinfall hier. 🙈

Ich: Nope. Ich rufe ihn gleich an. Er müsste schon losgefahren sein.

Summer: Okey dokey. Meld dich, wenn du im Hotel angekommen bist. Miss ya 💋

Ich: Miss ya, too. 😘

Mit neuem Elan trug ich Wimperntusche auf, die meine saphirblauen Augen betonte. Ich war stolz darauf, dass ich als einzige von uns Schwestern die Augen von Nonna geerbt hatte. Anschließend kämmte ich mein Haar, das ich normalerweise zu einem voluminösen, langen Bob föhnte. Davon war nach dem Dutt, den ich wegen der Hitze geknotet hatte, nichts mehr übrig. Also wurde es ein kurzer Pferdeschwanz, aus dem sofort ein paar Strähnen entflohen und im Wind der Klimaanlage um meine Ohren tänzelten.

Zum Schluss zupfte ich meinen braun-weiß karierten Minirock zurecht, zu dem ich ein ärmelloses Rüschenshirt trug. Die Goldkette fiel bis auf meinen üppigen Busen hinab und rundete zusammen mit meinen weißen High Heels das Bild ab, das ich abgeben wollte. So wurde es von Oliver und meiner Familie erwartet: makellos.

Ich lud meinen Rucksack auf und stolzierte erhobenen Hauptes aus dem Waschraum. Vielleicht hätte ich noch mein Parfüm auftragen sollen, doch ich wollte nicht zu spät kommen und meinen Koffer am Gepäckband verpassen.

Dieses Mal sollte alles nach Plan laufen.

Oliver sagte immer, dass mir Desaster auf Schritt und Tritt folgten. Früher mit einem Augenzwinkern. Mittlerweile wurde ich das Gefühl nicht los, dass er hauptsächlich genervt von mir war. Nun, ich war von ihm auch genervt. Immerhin waren wir schon zu zweit.

Es hatte sich bereits eine Menschentraube um das Gepäckband gebildet. Selbst wenn die Anzeige obenauf nicht unsere Flugnummer angezeigt hätte, hätte ich meine Mitpassagiere wiedererkannt. Eines meiner Talente war, dass ich mir sehr gut Gesichter merken konnte.

Manchmal brauchte ich ein, zwei Minuten, aber generell fiel mir immer ein, wo ich jemanden zuletzt gesehen hatte.

Ich platzierte mich in zweiter Reihe hinter eine Frau, die vielleicht zehn Zentimeter kleiner war als ich mit meinen ein Meter zweiundsiebzig, sodass ich das laufende Band gut im Blick behalten konnte. Sie unterhielt sich in lebendigem Italienisch mit dem Mann neben sich, der gar nicht in ihre Richtung sah und immer nur nickte oder den Kopf schüttelte. Ich spürte die Müdigkeit, die von ihm in Wellen ausging, als wäre sie meine eigene.

Obwohl der Flug nur eine Stunde gedauert hatte, schlauchte doch der gesamte Prozess von Ankunft über Gepäck- und Passkontrolle, Flug und bis zu dem Moment, da man den Flughafen am Zielort schließlich verlassen konnte.

Endlich wurden die ersten Koffer aufs Band geladen, und selbst wenn meiner noch nicht dabei war, fühlte es sich nicht länger an, als wäre ich in der Zeit stecken geblieben.

»*Laggiù!*«, rief die Frau vor mir so laut, dass ich zusammenzuckte, und deutete auf einen knallpinken Koffer.

Dort drüben!, hatte sie gesagt. Mit meinem etwas eingerosteten Italienisch war ich in Rom ziemlich gut zurechtgekommen. Ich hatte jedoch gehört, dass im Süden Italiens die Dialekte ausgeprägt waren und ich Schwierigkeiten beim Verständnis bekommen könnte. Darauf würde ich mich einstellen müssen, aber ich war fest entschlossen, mein Bestes zu geben.

Nachdem die beiden vor mir den pinken und den schwarzen Koffer danach vom Band gehoben und davongestürmt waren, stellte ich mich nach vorn.

Nur wenige Sekunden später erblickte ich meinen schwarzen Koffer mit den weißen Griffen und machte mich bereit. Ich hievte ihn mit zitternden Armmuskeln vom Band und stellte ihn mit einem dumpfen Schlag auf dem blank polierten Boden ab. Anschließend steuerte ich zielstrebig den Ausgang an, am Zoll vorbei und in die hell erleuchtete Flughafenhalle.

Obwohl die Decke niedrig war, wirkte der Raum durch die hellen Wände und Böden nicht gedrungen. Die Fensterfront auf der gegenüberliegenden Seite ließ außerdem ausreichend Licht der Straßenlaternen ein. Mittlerweile war die Sonne längst über den Horizont geschritten, und in ihrem Schatten breitete sich ein dunkles Blau aus.

Ich setzte mich auf einen der neongrünen Plastikstühle gegenüber eines Eingangs. Den Koffer stellte ich schräg hinter mir ab, damit er niemandem den Weg versperrte. Als ich mein Handy hervorholte, setzte sich jemand neben mich. Immerhin ließ er einen Sitz zwischen uns frei und platzierte seinen Koffer davor als zusätzliche Abgrenzung. Nur kurz warf ich ihm einen Blick zu. Schokoladenbraunes Haar, Dreitagebart und eine gerade Nase in einem kantigen Gesicht, dazu ein scharf geschnittener Kiefer.

Eilig sah ich wieder auf mein Handy und tippte auf Olivers Namen. Wir hatten heute Morgen noch gemeinsam den Wagen mit meiner Kreditkarte gemietet, nachdem seine abgelehnt worden war. Dabei hatte ich darauf geachtet, dass das Auto eine Freisprechanlage besaß. Ich gehörte nicht zu denen, die es liebten, zu telefonieren, aber ich wollte nicht, dass sich Oliver auf der langen Fahrt allein fühlte.

Während ich dem Freizeichen lauschte, schlug ich die Beine übereinander und wippte mit dem linken Fuß. *Piep. Piep. Piep.* Dann wurde der Anruf abgebrochen.

Stirnrunzelnd blickte ich auf das Handy. Hatte Oliver vergessen, das Handy mit der Anlage zu verbinden?

Ich malträtierte meine Unterlippe mit den Zähnen, als ich darüber nachdachte, erst ins Hotel zu gehen und ihn dann anzurufen. Was, wenn ich ihn ablenkte und er deshalb einen Unfall baute?

Andererseits machte ich mir jetzt noch mehr Sorgen, weil ich nicht wusste, ob er überhaupt losgefahren war. Wir hatten eigentlich abgemacht, dass er mir schrieb, wenn er sich ins Auto setzte.

Schließlich wählte ich seine Nummer erneut. Dieses Mal nahm er nach dem dritten Freizeichen ab, und ich seufzte erleichtert. Selbst als ich klar und deutlich Stimmengewirr hören konnte, das nicht aus dem Radio stammte.

Er saß nicht im Auto.

Er hatte sich noch nicht auf den Weg gemacht.

»Oliver?« Ich hasste mich dafür, dass meine Stimme zitterte. Und ich hasste ihn dafür, dass ich bereits wusste, was kommen würde.

Unwillkürlich stand ich auf und begann, vor der Stuhlreihe auf und ab zu laufen. Ich konnte einfach nicht still sitzen, während sich das Grauen in mir festbiss.

»Hey, gut, dass du anrufst, ich wollte mich eh bei dir melden.« Eine Frau lachte. Eine fremde Frau. Mir wurde schwindelig und heiß und kalt gleichzeitig. Einzig, weil ich mich mit einer Hand an einer Säule abstützen konnte, wurde ich vor einem peinlichen Sturz bewahrt.

Die Reisenden um mich herum wurden zu einem Strudel aus Lichtern und Farben, die sich am Rand meines Sichtfelds bewegten. Wie Zuschauer eines Theaterstücks. Nur dass ich keinen dramatischen Tanz aufführte, sondern eine Komödie, bei der man sich beim Hinsehen fremdschämte.

»Bei mir melden?«, echote ich kraftlos. Erst nach und nach fand ich wieder zu mir. Jeder Schritt in meinem düsteren Verstand kostete mich unbeschreibliche Kraft. Als würde ich an einem Steg in der Dunkelheit entlangbalancieren und müsste gegen Wind und Wetter ankämpfen. »Du bist noch nicht losgefahren, oder?«

Ich hätte ihn rundheraus mit meiner Ahnung konfrontieren können, doch die Beschuldigung würde ihn bloß dazu bringen, aufzulegen. Noch wollte ich ihn nicht gehen lassen.

Er hatte kein leichtes Gespräch verdient, verdammt noch mal!

»Hör zu, es ist kompliziert«, begann er eine seiner üblichen Ausflüchte. »Mir gefällt es hier in Rom einfach zu gut. Es spricht ja nichts dagegen, dass du dich da unten amüsierst und ich weiter in Rom. Wir haben doch beide gemerkt, dass es hier im Urlaub nicht zwischen uns passt.«

Ich liebte ihn nicht. Hatte ihn vermutlich nie geliebt. Trotzdem war ich getroffen.

Warum?

Weil er sich gegen mich als Person entschieden hatte. Ich hatte nicht mal groß was von ihm verlangt. So viel hatte ich für ihn getan. Warum wollte er selbst das nicht von mir? War es so schwer, mir Anstand und Respekt entgegenzubringen? War das der Grund, warum ich beides auch vergeblich bei meiner Familie gesucht hatte, bis ich aufgegeben hatte?

»Ist das dein fucking Ernst?«, schrie ich jäh ins Handy und überraschte mich selbst damit am allermeisten. »Wir haben den Urlaub *gemeinsam* geplant, du beschissener Bastard! Geht's noch?«

»Jeez, chill doch mal, Cleo«, entgegnete er vollkommen ungerührt.

Ich warf einen kurzen Blick auf meine Umgebung, in der mich niemand misstrauisch oder verurteilend ansah. Vielleicht war meine Stimme doch nicht so laut gewesen, wie sie mir vorgekommen war.

»Ich soll chillen? Ich bin am anderen Ende von Italien, ohne meine Kreditkarte, ohne das Auto, ohne dich! Hast du sie nicht mehr alle?« Ich legte eine Hand um meinen Mund und das Handy, um nicht doch vollkommen die Kontrolle zu verlieren und die gesamte Flughafenhalle zusammenzuschreien.

»Cleo«, sagte er mit unterschwelliger Drohung, die mir auch aus der Distanz Bauchschmerzen bescherte. Ich war nicht schwach. Ich konnte mich wehren. Er würde mir nicht wieder wehtun. Das hier war das Ende. »Deine Eltern sind ekelhaft reich. Ruf sie an. Das sollte eine verwöhnte, kleine Bitch wie du doch hinbekommen, oder nicht? Ruf mich nicht mehr an.«

Das Freizeichen verhöhnte mich einen Moment, ehe der Anruf komplett beendet war.

Sprachlos starrte ich auf den Boden und dann aufs Handy, dessen Display schwarz geworden war.

Er hatte mich verlassen. Oliver hatte mich auf diese feige Art und Weise verlassen.

Ich war fassungslos. So sehr, dass erst nach und nach Panik und Angst in mir aufstiegen.

Es war keine bodenlose Lüge. Ich war allein. Ohne Geld und ohne Auto. Meinen Pass hatte ich immerhin und ...

Gott! Mein Kopf schmerzte so sehr, dass ich kaum einen klaren Gedanken fassen konnte. Dazu kam das Brummen der Klimaanlage und die Kälte, die meinen Körper überzog. Vielleicht stammte sie auch aus meinem Inneren und ließ sich deshalb nicht durch das Reiben meiner Arme vertreiben.

»Verfluchter Scheißkerl«, brummte ich, bevor ich das Handy in meinen Rucksack steckte und zurück zum Sitz stapfte.

Ein Hotelzimmer war das, was mir noch geblieben war. Und mein Koffer.

Ich umfasste den weißen Griff und stolzierte los, als würde in mir kein Chaos herrschen. Der Flughafen war kein guter Ort, um seine Fassung zu verlieren. Ich brauchte vier Wände für mich und meine beste Freundin an meiner Seite. Letzteres würde nur durch einen Videocall zu erreichen sein, doch das war besser, als sie gar nicht zu haben.

Auch wenn es mir davor graute, sie in das Telefonat mit Oliver einzuweihen.

Er hatte mich verlassen.

Diese Tatsache war so absurd, dass ich Schwierigkeiten hatte, sie komplett zu begreifen. Denn bisher hatte ich immer geglaubt, dass letztlich ich es sein würde, die einen Schlussstrich ziehen würde.

Aber warum eigentlich?

Ich winkte ein Taxi heran und half dem Fahrer dabei, mein Gepäck in den Kofferraum zu hieven. Er sah noch älter aus als mein Dad, und ich wollte nicht daran schuld sein, dass er sich verhob.

Mit einem Lächeln dankten wir uns gegenseitig, und ich setzte mich hinten rein. Auf meinem Handy scrollte ich eilig nach der gespeicherten Adresse vom Hotel, das sich ganz in der Nähe befand. Oliver und ich hatten uns nicht für eine fancy Option entschieden, da wir von Anfang an nur eine Nacht hier hatten bleiben wollen.

So viel dazu.

»Devo andare all'hotel Papola Casale«, teilte ich dem Fahrer mit, ehe ich meine Stirn gegen die warme Scheibe lehnte. *Ich muss zum Papola Casale Hotel.*

Die vorderen Fenster waren runtergekurbelt, und das Innere des gelben Wagens roch nach Zigarillos und geschmolzenem Plastik, vermischt mit dem typischen Geruch eines Duftbaums. Aus irgendeinem Grund wirkte die Kombination vertraut und beruhigte mich.

»Con piacere!«, flötete der Fahrer und drückte aufs Gas. *Gern.*

In Rom war das Autofahren und speziell das Taxifahren eine Katastrophe gewesen. Niemand hielt sich an die Verkehrsregeln. Oder war das die einzige Regel, die alle befolgten?

Mein Fahrer besaß zwar einen Bleifuß, doch er hielt immerhin an den Ampeln an und sah sich um, während er das Radio aufdrehte. Ein italienischer Song, den ich in den vergangenen zwei Wochen bereits des Öfteren gehört hatte. Wohl ein Chartstürmer.

Ich blickte in den frühen Abend hinaus. Die Lichter der Laternen, Autos und Betonbauten, die zu einem flackernden Hintergrund verschmolzen. Mein Magen meldete sich ganz leicht, doch ich hoffte, dass die Fahrt endete, bevor ich mich übergeben müsste.

Meine Gedanken waren jedenfalls Ablenkung genug. Ja, ich hätte wahrscheinlich damit rechnen müssen, von Oliver verlassen zu werden. Auch in meinen drei Beziehungen davor war ich sitzen gelassen worden, selbst wenn ich vorher darüber nachgedacht hatte, Schluss zu machen. Letztlich hatte ich nie den Mumm dazu besessen.

Aber ich hatte nicht gedacht, dass Oliver es während meines Urlaubs tun würde. Während wir nur einander hatten, in einem fremden Land, auf einem anderen Kontinent.

Nun, zumindest *ich* hatte nur ihn gehabt. Er war bereits zur nächsten gewandert, um sich sein Ego streicheln zu lassen.

Ich verachtete ihn dafür.

Dann kam mir wie ein Eimer kaltes Wasser, der über mir ausgeschüttet wurde, der Gedanke, dass er meine Kreditkarte hatte und nicht davor zurückscheuen würde, sie auszureizen. Sofort loggte ich mich mit meinem Handy in das Onlineportal ein, nur um zu sehen, dass Oliver es bereits getan hatte. Das Limit war erreicht.

Ich war blank.

Die Lippen zusammenpressend verbat ich mir, im Taxi in Tränen auszubrechen. Auf gar keinen Fall würde ich so klischeehaft zusammenbrechen.

Schließlich erreichten wir das Hotel, als mir siedend heiß einfiel, dass ich mit meinem letzten Bargeld bezahlen musste. Ich hatte zwar noch ein klein wenig dabei, aber ich hätte die kurze Strecke mit dem Bus fahren sollen.

Zumindest, bis ich wusste, wie mein Plan aussah.

Gerade wenn ich an meine unmittelbare Zukunft dachte, konnte ich nur die verurteilenden Gesichter meiner Schwestern sehen, die die Vorstellungen von Palmen und Meer und Weinbergen ersetzt hatten.

»Ciao«, verabschiedete ich mich von dem Fahrer und

stapfte in meinen High Heels und mit meinem Rollkoffer die Rampe zum Hotel hinauf.

Das mehrstöckige schmale Gebäude wirkte überraschend edel mit der gelben Fassade und den dunklen Schlagläden. Die Lobby besaß weiß getünchte Rundbögen und einen beeindruckenden Kristallleuchter direkt vor der Rezeption. Sofagruppen, Tiffanylampen und stuckverzierte Wände mit eingebauten Regalen, auf denen sich Vasen mit Blumen befanden. Ich freute mich, dass ich an diesem scheußlichen Tag doch noch so etwas wie Glück hatte.

Nachdem ich an der Rezeption eingecheckt hatte, suchte ich mein Zimmer im dritten Stock auf. Es war im Gegensatz zur Lobby moderner und schlicht eingerichtet. Das Badezimmer war klein, aber sauber.

Ich hievte meinen Koffer auf die gelbe Sitzbank und zog als Allererstes meine Schuhe aus, um meine armen Füße zu massieren, während ich darum kämpfte, weiter Haltung zu bewahren. Selbst wenn hier niemand mehr meine Tränen sehen konnte, wollte ich nicht loslassen. Ich fürchtete mich zu sehr davor, in ein dunkles Loch zu fallen, aus dem ich allein nicht mehr herauskäme.

Nach kurzer Überlegung rief ich die Rezeption an und bestellte ein Glas Rotwein zusammen mit der Tagesempfehlung. Dafür würde ich sicherlich noch genug in meinem Geldbeutel finden.

Ich zögerte das Gespräch mit Summer hinaus, bis meine Bestellung ankam. Während ich gewartet hatte, war ich die Fotogalerie der letzten zwei Wochen durchgescrollt.

Mir war schleierhaft, wie ich so naiv hatte sein können. Es gab bloß ein einziges Selfie, auf dem ich mit Oliver zu sehen war, und er hatte nicht mal den Anstand besessen, zu lächeln oder in meine Richtung zu schauen. Sonst hatte er nie ein Problem mit Fotos gehabt. Ganz im Gegenteil, auf Instagram war er der Aktivere von uns beiden. Er postete ständig etwas und interagierte mit anderen, die seine Fotos kommentierten.

Apropos ... Ich nahm einen kräftigen Schluck Rotwein. Mein Daumen schwebte über seinem Profilbild. Was würde ich finden, wenn ich sein Profil anklickte? Hatte er mich bereits ausradiert? Zum Glück hatten meine Schwestern kein Social Media, sonst hätten sie sich unter Umständen schon bei mir gemeldet, wenn Oliver tatsächlich unsere gemeinsamen Fotos gelöscht hätte.

Ich beschloss, mir das selbst jedenfalls nicht anzutun und stattdessen Summer anzurufen. Da sie gerade in London lebte und arbeitete, war es bei ihr noch eine Stunde früher als bei mir. Sie nahm den Call sofort an, und ihr sorgenvolles Gesicht erschien auf dem Display.

Strohblondes Haar, das sich bei jeder Gelegenheit kräuselte und jedem Haarband widersetzte, kleine meerblaue Augen und ein geschwungener, großer Mund, den sie am liebsten zum Lachen geöffnet hatte. Sie war die wärmste Person, die ich kannte, und hatte mir schon durch mehr Krisen geholfen, als ich zählen konnte.

Auf dem College war sie meine Tutorin gewesen, und wir hatten uns auf Anhieb verstanden. Ihr war es durch ein Stipendium möglich gewesen, an der New York University zu studieren. Auch wenn ich nie schlecht gewesen war, war sie das Genie. Deshalb war es auch keine Überraschung gewesen, als sie gleich mehrere Jobangebote aus dem Ausland erhalten hatte.

Nach reiflicher Überlegung und unzähligen Gesprächen hatte sie sich für eine Stelle am *Natural History Museum* in London entschieden, wo sie als Kuratorin arbeitete. Seit einem Jahr lebten wir nicht mehr in derselben Stadt, und es war gelinde gesagt ein Schock gewesen. Dazu kam der Zeitunterschied zwischen London und New York.

Bevor Oliver und ich nach Rom geflogen waren, hatten wir einen Abstecher nach London gemacht, um sie zu besuchen. Weil sie aber keinen Urlaub hatte, war unsere gemeinsame Zeit knapp gewesen. Sie hatte mir jedoch versprochen, in den kommenden zwei Monaten irgendwann nach Italien zu kommen, um mich zu sehen.

»Was ist passiert? Du siehst aus, als hätten sich die Jonas Brothers getrennt.«

Ich verdrehte die Augen. »Von uns beiden bist wohl du diejenige, die in einen Hungerstreik treten würde.«

»Möglich. Was ist es dann? Oliver?«

»Oliver«, bestätigte ich mit einem düsteren Unterton und kippte mir auch den restlichen Wein hinter die Binde. Sofort breitete sich wohltuende Wärme in meinem Körper aus. Meine verkrampften Muskeln entspannten sich, weil ich mich nicht länger an eine unsichtbare Reling klammerte. »Er kommt nicht nach Brindisi.«

»Was?«, schrie sie, und ich musste das Handy weiter wegschieben. »Sorry.«

Ich winkte ab, bevor ich mich rücklings aufs Bett fallen ließ, das Handy über mein Gesicht haltend. »Er hat wohl eine neue Bekanntschaft gemacht. Was weiß ich? Jedenfalls bin ich jetzt auf mich allein gestellt.«

»Das tut mir leid, Babe.« Ich rechnete es ihr hoch an, dass sie nicht sagte, sie hätte mich vor ihm gewarnt.

»Ach, und das Beste habe ich dir noch gar nicht erzählt: Er hat meine Kreditkarte ausgereizt. Ich bin offiziell pleite, wenn ich meine Eltern nicht anpumpen will.« Ich legte das Handy mit der Kamera auf meine Nase.

»Deine Poren wollte ich gerade nicht sehen, aber ich verstehe deine Verzweiflung. Brauchst du was? Soll ich dir einen Flug buchen?«

Ich hob das Handy wieder an und blickte in Summers schönes Gesicht, auf dem ihre Sommersprossen deutlich hervorstachen. Im Hintergrund sah ich die gelb gestrichene Wand ihres Wohnzimmers und die gemütliche Couch, auf der Oliver und ich übernachtet hatten.

Es war ein seltsames Gefühl, wenn es keine gemeinsame Zukunft mehr gab. Wenn man das letzte Mal mit seinem Partner im Bett gelegen hatte, ohne sich dessen bewusst gewesen zu sein. Und jetzt ... jetzt wirkte mein Leben einerseits unvollständig und andererseits voller Möglichkeiten.

»Soll ich denn nach Hause fliegen?«

»Was hast du sonst vor?« Sie klang nicht verurteilend, als sie das fragte. »Ich meine, ich kann dir auch noch mehr Geld leihen, wenn du bei deinen Hexenschwestern nicht anrufen willst.«

Hexenschwestern. So nannte Summer meine älteren Schwestern Alba und Blanca, nachdem sie mehr als einmal mitbekommen hatte, wie herablassend sie sich mir gegenüber verhielten.

»Das ist lieb, aber ... ich weiß auch nicht. Mein Kopf dröhnt. Ich glaube, ich muss erst mal heiß duschen und dann eine Nacht drüber schlafen.« Ich raffte mich vom Bett auf und steuerte meinen Koffer an, als mir das Adressschild ins Auge fiel. Dunkelbraunes Leder.

Stirnrunzelnd hielt ich inne. War ich jetzt vollkommen abgedreht und konnte mich nicht dran erinnern, dass ich ein blaues, sondern ein braunes Schild angebracht hatte, oder ...

»Fuck«, rief ich aus. Ich drehte das Schild um, und es war nicht mein Name, der dort in Druckbuchstaben geschrieben stand. »Fuck, fuck, fuck.«

»Was ist los?« Alarmiert setzte sich Summer auf.

»Das ist der falsche Koffer. Fuuuuuck.« Stöhnend sackte ich zu einem Häufchen Elend auf dem Boden zusammen. »Ich bin doch zum Klischee mutiert: inkompetent, naiv und tollpatschig.«

»So schlimm ist es doch sicher nicht …« Summer war auch schon mal besser darin gewesen, mich aufzumuntern.

Ich zwang mich zu einem zittrigen Lächeln. »Das Urteil steht im besten Fall noch aus.«

2 Cleo

Oliver schlief sicherlich den Schlaf der Gerechten. Er nahm nicht ein einziges Mal ab, als ich am nächsten Morgen terrormäßig anrief. Er konnte doch nicht mein Kreditkartenkonto leer räumen und dann erwarten, dass ich das einfach so auf mir sitzen ließ, oder?

Mir kam natürlich der Gedanke, dass er mich geblockt hatte. Das war vermutlich das Nächstliegende aus seiner Sicht. Damit ich ihn in den Flitterwochen mit seiner neuen Flamme nicht nerven konnte.

Wie lächerlich ich war und wie wenig Selbstwertgefühl ich besessen hatte!

Mit den Fingern tippte ich nachdenklich auf das Adressschildchen des vertauschten Koffers. *Dante Marinotti.* Ansässig in Tursi. Ein kleines Dörfchen gar nicht weit von hier, wie eine schnelle Google-Suche ergeben hatte.

Ich hatte mich die gesamte Nacht hin- und hergewälzt und überlegt, wann und wo ich den Koffer vertauscht hatte. Entweder hatte ich direkt den falschen vom Band genommen, oder der Mann, der sich neben mich gesetzt hatte, hatte das gleiche Gepäckstück gehabt. Ich erinnerte mich nur noch an seinen scharf geschnittenen Kiefer, für den er einen Waffenschein vorweisen sollte, nicht aber daran, was ich getan hatte. Und wenn ich nach seinem Koffer gegriffen hatte, wieso hatte er das nicht zumindest bemerkt?

Das Telefonat mit Oliver hatte mich dermaßen aufgewühlt, dass in meinem Kopf gähnende Leere geherrscht hatte.

Oder ein solches Chaos, dass sich mein Desaster noch verschlimmert hatte.

Nachdem ich widerwillig in meine gestrige Kleidung geschlüpft war, weil ich nicht mit dem flauschigen Hotelbademantel rausgehen wollte, suchte ich die Rezeption auf. Ich hatte kurz darüber nachgedacht, den Koffer zu öffnen, doch abgesehen davon, dass er abgeschlossen war, wollte ich nicht in Dantes Privatsphäre eindringen. In der Hoffnung, dass er es auch nicht bei mir tun würde.

Ich zog den Koffer, der sich rückblickend leichter anfühlte als meiner, in den Lift und presste den Knopf für die Lobby. Es roch nach Desinfektionsmittel und Orange. Eine Mischung, die mich seltsamerweise an das Penthouse meiner Eltern erinnerte.

Wenn ich nur daran dachte, dass sie mich jetzt anrufen könnten, wurde mir speiübel. Wie sollte ich ihnen sagen, dass ich von einem Moment auf den anderen nichts mehr hatte? Von meinem Freund verlassen worden war, vor dem sie mich ohnehin gewarnt hatten?

Es gab keinen Zweifel daran, dass sie mir einen Rückflug buchen würden, doch nicht, ohne mir eine lautstarke Standpauke zu halten.

Ich erreichte die Rezeption, an der ein anderer Typ stand als gestern Abend – in livrierter Uniform und mit einer Reihe goldener Knöpfe an der Jacke. Er lächelte mich so breit an, dass Grübchen auf seinen glatt rasierten Wangen erschienen.

»Buongiorno, Signora, wie kann ich Ihnen weiterhelfen?« Seine Stimme war angenehm warm.

»Buongiorno, ich würde gerne auschecken und meine Rechnung von gestern Abend begleichen«, sagte ich ebenfalls in Englisch. Man hörte seinen Akzent raus, aber ich konnte ihn gut verstehen.

Vorhin hatte ich noch mein übriges Bargeld gezählt. Dreihundert Euro, mehr nicht.

Nachdem ich bloß zwanzig Euro für das Abendessen und den Wein blechen musste, atmete ich erleichtert auf. Ich reichte dem Rezeptionisten einen Moment später die elektronische Türkarte, bevor ich zögerlich innehielt.

»Könnten Sie mir vielleicht weiterhelfen? Ich muss dringend nach Tursi, habe aber kein Auto, und Google Maps zeigt mir keine öffentlichen Verkehrsmittel an.« Leider hatte Dante Marinotti auf seinem Adressschildchen keine Handynummer eingetragen, sonst hätte ich ihn einfach kontaktiert und darum gebeten, dass er mir meinen Koffer brachte. Oder dass wir uns auf halber Strecke träfen.

»Tursi, sagen Sie?« Er wirkte hellauf begeistert. Mehr, als es die Situation gerechtfertigt hätte, wie ich fand. »Ah, mein Freund fährt gleich dahin. Er arbeitet hier als Weinsommelier. Ich würde meine Hand für ihn ins Feuer legen. Vertrauen Sie mir. Mit Bussen sind Sie viel zu lange unterwegs!«

»Wirklich? Und er könnte mich mitnehmen?« Es war nicht optimal, zu einem Fremden ins Auto zu steigen, aber meine Möglichkeiten waren begrenzt. Und wenn Fabrizio hier, wie es auf seinem goldenen Namensschildchen stand, für ihn bürgte …

»Ich rufe ihn an. Uno momento!« Er zog sein Handy aus der Hosentasche und wählte eine Nummer. Das darauffolgende Gespräch war hauptsächlich auf Italienisch, und ich konnte ausreichend Sätze aufschnappen. So schlimm wie befürchtet war der Dialekt überhaupt nicht. Er sprach auf jeden Fall über mich und dass ich eine Mitfahrgelegenheit nach Tursi benötigte.

Ich sah mich abwartend in der Lobby um, ein Ohr weiterhin gespitzt.

Obwohl es noch früh am Morgen war, war es draußen bereits strahlend hell. Durch die Klimaanlage konnte ich allerdings nicht bestimmen, wie heiß es draußen war. In Rom war es in den letzten zwei Wochen nie richtig abgekühlt.

»Es geht alles klar«, sagte Fabrizio begeistert. »Mein Freund, Leano, kommt in fünf Minuten vorbei. Ich habe ihn gerade noch erwischt. Sie können sich gern dorthin setzen und warten.«

»Vielen Dank, Fabrizio. Das rettet mir den Arsch«, antwortete ich etwas salopp und lächelte entschuldigend.

Er winkte ab. »Hauptsache, Sie geben eine gute Bewertung ab.«

»Wird sofort erledigt«, versprach ich und setzte mich auf einen freien geblümten Sessel, um das direkt online zu erledigen.

Leano war ein lächelnder rotwangiger Mann in den Vierzigern mit üppigem Bauch und Ehering am Finger. Sein lockiges stahlgraues Haar verlieh ihm zusammen mit den einzelnen Falten das Aussehen eines gut gelaunten Onkels, der immer mit einem schlechten Witz aufwartete.

Wir verstanden uns auf Anhieb, selbst wenn meine italienische Grammatik furchtbar war. Immerhin fielen mir die meisten Worte ein.

Nachdem ich auf der Beifahrerseite seines schmalen Vans in den Sitz gesunken war, erzählte er mir, dass er tatsächlich nur bis nach Ponte Masone fahren würde. Eine Stadt vor Tursi. Von dort aus würde er mir aber jemanden vermitteln, der mich bis zu meinem Ziel brachte, versprach er mir hoch und heilig.

Während der restlichen Fahrt schmetterte er – ähnlich wie der Taxifahrer gestern – einen Song nach dem anderen. Dabei traf er erstaunlich viele Noten, was das Ganze erträglicher machte. Zwischendurch telefonierte er mit seiner Gattin, die ihn daran erinnerte, etwas zu essen. Als sie mich durch die Kamera sah, war sie ganz entzückt und winkte mir zu.

»Ich habe genug für euch beide eingepackt. Lass dir ja nichts anderes sagen von ihm.« Sie wedelte in die ungefähre Richtung, wo sie ihren Mann vermutete, der gerade nicht im Bild war.

Leano lachte rau, ehe er mir zwei Lunchboxen mit verschiedenen Fächern hinhielt. Es gab darin kalte Nudeln mit Pesto, Speck, Käse und Gurken auf kleinen Spießen, gegrillte Paprika und aufgeschnittene Feigen. Eine kleine Gabel lag ebenfalls dabei.

»Sie hat mir zwei Boxen zubereitet für eigentlich zwei Pausen«, sagte Leano. Wir hatten gerade kurze Rast eingelegt, weil ich die Toilette an der Tankstelle hatte benutzen müssen. »Buon appetito.«

»Buon appetito«, wiederholte ich und machte mich dann über das Festmahl her. Ich hatte unter meinen strapaziösen Umständen völlig ignoriert, wie hungrig ich war. Einen Kaffee hatte ich mir immerhin in dem kleinen Geschäft der Tankstelle besorgen können.

Zehn Minuten später bereute ich meine Entscheidung zu essen jedoch. Bis dahin hatte sich meine Übelkeit in Grenzen gehalten. Jetzt schlug sie mit aller Macht zu.

»Wie lange fahren wir noch ungefähr?«, presste ich hervor.

Er warf mir einen kurzen Blick zu, ehe er sich wieder auf die Straße konzentrierte. Der Verkehr war nicht nennenswert, und auf dem Asphalt befanden sich kaum Schlaglöcher. Dennoch konnten wir nicht mit hundert Sachen durch die Gegend düsen, weil die Kurven tückisch waren und wir das eine oder andere Dorf passierten.

Die Landschaft war sehr grün und bergig. Mit Weinplantagen und Mischwäldern dazwischen. Ganz anders als in Rom.

Hätte sich mir mit jeder Minute weiter nicht der Magen umgedreht, hätte ich die Aussicht genossen.

»Übelkeit?«

»Etwas«, gab ich zu.

»Ah, noch eine halbe Stunde«, versicherte er mir in gebrochenem Englisch.

Ich blickte aus dem geöffneten Fenster und betete zu Gott und dem Heiligen Geist, es mich überstehen zu lassen. Hätte ich meinen Koffer gehabt, hätte ich längst meine Reisetabletten einwerfen können.

Aber nicht mehr lange, dann wäre ich mit meinem Gepäck wieder vereint.

Ponte Masone war eine wirklich kleine Stadt mit süßen Gässchen und weißen Häuschen. Sie befand sich im Tal zwischen zwei Hügeln und breitete sich an der Hauptstraße entlang aus.

»Da oben ist Tursi. Nur zehn, fünfzehn Minuten Fahrt«, sagte Leano und zeigte mit dem Finger durch die Windschutzscheibe irgendwo nach vorne.

Ich war froh, dass sich mein Magen beruhigt hatte und es nicht mehr unangenehm vor meinen Augen flimmerte. Noch glücklicher wurde ich jedoch, als Leano den Wagen in eine Parkbucht lenkte und ich aussteigen konnte.

Meine Beine zitterten, und ich musste mich für ein paar Sekunden an der Beifahrertür abstützen. Er kümmerte sich derweil um mein Gepäck, das er aus dem Kofferraum des Vans hievte.

»Trink das.« Er reichte mir eine Wasserflasche. Die Sonne prallte vom wolkenlosen Himmel auf meinen Kopf. Dabei fühlte ich mich durch die fehlende Klimaanlage im Auto längst wie gebraten. Meine Kleidung klebte unangenehm an meiner Haut. »Ich hole meinen Freund. Er bringt dich hoch. Warte hier, bambina.«

Kind. Ich war wohl kaum ein Kind, auch wenn ich mich gerade so hilflos wie eines fühlte.

Irgendwann brachte ich genug Willenskraft auf, um mich in den Schatten eines Baumes zurückzuziehen. Ich setzte mich auf die Bordsteinkante und ignorierte die neugierigen Blicke der vorbeischlendernden Einheimischen.

Das Wasser aus der Flasche war zwar lauwarm, erfrischte mich dennoch und drängte die Übelkeit weiter zurück.

Nach ungefähr zehn Minuten, in denen ich, völlig neben mir stehend, auf meine High Heels gestarrt hatte, hörte ich ein lautes Scheppern und Brummen. Neugierig geworden sah ich auf und erblickte einen Traktor, der sich im Schneckentempo über den Asphalt kämpfte.

Jeder Meter zählte.

Neben dem jungen Fahrer saß Leano und winkte mir heftig zu, als er meinen Blick auffing.

»Heilige Scheiße«, murmelte ich. Und ich hatte gedacht, schlimmer könnte diese Reise nicht mehr werden.

Nicht zum ersten Mal fragte ich mich, warum ich so unaufmerksam gewesen war, meinen Koffer zu vertauschen. Oder war es gar nicht meine Schuld gewesen?

Schlimmer noch, was, wenn Dante meinen Koffer gar nicht mitgenommen, sondern am Flughafen abgegeben hatte?

Fuck! Warum hatte ich nicht daran gedacht, erst dort vorbeizuschauen?

Ich war so was von geliefert.

Der Traktor kam direkt hinter dem Van zum Halten, und Leano sprang trotz seines Gewichts behände aus der Fahrerkabine.

»Das ist mein Freund Antonio. Er wohnt in Tursi und kann dich mitnehmen«, sagte Leano mit einem Lächeln und ausgebreiteten Armen. »Komm mit, bambina.«

»Danke, Leano, aber ich denke …«, begann ich, weil allein die Vorstellung, von dem Traktor durchgerüttelt zu werden, mich ins Schwitzen brachte.

»Es wird alles gut. Nur ein paar Minuten«, beschwichtigte er mich und reichte im selben Atemzug Antonio den Koffer. Irgendwie passte dieser in die fensterlose Kabine hinter die Sitze.

Bevor ich mich weigern konnte, war ich mit Leanos und Antonios Hilfe nach oben geklettert und fand mich auf dem aufgeheizten Ledersitz wieder. Gefühlt zehn Meter über dem Boden, was sicher nicht stimmte.

»Ciao, Leano!«, verabschiedete sich Antonio und winkte nach unten. Der Traktor setzte sich ruckelnd in Bewegung.

»Ciao! Und danke!«, beeilte ich mich zu sagen, bevor Leano mich nicht mehr hören konnte.

Ich packte mit einer Hand meinen Rucksack auf meinem Schoß, und mit der anderen klammerte ich mich an dem Sitz fest.

»Du hast dir einen guten Tag ausgesucht. Gestern hat es nur geregnet hier oben«, sagte Antonio bemüht langsam auf Italienisch und grinste breit. Kleine Fältchen bildeten sich um seine dunkelbraunen Augen. Er musste ungefähr in meinem Alter sein.

»Ich wollte gar nicht herkommen«, sagte ich ebenso langsam. Allerdings nicht aus Rücksicht, sondern weil ich mir im Kopf zuerst jedes italienische Wort zurechtlegen musste.

Stirnrunzelnd sah er mich an. Das dunkle Haar kräuselte sich an seinen Schläfen, und ein dunkler Schatten auf den Wangen deutete an, dass er sich am Morgen nicht rasiert hatte. Er trug ein kariertes Holzfällerhemd über einem grauen Achselshirt und dazu zerrissene Jeans. Wahrscheinlich waren das seine normalen Arbeitsklamotten, bei denen er sich nicht um Schmutz oder neue Löcher sorgen musste.

»Aber jetzt schon?«

»Ja, ich muss zu Dante Marinotti«, erklärte ich ihm, während wir auf eine Straße einbogen, die viel zu klein für das Gefährt wirkte. Damit hatten wir außerdem Ponte Masone hinter uns gelassen. Es ging nunmehr steil bergauf. Die Straße war lediglich von Flieder und Unkraut gesäumt. Auf der linken Seite konnte man ins abschüssige Tal hinabblicken, und dieses Mal wurde mir aus anderen Gründen übel. Ein falscher Schlenker mit dem Lenkrad und es war vorbei mit uns.

Tatsächlich war ich aber so darauf konzentriert, mich festzuhalten, dass meine üblichen Beschwerden ausblieben.

»Marinotti«, wiederholte Antonio düster. Es war, als hätte sich eine einzelne graue Wolke auf sein Gemüt gelegt.

Ich horchte sogleich auf. »Kennst du ihn?«

Die Nase rümpfend umklammerte er das breite Lenkrad fester. Wie viele Minuten waren bereits vergangen? Müssten wir Tursi nicht bald sehen?

Es wurde immer heißer und heißer. Eine regelrechte Schweißpfütze hatte sich unter mir gebildet. Ganz sicher würde ich beim Aussteigen einen peinlichen Abdruck auf dem Sitz hinterlassen …

»Er ist vor ein paar Wochen das erste Mal aufgetaucht. Hat die alte Ferienanlage oben geerbt. *Musone* wie sein Großvater«, spuckte er aus und sprach immer schneller. Seine Worte waren so dialektbehaftet, dass ich mir zum Schluss nicht ganz sicher war, ihn verstanden zu haben. Abgesehen davon ging es ganz gut.

»*Musone?*«, fragte ich nach.

»Ah, wie soll ich das anders sagen?« Er schien seinen Verstand umzustülpen, nur um mir eine leicht verständliche Erklärung zu liefern, was ihn mir noch sympathischer werden ließ. »Sein Nonno hat immer Geld verliehen und dann hohe Zinsen verlangt. Hat nie was ausgegeben. Hat nie mitgefeiert. *Musone*. Griesgram.«

»Klingt nach einem Sonnenschein«, murmelte ich mit einem leicht verzweifelten Unterton. Das konnte ja was werden!

War Dante also doch nicht der Typ, den ich am Flughafen gesehen hatte? Er hatte keineswegs wie ein *musone* gewirkt. Eher wie ein begehrtes Männermodel auf der Durchreise nach Mailand zur Fashion Week.

»Wir hoffen, dass er bald wieder geht. Er hat hier keine Familie«, fügte er noch hinzu, als wäre das ein ausreichender Grund dafür, einen Ort wieder zu verlassen. Dabei wünschte ich mir genau das: ein Platz nur für mich, ohne meine Familie.

Und ohne Oliver.

Ich hatte mich noch immer nicht getraut, sein Instagram zu checken. Es würde mir so oder so wehtun. Dann war es doch besser, sich davon fernzuhalten, oder nicht?

Endlich breitete sich Tursi vor uns aus.

Vollkommen beeindruckt von diesem kleinen Dorf, das auf der einen Seite dem Abhang trotzte und sich auf der anderen bis ganz hoch hinauf an den Hügel schmiegte. Die Bauten waren durchweg alt, aber nicht heruntergekommen. Weißgraue Steinfassaden, in der Sonne strahlende Rundbögen und eingearbeitete Fresken mit biblischen Anspielungen. Stromleitungen, die wie Wäscheleinen von Haus zu Haus verliefen, Mauern, die die verschiedenen Plateaus voneinander abtrennten, und verwinkelte Gassen, Gärten und Treppchen überall, so weit das Auge reichte.

Der Traktor war so riesig, dass er bloß auf der einzigen geraden Straße fahren konnte. In der brütenden Mittagshitze waren kaum Menschen zu sehen. Entweder waren sie arbeiten, oder sie hielten sich in geschlossenen Räumen auf.

Schließlich hatten wir ungefähr die Mitte des übersichtlichen Dorfes erreicht, als Antonio anhielt. Es gab keine Parklücken und keine Einbuchtungen, in die er sich hätte stellen können.

»Wir sind da«, verkündete er und sprang herab. »Reichst du mir den Koffer?«

Verwirrt sah ich von ihm nach oben den Hügel hinauf. Ich konnte dort keine Ferienanlage erkennen. Tatsächlich ging es hinter ihm noch ziemlich steil und weit nach oben. Eine Treppe, die in eine enge Gasse mündete. Weiter konnte ich aufgrund der Biegung nicht sehen. Nur die Häuser und Dächer, die auf Felsplateaus errichtet worden waren.

Ich überreichte ihm schließlich den Koffer und kletterte dann runter.

Nachdem ich festen Boden unter den Füßen hatte, beugte sich Antonio leicht zu mir herab, damit ich in die Richtung seines ausgestreckten Arms sah.

»Immer weiter nach oben. Bis die Häuser aufhören und eine Straße kommt. Die bis zum Ende entlanggehen, und dann erreichst du Speranza.« Wieder brachte er Abstand zwischen uns. Mitleid zeichnete sich auf seinem Gesicht ab. »Man kann auch mit dem Auto fahren, aber ... es ist schwierig. Niemand will zu ihm fahren.«

Großartig! Was für eine Art Griesgram war er genau? Sprach er Flüche aus? Tanzte er um Mitternacht nackt in seinem Vorgarten?

»Schon okay. Danke fürs Herbringen, Antonio. Grazie mille.«

»Prego.« Er tippte sich an die Stirn und sprang problemlos wieder auf seinen Traktor. »Vielleicht sieht man sich noch mal, Cleo«, rief er über den Motorenlärm hinweg. Leano musste ihm meinen Namen verraten haben, was ich komplett vergessen hatte, selbst zu tun.

Ich zwang mich, zu lächeln, und wartete dann, bis er weitergetuckert war, bevor ich mich in Bewegung setzte.

Kaum zu glauben, dass ich erst etwas mehr als zwei Stunden unterwegs war. Es kam mir vor wie eine halbe Ewigkeit.

Alles nur für einen Koffer, der sich wahrscheinlich sowieso am Flughafen befand.

Immerhin wäre mir Dante aber eine Fahrt schuldig, da ich ihm seinen Koffer direkt vor die Haustür brachte.

Das zumindest war meine Logik sowie mein Mantra, als ich ihn die steilen Steinstufen nach oben schleppte.

Ich hasse mein Leben.

Es waren zwar die letzten Stufen, aber sie bedeuteten nicht das Ende des Weges. Ich folgte der Anweisung von Antonio, bis ich die letzte Hausreihe hinter mir gelassen hatte. Von hier aus konnte ich die Ferienanlage bereits ganz oben auf dem Hügel erblicken. Um dahin zu gelangen, konnte man sich entweder querfeldein durch Weinreben und Unkraut seinen Weg kämpfen, oder man schritt den Schotterweg nach oben, der sich zwei Mal um die Spitze zu winden schien.

Dieser Weg war allerdings auch nicht optimal, und des Öfteren kippte der Koffer gefährlich zur Seite. Die Sonne knallte weiterhin auf mich herunter, und nur hin und wieder schafften einzelne Wattewolken Erleichterung.

Zwischendrin nahm ich mir dann doch eine Pause und zückte mein Handy, um Summer Fotos und Videos von der beeindruckenden Landschaft zu schicken, die sich aus grünen Mischwäldern, Weinreben und sandigen, teilweise bewachsenen Felsen zusammensetzte. Die ausgeblichenen roten Dächer auf den weißen Häusern, zwischen denen sich die steinernen, unebenen Gässchen wanden.

Ich: Es ist wunderschön hier. Wenn es nur nicht so heiß wäre! 🥵

Summer: Bin auf der Arbeit, deshalb nur kurz. WOW!!! 😍😍😍 Pass auf dich auf.

Ich: Immer. 🤠 Zur Sicherheit hier mein Standort.

Sie schickte ein GIF als Antwort, bei dem eine gelbe Comicfigur den Daumen nach oben zeigte. Zufrieden steckte ich das Handy wieder ein. Meiner Berechnung nach hatte ich bereits die Hälfte geschafft und …

Ich sah vom Boden auf und nach vorne. Das da war sicherlich der Eingang. Die Mauer hatte sich bereits eine Weile auf meiner linken Seite aufgebaut, und am Ende der Straße wurde sie von einem zwei Meter hohen Steinbogen durchbrochen. Efeu rankte sich gierig an der Fassade entlang und verlieh dem Äußeren eine warme Aura.

Jeder Atemzug brannte in meiner Lunge. War es, weil ich mich nun so weit oben befand? Gab es da weniger Sauerstoff?

Es fühlte sich an, als wäre ich durch die Anstrengung der Ohnmacht nahe.

Mit dem Handrücken wischte ich mir den Schweiß von der Stirn.

Wenn mich meine Schwestern jetzt sehen könnten, würden sie nicht wissen, ob sie mich auslachen oder peinlich berührt sein sollten. Wahrscheinlich würden sie so tun, als würden sie mich nicht kennen.

Und schon wieder ging mir die Frage nicht aus dem Kopf, warum immer mir so etwas passierte. Warum ich nicht einfach mal so wie alle anderen sein und meinen Scheiß zusammenhalten konnte.

Ich hatte den Rundbogen erreicht und blickte auf das teilweise bewachsene Schild aus Kalksandstein, auf dem ein einzelnes Wort in Großbuchstaben stand.

SPERANZA

Da es weder ein Tor noch eine Klingel gab, ging ich einfach in den kleinen, halbkreisförmigen Hof hinein. Er war mit Steinplatten gefliest, und in seiner Mitte befand sich ein alter, überdachter Brunnenschacht mit Eimer und Seilzug. Keramiktöpfe mit Lavendel, Oleander und Grünpflanzen waren an den Hauswänden entlang abgestellt und wirkten als Einziges gepflegt. Die grünen Fensterläden waren vor sämtlichen Fenstern geschlossen, und an ihnen blätterte die Farbe ab. Auch den Türrahmen würde ein neuer Anstrich guttun. Die Lampenschirme, die von der Wand hingen und auf den Hof gerichtet waren, wirkten genauso verrostet wie das metallene Treppengeländer auf der linken Seite. Die engen Stufen führten zu einer Tür in den zweiten Stock. Abgesehen davon gab es noch eine Tür direkt hinter dem Brunnen, die allerdings mit

Brettern vernagelt war. Dort fand sich auch ein Tor, durch das man tiefer in die Anlage gehen konnte. Ich entschied mich für diesen Weg, weil ich mir dadurch weniger wie ein Eindringling vorkam. Ich wollte nicht einfach eine Tür öffnen.

Auch hier war alles bewachsen. Unkraut streckte sich durch die Fugen, Efeu wucherte an den Mauern, die links und rechts zu sehen waren, nachdem ich durch den Bogen geschritten war. Abgesehen von dem nervenden Ruckeln des Koffers und dem Zwitschern von Vögeln war es still. Zu still für eine Ferienanlage. Andererseits wirkte sie auch nicht, als würde hier jemand wohnen.

Die linke Mauer wurde zunehmend niedriger, und ich konnte erkennen, dass sich hinter ihr ein Weg befand, der in die obere Etage führte.

»Hallo?«, rief ich, als mir immer noch niemand entgegenkam, um sich vielleicht mal nach dem Lärm zu erkundigen.

Ich schritt um das Ende der Mauer herum und zog den Koffer nach oben, obwohl meine Knie vor Anstrengung zitterten. Während ich Meter um Meter erklomm, dachte ich ernsthaft darüber nach, meine High Heels auszuziehen. Wahrscheinlich hätte ich das längst tun sollen, meinen schmerzenden Blasen nach zu urteilen.

Fast hatte ich die Zwischenebene erreicht, von der aus sich eine steilere Treppe nach oben schlängelte, als mir die Beine den Dienst versagten.

Versehentlich trat ich mit dem Absatz auf einen Kieselstein, und mein Knöchel knickte weg. Ich verlor den Halt um den Koffer und wirbelte heillos mit den Armen, um mein Gleichgewicht zurückzugewinnen. Der Koffer rollte zurück und fiel herab. Ein großes Knallen blieb allerdings aus.

Ich landete Sekunden später auf meinem Hinterteil. Mein Steißbein hätte mich angebrüllt vor Schmerzen, wenn es dazu in der Lage gewesen wäre. Tränen schossen mir in die Augen, und ich konnte sie nicht zurückhalten. Meine Wangen waren ohnehin schweißfeucht. Was waren da schon ein paar Tränen?

»*Tutto bene?*« Die tiefe männliche Stimme drang nur langsam bis zu mir durch. *Alles in Ordnung?*

Ich blickte auf und erkannte sofort den Mann vom Flughafen wieder. Garantiert war dies Dante Marinotti. Und er hielt meinen ... seinen Koffer mit einer Hand fest. Hatte ihn davor bewahrt, die Treppe nach unten zu poltern.

»*Tutto bene*«, bestätigte ich, obwohl nichts in Ordnung war. »Alles super«, fügte ich sarkastisch auf Englisch hinzu.

3

Dante

Ich hatte absolut kein Interesse daran, mich mit meinem ungebetenen Gast zu unterhalten. So viel stand nach einer fünfsekündigen Musterung fest.

Es störte mich bereits, dass sich so jemand wie sie hier auf meine Ferienanlage verirrt hatte. Ein High-Society-Sternchen hatte hier nichts verloren. Das war ja auch einer der Gründe, warum ich mich an diesen abgeschiedenen Ort begeben hatte.

Um endlich beschissene Ruhe zu finden.

Und darauf zu warten, dass ich nach New York zurückkehren könnte. Doch das schien noch in weiter Ferne zu liegen.

Nichtsahnend hatte ich im rückwärtigen Teil der Anlage nach den Tieren im Stall gesehen, als ich ein lautes Gepolter vernommen hatte. Niemand außer mir befand sich hier, was garantiert nicht an mir lag, aber deshalb war ich neugierig geworden. Eine dunkle Vorahnung hatte sich angeschlichen.

Auch wenn ich nicht mit einer Frau wie ihr gerechnet hatte, sondern eher mit aufdringlichen Fans meiner Ex, die mich bis ans Ende der Welt verfolgten, war ich auf der Hut gewesen. Sie zu sehen, hatte mich trotzdem überrascht. Meinen Koffer vor einem schrecklichen Sturz zu bewahren, sogar noch mehr.

Mein Gewissen meldete sich leise. Zu meiner Verteidigung

konnte man festhalten, dass ich nicht vorgehabt hatte, nach dem Koffer zu greifen. Eigentlich hatte ich die Fremde am Arm fassen wollen, doch der Abstand zwischen uns war zu groß gewesen. Deshalb war der Koffer immerhin besser als nichts, oder?

»Wer bist du?«, fragte ich dann auf Englisch, da dies anscheinend ihre Muttersprache war. Ich hatte nichts dagegen, da ich beide Sprachen fließend beherrschte. Meine Adoptiveltern waren so wie ich italienischer Herkunft und hatten Wert darauf gelegt, dass mein Bruder und ich uns in Italien verständigen konnten.

Die Fremde ignorierte die Hand, die ich ihr ausschließlich aus Höflichkeit hinhielt, und stellte sich hin. Dabei verzog sie kurz die Miene, als sie wieder auf ihren hochhackigen Mörderteilen zum Stehen kam. Ich verdrängte jedwede Regung. Es ging mich nichts an, ob sie sich wehgetan hatte oder nicht. Sie konnte ja den Mund aufmachen. Warum sollte ich zuvorkommend sein, wenn sie einfach so hier auftauchte? Mom würde mich bei so unsensiblen Gedanken schelten, aber meine Stimmung war heute am Tiefpunkt angelangt.

Bevor die Fremde antwortete, nahm sie sich einen Augenblick, um ihre Kleidung zu richten, die ein völliger Fehlgriff war. Wenn man das Klima in Süditalien und die Tatsache berücksichtigte, dass sie ohne Auto oder Roller unterwegs war. Sie trug einen Minirock aus einem dicken Wollstoff, der zugegebenermaßen ihre langen Beine betonte, sowie eine weiße Bluse, die entweder von dem Sturz schmutzig war oder es schon vorher gewesen war. Außerdem zeichnete sich ihr Spitzen-BH deutlich darunter ab, weil ihr Schweiß den Stoff am Dekolleté hatte durchsichtig werden lassen.

Ich hätte tot und vergraben sein müssen, um das nicht zu bemerken.

Es stieß mir sauer auf, dass sie absolut keine Eile verspürte. Ich ließ den Koffer los, der nicht mehr Gefahr lief, zu fallen, und verschränkte die Arme vor meinem Oberkörper. Doch auch mein verärgerter Blick schien sie nicht zu tangieren, während ich auf sie hinabstierte.

Sie war kleiner als ich, etwa einen Meter siebzig. Nicht zu klein.

Was auch immer dieser Gedanke in meinem Verstand zu suchen hatte.

Schließlich schien sie halbwegs mit ihrem Aussehen zufrieden, nachdem sie noch den Anhänger ihrer Goldkette gerichtet hatte. Dann endlich erwiderte sie meinen Blick, und fast hätte ich laut geflucht.

Es wäre besser gewesen, wenn sie weiterhin nach unten geschaut hätte.

Ihre saphirblauen Augen strahlten in der Sonne, als wären sie unbezahlbare Edelsteine. Noch nie in meinem Leben hatte ich eine derartige Farbe gesehen. Der Anblick war seltsamerweise wie ein kräftiger Schlag in die Magengrube.

Meine Reaktion darauf und auf diese Frau im Allgemeinen passte mir überhaupt nicht in den Kram.

»Ich bin Cleo Hargrove«, stellte sie sich endlich vor und reichte mir die Hand, die ich – wie sie vorhin ebenso – ignorierte. Allerdings nicht, bevor ich nicht den Bluterguss sah, der sich wie ein schmerzhaftes Armband um ihr Handgelenk wand. Keineswegs vom Sturz, so viel stand fest.

Jemand hatte sie unsanft gepackt. Bei dieser Erkenntnis schrillten meine Alarmglocken.

»Und?«, blaffte ich vielleicht etwas zu harsch.

Sie ließ ihre Hand sinken. »Ist dir denn noch nicht aufgefallen, dass wir unsere Koffer vertauscht haben?«

Ich musste mich davon abhalten, meine Augen zu verdrehen.

Natürlich war mir dieser Mist aufgefallen. Leider erst nachdem ich gestern Abend vergeblich versucht hatte, das Schloss mit meinem Zahlencode zu öffnen. Dann hatte ich die falsche Adresse gesehen. Bis vorhin hatte ich mich noch nicht entschieden, was zu tun wäre. Keinesfalls wäre ich mit dem Koffer nach New York geflogen – da war nämlich die darauf angegebene Adresse.

Bestenfalls hätte ich das Gepäck zurück zum Flughafen gebracht. In der Hoffnung, dass jemand den meinen dort abgegeben hätte.

Niemals hätte ich damit gerechnet, dass die Besitzerin höchstpersönlich hier bei mir am Arsch der Welt auftauchen würde.

Ein klein wenig beeindruckt war ich schon. Nicht, dass ich das vor ihr zugeben würde.

»Ach nein? So was aber auch!«, antwortete ich.

Sie verengte die Augen, die meinen Puls in die Höhe schnellen ließen. Warum gab ich ihr nicht ihren Koffer und verabschiedete sie dann?

Ich stand wohl darauf, mich selbst zu quälen.

»Hör mal, der Weg hierhin war kein Zuckerschlecken, okay? Mir war speiübel, zwei Mal dachte ich, ich würde den Abhang runterstürzen, und ich bin kurz davor, einen Sonnenstich zu erleiden. Also wenn du dir irgendwelche Scherze erlauben willst, tu's nicht. Verkneif es dir einfach. Ich habe dafür echt keine Geduld mehr heute«, erwiderte sie angespannt.

»Beeindruckend«, merkte ich an, ehe ich den Koffer stehen ließ und mich wieder nach unten bewegte. Ich hatte noch viel zu tun, und wenn ich meine masochistische Ader nicht unterdrücken konnte, konnte ich immerhin dabei meine Arbeit erledigen.

»Wo willst du hin? Bleib hier, verdammt noch mal!« Trotz ihrer Tirade folgte sie mir.

Ich achtete darauf, nicht zu schnell zu gehen, weil ich nicht wollte, dass sie sich den Knöchel erneut verdrehte.

Ernsthaft, warum hatte sie ihre Hacken nicht längst ausgezogen? Oder fürchtete sie um ihre teure Pediküre?

Klar, ihre rot bemalten Fußnägel hatte ich auch bemerkt. Genauso wie die Tatsache, dass ihr zweiter Zeh länger war als ihr großer Zeh. Etwas, das mir definitiv nicht hätte auffallen sollen und das ich nicht süß finden sollte.

Eigentlich hatte ich vorgehabt, zum Stall zurückzukehren, als mir einfiel, dass ich genauso gut meine Arbeit an dem Badezimmer in einer der Fincas fortsetzen konnte. Am Ende der Mauer bewegte ich mich nach links, wo sich das Ferienhaus für zwei Personen befand. Hier gab es eine perfekte Aussicht auf die Dächer von Tursi, die sich weit unter uns befanden.

Die Finca war wie die anderen Gebäudeteile aus hellem Stein errichtet, einstöckig und schutzlos Wind und Wetter ausgesetzt gewesen. Was auch immer mein leiblicher Großvater hier vor seinem Tod getrieben hatte, vermietet hatte er die Häuschen nicht.

Bei meiner Ankunft vor drei Wochen war mir fast die Kinnlade runtergefallen, so erschrocken war ich über den Zustand. Direkt danach hatte ich jedoch einen Plan erstellt, wie und wann ich die Renovierungen zu erledigen hatte, und mit der Zeit hatte ich mich daran gewöhnt. Erst gestern war ich von einem kurzen Trip zu einer Schreinerei zurückgekommen. So engagiert war ich.

Nur jetzt wirkte es wieder schlimm auf mich, weil ich Cleo Hargroves verurteilende Blicke spürte, als würden sie Löcher in meinen Rücken brennen.

Ich musste mich auf keinen Fall für das hier schämen. Das war nicht meine Schuld.

»Moment mal!«, rief sie. Es irritierte mich, dass ihre Stimme immer noch tief und samtig klang. Angenehm in meinen Ohren.

Zum Glück hatte ich den Besen mit den extraharten Borsten neben den Eingang gestellt. Ich griff im Vorbeigehen danach und brachte ihn ins Badezimmer, das direkt links vom kargen Flur abzweigte. Neben dem Waschraum gab es nur noch ein Schlafzimmer und einen Wohnraum mit Kochnische. Die Anlage war so aufgebaut, dass die Gäste sich zurückziehen konnten, aber die Vorzüge einer Gemeinschaft nutzen konnten, indem sie für ihre Speisen in den Hof kämen. Ein Konzept, das ich gar nicht so schlecht fand und beibehalten wollte.

Falls ich diese Anlage jemals wieder zum Laufen bringen würde.

Nein, versagen war keine Option. Ich hatte noch nie aufgegeben und war auch noch nie vor einer Herausforderung davongelaufen.

Bis vor Kurzem.

Ich kehrte möglicherweise den Schutt etwas zu hart vom Boden in Richtung von Miss Hargrove. Ich wollte nicht von ihr als Cleo denken. Das würde mich bloß in Schwierigkeiten bringen.

Lag es daran, dass ich so lange keine Gesellschaft mehr gehabt hatte? Konnte ich deshalb plötzlich nur noch an ihre Augen denken, während sie direkt hinter mir stand?

»Pass doch auf!«, beschwerte sie sich berechtigterweise, nachdem sie zur Seite gesprungen war.

Ich murmelte eine Entschuldigung. Es war nicht meine Absicht gewesen, sie mit dem Schutt zu treffen.

»Ich habe zu tun«, sagte ich, weil ich die Stille irgendwie füllen musste.

»Ja, schön und gut. Ich will dich auch gar nicht weiter aufhalten, aber meinen Koffer hätte ich dann gerne schon noch. Nachdem ich den ganzen Weg hierhergekommen bin.«

Aus dem Augenwinkel sah ich, wie sie ihre Arme verschränkte und dadurch ihre Oberweite nach oben presste.

Herrgott noch mal, ich sollte nicht hinsehen.

Seufzend stützte ich mich mit den Unterarmen auf dem Besenstiel auf. »Befindet sich im Hauptgebäude.«

»Und das wäre wo genau?« Ihre perfekt gezupften Brauen schoben sich nach oben. Feuchte Strähnen klebten auf ihrer Stirn und vermittelten mir viel zu leicht Bilder von ihr in meinem Bett. Würde sie so aussehen, wenn ich sie streichelte? Berührte? Küsste? »Mr Marinotti? Hallo?«

Ich sah weg, als ich die Hitze bemerkte, die in meine Wangen stieg. Wann war ich das letzte Mal errötet?

Reiß dich verflucht noch mal zusammen. Du bist kein notgeiler Teenager, wies mich meine innere Stimme zurecht.

»Ich bring dich hin«, murrte ich.

»Warum nicht gleich so?«, nuschelte sie, doch ich hörte sie.

»Warum bist du überhaupt hergekommen, Cleo?«, fragte ich nach einem kurzen Moment. Es war besser, sie nicht weiter zu provozieren. Im Nachhinein ergab mein Verhalten noch weniger Sinn. Sie hatte recht. Ich sollte ihr zumindest rasch helfen und sie dann loswerden. Auf Nimmerwiedersehen!

»Wie meinst du das, *Dante?*« Ich schmunzelte, weil sie es mir nachtat und sich von höflichen Floskeln löste. »Offensichtlich haben wir die Koffer vertauscht. Wo soll ich sonst hin?«

»Erstens, du bist mit meinem Koffer abgehauen. Zweitens, warum bist du nicht zum Flughafen?«, fragte ich, während wir wieder nach unten schritten. Sie orientierte sich mit einer Hand an der Wand. Vielleicht fühlte sie sich dadurch auch sicherer, nicht wieder zu fallen. »Das wäre doch bestimmt näher gewesen, oder nicht?«

»Für mich ja, aber dann hätte ich meinen Koffer nicht bekommen. Weil er ja offenbar noch hier ist, oder nicht?«

Da ich neben ihr herging, konnte ich ihren verurteilenden Blick auffangen.

»Hey, nicht alle haben Zeit, sich mal eben von Verpflichtungen zu lösen, um einem Koffer nachzujagen«, verteidigte ich mich.

»Ich weiß ja nicht, was du in deinem Gepäck hast, aber abgesehen von meinem Rucksack hier bin ich mittellos.« Ihre Stimme brach zum Ende hin, was mich neugierig werden ließ, gegen meinen Willen.

»Ist etwas passiert?« Sie runzelte die Stirn. »Ich meine abgesehen von den vertauschten Koffern?«

Tatsächlich hatte ich mich vorhin sofort an sie erinnert. Im Flughafen hatte ich mich zwei Sitze weiter neben sie gesetzt, um ein Telefonat mit Isaac zu führen. Doch er war nicht sofort rangegangen, sodass ich sie zwangsläufig beobachtet hatte. Einfach weil sie das Spannendste gewesen war, was in meiner unmittelbaren Nähe stattgefunden hatte, mehr nicht.

Ich hatte ihr Telefonat nicht belauscht, aber sie war eindeutig aufgebracht gewesen. Der vollkommen verstörte Blick, den sie danach ins Leere geworfen hatte, hatte mich derart beschäftigt, dass ich nicht mal bemerkt hatte, wie sie nach meinem anstatt nach ihrem Koffer gegriffen hatte.

Während ich mit Isaac gesprochen hatte, war ich irgendwann aufgestanden und hatte geistesabwesend den übrig gebliebenen Koffer mitgenommen. Dabei war mir nur aufgefallen, dass er nicht da stand, wo ich ihn hingestellt hatte.

Also traf mich mindestens genauso viel Schuld wie Cleo Hargrove.

»Rein gar nichts«, log sie wenig überraschend. Das war fein für mich. Wir waren Fremde. Es wäre merkwürdig gewesen, wenn sie mir hier und jetzt ihre Lebensgeschichte aufgetischt hätte.

»Hier ist es. Ich bringe ihn dir.« Viel zu spät erinnerte ich mich daran, dass ich eigentlich ein höflicher Typ war. Zumindest war ich so erzogen worden, und fast fünfundzwanzig Jahre hatte ich mich so verhalten. Bis alles den Bach runtergegangen war.

Ein paar Minuten später kehrte ich mit dem Koffer von der kleinen Rezeption wieder in den Hof zurück. Das war der einzige Ort, den ich bereits zu meiner Zufriedenheit renoviert hatte. Ich hatte die Blumen und Pflanzen zurechtgeschnitten, einige Töpfe neu bepflanzt und das schlimmste Unkraut entfernt. Außerdem hatte ich den Eimer vom Brunnen ersetzt und den Flaschenzug erneuert.

Cleo hatte sich in den Schatten ebenjenes Brunnens gestellt und die Arme um ihre Mitte geschlungen. Ihr schwarzer Rucksack fiel mir erst jetzt auf. Wenn das alles war, was sie besaß, konnte ich durchaus nachvollziehen, dass sie so schnell wie möglich ihre Habseligkeiten zurückhaben wollte.

Ich stellte den Koffer neben sie, hielt ihn jedoch am Griff fest, wodurch ich einen weiteren irritierten Blick einheimste. Fast genoss ich ihre Reaktionen. Sie waren so ehrlich und groß. Größer, als ich es während meines Lebens in New York gewohnt war, in dem jedes ehrliche Lächeln eine Schwäche darstellte.

»Was soll das werden? Willst du jetzt bezahlt werden, oder was?« Sie war mit ihrer Geduld eindeutig am Ende.

»Brauchst du einen Job?«

Ich konnte nicht sagen, wer von uns beiden überraschter war. Eigentlich hatte ich ihr anbieten wollen, sie ins Dorf zu fahren. Wie kam ich auf den Gedanken, dass sie Arbeit suchte?

Und doch ... es war der leere Blick vom Flughafen, der mich immer noch verfolgte. Die absolute Hilflosigkeit, mit der ich mich zu gut identifizieren konnte.

»Was?« Sie blinzelte langsam, als wäre sie sich nicht ganz sicher, ob sie träumte oder wach war.

»Brauchst du einen Job?« Ich betonte jedes Wort, damit sie mich dieses Mal verstand. Das war besser, als einen Rückzieher zu machen.

»Warum?«

Ich hakte einen Daumen in eine Gürtelschlaufe meiner Jeans ein und zeigte mit der anderen Hand hinter mich. »Ich kann das hier nicht alles allein stemmen, und aus irgendeinem Grund ist es unmöglich, Handwerker zu finden. Kost und Logis wären inklusive.«

Auf meine Annonce hin hatte sich niemand gemeldet, und wenn ich im Dorf gewesen war, um persönlich zu fragen, hatte man mir die kalte Schulter gezeigt. Irgendwann hatte ich es aufgegeben. Dann war ich eben nicht mit offenen Armen empfangen worden. Ich würde nicht um Akzeptanz heischen, und Cleo Hargrove konnte sicherlich kleinere Arbeiten übernehmen, für die ich keine Zeit hatte.

Bist du sicher? Wie viel kann ein High-Society-Püppchen schon leisten?, meldete sich wieder die innere, düstere Stimme.

Cleo öffnete den Mund und schloss ihn wieder. Sie war kurz davor, Ja zu sagen. Das hatte ich ihr vom Gesicht ablesen können.

Genauso gut konnte ich leider auch ablesen, dass es endlich klick gemacht hatte. So wie ich stammte sie aus New York. Und so jemand wie sie las sicherlich die Klatschpresse.

Deshalb war es keine Überraschung, dass sie ihre Miene vor mir verschloss, mir ihren Koffer entriss und nach einem lauten Danke förmlich davonlief.

Sie hatte mich als den vermeintlichen Schläger erkannt, der seine Ex-Freundin verletzt hatte.

Ich ballte die Hände an den Seiten zu Fäusten, ehe ich mich dazu zwang, die Finger nacheinander zu lösen.

Es war das Beste. Ich hätte mich nicht hinreißen lassen sollen, sie zu fragen.

Einen Moment länger blieb ich im Hof stehen, während die Sonne auf mich niederbrannte. Mit einer Hand wischte ich mir dann übers Gesicht, ehe ich mich in Bewegung setzte.

Im Gehen noch wählte ich Isaacs Kontakt und drückte den Kamerabutton. Ich musste meinen Bruder und besten Freund sehen, um nicht wahnsinnig zu werden. Um nichts Dummes zu tun, wie eine Tür einzutreten oder vor Frustration ins Tal zu brüllen.

»Hey, Big Bro«, begrüßte er mich lässig, was im starken Kontrast zu seinem geschniegelten Aussehen stand. Er war vermutlich erst eben vom Büro nach Hause gekommen. Es musste bereits 2 Uhr morgens sein. So wie ich war er ein Workaholic.

Ich konnte im Hintergrund unsere schwarze Ledercouch erkennen. Wir hatten ein gemeinsames Apartment in Manhattan ganz in der Nähe meines Geschäfts, damit wir nicht lange pendeln mussten. Wenn wir dann mal nach Hause fuhren, um dringend benötigten Schlaf nachzuholen.

Seit ich nach Italien gekommen war, hatte ich so viel Zeit wie noch nie zuvor in meinem Leben zur freien Verfügung. Ich hätte theoretisch zwanzig Stunden schlafen können, und niemand hätte sich darüber beschwert.

Doch ich konnte froh sein, wenn ich für vier Stunden die Augen zubekam.

Meine Gedanken waren momentan ein einziger Müllhaufen.

Isaac sah mir überhaupt nicht ähnlich. Man sollte meinen, dass ich mich nach vierundzwanzig Jahren daran gewöhnt hatte. Dass er die Augen unserer Mutter hatte und das aschblonde Haar unseres Vaters. Unsere Eltern, mit denen ich nur Liebe und kein Blut teilte.

Das sollte genügen, oder?

»Alles okay? Ist was?« Besorgt sah er in die Kamera und dann wieder auf sein Display, wo ich mich vermutlich mit irritierter Miene präsentierte.

»Nein, schon okay. Sorry, hab nicht gewusst, wie spät es ist. Warum bist du noch wach?« Ich ließ mich auf die oberste Stufe der schmalen Treppe sinken – sie führte zu einer Terrasse im zweiten Stock. Das geschwungene schwarze Metallgeländer hatte ich gestern erst neu befestigt.

»Du hast mal etwas nicht gewusst? Das muss ich mir direkt eintragen«, scherzte er gut gelaunt. Das konnte jedoch nicht von den dunklen Augenringen ablenken. Hatte ich ihm mit meiner Abwesenheit zu viel aufgebürdet?

Sicher, er teilte sich die Aufgaben und die Verantwortung mit den beiden anderen ernannten CEOs. Trotzdem lastete er sich üblicherweise alles selbst auf, um niemanden zu überfordern. In dieser Hinsicht ähnelten wir uns sehr.

Überhaupt waren wir uns charakterlich ähnlich. Unsere Werte und Moralvorstellungen waren gleich, und unser Humor brachte uns gegenseitig zum Lachen.

Isaac war nicht nur mein jüngerer Bruder, er würde auch für immer mein allerbester Freund sein, und ich vermisste ihn mit jedem Tag mehr.

»Italien ist so schön und fernab jeder Arbeit, da verliert man das Zeitgefühl schnell«, log ich. Es gab kaum eine Sekunde, in der ich nicht an New York und an zu Hause dachte. Nur eben waren meine Gedanken um eine Person gekreist, an die ich definitiv nicht weiter denken sollte. »Wie läuft das Business?«

»So wie gestern auch und vorgestern«, rügte er mich leicht, bevor er in einen ellenlangen Monolog darüber verfiel, wer welche Aufgaben übernommen hatte und wie die aktuellen Umsätze aussahen. Das musste er nicht tun, aber er kannte mich und wusste, dass ich anders nicht zur Ruhe kommen würde. Oder zumindest nicht mal den Anschein von Ruhe finden würde.

»Du könntest mit Harry von der Buchhaltung darüber sprechen, damit er eine neue Aufstellung unter den genannten Aspekten anfertigt«, schlug ich vor. »Er ist ziemlich gut darin, auch wenn es nicht seine eigentliche Aufgabe ist.«

»Wir müssten ohnehin darüber nachdenken, ihn zu befördern. Er schlägt sich besser, als wir beide dachten«, fügte Isaac lächelnd und ein klein wenig stolz hinzu.

»Von mir hast du grünes Licht«, sagte ich anerkennend. Wir schwiegen einige Augenblicke, in denen Isaac seine Krawatte löste und sich ein Wasser aus dem Kühlschrank holte. »Gibt es sonst noch was Neues?«

Er blickte an der Wasserflasche vorbei, ehe er sie auf der marmorierten Kücheninsel abstellte.

»Du meinst, ob sich Ava zu den Vorfällen geäußert hat?«

Ich zuckte mit den Schultern bei dem vergeblichen Versuch, unbeteiligt zu wirken. Tatsächlich hatte ich mir verboten, auch nur eine Schlagzeile zu lesen, während ich hier war. An manchen Tagen war es schwieriger einzuhalten als an anderen.

»Ich schätze, das ist ein Nein?«

»Sie bombardiert mich mit Anrufen, die ich nicht mehr annehme«, gestand er.

»Was? Sie ruft dich an?«

»Du hast ihre Nummer geblockt, oder nicht? Ich bin das nächsterreichbare Opfer.« Er fuhr sich mit einer Hand durchs Haar. »Einmal habe ich mit ihr gesprochen, aber als sie dann auf die Tränendrüse drückte, habe ich aufgelegt. Sie muss bloß die Wahrheit sagen, und der ganze Terz wäre vorbei. Du könntest zurückkommen.«

Ich blickte auf meine rechte Hand, die ich erneut unwillkürlich zu einer Faust geballt hatte. Sorgsam löste ich sie, Finger für Finger.

»Sie ist ein Opfer, Isaac«, erinnerte ich ihn.

»Ja, aber du bist ihres. Ihres und das ihrer Lügen.«

Frustriert rieb ich mir die Schläfen. »Können wir bitte nicht darüber reden? Und ja, ich weiß, ich hab damit angefangen.«

Isaac gluckste, bevor er wieder ernst wurde. »Ava schweigt, das Gleiche gilt aber nicht für ihre Fangemeinde. Niemand weiß, wo du bist, doch in den sozialen Netzwerken geht es heiß zur Sache. Verhalte dich besser ruhig, sonst stehen sie noch bei dir auf der Matte.«

Ich horchte auf. »Du glaubst, sie würden bis nach Italien kommen?«

»Vielleicht. Avas globale Fans kommen von überall her.«

»Stimmt. Na ja, ich habe sowieso nicht vor, hier auf den Tischen zu tanzen, von daher ...«

»Das würde ich gern sehen.«

»Haha«, sagte ich trocken, spürte aber, wie sich der festgezurrte Knoten in mir ein klein wenig lockerte.

»Mal was anderes, ich wollte demnächst zu dir kommen. Schauen, wie schön du es dir da gemacht hast.«

»Das ist nicht nötig.« Er machte sich Sorgen um mich. Anscheinend war ich nicht sonderlich gut darin, meine Ängste zu überspielen.

»Das steht nicht zur Diskussion, Big Bro. Sobald ich Einzelheiten weiß, melde ich mich.«

Da Isaac mindestens so stur war wie ich, sparte ich es mir, ihn vom Gegenteil zu überzeugen. »Pass auf Mom und Dad auf.«

»Natürlich. Es könnte aber nicht schaden, wenn du sie öfter mal anrufst. Gerade Mom vermisst dich sehr.«

»Macht sie sich noch immer Vorwürfe?« Es war für mich ein komplettes Rätsel, warum sie die Schuld des Fan-Angriffs bei sich selbst sah.

»Kennst sie ja.« Er gähnte lange und ausgiebig.

»Hand vor den Mund!«, ermahnte ich ihn.

»Jaja, ich hau mich aufs Ohr. Wir sehen uns.«

»Gute Nacht. Träum was Gutes.«

Er wackelte grinsend mit den Augenbrauen. »Es könnte nicht schaden, wenn eine gewisse Scarlett in meinen Träumen erscheint.«

»Bye!« Ich legte auf. Seine heißen Träume konnte er schön für sich behalten. Es reichte, dass ich ab heute sehr wahrscheinlich mit meinen eigenen beschäftigt wäre.

Cleo Hargrove.

Es war gut, dass sie mein Angebot nicht angenommen hatte. Besser für uns alle, um ehrlich zu sein.

4

Cleo

Verschwitzt, dreckig und halb verdurstet kam ich wieder in Tursi an. Meine Kopfhaut brannte, mein Magen rumorte, und mir war schwindelig. Den befürchteten Sonnenstich von vorhin hatte ich mir jetzt definitiv geholt. Wenn ich mich nicht bald hinlegte, würde ich zusammenklappen.

Ich hätte Dante nach Wasser fragen sollen. Und nach einer Mitfahrgelegenheit, wenn wir schon mal dabei waren.

Aber nein. Kopfschüttelnd fuhr ich mit dem Handrücken über meine Stirn. Für einen kurzen Moment legte ich im Schatten einer zweistöckigen Finca eine Pause ein.

Nein, wiederholte ich in Gedanken. Denn ich hatte ihn erkannt. Dante Marinotti. Sein Name hätte mich schon stutzig machen sollen, doch irgendwie hatte ich ihn nicht mit New York in Verbindung gebracht.

Soweit ich informiert war, wurde er von der Öffentlichkeit beschuldigt, seiner Ex-Freundin, dem YouTube-Sternchen Ava Nam, ein Veilchen verpasst zu haben. Unwillkürlich blickte ich auf den Bluterguss an meinem Handgelenk hinab, den Oliver mir zugefügt hatte. Nur weil ich bei Dante keine ähnlichen Vibes aufgefangen hatte, bedeutete das nicht, dass er unschuldig war.

Ich wollte ihn nicht vorverurteilen, da er bisher noch nie vor Gericht erscheinen musste. Trotzdem war es sicher besser, mich fernzuhalten.

Selbst wenn ich sein Jobangebot als verlockend empfunden hatte. Unerwartet verlockend.

Eine junge Frau mit schwarzen voluminösen Locken und drei kleinen Hunden an ebenso vielen Leinen kam mir entgegen. Neugierig sah sie mich an.

»Kann ich dir helfen?«, fragte sie auf Italienisch.

»Ah, gibt es hier in Tursi ein Motel oder so?«, fragte ich vor Erschöpfung recht holprig und lächelte entschuldigend.

Ihre Miene wurde weich. »Komm, ich bring dich.«

»Vielen Dank.«

»Mein Name ist Rosalie«, stellte sie sich vor. »Und das sind Pippa, Olli und Stef.«

»Freut mich.« Das Lächeln, das ich ihr jetzt schenkte, fühlte sich echter an. »Ich bin Cleo Hargrove.«

»Freut mich ebenso, Cleo. Willst du hier Urlaub machen?« Wir gingen nebeneinander die enge Gasse entlang auf eine breitere Straße zu. Breit war allerdings relativ. Mehr als zwei Motorroller nebeneinander passten da auch nicht drauf.

»So ungefähr«, sagte ich ausweichend, weil mir keine bessere Antwort einfiel. »Es ist einfach alles schiefgelaufen, was schieflaufen kann.«

»Es geht sicher wieder bergauf.« Sie zwinkerte mir zu. »Falls du noch länger hier bist, kannst du mich gerne besuchen kommen. Ich arbeite im Blumenladen. Der ist leicht zu finden. Frag dich einfach durch.«

»Danke, aber ich weiß noch nicht, ob ich bleibe.« Ihre Freundlichkeit war so herzlich, dass ich all meine körperlichen Befindlichkeiten vergaß.

»So, da wären wir.« Mit einem Kopfnicken deutete sie auf

ein mehrstöckiges Gebäude mit Balkonen vor den oberen Fenstertüren und einem braunen Dach. Die Fassade war eierschalenweiß mit ein paar wenigen Altersflecken. Vor dem offen stehenden Eingang gab es einen nicht abgegrenzten Vorgarten, in dem sechs Stühle und ein Tisch platziert waren. Vier Frauen mit weiß-grauen Haaren in unterschiedlichen Abstufungen und alle in geblümten Kleidern mit bunten Schürzen saßen zusammen und spielten Scopa, ein italienisches Kartenspiel.

»Zia Magdalena!«, rief Rosalie und rannte förmlich auf die Frauen zu.

Die Dame mit der höchsten Turmfrisur hob den Kopf. Das war wohl Magdalena.

»Bambina, schön, dich zu sehen. Oh, wen hast du uns denn da mitgebracht?« Ihr faltiges, von der Sonne gezeichnetes Gesicht war offen und freundlich. In ihren braunen Augen lag dazu noch beeindruckende Weisheit verborgen.

»Das ist Cleo Hargrove. Sie braucht ein Bett für eine Nacht.«

Alle redeten plötzlich durcheinander, und ich konnte wegen meiner Kopfschmerzen und dem schweren Dialekt kaum etwas verstehen. Deshalb blieb ich mit meinem Koffer vor dem Eingang stehen, unschlüssig lächelnd.

»Ich habe nicht viele Zimmer, aber für eine Frau immer«, sagte Magdalena schließlich, nachdem sie aufgestanden war. »Du armes Kleines siehst aus, als hättest du eigenhändig ein gesamtes Weinfeld gepflügt.« Wie selbstverständlich legte sie einen Arm um meine Schultern. Ich hätte fast losgeheult, weil die Geste so mütterlich und beschützend war, wie ich sie schon lange nicht mehr erfahren hatte, vielleicht auch noch nie.

»Keine Sorge«, fügte sie hinzu. »Du bist hier gut aufgehoben. Ich bin die Besitzerin dieses kleinen Bed & Breakfasts. Das da mit dem viel zu roten Rouge ist meine liebe Elvira Bianchi. Sie übernimmt das Kochen und ist wie Tizana Durante und Giada Zaniolo Teil der *Le Donne Sagge.*«

»Buongiorno.« Ich nickte ihnen zur Begrüßung zu. Sie schienen alle sehr nett, wenn auch furchtbar neugierig. Immerhin hatten sie aufgehört, mich mit Fragen zu bombardieren. *»Le Donne Sagge?«*

Giada Zaniolo grinste schelmisch und legte eine Hand verschwörerisch an ihren Mund. »Ein anderer Begriff für Witwen. Klingt mächtiger.«

»Und abschreckender«, fügte Tizana brummend hinzu. Sie trug zwar kein Rouge wie ihre Sitznachbarin, dafür aber einen knallpinken Lippenstift.

»Francesca gehört auch dazu, aber sie ist nach Ponte Masone zum Shoppen, Wieder mal. Die alte Schachtel könnte uns ruhig mal was von ihrem Reichtum abgeben«, beschwerte sich Giada, doch nicht ohne ein humorvolles Glitzern in ihren grünen Augen.

»Was sagst du da? Sie ist zehn Jahre jünger als du. Alte Schachtel, pff!« Tizana spuckte aus.

»Dann darf ich das doch wohl sagen, oder nicht? Vaffanculo, immer diese Erbsenzählerei.« Es war erstaunlich, wie viel ich von ihrem Gespräch verstand. Der Dialekt, der mir anfangs Angst gemacht hatte, war bei Weitem nicht so dramatisch wie gedacht, wenn ich einmal in der Unterhaltung drin war.

»Komm, ich bring dich hinein«, sagte Magdalena sanft. »Ciao, Rosalie.«

»Ciao!«, beeilte ich mich auch zu sagen, ehe ich an den Schultern ins vergleichsweise kühle Haus geführt wurde.

Es gab keine Klimaanlage, doch alles war angenehmer, als in der Sonne zu brutzeln.

Das Innere des Bed & Breakfasts war altbacken und abgenutzt. Man konnte sehen, dass nur noch das Nötigste getan wurde. Wenn auch mit Liebe. Geblümte Spitzendeckchen, kitschige Wandbehänge und hölzerne Kreuze an jeder freien Stelle konnten jedoch nicht darüber hinwegtäuschen, dass es schon lange keine Grundrenovierung mehr gegeben hatte.

Trotzdem fühlte ich mich sofort wohl wegen der Freundlichkeit und Sorgfalt, die alles ausstrahlte.

Magdalena half mir, den Koffer in den ersten Stock zu tragen. Die dunkle Eichenholztreppe knarzte bei jedem Schritt. Die Tapete hier und im oberen Flur war hell mit rosa Blüten. Oben und unten mit Holzleisten versehen, die zum Fußboden passten.

»Hier«, sagte Magdalena und öffnete die erste Tür links. Sie überließ mir den Vortritt und folgte dann. Sofort begab sie sich zu den langen gelben Vorhängen, um sie aufzuziehen. Es war eines der Zimmer mit Balkon, doch ich hatte nicht vor, direkt wieder rauszugehen. »Das Bett ist frisch bezogen. Nebenan kannst du dich waschen. Handtücher findest du in den Schränken. Ich bringe dir gleich einen Salat rauf. Heute Abend kannst du mit uns essen.«

Ich blinzelte die Tränen fort. »Grazie, Magdalena.«

»Zia Magda«, korrigierte sie mich. *Tante.* »So nennen mich die meisten.«

»Grazie, Zia Magda.«

Sie nickte und ging dann rückwärts raus, während sie gleichzeitig die Tür zuzog. »Ruh dich aus!«

Ich musste schlimmer aussehen, als ich mir bereits vorkam, dass sie mir dies noch hinterherrief.

Neben dem einfachen Bett, dessen Rahmen aus Holz geschnitzt war und wundervolle, verträumte Blüten aufwies, standen zwei Nachtschränkchen, und darauf waren kleine

Wasserflaschen platziert. Ich machte mich sofort über die erste her, zwang mich aber, langsam zu trinken, um nicht sofort alle Elektrolyte auszuspülen.

Zum ersten Mal seit dem verhängnisvollen Telefonat mit Oliver hatte ich das Gefühl, mich zu entspannen. Eine große Last fiel von mir ab, und ich nahm mir Zeit, mich zu duschen, meine Haut zu pflegen und vor allem – nach dem Snack von Zia Magda – zu schlafen.

Als ich aufwachte, fühlte sich mein Kopf wie in Watte gepackt an. Immerhin blieb der Schmerz aus, da ich in einem Anflug von ungewohnter Voraussicht Tabletten geschluckt hatte. Mein Mund war dennoch pelzig, und meine Zunge fühlte sich geschwollen an. Ich stillte zunächst meinen Durst, nachdem ich im Halbdunkel nach einer der Flaschen getastet hatte.

Behutsam setzte ich mich auf und stellte die Füße auf dem kühlen Boden ab. Die Vorhänge bewegten sich im Luftzug des frühen Abends. Vor dem Schlafengehen hatte ich noch die große Tür geöffnet. Jetzt schickte mir Mutter Natur eine kühle Brise.

Ich torkelte zum Badezimmer im Flur, als sich meine Blase bemerkbar machte. Langsam ließ der Schwindel endgültig nach. Das kühlende Wasser, das ich mir ins Gesicht warf, tat dann sein Übriges, damit ich richtig wach wurde.

Es war wahrscheinlich nicht die cleverste Entscheidung gewesen, so lange zu schlafen. In der kommenden Nacht würde ich kaum ein Auge zutun. Doch ich hätte mich vorhin keine Minute länger wachhalten können. Nicht nach dem körperlichen und emotionalen Stress.

Zurück in meinem Zimmer tauschte ich das Seidennachthemd von Victoria's Secret gegen ein schwarzes Kleid mit weißen Punkten, das bis zur Mitte meiner Oberschenkel reichte und das ich mit einem weißen T-Shirt ergänzte, da es keine Ärmel besaß. Für den Abend eindeutig zu kühl. Selbst bei den sommerlichen Temperaturen.

Meine Haare sahen furchtbar aus. Ich hatte sie bloß gewaschen und das Föhnen ausgelassen, weil ich nicht mal mehr einen Föhn hatte halten können. Jetzt standen sie zu allen Seiten ab, und ich musste sie ordentlich durchkämmen. Gleichzeitig ließ ich eine weitere dicke Schicht Feuchtigkeitscreme in meine Gesichtshaut einziehen.

Mein Handy klingelte, und Summers Selfie erschien auf meinem Display. Sie streckte mir frech die Zunge raus.

Sofort lächelte ich.

»Hey du«, begrüßte ich sie und stellte das Handy gegen eine Flasche gelehnt ab, damit wir uns sehen konnten und ich weiterhin mein Haar in Ordnung bringen konnte. Dabei knipste ich noch das kleine Licht über dem Bett an.

»Was ist mit dir passiert?« Sorgenvoll presste sie beinahe ihre Nase gegen das Display, als würde sie dadurch mehr von mir sehen können. »Deine Haare sehen ja furchtbar aus.«

»Danke für nichts.« Ich verdrehte die Augen. »Falls es dir nicht aufgefallen ist, versuche ich gerade, das Desaster einzudämmen.«

»Puh, ich nehme an, du hast erst angefangen? Und, meine Güte, deine Haut ... Hast du einen Sonnenbrand?«

»Frag nicht.« Ich stöhnte. »Gosh, der ganze Tag war eine Tortur. Ehrlich, Summer, ich wünschte, du wärst dabei gewesen. Immerhin habe ich meinen Koffer jetzt zurück. Aber du glaubst nicht, wer ihn hatte!«

Sie runzelte die Stirn. »Hast du nicht was von einem Typen in Tursi gesagt? Bist du da jetzt?«

»O ja, aber es ist nicht irgendein Typ, es ist Dante Marinotti!«

»Ja, und?« Sie sah mich ehrlich verwirrt an.

Ich hatte für einen kurzen Augenblick vergessen, dass sie sich kaum für die Klatschseiten in den Magazinen interessierte. Weder off- noch online.

»Er war mit der Youtuberin Ava Nam liiert. Erinnerst du dich? Sie sind vor Kurzem auseinandergegangen, als sie mit einem blauen Auge abgelichtet worden ist.« Die Paparazzi hatten ihr wie so oft aufgelauert und ein Foto von dem riesigen Bluterguss gemacht. Es war kein klärendes Statement ihrerseits gekommen, und als die Nachricht durchsickerte, dass sie und Dante sich getrennt hatten, wurden die ersten Gerüchte laut, dass er der Schuldige war.

Viel zu spät, um der Anti-Dante-Bewegung noch Einhalt zu gebieten, erzählte Ava was von einem Reitunfall. Ihre Fans glaubten ihr kein Wort, da sie wohl das letzte Mal vor fünf Jahren auf einem Pferd gesessen hatte.

Auch ich hatte meine Zweifel. Es hatte schon cleverere Ausreden gegeben.

Ob Dante wirklich der Schuldige war?

Summer schien eifrig etwas auf ihrem Handy nachzuschauen. Vermutlich googelte sie die Geschehnisse.

»Ich erinnere mich dunkel wieder, ja. Selbst ich habe das mitbekommen. O Mann, hast du das mit seiner Mom gesehen?«

»Was?« Vor Schreck ließ ich den Kamm fallen. »Summer? Was meinst du?«

»Krieg dich ein. Sie ist nicht tot oder so, aber sie wurde von Avas Fans attackiert. Kam mit einer Platzwunde davon, aber mein Gott, wie krass ist das alles? Sie kann ja am wenigsten was dafür.«

Ich musste es selbst sehen, deshalb ließ ich meine Haare Haare sein und tippte Dantes Namen in die Suchleiste, ohne den Anruf mit Summer zu unterbrechen. Das erste Ergebnis entsprach nicht meiner Vorstellung, weil es ein Eintrag auf einer renommierten Website für Selbstständige war. In diesem wurde er für sein soziales Engagement gelobt, da er jährlich fünf Prozent der Gewinne an Waisenhäuser spendete. Zusätzlich zu dem, was er privat gab. Die Summe hatte er nie öffentlich gemacht, doch es gab einige Spekulationen, und diese bewegten sich im hohen fünfstelligen Bereich.

»So einer ist das also? Außen hui, innen pfui?«, kommentierte Summer, nachdem ich ihr den Eintrag vorgelesen hatte.

»Summer«, brummte ich, nicht sicher, warum in mir das Gefühl aufgestiegen war, Dante nicht vorzuverurteilen. Es war bloß ... Abgesehen von der Tatsache, dass er nicht nach mir, sondern nach dem Koffer gegriffen und leicht abwesend gewirkt hatte, war er mir nicht wie ein schlechter Kerl vorgekommen.

»Was?« Sie lachte, was ihren vorherigen Worten etwas die Schärfe nahm. »Na ja, theoretisch wissen nur die beiden, was wirklich geschehen ist. Aber es spricht nun mal nicht für ihn, dass Avas Aussage so spät kam. *Und* dass sie sich getrennt haben.«

»Dante selbst hat zwar nie was dazu gesagt, doch viele andere sprechen sich für ihn und seinen Charakter aus.« Ich hatte eine News-Seite geöffnet, wo in einem Artikel mehrere Celebrities zitiert wurden. Einige Passagen las ich Summer vor. Sie waren allesamt zugunsten von Dante.

»Ja, das spricht schon für ihn, da hast du recht. Aber glaubst du wirklich, er würde ihnen sein wahres Gesicht zeigen?«

Damit hatte sie durchaus einen Punkt. Seufzend schloss ich die Google-Suche und blickte wieder in das entspannte Gesicht meiner besten Freundin.

»Ja, ich weiß.«

»Warum sprechen wir überhaupt über ihn? Du hast deinen Koffer doch wieder, oder nicht? Und jetzt?«

»Ähm, die Sache ist die ...« Ich legte mich mit dem Handy zurück ins Bett, den Kopf gegen die Kissen gelehnt.

»Bloody Hell, will ich es überhaupt wissen?«

Ich runzelte skeptisch die Stirn. »Du bist schon viel zu lange in England, dass du so fluchst.«

»Darum geht es nicht, Babe. Rück raus mit der Sprache!«

»Fein ... Oliver ignoriert meine Anrufe, und wie du weißt, bin ich absolut pleite.«

»Ich kann dir jederzeit was leihen. Das Angebot steht«, warf sie ein.

»Weiß ich doch, und ich liebe dich dafür, aber ... wenn ich jetzt nach Hause zurückkehre. Allein. Sechs Wochen zu früh ...« Ich schloss die Augen für einen Moment, in dem ich mir das Desaster vorstellte. »Sie werden es mich niemals vergessen lassen. In ihren Augen kriege ich nicht mal einen entspannten Urlaub für mich allein hin, wie soll ich da meinen Job gut machen?«

»Cleo, nur weil deine Familie ein festes Bild von dir hat, heißt das noch lange nicht, dass es Realität ist.«

»Klar«, stimmte ich zu, obwohl mir Zweifel blieben. Wenn ich Summer nicht hätte, gäbe es niemanden, der auf meiner Seite war. Der mir sagte, dass das, was ich tagtäglich von meiner Familie zu hören bekam, nicht der Wahrheit entsprach.

Dass ich nicht faul war.

Dass ich nicht unfähig war.

Dass ich nicht egoistisch war.

»Cleo«, wiederholte sie sanfter, weil sie mich so gut kannte. Ich könnte ihr niemals etwas vorspielen. Genauso wusste sie allerdings, dass ich gerade jetzt, als ich ohnehin am Boden angekommen war, nicht weiter über die Erwartungen – oder vielmehr den Mangel derer – reden wollte. »Was hast du denn stattdessen vor, wenn du nicht nach New York willst? Wie passt Dante da rein?«

Froh, mein Zuhause gedanklich verlassen zu können, richtete ich mich wieder auf.

»Er hat mir ein Jobangebot gemacht«, sagte ich, und die Begeisterung, die ich vorhin für den Bruchteil einer Sekunde gefühlt hatte – ehe ich ihn erkannt hatte –, kehrte zurück.

»Bitte was?«

»Ja! Er restauriert oder renoviert oder was auch immer die alte Ferienanlage hier, und scheinbar hat er Probleme damit, jemanden zu finden, der ihm hilft.« Schmunzelnd dachte ich an seinen Gesichtsausdruck zurück. »Ich glaube, er war erstaunter als ich, dass er mich gefragt hat.«

»Er wäre ein ganz schöner Vollpfosten, wenn er dich sieht und sofort gehen lassen würde.«

»Summer«, stöhnte ich. »So ist es nicht. Ich glaube ihm.« Seine düster-sexy Attraktivität verheimlichte ich ihr. Sie hatte ja ohnehin die Fotos von ihm im Netz gesehen, auch wenn er in echt noch viel heißer war. Sofort hatte ich die Anziehung zwischen uns gespürt. Oder *ich* hatte sie gefühlt, weil ich nicht wusste, was in ihm vorging. Selbst in den Momenten, da ich ihn vor Frustration hatte schütteln wollen. »Es wäre einfach so passend. Ich könnte hier sechs Wochen wohnen, arbeiten, Geld verdienen und dann erhobenen Hauptes nach New York zurückkehren. Niemand wird etwas davon erfahren, wie ich mitten im Nirgendwo von meinem Ex bestohlen und verlassen worden bin. Und Dante bekommt auch Hilfe. Win-win.«

»Ich weiß nicht«, sagte sie gedehnt. »Und wenn er doch ein Sadist ist? Ein Frauenschläger?«

»Ach, Mann …« Eine Weile schwiegen wir uns an, und ich blickte durch das Fenster nach draußen. Es war mittlerweile so dunkel, dass ich nur noch die Lichter in den Häusern und die wenigen Straßenlaternen sehen konnte. Die Brise trug den Geruch von Stroh und Erde mit herein.

»Du hast dich schon entschieden, oder?«, fragte sie schließlich, als mein Magen zu knurren begann.

»Nein, aber ich habe eine Tendenz. Und ich wäre ja auch nicht allein hier. Das Dorf scheint klein zu sein, und ich habe schon einige Leute kennengelernt.«

»Das klingt für mich nach einer Entscheidung. Ich kenne dich. Immerhin sind wir den einen Loser los. Mit jedem anderen kommen wir auch noch klar.« Sie blickte an dem Display vorbei. »Hör mal, es hat geklingelt. Was auch immer du tust, halte mich auf dem Laufenden, ja? Und lass deinen Standort eingeschaltet.«

»Immer«, versprach ich ihr. »Viel Spaß bei …?«

»Oh, es ist Georgie. Wir sind zum Poolspielen verabredet.«

»Poolspielen, huh?«

Dieses Mal verdrehte sie die Augen. »Bye.«

»Love you.«

»Love you too!« Ich legte auf.

Ob ich mich nun schon entschieden hatte oder nicht, für den Moment verspürte ich Kohldampf und das Verlangen nach einem guten Wein. Beides würde ich sicherlich bei Zia Magda bekommen.

Ich kämmte mein Haar ein letztes Mal hinter die Ohren und schlüpfte dann in flache Römersandalen. Da ich nicht anders konnte, warf ich einen Blick in den Spiegel und trug einen dezenten Lippenstift auf für den Fall der Fälle.

Es war eine Party.

Im Vorgarten waren wie durch Zauberhand noch mehr Stühle und Tische aufgetaucht, und außer den Damen von heute Mittag befanden sich nun weitere Leute hier. Ich fragte mich, ob Zia Magda neben dem Bed & Breakfast noch ein Restaurant führte. Alle schienen die köstlichsten Gerichte zu sich zu nehmen. Allein der Anblick ließ mir das Wasser im Mund zusammenlaufen.

Die Grillen zirpten und spielten ihre ganz eigene Musik, die durch und durch nach italienischem Sommer klang.

»Du bist wach!«, rief Zia Magda aus, die wie aus dem Nichts hinter mir erschienen war. Sofort umfasste sie mit ihren kräftigen Fingern meine Oberarme und lotste mich an den Tisch der Weisen Witwen – *Le Donne Sagge*. Das Kartenspiel war durch mehrere Teller und Besteck ersetzt worden. Ich erspähte Insalata Caprese, Piccata Milanese und ein Steinpilzrisotto, das unfassbar köstlich roch. »Setz dich, setz dich.«

Sie drückte mich auf den Metallstuhl mit dem bestickten Sitzkissen.

»Ähm, könnte ich auch so etwas haben?« Mir fiel ein, dass ich nicht mal nachgefragt hatte, wie teuer eine Nacht war, geschweige denn das Essen. Ich ging jetzt aber mal stark davon aus, dass es nicht meine restlichen zweihundertachtzig Euro verschlingen würde – hoffentlich.

»Natürlich! Was hättest du denn gern?« Zia Magda wirkte so glücklich, sich um mich kümmern zu können. So herzliche Menschen wie sie fand ich in meinen üblichen Kreisen in New York kaum jemals. Und wenn doch, ließ ich sie nicht an mich heran, weil ich mich davor fürchtete, dass sie mir etwas vorspielten.

»Überrasch mich«, bat ich grinsend, von ihrer guten Laune angesteckt.

Sie entfernte sich vom Tisch und überließ es den Witwen, sich um mich zu kümmern. Nachdem sie sich nach meinem Befinden erkundigt hatten, verschonten sie mich jedoch mit ihren Fragen, wofür ich dankbar war. Ich hörte ihnen viel lieber zu, anstatt von meinem desaströsen Leben zu berichten.

Außerdem konnte ich so die Nuancen ihres Dialekts besser herausfiltern, wenn ich nicht unter Druck stand, zu antworten.

Sie unterhielten sich hauptsächlich über andere Dorfbewohner, deren Namen mir natürlich nichts sagten. Meistens waren sie respektvoll, hin und wieder schlich sich aber ein scharfer Tonfall in ihre Stimmen. Insbesondere, als sie auf Speranza zu sprechen kamen.

Zia Magda hatte mir bereits einen schweren Rotwein eingeschenkt, dem ich glücklich frönte, und war mit einem vollen Teller Spaghetti Cacio e Pepe zurückgekehrt. Dann hatte auch sie sich eine Pause gegönnt und sich auf den Sitz neben mir niedergelassen. Ihre Hände wischte sie an einem karierten Küchentuch ab. Weil sie längst sauber waren, wirkte diese Geste viel mehr wie eine Gewohnheit.

Der Duft des geschmolzenen Käses vermischt mit der Pfeffernote stieg sofort in meine Nase. Ich musste ein Stöhnen unterdrücken, als ich den ersten Bissen zu mir nahm.

»So gut«, sagte ich laut und unterbrach damit kurzzeitig das lebhafte Gespräch.

»Schön.« Zia Magda tätschelte meine Wange und lachte anerkennend mit den anderen Damen, ehe sie ihre Unterhaltung fortsetzten.

Dieses Mal wurde ich miteinbezogen.

»Du warst heute bei ihm, no? Dante Marinotti?«, fragte Giada Zaniolo, an ihrem Weinglas nippend. Sie wirkte mit ihren kleinen braunen Augen aufgeweckt und klug.

»Wir haben versehentlich unsere Koffer am Flughafen vertauscht«, sagte ich, nicht überrascht, dass sie bereits wussten, wo ich heute Vormittag gewesen war.

»Und wie ist er so?« Tizana beugte sich vor. Einen Ellbogen auf dem Tisch aufgestützt, was Francesca mit einem Stirnrunzeln quittierte.

»Habt ihr euch nicht bereits mit ihm unterhalten? Antonio hat mich direkt vor ihm gewarnt«, erklärte ich meine Frage. Außerdem wirkte das Dorf nicht so, als würde es Neuankömmlinge lange allein lassen. Was keineswegs negativ gemeint war. Ich mochte diese Art von Gastfreundschaft, wusste aber, dass sie auch fordernd sein konnte. Und hin und wieder wurden falsche Schlüsse gezogen.

Oder nahm ich Dante wieder grundlos in Schutz?

Tizana schnalzte mit der Zunge. »Er kommt nur hier runter, wenn er was braucht. Wie sein Nonno. Unverschämt.«

»Muss im Blut liegen«, überlegte Giada dunkel. »Er wurde ja als Baby adoptiert.«

Das ließ mich aufhorchen. »Ach wirklich?«

Giada, die glücklich war, dass sich ihr alle zuwandten, sprach eilig weiter. Das verschlimmerte jedoch ihren Dialekt, und ich verstand etwas weniger als vorher.

Ich hörte heraus, dass seine Mutter ihn vor der Basilika ausgesetzt hatte, obwohl jeder wusste, dass er ihr Kind war. Dann war wohl ein amerikanisches Pärchen gekommen und hatte ihn mitgenommen.

»Sein Nonno hat ihm dann nach seinem Tod alles vererbt. Das ist schon einige Jahre her, aber bis vor Kurzem ist er nie gekommen, um sich die Anlage anzusehen«, fügte Zia Magda hinzu.

Ich musste nicht nachfragen, warum sie dachten, dass es so war. Es war nicht schwer, mir eigene Gründe auszudenken.

Ganz oben stand die Vermutung, dass er nichts mit seiner leiblichen Familie hatte zu tun haben wollen. Nur weshalb hatte sich das geändert? Wegen des Skandals mit Ava?

Nachdenklich leerte ich meinen Wein, der auf vollen Magen noch bekömmlicher war. Ich war nicht direkt müde, spürte jedoch eine angenehme Schwere in meinen Gliedern.

»Glaubt ihr …« Ich räusperte mich. »Denkt ihr denn, dass er gewalttätig ist?«

Ich sah es als gutes Zeichen, dass sie allesamt schockiert wirkten. Obwohl sie schlecht von ihm dachten, waren sie davon überzeugt, dass er kein Schläger war.

Musone ja, Schläger nein.

»Bloß ein zurückgezogener Kerl, der bald wieder nach New York zurückkehren sollte«, sagte Francesca zum Abschluss bestimmt, ehe auch sie ihr Weinglas leerte. »Basta.«

5

Cleo

Am nächsten Morgen hatte ich meinen Entschluss gefasst. Ich war niemand, der Entscheidungen lange hinauszögerte, weil ich dadurch nervöser wurde. Entweder tat ich etwas oder nicht, und wenn es die falsche Wahl war, machte ich es das nächste Mal besser.

Zumindest in der Theorie.

Ich hatte nochmals versucht, Oliver zu erreichen, ohne Erfolg. Mit jedem weiteren Freizeichen war meine Wut auf ihn ins Unermessliche gestiegen. Wenn ich diesen Vollpfosten in die Finger bekam, dann würde ich ihm all meinen Hass entgegenschleudern. Ich hatte ihm viel zu viel durchgehen lassen und mich in der Beziehung verloren, nur weil ich gegen meine Familie hatte rebellieren wollen.

Diese Erkenntnis war es auch, die mich bis zum Schluss noch hatte zögern lassen.

Tat ich denn jetzt nicht das Gleiche? Indem ich Dantes Angebot annahm, anstatt mir meine Niederlage einzugestehen und nach Hause zurückzukehren?

In meinem Kopf klang meine Begründung plausibel, doch das hatte sie auch, während ich mit Oliver zusammen gewesen war. Jeder seiner spitzen Kommentare war am nächsten Tag nicht mehr schlimm gewesen. Jede beiläufige Entschuldigung hatte den Ärger wieder vertrieben.

Nie zuvor hatte ich mich so schlecht behandeln lassen wie von ihm und ... es war mir peinlich. Ich fühlte mich nicht wie das Opfer, sondern wie eine Mittäterin.

In New York gäbe es keine Ablenkung davon.

Hier in Tursi, dem Dörfchen, in dem die Leute freundlich und glücklich waren, fühlte ich mich hingegen wie in einer seligen Traumwelt. Warum sollte ich ihr so schnell wieder entfliehen wollen?

Das hier ergab total Sinn für mich.

Deshalb stand ich früh auf, duschte mich und kleidete mich in die widerstandsfähigsten Klamotten, die ich besaß. Was leider nicht viel bedeutete. Jeansshorts, ein T-Shirt mit Herzausschnitt und Sneakers. Alles war besser, als wieder in meinen High Heels hoch zur Anlage zu stöckeln.

Mein Haar nahm ich zu einem Pferdeschwanz zusammen, doch es war so kurz, dass es nicht lange dauerte, bis sich einzelne Strähnen aus dem Gummi lösten. Vor dem Spiegel nahm ich mir etwas mehr Zeit, um meine gerötete Haut mit Aloe vera zu versorgen, das mir Elvira gegeben hatte. Auch meine Schultern und Arme cremte ich mit dem leicht klebrigen Gel ein, das sofort kühlte und Besserung verschaffte.

»Buongiorno, bambina«, begrüßte mich Zia Magda in der Küche. »Frühstück?«

»Kaffee reicht«, sagte ich nach der Begrüßung.

»Papperlapapp. Jeder braucht Frühstück, um etwas zu leisten. Setz dich nach draußen. Es ist noch angenehm frisch.«

»Grazie.«

Im Gegensatz zu gestern Abend war es sehr ruhig. Keine Musik, keine Gespräche. Das Zwitschern der Vögel bildete neben dem Rauschen des Windes, der durch die Bäume weiter oben an der Straße fuhr, die einzigen Geräusche.

Ich hatte Zia Magda noch beim Aufräumen geholfen, nachdem die Gäste gegangen waren. Zusammen waren wir sehr schnell damit fertig gewesen, das schmutzige Geschirr von den Tischen abzuräumen und zu spülen. Elvira hatte die anderen Tische und Stühle irgendwohin geräumt, wo ich sie nicht sehen konnte, sodass es nur noch den einen gab, an dem die Weisen Witwen gewöhnlich saßen.

Heute war es wohl noch zu früh, da ich die Einzige war, die sich auf einen der gepolsterten Stühle sinken ließ.

Zia Magda stellte mir kurze Zeit später einen Espresso hin, gefolgt von einem warmen Cornetto. Die Hitze des Tages war noch nicht herangekrochen, und ich genoss mein Frühstück.

Nachdem ich das Geschirr zurück in die Küche gebracht hatte, spürte ich Aufregung in mir hochsteigen. Sie ließ meine Fingerspitzen kribbeln und mein Herz rasen.

»Ich komme später wieder, um mein Gepäck abzuholen. Soll ich schon mal die Rechnung begleichen?«, fragte ich Zia Magda, die einen Teig knetete.

Sie war ständig dabei, etwas zu tun. Von morgens bis tief in die Nacht hinein. Kein Wunder, dass sie nicht wie fünfundfünfzig Jahre aussah, die sie war, eher wie Anfang vierzig.

»Später, später«, sagte sie. »Gehst du zu ihm? Dante?«

Ich errötete leicht und blickte auf meine Hände. War ich so durchschaubar?

»Er hat mir einen Job angeboten. Ich werde ihn annehmen, um hierzubleiben.«

»Gute Entscheidung«, erwiderte sie zu meinem Erstaunen. Sie fing meinen Blick auf und lachte. »Egal, was wir sagen, er hat gute Augen. Und du gehörst hierher.«

»Das erscheint mir doch etwas voreilig«, murmelte ich. Was beide Aussagen betraf.

Sie zuckte bloß mit den Schultern. »Nimm den Korb mit. Da ist frisch gebackenes Brot drin und Äpfel von Antonio.«

»Grazie.« Ich verkniff mir weitere Fragen. Zia Magda gehörte offenbar zu den Personen, die ein Auge auf alles hatten und besser über das Leben der Bewohnerinnen und Bewohner Tursis Bescheid wussten als irgendjemand sonst.

Mit dem Korb und meinem Rucksack machte ich mich auf den Weg. Kurz vorher hatte ich noch eine weiße Basecap aufgesetzt, um meine Kopfhaut vor der Sonne zu schützen.

Dieses Mal nahm ich direkt den Weg an der breiten Straße entlang, weil ich keine Lust hatte, Treppen zu steigen. Außerdem konnte ich so besser die Aussicht auf das abschüssige Tal und die Weinplantagen genießen. Die aufgehende Sonne tauchte alles um mich herum in orange-rosafarbene Töne, und ich machte mir gar nicht erst die Mühe, dem Drang widerstehen zu wollen, eine weitere Panorama-Fotosession einzulegen.

Nachdem ich ungefähr zweihundert Bilder geschossen hatte, schickte ich ein Drittel davon an Summer, die mir mit einem Emoji antwortete, das Erstaunen ausdrückte.

Sie war vermutlich schwer beschäftigt. Ich sah es als Wink mit dem Zaunpfahl und steckte das Handy weg. Dieses Mal war ich viel schneller auf der Ferienanlage als noch tags zuvor. Zum einen lag dies daran, dass ich ausgeruht war, zum anderen, dass ich weder auf High Heels lief noch einen schweren Koffer mitschleppte.

Außerdem konnte ich die Brise genießen sowie die Sonne, vor der mich nun Sonnencreme und meine Kappe bewahrten.

Als ich vor mir das Tor mit dem Schild aus Kalkstein sah, begann mein Herz von Neuem zu flattern. Dabei konnte ich nicht gänzlich sagen, was die Ursache dafür war. Stand ich doch nicht hinter meiner Entscheidung? Oder reagierte ich auf die verbotene Attraktivität des Besitzers?

Jedenfalls hielt es mich nicht davon ab, einzutreten.

Von gestern auf heute hatte sich selbstverständlich nichts Grundlegendes verändert. Ich sah allerdings Spuren von Wasser auf den Terrakottafliesen, die sich unter den Blumentöpfen ausbreiteten. Das war ein guter Hinweis darauf, dass Dante bereits wach und bei der Arbeit war. Es wäre mir unangenehm gewesen, hier aufzutauchen und ihn wecken zu müssen. Gleichzeitig hatte ich nicht länger bei Zia Magda ausharren wollen, während die Nervosität an mir nagte.

Im Brunnenhof, wie ich den Eingang taufte, fand ich abgesehen davon keine Hinweise auf Dantes Verbleib. Deshalb bewegte ich mich den Aufgang nach oben, den ich auch gestern genommen hatte. Mit einer Hand fuhr ich an der rauen Mauer entlang, für den Fall, dass ich aus unerfindlichen Gründen wieder mit dem Fuß umknickte. Das wäre einfach zu peinlich.

Anstatt bis nach oben zu gehen, entschied ich mich bei der Hälfte für den Weg, der zu den einzelnen Fincas führte. Leise Musik hatte sich zu dem Singen der Vögel gemischt, und in diese Richtung wurden die Instrumente sowie die volltönende Stimme von Blanco lauter – einem jungen italienischen Künstler, den ich sehr mochte.

Hörte Dante lediglich Radio, oder hatte er ihn bewusst ausgewählt?

Ich schüttelte den Kopf, und ein paar weitere Strähnen lösten sich unter meiner Basecap. Darüber sollte ich nicht nachdenken. Es ging hier einzig um Geschäftliches.

Dante befand sich zu meiner Überraschung in einem heruntergekommenen Stall mit einer bunten Mischung aus Tieren.

Der länglich angelegte Stall mit einem offen stehenden Holztor und abgetrennten Boxen befand sich mit dem Eingang zum Felsen hin, sodass der rückwärtige Teil auf den Abhang gerichtet war. Vorne schloss sich ein Gehege an, das Dante wohl erst vor Kurzem gerichtet haben musste. Es wirkte viel neuer, das Holz an einigen Stellen frisch geschnitten. Es gab einen Trog mit frischem Wasser und eine Futterkrippe mit Heu. Drum herum grasten zwei Kühe, ein halbes Dutzend Ziegen und ein rosa-schwarzes Schwein, das sich im Schatten eines Olivenbaums rekelte.

Ich kletterte über den Zaun und wurde sofort von den dicken Ziegen umzingelt. Sie stießen mit den kalten Nasen gegen meine Hände, als vermuteten sie dort etwas Essbares. Den Korb hob ich bis über ihre Köpfe – sicherheitshalber.

»Leider muss ich euch enttäuschen, ihr Kleinen«, sagte ich.

Vorsichtig drängte ich mich an ihnen vorbei zum Stall, aus dem die Musik drang. Tatsächlich wurde bereits der nächste Song von Blanco gespielt. Ein Fan also.

Dante trug ähnliche Kleidung wie gestern. Ausgeblichene Jeans, die sich viel zu gut an seine Hüften schmiegten, ein unifarbenes dunkelblaues T-Shirt sowie robuste Stiefel. Auf seinem linken Arm konnte ich ein schwarzes Tattoo erkennen. Wenn mich nicht alles täuschte, stellte die skizzenartige Szene den fallenden Ikarus dar. Ob Dante lediglich das Motiv cool fand oder sich mit der Figur identifizierte? Es war jedenfalls eine interessante Wahl.

Er beugte sich gerade nach unten und hob einen Hammer auf. Die Muskeln an seinen Oberarmen spannten sich an, als er ausholte, um einen Nagel ins Holz der Begrenzung zweier Boxen zu rammen. Dadurch erkannte ich ein weiteres Tattoo auf seinem rechten Handrücken. Etwas Lateinisches, das ich natürlich aus dem Stegreif nicht übersetzen konnte. In diesem Moment sah er auf, und unsere Blicke begegneten sich.

Das eben noch so schnell klopfende Herz sackte mit einem Mal in unterirdische Gefilde ab. Schweiß brach mir aus, obwohl mir bis dahin nicht heiß gewesen war.

Blanco rappte davon, dass er die Leere mit Sex füllen wollte, und als Reaktion darauf brannten meine Wangen lichterloh.

Ganz große Klasse, Cleo, rügte ich mich innerlich.

Dante ließ den Arm mit dem Hammer sinken und nahm die zwei Nägel aus seinem Mund, die er kurzzeitig zwischen seine Lippen geklemmt hatte. Er bewegte sich langsam und mit Bedacht, als wäre er sich nicht sicher, ob ich wirklich hier stand. Ich beobachtete ihn schweigend dabei, wie er die Werkzeuge weglegte, um dann die Musik aus der Box leiser zu stellen.

Es irritierte mich, dass er mich nicht weiter beachtete.

Er wischte sich mit einem Tuch den Schweiß von Gesicht und Nacken und nahm sich dann eine Wasserflasche, aus der er mehrere tiefe Züge trank. Unter halb geschlossenen Lidern sah er mich dann an: abwartend, verurteilend.

Obwohl mir unwohl geworden war, widerstand ich dennoch dem Drang, mich zu winden.

»Hey«, sagte ich schließlich, weil ich dieses forcierte Schweigen nicht mehr ertrug. »Ich bin hier wegen deinem gestrigen Angebot.«

»Was ist damit?« Er klang nicht direkt unfreundlich, aber auch nicht zuvorkommend. Zumindest nicht für jemanden, der neues Personal anwerben wollte.

Ich schluckte mehrmals, um die Trockenheit aus meinem Hals zu vertreiben. Ohne Erfolg.

»Ich würde es annehmen. Tut mir leid, dass ich gestern einfach gegangen bin, aber ich war total fertig«, erklärte ich.

Und so falsch war das gar nicht. Ich war wirklich komplett neben der Spur gewesen.

»Es ist abgelaufen«, entgegnete er schroff und schraubte die Wasserflasche wieder zu, ohne mich anzusehen. »Du kennst den Weg raus.«

Mit offenem Mund starrte ich ihn an.

Ohne Umschweife setzte er seine Arbeit fort und befestigte den letzten Balken mit drei Nägeln, bevor er seine Sachen in eine Kiste räumte. Er ging dabei sehr sorgfältig vor. Wahrscheinlich wusste er, dass auch nur der kleinste Nagel eine Verletzung bei den Tieren hervorrufen könnte.

Ich ließ ihn bis zu dem Moment in Ruhe, da er an mir vorbeilief, um den Stall in Richtung Gehege zu verlassen.

Ehrlich gesagt, hatte mir der Mut gefehlt, noch einmal die Stimme zu erheben. Ich war baff. Hatte mit allem gerechnet, nur nicht damit, dass er sein Angebot zurückziehen würde.

Was ging in ihm vor?

Unsere Rollen hatten sich gänzlich vertauscht.

»Du hast gar keine Wahl!«, rief ich. Er kraulte gerade den Kopf des Schweins, das glücklich die Augen schloss. Vollkommen unbeeindruckt von mir. »Ich habe von allen gehört, dass dir niemand helfen will. Sie warten nur darauf, dass du wieder in die Staaten abhaust. Ohne mich bist du allein.«

Er schnaubte. »Und allein ist schlimmer, als dich an der Backe zu haben?«

»Ey, vergiss nicht, dass du mich zuerst gebeten hast«, erinnerte ich ihn, während ich auf ihn zutrat.

Als würde es ihn stören, zu mir aufzublicken, kam er wieder aus der Hocke hoch, bis er mich überragte. Ich musste meinen Kopf in den Nacken legen, um ihn an dem Schirm der Basecap vorbei anzusehen.

Seine Augen leuchteten, obwohl sie von dunklen Wimpern

umrahmt wurden. Vielleicht wirkten sie im Kontrast dazu auch heller, als sie eigentlich waren.

»Ich plädiere auf kurzzeitige Unzurechnungsfähigkeit.«

»Das fasse ich als Beleidigung auf. Du kennst mich ja gar nicht«, verteidigte ich mich, denn es stimmte. Ich arbeitete hart. Nur weil meine Familie das anders sah, bedeutete das nicht, dass da was Wahres dran war. Summer hatte recht. Außerdem wollte ich dieses vollkommen an den Haaren herbeigezogene Urteil eines Fremden nicht einfach so akzeptieren.

»Tut mir leid. Du hast recht. Das war falsch ausgedrückt.« Er sah zum Himmel.

»Ist es so schlimm, dass ich eine Nacht drüber geschlafen habe?« Ich stützte die Hände in die Hüften, um mich nicht so klein und verloren auf meiner Position zu fühlen. Es war für mich ein neues Gefühl, weil ich normalerweise mit Männern zu tun hatte, die nur wenige Zentimeter größer waren als ich.

»Du hast mir ein entschiedenes Nein gegeben und nicht um Bedenkzeit gebeten. Warum sollte ich dich jetzt anstellen, wenn du dich morgen nach einer weiteren Nacht wieder umentscheidest und mich im Stich lässt?«

Mein Herz, das tatsächlich immer noch irgendwo in mir drin existierte, flatterte, doch es machte mich nur entschlossener. Ich wollte diesen Job. Das war die einzige Lösung, um meiner Zeit in Italien nicht ein vorzeitiges Ende zu setzen.

»Das werde ich nicht. Ich brauche das hier genauso sehr wie du.« Würde es ihn überzeugen, wenn er meine Verzweiflung sah? Oder abschrecken?

Ich setzte alles auf eine Karte.

»Was?« Stirnrunzelnd versuchte er deutlich, mich zu verstehen.

»Ein Sommer hier weg von allem. Von allen.«

»Du hast nicht die geringste Ahnung«, presste er hervor.

War ich zu weit gegangen? Jetzt war es zu spät, einen Rückzieher zu machen.

»Ich weiß, wer du bist und vor wem du dich versteckst«, sagte ich leise.

»Einen Dreck weißt du.« Er drängte sich an mir vorbei. »Und wenn das eine Drohung sein soll, dann ist es keine besonders gute.«

Verdattert blickte ich ihm für einen Moment nach. Als ich mich wieder halbwegs gesammelt hatte, war er bereits über den Zaun geklettert, und ich musste mich beeilen, um zu ihm aufzuschließen. Ganz kurz berührte ich seinen Unterarm, damit er sich zu mir umdrehte.

Ich war froh, dass er mir nicht direkt den Kopf abriss, denn seiner Miene nach zu urteilen, war dies durchaus im Bereich des Möglichen gewesen.

»Bitte, Dante. Das war keine Drohung. Ich wollte bloß ...« Seufzend hielt ich inne.

Ganz ruhig, Cleo. Du kannst das, sprach ich mir selbst Mut zu.

»Ja?« Abwartend verschränkte er die Arme.

»Gib mir eine Chance, ja? In mir steckt wirklich mehr, als du denkst.« Ich konnte nicht verhindern, dass meiner Stimme ein flehender Unterton anhaftete. Ich brauchte diese Möglichkeit hier, wenn ich nicht vor meiner Familie zu Kreuze kriechen wollte. Oder bei Summer Geld leihen.

Eine Sekunde verging. Zwei. Drei.

Mit einem Finger tippte er gegen den Schirm meiner Kappe. »Wenn du dich beweisen willst, dann miste den Stall aus und kümmere dich darum, dass es den Tieren an nichts mangelt.«

»W... was?«

Er hob die Brauen. »Ist dir die Arbeit zu schmutzig? Dann tut es mir leid, dir sagen zu müssen, dass dir genau so was hier blühen wird. Was anderes gibt es nicht, Prinzessin.«

»Das *Prinzessin* kannst du gleich wieder einstecken, Cowboy.« Ich schnaubte. »Ich bin schlimmere Arbeiten gewöhnt. Solange die Konditionen die gleichen sind wie gestern, bin ich dabei. Abgemacht?«

Ich streckte ihm eine Hand hin, die er einen Moment zu lange betrachtete, sodass ich bereits zweifelte. Dann ergriff er sie endlich mit seiner eigenen, die sich warm und schwielig anfühlte.

»Abgemacht.« Seine Lippen kräuselten sich. Ein Anzeichen von Vergnügen und ... Vorfreude, das ich teilen konnte. Ich hatte ihn überzeugt. Jetzt musste ich auch abliefern.

Nachdem er mich allein gelassen hatte, kehrte ich in den Stall zurück, um meine Arbeit zu erledigen.

Ich hatte nicht gelogen. Während meines Sommers auf dem Bauernhof vor ein paar Jahren war ich jeden Tag stundenlang damit beschäftigt gewesen, Tieren und Menschen hinterherzuräumen. Körperliche Anstrengungen waren nichts Neues für mich. Tatsächlich zog ich diese einem Bürojob vor, was keiner aus meiner Familie jemals verstanden hatte. Oder akzeptieren wollte.

Ich war freudig guter Laune, weil ich in meinem Kopf gewonnen hatte. Zwar würde mir Summer nicht zustimmen, doch ich hatte ein gutes Gefühl. Dante würde mich in Ruhe lassen, ich hatte einen Ort zum Bleiben, und ich musste meiner Familie nichts von Olivers Abwesenheit erzählen. Perfekt!

»Na, meine Kleinen? Das Wetter heute ist ganz wundervoll, findet ihr nicht?«, begrüßte ich die Tiere bei meiner Rückkehr.

Die Ziegen kamen sofort angerannt, und dieses Mal nahm ich mir ausgiebig Zeit, sie mit Streicheleinheiten zu verwöhnen. Dabei fielen mir die einzelnen Kratzer auf, die jedoch bereits verheilten, als hätte sich Dante direkt nach seiner Ankunft darum gekümmert.

Das taten nur gute Kerle, oder?

Kopfschüttelnd suchte ich Schubkarre und Mistgabel und begab mich dann zurück in den Stall. Ich hängte meinen Rucksack, Zia Magdas Korb und die Kappe an die Haken neben der Tür und drehte die Musik lauter. Es war ungewohnt, einen CD-Player zu bedienen. Etwas so Ausgedientes würde man niemals im Apartment meiner Eltern finden. Ich war sofort Feuer und Flamme dafür, weil mir die Nostalgie imponierte.

Sowohl links als auch rechts gab es insgesamt drei Boxen, von denen zwei größer waren und mit kleinen Abgrenzungen versehen, sodass die Ziegen und das Schwein noch in den breiten Mittelgang schauen konnten. Für die Kühe waren größere Boxentüren angebracht worden, in die vergitterte Fenster eingelassen waren.

Licht drang aus dem offenen Tor sowie aus den Fenstern auf der gegenüberliegenden Seite. Drei einfache Glühbirnen hingen mittig von der Decke, funktionierten allerdings nicht.

Ich holte mein Handy hervor, öffnete die Notiz-App und schrieb als ersten Punkt auf, dass ich mich um neue Glühbirnen kümmern müsste. Danach verfiel ich in einen angenehmen Arbeitsrhythmus.

Dante hatte bereits gute Vorarbeit geleistet und den Stall instand gesetzt. Ich war mir sicher, dass dieser bei seiner Ankunft anders ausgesehen hatte. Kurz fragte ich mich, wer sich in der Zeit zwischen dem Tod seines Großvaters und seiner Ankunft hier um die Tiere gekümmert hatte. Vermutlich hatte Dante jemanden im Dorf beauftragt. Die Bewohner mochten ihn persönlich zwar nicht, doch sie würden niemals die Tiere darunter leiden lassen. Dessen war ich mir sicher.

Es war anstrengender als erwartet, was ich mir selbst zuzuschreiben hatte. Ich hatte meine Zeit auf dem Bauernhof romantisiert und dabei vollkommen die Muskelschmerzen außer Acht gelassen.

Auch mein Rücken protestierte nach einer halben Stunde des Stallausmistens, in der ich die Mistgabel immer wieder ins Stroh steckte, um den Unrat dann in die Schubkarre zu hieven.

Schweiß rann mir in Strömen den Rücken hinab, obwohl es noch bei Weitem nicht so heiß war wie gestern Mittag. Ich biss jedoch die Zähne zusammen und machte weiter, selbst als ich längst keine Freude mehr an meiner Arbeit verspürte.

Ich würde Dante das Gegenteil beweisen. Er hielt mich für eine unfähige Prinzessin. Eine Tatsache, die zu sagen oder zu denken er sich hätte sparen können. Schließlich stammten wir beide von der Upper East Side, und ich sagte auch nicht zu ihm, dass er ein arroganter Schnösel war.

»Pff!« Ich stieß vielleicht etwas heftiger als nötig ins Stroh, und eine Maus wurde aufgeschreckt.

Sie sprang förmlich hervor und krabbelte in meine Richtung.

Ich schrie auf, stolperte zurück und fiel gegen die Schubkarre. Der Inhalt kippte daraufhin aus, und ich handelte mir einen Bluterguss am Oberschenkel ein.

»Fuck«, fluchte ich, was ich normalerweise vermied. »Fuck, fuck, fuck.«

Ich klammerte mich an die Mistgabel, um gegen den Schmerz anzukämpfen und nicht zu Boden zu gleiten. Die Maus war mir herzlich egal. So zimperlich war ich nicht, aber ich hatte mich erschreckt.

Tränen brannten mir in den Augen.

»Bist du okay?«, fragte Dante, der wahrscheinlich von meinem Schrei angelockt worden war. Er stand im offenen Eingang, die Arme verschränkt. Seine Augen hatte er zusammengekniffen, damit er mich im Halbdunkel erkennen konnte.

»Bin gestolpert«, murmelte ich. »Nichts passiert.«

Er brummte und blieb noch einen Moment länger stehen, ehe er davonstapfte.

Hatte er sich Sorgen gemacht? Ich versuchte, meine Hoffnung zu dämpfen, dass wir doch irgendwie auf einen grünen Zweig kämen.

Stunden vergingen danach, in denen ich am meisten mit mir selbst und der Schwäche meines Körpers rang, und ich arbeitete mich von Box zu Box vor. Hin und wieder kam eine Ziege herein, als würde sie nach dem Rechten schauen, bevor sie sich wieder theatralisch in den Schatten schmiss.

Ich hörte mehrmals das Album von Blanco durch, ohne dass mir langweilig wurde. Manchmal legte ich eine kleine Pause ein, um die Aussicht auf der abschüssigen Seite zu genießen und etwas zu trinken. Das Brot und die Äpfel von Zia Magda rührte ich nicht an, weil ich sie eigentlich Dante schenken wollte.

Dieser ließ sich nach dem einmaligen Auftauchen jedoch nicht mehr blicken.

Nachdem ich alles zu meiner Zufriedenheit erledigt und die Dinge notiert hatte, die ich in naher Zukunft tun musste, setzte ich meine Kappe wieder auf und machte mich auf die Suche nach dem abtrünnigen Hausherrn.

6

Dante

Ich hätte bei meinem Nein bleiben sollen. Hatte ich nicht gestern noch gedacht, dass es ein Segen war, dass sie mir sofort den Laufpass gegeben hatte? Warum war sie jetzt doch zurückgekehrt?

Sicher kaufte ich ihr ihren Bullshit nicht ab. Irgendwas von einem Sommer von allem entfernt? Für wie naiv hielt sie mich? Sie rannte eindeutig vor etwas davon, und wenn der Bluterguss an ihrem Handgelenk ein Indikator für dieses Etwas war, sollte ich zehn Meilen Abstand zwischen uns bringen. Mindestens. Weder meine Familie noch ich konnte es sich leisten, in einen weiteren Skandal verwickelt zu werden.

Gleichzeitig wollte ich der Person, die Cleo wehgetan hatte, eine Lektion verpassen.

Keine gute Idee.

Schade aber, dass mein Mund Worte formte, ehe mein Verstand irgendein Veto einlegen konnte. Jetzt hatte ich den Salat.

Neben der veralteten Ferienanlage musste ich mich auch noch um eine verwöhnte Prinzessin kümmern, die sich dazu entschlossen hatte, mir das Leben zu erschweren.

Zwischendurch hatte ich, von ihr unbemerkt, nach dem Rechten gesehen. Ich hatte es damit vor mir gerechtfertigt, dass ich die Verantwortung dafür trug, wenn sie sich ein Bein brach. Insbesondere nachdem ich ihren Aufschrei gehört hatte, dachte ich, es wäre vorbei. Doch sie hatte mich mehr oder minder verscheucht, und seitdem hatte sie sich tapfer geschlagen.

Selbst ich musste das widerwillig eingestehen.

»Hab ich dich«, verkündete sie stolz, als hätte ich mich vor ihr versteckt.

Vielleicht hatte ich das auch.

Ich hatte den halben Tag damit verbracht, mir keine Sorgen um sie zu machen. Die restlichen Stunden war ich konzentriert bei der Arbeit gewesen und hatte das Innere der ersten Finca vollkommen ausgeräumt. Bald schon würden die neuen Möbel kommen, und ich wollte sie dann möglichst schnell an der richtigen Stellen platzieren.

»Gratulation«, murmelte ich im selben Moment, als ich laute Motorengeräusche vernahm.

Ich blickte auf meine Uhr. Drei Stunden später als angekündigt. Es sollte mich wohl eher wundern, dass er überhaupt gekommen war.

Nachdem ich die Hände im Waschbecken der Finca gewaschen hatte, stapfte ich mit Cleo im Schlepptau zur Straßenzufahrt, wo ich auch meinen Jeep geparkt hatte.

Antonio, der Sohn einer alteingesessenen Familie, stand bereits neben seinem schmalen Laster. Hintendrauf eine Fuhre Holz, zugeschnitten in verschiedenen Ausführungen und Längen, wie ich sie bestellt hatte.

»Buongiorno, Cleo«, begrüßte er meine Begleitung grinsend. Eine Gefühlsregung, die er mir nie im Leben gezeigt hätte.

»Hallo, Antonio. Was für eine Überraschung, dich hier zu sehen!«, zwitscherte Cleo, der ich bis dahin nicht einen einzigen Blick geschenkt hatte.

Jetzt fiel mir umso mehr ihre Attraktivität ins Auge. Sie hätte fürchterlich aussehen sollen. So verschwitzt und schmutzig, wie sie war. Ich konnte bei dem Anblick zu meinem Unglück leider an nichts anderes denken als daran, wie ihr Schweiß schmecken würde, während ich meine Zunge ...

Sofort verschlechterte sich meine Laune.

Reiß dich zusammen, Bastard.

»Ist das alles?«, raunte ich. Selbst meiner Stimme konnte ich nicht mehr vertrauen.

Und das mit Cleo ... das war einfach eine körperliche Reaktion auf eine attraktive Frau, nichts weiter. In ein paar Tagen hätte ich mich an sie gewöhnt, und dann würde es schon besser werden.

Antonios Aufmerksamkeit richtete sich auf mich, während ich mit einer Hand über das unbehandelte Holz fuhr. Der starke Geruch kroch mir in die Nase. Es gab kaum etwas, das besser duftete als frisches Holz.

»Ich würde nie etwas vergessen«, presste er auf Italienisch hervor.

»Huh, hättest mich täuschen können. Die letzten Male hast du mich fast davon überzeugt, dass du meine Adresse vergessen hast.«

Als ich meinen Kopf drehte, sah ich die Röte, die ihm in die Wangen stieg. Jetzt war mir auch klar, warum er mir die Lieferung das erste Mal hochgefahren hatte, nachdem ich zuletzt alles in Tursi hatte holen müssen.

Cleo.

»Es ist jedenfalls schön, dich wiederzusehen, Antonio«, mischte sich Cleo ein.

Ich bemühte mich, jeglichen Kommentar für mich zu behalten, und machte mich an die Arbeit, das Holz abzuladen. Es wunderte mich nicht im Geringsten, dass Antonio keinen

Finger rührte. Dass Cleo sich jedoch bemühte, verschlug mir die Sprache.

Natürlich konnte sie die langen Sparren nicht anheben, aber sie schleppte die kleinen, dünnen Leisten. Selbst Antonio kam sich irgendwann komisch vor, als Einziger nichts zu tun, und half mit.

Die beiden unterhielten sich über nichts Weltbewegendes, und irgendwann ging Cleos Atmung zu angestrengt, um weiterzureden.

Aus dem Augenwinkel nahm ich wahr, wie ihr ein Balken aus den Händen zu rutschen drohte. Innerlich fluchend eilte ich an ihre Seite und nahm ihn ihr ab. Mit einem Ruck stemmte ich ihn auf meine Schulter.

»Mach eine Pause«, sagte ich unwirsch.

»Ich kann noch …«

»Das war keine Bitte. Ich habe weder Zeit noch Lust, dein Blut aufzuwischen, wenn du dich verletzt.« Isaac hätte mich für den Kommentar gerügt. Seiner Meinung nach durfte man niemals forsch mit einer Frau sprechen.

Aber was wusste er schon?

Cleo presste die Lippen zusammen, bevor ich mich abwandte.

Als ich das nächste Mal in ihre Richtung sah, hatte sie sich mit einer Flasche Wasser gegen die Mauer gelehnt.

Antonio nahm dies überraschenderweise nicht zum Anlass, direkt aufzuhören. Mit ihm zusammen war die Ladung rasch in der Einfahrt gestapelt.

Ich warf ihm zum Dank eine Plastikflasche Wasser zu, machte innerlich aber drei Kreuze, als er kurz darauf wieder nach Tursi abdüste. Es war anstrengend, sich mit Menschen zu unterhalten, die einen aus unerfindlichen Gründen hassten.

Meine Muskeln zitterten ob der Anstrengung, und ich musste mir selbst ebenfalls eine Pause eingestehen. Es war bloß Zufall, dass ich mich neben Cleo auf die Mauer setzte. Der Oleanderstrauch spendete ausreichend Schatten für uns beide.

»Was meintest du mit der Bemerkung, dass Antonio deine Adresse vergessen hat?« Die Basecap legte ihr Gesicht derart in den Schatten, dass ich ihre Miene nicht lesen konnte.

Ich beschloss, dass ich nichts zu befürchten hatte, wenn ich ihr ehrlich antwortete.

»Es ist nicht nur schwierig, Arbeiter zu organisieren. Lieferungen werden selten bis gar nicht hochgefahren. Ihre Ausreden sind wenig einfallsreich.« Ich leerte die Flasche und knüllte sie mit einer Hand zusammen. »Meistens sagen sie, dass ihre Karren den Weg bis hierher nicht mehr mitmachen.«

»So steil ist es wirklich nicht.« Sie schnaubte.

Es dauerte einen Moment, ehe mir bewusst wurde, dass sie mir zustimmte und sich nicht auf die Seite der Dorfbewohner schlug.

»Immerhin hat es sich schon ausgezahlt, dass du hier angestellt bist.« Ich sprang von der Mauer und warf die Flasche in den Müllsack in einer Ecke des Hofes.

»Was meinst du damit?«

Ich erschrak. Sie war mir so dicht gefolgt, dass sie direkt vor mir stand, als ich mich umdrehte. Ich hatte sie durch meine abrupte Bewegung erschreckt, wodurch sie nach hinten wankte. Instinktiv streckte ich eine Hand aus und drückte sie unterstützend an ihren unteren Rücken, bis sie sich gefangen hatte.

Atemlos sah sie zu mir auf. Das erste Mal, dass ich seit dem Morgen in ihre saphirblauen Augen sehen konnte. Ich war ihr so nahe, dass ich außerdem die kleine weiße Narbe auf der rechten Seite ihrer vollen Oberlippe erkennen konnte. Sie sah schon lange verheilt aus. Vielleicht aus ihrer Kindheit?

Mein Blick wanderte tiefer. Folgte dem Pfad einer Schweißperle, die sich von ihrem Kinn gelöst hatte und auf ihr Dekolleté gefallen war. Das ich von oben viel zu gut einsehen konnte.

Als hätte ich mich verbrannt, zuckte ich zurück. Hitze verließ meinen Kopf und sammelte sich an anderer Stelle, die definitiv unangemessen war.

Mich räuspernd strich ich mit einer Hand durch mein Haar.

»Ja, nun, Antonio wollte dich offenbar sehen.« Bildete ich es mir nur ein, oder war sie von der Nähe genauso aus dem Konzept gebracht wie ich?

Da sie wieder ihren Kopf gesenkt hatte, konnte ich mir nicht sicher sein. Ihre Bewegungen wirkten jedoch fahrig und durcheinander, als sie an mir vorbeiging und ebenfalls ihre Flasche entsorgte.

»Vielleicht wollte er bloß sicherstellen, dass du mich nicht aufgefressen hast«, witzelte sie.

Ich konnte nicht umhin, leise zu lachen. »Gut, dass ich das erst zum Abendessen vorhatte.«

»Haha.« Sie verdrehte sicherlich die Augen, auch wenn ich dies nicht sehen konnte. »Apropos, ich sterbe vor Hunger.«

»Fuck.« Nach der Aufregung wegen ihres Auftauchens gestern hatte ich ganz vergessen, einkaufen zu gehen.

»Was?«

»Ich muss ins Dorf fahren. Außer Wasser kann ich dir leider nichts anbieten.« Es tat mir wirklich leid, dass ich ihre harte Arbeit mit nichts belohnen konnte. Fast war es, als hätte ich niemals zuvor als Chef agiert, geschweige denn ein Unternehmen mit über hundert Mitarbeitenden geleitet.

»Ich hätte Brot und Äpfel im Angebot. Das hat Zia Magda uns mitgegeben. Allerdings muss ich sowieso noch mein Gepäck bei ihr abholen und die Rechnung begleichen.« Sie knabberte an ihrem Daumennagel. »Ich würde mir kurz Wasser ins Gesicht spritzen, dann wäre ich fertig.«

»Fertig, wofür?« Mein Verstand arbeitete momentan sichtlich auf Sparflamme.

»Na, ich begleite dich ins Dorf. Außerdem muss ich sicherstellen, dass du auch was kaufst, das ich esse.«

Ich hob die Brauen. »Bist du so wählerisch?«

»Werden wir ja sehen«, war ihre kryptische Antwort, ehe sie mit einem Finger zwischen uns auf den Boden zeigte. »Warte hier. Ich beeile mich.«

Sie lief los, nur um drei Sekunden später wieder stehen zu bleiben und sich zu mir umzudrehen. »Wo befindet sich eine funktionierende Toilette ohne Bauschutt?«

Ich spürte, wie meine Mundwinkel ein weiteres Mal verräterisch zuckten. »Im Haupthaus. Gegenüber vom Brunnen die braune Tür im Erdgeschoss rein und dann links.«

»Grazie.« Sie wirbelte davon.

Kopfschüttelnd suchte ich den Waschraum der nächstgelegenen Finca auf, um auch mich etwas herzurichten. Ich war nicht erpicht darauf, Cleo ins Dorf zu begleiten. Oder andersherum. Es hatte mir schon genügt, dass sie gesehen hatte, wie Antonio sich mir gegenüber verhielt, auch wenn er zu ihr nett gewesen war. Ich wollte nicht, dass sie durch ihre Verbindung zu mir in den Dreck gezogen wurde.

Überhaupt irritierte es mich, dass sie zurückgekehrt war, nachdem ich doch die Erkenntnis ob meiner Identität von ihrem Gesicht abgelesen hatte. Sie hatte vermutlich die Nacht damit verbracht, mich zu googeln und sämtliche Informationen über mich zu sammeln. Lautete ihr Urteil dementsprechend positiv? Oder war es ihr egal, solange ich nur ihr nichts tat?

Ein ziemlich leichtgläubiger Gedanke, den ich ihr eigentlich nicht zutraute.

Mir blieb wohl einzig abzuwarten.

In meinem Jeep fand ich noch ein anderes T-Shirt, das ich mit dem verschwitzten Exemplar tauschen wollte. Cleo kehrte in ebendiesem Moment zurück, während ich mit freiem Oberkörper dastand.

Sie stockte einige Meter vor mir. Ihr Blick wanderte von meinem Gesicht herab, und ich spürte ihn wie prickelnde Flammen auf meiner Haut.

Das durfte nicht passieren.

Ich riss mich aus der kurzzeitigen Schockstarre und zog das neue weiße T-Shirt über meinen Kopf. Es saß lockerer um meine Mitte und fühlte sich luftig kühl an.

Cleo hatte sich offenbar von meinem Anblick erholt, was mir zugegebenermaßen schmeichelte. Ich trainierte hart für meinen gestählten Oberkörper, auch wenn ich mittlerweile weniger Sporteinheiten absolvierte und dafür mehr an der Anlage arbeitete.

In New York war ich jeden Tag um 5 Uhr morgens aufgestanden, um eine Stunde vor meiner Arbeit noch ins Fitnessstudio zu gehen. Die Routine hatte sich irgendwann verselbstständigt, und ich hatte nicht mehr viel darüber nachgedacht.

Nachdem ich Abstand von meinem Leben dort genommen hatte, war ich mir nicht mehr so sicher gewesen, warum ich so viel Zeit auf mein Aussehen verwandt hatte.

Klar, ich wollte gesund sein und meinem Körper nur das Beste geben, insbesondere, weil ich tagtäglich mehrere Stunden am Schreibtisch saß. Doch die Gewichtung war mit der Zeit die falsche gewesen. Ich hatte mich von der High Society blenden lassen und meine eigenen Werte aus dem Blick verloren.

Jetzt aber war ich dankbar für das jahrelange harte Training. Bloß damit auch Cleo ein kleines bisschen nachvollziehen konnte, wie ich mich bei ihrem verschwitzten Anblick gefühlt hatte.

Es war beruhigend zu wissen, dass ich nicht der Einzige war, der die körperliche Anziehung verspürte.

Sie hatte Gesicht und Arme gewaschen sowie ihren Zopf gelöst, sodass ihr Haar unter der Kappe hervorlugte. Mahagonibraun, das ihr bis knapp zu den Schultern reichte.

Erst jetzt fiel mir auf, dass sie kein Make-up trug. Dadurch stachen ihre Sommersprossen auf ihrem sonnenverbrannten Gesicht deutlicher hervor. Kein Wunder, dass sie andauernd ihre Kappe aufhatte. Ihre Haut musste spannen und wehtun.

Denk nicht über sie nach.

Ich bewegte mich vom Jeep weg und zum Carport, wo ich ein paar Dinge untergestellt hatte, die ich gelegentlich brauchte, die in der Anlage selbst aber im Weg standen. Eines davon war ein schwarzer Trolley, den ich hinter mir herzog.

»Wir fahren nicht?« Sie klang so enttäuscht, dass ich beinahe in Gelächter ausgebrochen wäre.

»Was? Bist du schon so erschöpft? Antonio hätte dir sicher Platz gemacht«, neckte ich sie über die Schulter hinweg.

Sie stapfte an meine Seite. »Wann änderst du endlich dein Urteil über mich? Ich bin keine Großstadtprinzessin.«

»Kommst du denn nicht aus der Großstadt?« Ich beobachtete sie aus dem Augenwinkel. Sie hatte ihre Stupsnase nach oben gereckt und zog eine Schnute, was etwas mit meinem Magen anstellte.

»Doch, aber …«

»Hast du keine reichen Eltern?«

»Schon, aber …«

»Kleidest du dich gerade in diesem Moment nicht in Designerklamotten?«

Sie blickte ertappt an sich herunter. »Das bedeutet aber nicht, dass …«

»Exakt meine Definition einer Großstadtprinzessin.« Ich gluckste amüsiert. Natürlich zog ich sie nur auf. Ich hatte längst bemerkt, dass sie anders war, als ich zunächst angenommen hatte. Dass sie nicht wie Ava war.

Seit ich die Staaten verlassen hatte, war Avas Gesicht seltener vor meinem inneren Auge aufgetaucht. Aus meinen Träumen hatte ich sie schon lange verbannt, doch gedanklich hielt sie mich weiterhin im Klammergriff, weil mich die Ungerechtigkeit verfolgte.

Das, was ich Isaac gesagt hatte, war nicht gelogen. Ich sah Ava durchaus als Opfer. Sie war von jemandem geschlagen worden, was nie hätte passieren dürfen. Doch dieser Jemand war nicht ich gewesen. Und ihr Statement war viel zu spät und ohne Überzeugung gekommen.

Die Entschuldigungen und Beteuerungen, die sie mir als Sprachnachrichten hinterlassen hatte, hatten längst ihre Macht verloren. Ich wollte sie nicht dafür hassen, dass sie sich selbst beschützte. Deshalb war ich gegangen.

Nun, deshalb und weil die Fan-Anfeindungen gegenüber meiner Familie und mir zugenommen hatten.

Ich konnte es mir nach wie vor nicht verzeihen, dass Mom verletzt worden war.

»Wenn das so ist«, sagte Cleo, nahtlos das Gespräch fortführend, das bereits weit in den Hintergrund gerückt war. Ich zwang mich, Ava stattdessen loszuwerden. »Dann bist du wohl ein Großstadtprinz.«

»Das ist …« Ich schüttelte den Kopf. »Okay, du hast gewonnen. Lassen wir die Aristokratie da, wo sie hingehört, nämlich in der Vergangenheit.«

»Find ich gut.« Beschwingt und grinsend machte sie einen Schritt und bewegte ihre Arme beherzt auf und ab. Bedeutete es ihr so viel, was ich von ihr dachte?

Nein, wahrscheinlich wollte sie bloß nicht direkt von mir gefeuert werden. Nicht, dass ich das gekonnt hätte.

»Wo bist du Antonio begegnet?«, fragte ich, weil mir das Schweigen zu belastend war.

Der Weg von Speranza bis nach Tursi war auf der Straße gar nicht so anstrengend. Zum einen ging es bergab, und zum anderen gab es gerade auf der zweiten Hälfte genug schattige Stellen, um nicht durchgehend gebraten zu werden. Die Olivenbäume, die angeblich meine Vorfahren gepflanzt hatten, waren geradezu riesig. Sie grenzten das Land der ansässigen Bauern von dem meiner Großeltern ab. Oder meinem, nachdem ich das Erbe angenommen hatte.

Ich hatte mich gegen meinen Willen sofort in diese Gegend verliebt. Wenn es ein komplettes Gegenstück zu New York gab, dann war es Tursi und seine Umgebung. Die Natur war hier an vielen Stellen noch so unberührt und rau, dass ich unfähig war, mich vor ihrer Reinheit zu schützen. Sie traf mich mitten ins Herz und erweckte Gedanken und Emotionen, die mir bis dahin nicht mal ansatzweise bewusst gewesen waren.

Das Problem war bloß, dass ich all die neuen Gefühle spürte, die allein schon ein Wunder für mich darstellten, doch die alten Lasten blieben gleichzeitig bestehen. Ich wusste sie nicht loszuwerden und fühlte mich in manchen Nächten, wenn ich mich nicht mit Arbeit ablenken konnte, niedergedrückt.

Ich würde nie wieder in mein altes Leben zurückkehren, war ein wiederkehrender Gedanke.

Unterdessen arbeitete mein Unterbewusstsein dagegen und versuchte, mir klarzumachen, dass ich das ja gar nicht wollte.

Es ließ mich am nächsten Morgen gerädert aufwachen. Seit mehreren Wochen hatte ich nicht eine Nacht durchgeschlafen, und die Erholung, nach der ich mich verzweifelt sehnte, konnte mir auch dieser paradiesische Ort nicht geben.

Mir das einzugestehen, war ein großer Schritt. Leider konnte ich nichts dagegen tun. Mir waren die Hände gebunden. Das hier war der einzige Ort, an dem ich vor den fanatischen Fans und den Paparazzi sicher war. Für den Moment jedenfalls.

Keine Ahnung, was ich tun würde, wenn jemand meinen Aufenthaltsort leaken würde.

Ich warf Cleo einen Seitenblick zu. Sie würde es nicht tun, oder? Ziemlich sicher hatte sie ihre eigenen Dämonen zu bekämpfen. Daran wollte ich glauben, auch wenn ich mein Vertrauen schon mehr als einmal deplatziert hatte.

»Antonio ist ein Bekannter von demjenigen, der mich von Brindisi nach Ponte Masone gefahren hat. Zum Glück ist er so freundlich gewesen. Er hat mich dann bis nach Tursi mitgenommen.« Ich hörte das Lächeln aus ihrer Stimme heraus, auch wenn sie vor mir ging und ich nicht in ihr Gesicht sehen konnte. Warum spürte ich jäh den unbändigen Drang, Antonio wie ein Herzog den Fehdehandschuh hinzuwerfen und zu einem Duell herauszufordern?

»Sag jetzt nicht, du bist einfach bei einem Fremden, nein, zwei Fremden eingestiegen?« Ich zog den Trolley vielleicht ein klein wenig zu grob hinter mir her. Die Rollen verloren kurzzeitig den Kontakt zum Boden.

»Sie waren keine richtigen Fremden, weil sie einander kannten. Ich war durchweg gut aufgehoben«, verteidigte sie sich weiterhin gut gelaunt. Meine Spitze schien sie entweder nicht wahrzunehmen oder nicht zu interessieren. Das passte zu ihr.

»An deine Definition von *Fremde* sollte noch mal ein Psychologe ran«, murmelte ich.

»Generell würde ein Psychologe mit uns beiden bestimmt sein Geld hart verdienen müssen«, stimmte sie lachend zu.

Das Geräusch war warm und verführerisch. Wie Wassertropfen, die an einem heißen Sommertag von ihrer Haut perlten.

Seit wann hatte ich so poetische Gedanken? Ich war eindeutig zu lange im Nirgendwo unterwegs.

Wir erreichten wenig später die ersten Ausläufer von Tursi. Da es Nachmittag war, waren noch die meisten Vorhänge zugezogen, und die Leute hielten sich in ihren schattigen Häusern auf. Einzig die Weisen Witwen, deren Bekanntschaft ich an meinem ersten Tag hier unglücklicherweise bereits gemacht hatte, saßen wie so oft vor dem B & B und spielten Karten.

Ich rechnete weder mit einer Begrüßung noch damit, dass eine von ihnen lächelnd in meine Richtung sah. Deshalb war ich so unvorbereitet, als beides geschah. Für einen kurzen Augenblick musste ich stillstehen und mich selbst kneifen, weil ich felsenfest davon überzeugt war, in einer Parallelwelt angekommen zu sein.

Dann aber wurde mir schlagartig klar, dass die freundlichen Bezeugungen nicht mir galten, sondern meiner wundersamen Begleiterin.

Cleo ließ sich von Magdalena in die Arme schließen, als hätten sie sich drei Wochen nicht gesehen. Die ältere Dame platzierte mehrere Schmatzer auf Cleos Wangen. Links, rechts, links, und hielt sie dann an den Oberarmen von sich gestreckt.

»Du siehst ausgehungert aus«, sagte sie entsetzt. »Setz dich, setz dich! Ich bereite dir was zu.«

Mir entging nicht, dass die Einladung mich nicht einschloss. Da ich Cleo in Hinblick auf eine köstliche Mahlzeit nicht im Weg stehen wollte, wandte ich mich bereits ab.

»Das kann ich leider nicht, Zia Magda. Ich wollte bloß meinen Koffer holen und die Rechnung begleichen. Dante hier hat mir einen Job angeboten.« Cleo deutete in meine Richtung, und ich fand mich im Zentrum von acht Augenpaaren wieder. Unangenehm berührt kratzte ich mir den Nacken.

»Ah, bist du sicher, bambina?«, fragte eine der anderen Damen im Flüsterton, ohne tatsächlich zu flüstern. Sie sah mich misstrauisch aus dem Augenwinkel an.

»Er ist netter, als er aussieht«, sagte Cleo und winkte ab. »Ich geh mal eben meinen Koffer holen.« Damit verschwand sie im Hausinneren.

Ich zögerte nur kurz, dann räusperte ich mich und trat vor. Den Trolley ließ ich stehen.

»Ich würde gern Cleos Rechnung übernehmen«, sagte ich leise zu Magdalena. Ich fühlte mich nicht wohl dabei, sie gedanklich Zia Magda zu nennen, weil sie es mir im Gegensatz zu allen anderen nie erlaubt hatte.

Sie fixierte mich mit ihren braunen Augen, ehe sie nickte. »Komm, komm.«

Das Getuschel der anderen blendete ich aus. Ich tat das hier nicht für sie, sondern weil ich es Cleo versprochen hatte. Kost und Logis waren in dem nicht vorhandenen Arbeitsvertrag eingeschlossen.

Ich widersprach auch nicht, als die Rechnung horrende Ausmaße annahm. Mit Sicherheit schlug Magdalena da ein paar Stellen drauf.

Es war eine Kunst, mir nichts anmerken zu lassen, um die

Gerüchte – wie auch immer diese aussahen – weiter zu befeuern. Ich gab ihr ein paar Scheine und verzichtete auf Wechselgeld, ehe ich mich wieder zum Trolley begab.

»Er hätte ihr ja ruhig mit dem Koffer helfen können«, sagte die Frau mit dem glatten grauen Haar laut genug, dass ich sie verstand.

Hitze stieg dieses Mal in meine Wangen, als ich bemerkte, wie Cleo, unten angekommen, den Koffer rausschleppte.

Fuck. Ich war so ein Mistkerl. Da war ich so stolz auf die eine Sache gewesen und hatte Cleos Situation völlig ausgeblendet.

Jetzt war es auch zu spät, zu ihr zu eilen und den Helden zu spielen. Es würde in aller Augen falsch wirken. Andererseits ...

Als mich Cleo erreichte, tauschte ich schweigend den Trolley mit ihrem Koffer.

»Äh, danke?«

»Sonst noch was oder können wir jetzt einkaufen? Ich wäre gern zurück, bevor es dunkel wird.« Dass die Sonne noch mindestens zwei Stunden nicht untergehen würde, war uns beiden bewusst.

»Nein, es ist alles okay. Danke, Dante, für die Rechnung.«

Ich stieß bloß ein Grunzen aus. Nichts wie weg hier, bevor ich noch gelyncht wurde.

7

Dante

Das B & B war eine Kostprobe von dem gewesen, was mich den ganzen Nachmittag in Tursi erwarten sollte. Cleo verstand sich mit absolut jeder Seele, der sie begegnete.

Es hatte sich bereits wie ein Lauffeuer verbreitet, dass jemand Neues im Dorf oder eher gesagt auf Speranza wohnen würde, und jeder freute sich darauf, Cleo kennenzulernen.

Ich versuchte, mich davon nicht aus der Ruhe bringen zu lassen. Im kleinen Tante-Emma-Laden angekommen, steuerte ich als Erstes das Regal mit der Sonnenmilch an. Damit würde Cleo in Zukunft hoffentlich ihre Haut angemessen schützen. Ich wollte vermeiden, sie mit Verbrennungen ins nächste Krankenhaus fahren zu müssen, das war alles.

»Du hast wirklich gar nichts zu Hause?«, fragte sie.

Ich drehte meinen Kopf zum nächsten Gang, wo sie vor den Konserven stand. Der Laden hier war sicher kein Delikatessengeschäft, doch es fand sich alles Nötige, was zudem nicht wie reiner Zucker schmeckte. Als der Besitzer Raffaele noch nicht gewusst hatte, wer ich war, hatte er mir stolz erklärt, dass er darauf achtete, nur bei den besten Händlern zu bestellen. Mit Schwerpunkt auf Nachhaltigkeit und mit wenig bis keinen Konservierungsstoffen.

»Kaffee«, murrte ich.

Ehrlich gesagt verstand ich noch immer nicht, warum sie mein Angebot angenommen hatte. Sie hätte vermutlich Magdalena fragen können, ob jemand einen Job für sie hätte, wenn sie unbedingt in Tursi bleiben wollte. Jeder liebte sie aus unerfindlichen Gründen, dabei kannte sie niemand.

Na ja, mich hassten sie ja auch grundlos. Warum sollten sie sich nicht genauso auch in die andere Richtung verhalten können? Immerhin machte es sie berechenbar.

»Großartig!«, murmelte sie. Ihre Laune schien im Gegensatz zu vorhin gedämpft. »Hier.« Sie lud Pasta, Mozzarella, Oliven, Artischocken und noch vieles mehr in meinen Korb, bis er überzuquellen drohte.

»Hast du vor, ein Festmahl zu kochen?« Stirnrunzelnd beobachtete ich sie dabei, wie sie die verschiedenen Ciabattas begutachtete.

»Nein, aber ich will nicht jeden Tag Zeit damit verschwenden, einkaufen gehen zu müssen.« Sie tippte mit dem Finger gegen ihr Kinn und deutete dann auf das Ciabatta ganz links. »Würden Sie mir das einpacken?«

Ihr Italienisch klang makellos. Damit meinte ich nicht, dass die Grammatik zu hundert Prozent saß, sondern dass sie jedes einzelne Wort mit Bedacht auszusprechen schien.

Raffaele, der uns seit unserem Eintreten beobachtet hatte, lächelte breit. »Gute Wahl!«

Hatte Cleo einen Zauber um sie alle gewebt? Das war doch nicht mehr normal!

Schnaubend wandte ich mich ab.

»Wo gehst du hin?« Sofort hatte sie ihre Aufmerksamkeit wieder auf mich gelenkt. Ich hätte mich geschmeichelt gefühlt, wenn es nicht gerade das gewesen wäre, was ich nicht gewollt hatte.

»Zur Theke. Mein Arm fällt gleich ab.«

»Stell dich nicht so an.«

»Ach? Willst du den Korb mal halten?«

»Warum denn? Du stellst ihn ja jetzt eh ab.« Gespielt unschuldig zwinkerte sie mir zu.

Wenn die Dorfbewohner nur wüssten, wer von uns beiden wirklich schlimm war, dann würden sie ihr Verhalten komplett überdenken.

Sie war unverbesserlich!

Nachdem ich den Korb abgestellt hatte, holte ich vom Eingang den Einkaufstrolley, den Cleo dort neben ihrem Koffer gelassen hatte.

Ein paar Minuten später kehrte die Prinzessin, die ich so nicht mehr nennen sollte (aber was sollte sie schon gegen meine Gedanken tun?), mit einem zweiten Korb an meine Seite zurück. Darein hatte sie keine Lebensmittel, sondern Kosmetikprodukte und Putzmittel gepackt.

»Das kann ich selbst zahlen«, sagte sie fast herausfordernd, als ich danach griff.

Ich ließ mich nicht beirren und nahm ihr den Korb ab, während Raffaele bereits die ersten Sachen einscannte.

»Nichts da«, entgegnete ich. »Ich halte mich an unsere Abmachung.«

Niemand sollte mir vorwerfen, dass ich knauserig war. Vor allem, wenn dies nicht notwendig war. Ja, ich hatte ganz am Anfang ein Budget für die Anlage festgesetzt, weil es meiner Natur entsprach, doch das kratzte bei Weitem nicht das Vermögen an, das ich durch mein eigenes Business angehäuft hatte.

Cleo Hargrove zu bezahlen und auszuhalten, würde ihr helfen und mich nicht stören.

Als wir uns wenig später auf den Heimweg machten, neigte sich die Sonne bereits auf der anderen Seite des Hügels dem Horizont zu. Die Dunkelheit brach hier schneller über uns herein als ganz oben auf der Anlage.

Ich zog den schweren Koffer hinter mir her und hielt eine Tüte fest, da nicht all unsere Einkäufe in den Trolley gepasst hatten. Wenn ich das nächste Mal nach Ponte Masone fuhr, würde ich Cleo den Gefallen tun und ein paar wichtige Dinge aufstocken. Sie hatte recht. Es war effektiver, gleich mehr einzukaufen und nicht jeden Tag losziehen zu müssen.

In den letzten Wochen hatte ich es aus mehreren Gründen so gehandhabt. Zum einen hatte mir der menschliche Kontakt gefehlt, so negativ er auch auf mich gerichtet gewesen war, doch das war mir anfangs nicht so klar gewesen; zum anderen war ich eine Niete im Kochen und konnte sowieso nichts mit den Zutaten anfangen. Isaac hatte mich natürlich ausgelacht und gerügt, weil ich es doch lernen könnte. Aber um ganz ehrlich zu sein, hatte ich keinen Reiz gespürt, für mich allein zu kochen.

Mein Blick glitt vom eintönigen Weg zu Cleo, die ein paar Meter vor mir ging. Beschwingt wie eh und je, als hätte sie nicht stundenlang gearbeitet. Ihre Jeansshorts sollten verboten werden. Der Anblick ihrer ganz leicht gebräunten Beine machte mich fertig. Ich konnte während des Weges kaum an etwas anderes denken als daran, wie es wäre, sie um meine Mitte geschlungen zu spüren.

War ich nicht vielleicht doch der Arsch, für den mich alle hielten?

Cleo hielt abrupt inne und stellte den Trolley ab. Fragend beobachtete ich, wie sie an den Wegesrand schritt und ein paar Zweige vom üppigen Lavendelstrauch abbrach.

»Weißt du, es gibt davon zuhauf auch oben auf der Anlage«,

sagte ich in einem leicht neckenden Tonfall. Ich wollte sie nicht immer provozieren ... »Das nennt man nämlich Diebstahl, was du gerade tust.«

... klappte vielleicht nicht so gut.

»Dein Ernst?« Sie kam aus der Hocke hoch und sah mich verärgert an.

Ich zog den Koffer weiter. »Keine Sorge, es ist mein Land. Also hast du bloß von mir gestohlen. Ich werde mir schon eine gerechte Strafe überlegen.«

»Eine Strafe, hm?« Sie wirkte keineswegs verunsichert, eher ... amüsiert. »Körperlicher Natur?«

Beinahe wäre ich über meine eigenen Füße gestolpert, und das war mir schon seit fünfzehn Jahren nicht mehr passiert.

»Bitte was?« Meine Jeans wurde plötzlich sehr eng an einer gewissen Stelle, als meine Fantasie verrücktspielte.

»Was für eine Strafe schwebt dir vor, dafür, dass ich deinen so kostbaren Lavendel gepflückt habe? Um ihn in *deinem* Zuhause in einer Vase zu arrangieren?«

»Ich ... Vergiss es«, murmelte ich.

»Was?« Sie versperrte mir jäh den Weg und blieb direkt vor mir stehen. Ohne Berührungsängste. Ohne Vorbehalte. Langsam beugte sie sich vor, die Hände in ihrem Rücken verschränkt, stellte sie sich auf die Zehenspitzen, ehe sie zurückwippte – lächelnd. Hitze flammte in meinem gesamten Körper auf, und mein Blick zuckte von ihren vollen Lippen mit der kleinen Narbe zu ihrem Dekolleté. Dabei zeigte es nicht wirklich viel, doch es reichte aus, um meine Vorstellung anzuheizen. »Ich zieh dich bloß auf. Tut mir leid. Wenn du das nicht willst, pflücke ich nichts mehr.«

Sie wartete ab. Jede Sekunde kostete mich gefühlt eine Schweißperle, aber ich brauchte sie, um wieder zur Besinnung zu kommen und meine Atmung unter Kontrolle zu kriegen.

Ich wollte unter keinen Umständen, dass sie von der unseligen Wirkung erfuhr, die sie allein mit ihrem offenen Blick auf mich hatte.

»Die Strafe war auch nur Spaß«, antwortete ich lahm. Bei Weitem nicht so überzeugend, wie ich hätte sein sollen. »Tu, was du nicht lassen kannst.«

Grinsend drehte sie sich wieder um und nahm den Griff des Trolleys in die Hand. Mit dem anderen Arm deutete sie nach vorn.

»Dann los! Wir sind fast da.«

Ich stöhnte leise. Was hatte ich mir bloß eingebrockt?

»Kannst du kochen?«

»Bitte was?«

Ratlos blickte sie die Lebensmittel an, die sie eben noch so selbstsicher eingekauft hatte. »Ob du kochen kannst, frag ich.«

Ich öffnete den Mund und schloss ihn wieder, um nicht das Erstbeste zu sagen, was mir in den Sinn kam. *Sei freundlich*, sollte mein neues Mantra sein.

»Hast du nicht speziell etwas eingekauft, um damit was zu kochen?«, fragte ich langsam. Jedes Wort betonend, damit ich auch ja nicht auf die Idee kam, mit den Zähnen zu knirschen.

Wir hatten uns in die Küche des Haupthauses begeben. Dieser Teil der Anlage war der einzige, den ich nicht grundrenovieren musste. Ich hatte die Möbel in der ersten Woche komplett ausgetauscht und alles andere grundgereinigt, aber man hatte gemerkt, dass meine Großeltern bis vor ein paar Jahren noch hier gewohnt hatten.

Jetzt erstrahlte die Küche in neuem Glanz. Ich hatte die gesprungene Arbeitsplatte durch eine warm-graue Betonplatte ersetzt und die Schränke abgeschliffen und in einem graubraunen Ton gestrichen. Die Türknäufe durch Kupfergriffe ausgetauscht und die Wände und Decke cremeweiß gemalt. Die Deckenbalken hatte ich in einem Braunton gelassen, der perfekt zur Küchenfront passte, und auf dem Boden hatte ich aus Zeitmangel teuren, hellen PVC verlegt. Vorgestern waren erst die Lampenschirme gekommen, von denen ich drei über der Kücheninsel angebracht hatte. Sie unterstützten wie die Hocker und die von der Decke hängenden Haken den rustikalen Stil, den ich überall auf der Anlage kreieren wollte.

Natürlich hatte ich im Vorhinein ein Konzept erstellt und mich mit einigen Innendesignern ausgetauscht. Ich hätte auch einfach hier sitzen, Däumchen drehen und andere arbeiten lassen können. Doch dafür war ich nicht hier. Ich hatte etwas gebraucht, um meinen Verstand und meinen Körper vollkommen auszuknocken.

»Nö, ich habe nur das mitgenommen, was gut aussah. Ich kann nicht kochen«, sagte sie, ohne das geringste Anzeichen eines Gewissens.

Sie stand neben dem Kühlschrank und räumte ein, während ich ihren blöden Lavendel in eine Vase gestellt hatte.

»Das ist ja wunderbar, ich koche nämlich auch nicht«, gab ich zurück.

Sie zog eine Schnute, als sie mir einen Blick über ihre Schulter zuwarf. »Du klingst beleidigt.«

»Warum sollte ich beleidigt sein?«

»Eben. Du kannst ja nicht beleidigt sein, wenn wir beide nicht kochen können.« Diese Frau trieb mich noch in den Wahnsinn!

»Wenn das von vornherein klar gewesen wäre, hätten wir uns vielleicht etwas Fertiges gekauft«, sagte ich gezwungen ruhig. Unter Umständen lag es an meinem knurrenden Magen, dass ich weniger Geduld aufbringen konnte als sonst.

»Ach was, ich schau mir einfach ein Rezept an, und dann wird das schon was.« Nachdem sie den Kühlschrank geschlossen hatte, holte sie ihr Handy hervor und setzte sich auf einen der Hocker. »Hm, was hältst du davon? Das sieht nicht so schwer aus, und ich glaube, wir haben alles Nötige eingekauft.«

Ich näherte mich ihr vorsichtig, als wäre sie das Raubtier und ich die Beute, die eindeutig etwas falsch machte. Da sie ihr Handy direkt vor sich hielt, musste ich näher kommen, als mir lieb war, und über ihre Schulter blicken. Dabei nahm ich ihren ganz eigenen Duft auf, der sich mit dem Lavendel vermischt hatte.

In mir zog sich alles zusammen.

Ich zwang mich, mich auf das Rezept zu konzentrieren, obwohl das Display vor meinen Augen zu verschwimmen schien.

»Panzanella?«, presste ich hervor.

»Ja, sieht gut aus, oder? Ich habe von Zia Magda auch noch das Brot bekommen, das perfekt dafür geeignet wäre. Es liegt in einem Korb im Stall. Kannst du ihn holen?«

»Glaubst du wirklich, dass sich keines der Tiere längst darüber hergemacht hat?« Skeptisch zog ich mich zurück und verschränkte die Arme.

»Ich habe schon darauf geachtet, den Korb außer Reichweite aufzuhängen. Also wirklich, ich bin zwar nicht fehlerlos, aber an so was denke ich. Also?«

»Bin gleich wieder da«, murmelte ich und floh förmlich aus der hell erleuchteten Küche in den dämmrigen Flur. Hier ließ es sich befreiter atmen.

Vom Haupthaus bis zum Stall brauchte ich nur wenige Minuten, sodass ich Cleos heutige Arbeit schon recht bald beurteilen konnte. Da das Deckenlicht nicht funktionierte, musste ich mir mit meinem Handy helfen. Ich führte die Kühe Rossa und Buona in ihre Boxen. Sie waren sehr gutmütige und ruhige Tiere, wie ich schon früh festgestellt hatte. Das Schwein, das von meinem Großvater keinen Namen bekommen hatte, folgte uns in den Stall und ging bereitwillig in den Bereich mit dem niedrigen Zaun.

Sofort fiel mir der andersartige Geruch auf. Die Schärfe war verschwunden und von mildem Heuduft ersetzt worden. Cleo hatte meine Erwartungen übertroffen, indem sie nicht bloß die Boxen ausgemistet hatte, sie hatte auch sonst alles gesäubert, sortiert und weggeräumt.

Jetzt meldete sich doch mein Gewissen, weil ich sie vorhin wieder leichtfertig verurteilt hatte. Sie hatte recht. Ich konnte schließlich auch nicht kochen.

Den Korb mit dem Brot und den Äpfeln fand ich neben dem Eingang an einem Haken. Tatsächlich hatte sie ihn so weit oben aufgehängt, dass nicht mal die Kühe daran gekommen wären.

Die Ziegen hatten sich bereits am anderen Ende des Auslaufs schlafen gelegt und blickten bloß müde auf, als ich mir einen Weg zurück bahnte.

Die Luft, die Aussicht, die Unschuld der Tiere ... all das sollten Gründe sein, hier tiefen Frieden zu finden.

Leider hing über alldem die Präsenz meiner leiblichen Familie und der Cut, den sie zwischen uns gezogen hatte, als sie mich abgegeben hatte.

Es war besser, gedanklich nicht dort zu verweilen.

Als ich das Haus wieder betrat, roch es nach gebratenem Hähnchen, was eigentlich nicht zu Panzanella passte. Cleo gehörte wohl zu den Köchinnen, die gerne improvisierten.

»Hey«, begrüßte ich sie, um Anstand bemüht. Ich legte den Korb auf die Kücheninsel, die sie bereits mit diversen Utensilien und Zutaten vollgestellt hatte. Über uns hing ein halbes Dutzend Töpfe und Pfannen von den Haken, wovon sie zwei Pfannen auf dem Gasherd positioniert hatte.

Ich stellte mich neben sie, um mir die Hände zu waschen.

»Danke fürs Holen!« Sie warf mir ein kurzes Lächeln zu und konzentrierte sich dann weiter auf das Zerkleinern der Zwiebel. »Altes Brot wäre zwar besser, aber ich denke, das kann auch so funktionieren. Ich habe mir ein Glas Wein eingeschenkt. Das war okay, oder?«

»Klar. Du darfst dich einfach bedienen.« Ich nahm dies zum Anlass, mir auch ein Glas einzuschütten. »Brauchst du Hilfe?«

Sie sah mich amüsiert über ihre Schulter hinweg an. »Setz dich und unterhalte mich. Der Rest sollte schnell gehen.«

»Bist du sicher?«

»Komm, bevor ich dir das Rezept jetzt erkläre, habe ich eh alles selbst gemacht.«

Ich beschloss, ihren Worten zu vertrauen, anstatt irgendwo in ihrer Stimme nach Sarkasmus oder Vorwurf zu suchen, wie ich es bei Ava immer hatte tun müssen.

Nach kurzem Zögern setzte ich mich dann an den Tresen und legte die Unterarme darauf ab. Mit den Fingern der linken Hand spielte ich an dem Stiel des Weinglases herum. Als würde mich das ausreichend von Cleo ablenken.

Wie zum Teufel hatte ich es geschafft, jemanden wie sie dazu zu kriegen, hier anzufangen? Ich hatte ihr nicht mal viel geboten …

»Gibt es einen besonderen Grund, warum du hierbleiben willst?« Es war unmöglich, meine Neugier weiter im Zaum zu halten. Normalerweise war ich Experte darin, die andere

Partei zappeln zu lassen, während ich mich in Geduld übte, aber nicht bei ihr.

Nicht bei Cleo Hargrove, die mehr Geheimnisse hegte, als sie mir weiszumachen versuchte.

Von mir abgewandt zuckte sie mit den Schultern. Soweit ich erkennen konnte, schnitt sie das Brot in Würfel, die sie daraufhin in eine Schüssel warf. Es roch scharf nach Balsamico. Ein Duft, der sich mit dem der Hähnchenstreifen vermischte, die im Backofen brutzelten.

»Meine Familie kommt ursprünglich aus dieser Ecke, und ich wollte sie mir mal genauer ansehen.« Sie verschwieg eindeutig etwas, obwohl sie nicht direkt zu lügen schien.

Abwartend nippte ich am Weinglas. Erneut zeigte sie sich geduldiger als ich.

Wenn ich nicht aufpasste, wurde das noch zur Gewohnheit.

»Allein?«

Die Hand, in der sie das geriffelte Küchenmesser hielt, stoppte für einen Moment, bevor sie sich wieder fing.

»Ich hatte eine Begleitung, aber unsere Wege haben sich getrennt.« Dieses Mal vermittelte mir ihr Tonfall, dass sie in dieser Angelegenheit nichts Weiteres zu sagen hatte.

»Wie alt bist du eigentlich? Und kommst du auch aus New York? Du weißt vermutlich längst alles von mir, hm?«

Das entlockte ihr ein herzliches Lachen, was mir einen angenehmen Schauer über den Körper rinnen ließ.

»Ich bin dreiundzwanzig, und ja, ich wohne in New York. Vor Kurzem habe ich dort mein Studium der Wirtschaftspsychologie abgeschlossen.«

»Wow, das ist …«

Sie drehte sich grinsend zu mir um. »… unerwartet für die Großstadtprinzessin?«

Ich lächelte erleichtert. Froh, dass sie mir meine Überraschung nicht übel nahm.

»Ich hätte einfach nicht gedacht, dass du mit dem Studium schon fertig bist, das ist alles. Der Studiengang klingt spannend.«

»Findest du, finde ich, aber meine Familie sieht das ein bisschen anders.« Sie kippte noch etwas Wasser in die Schüssel mit dem Balsamico Bianco und ließ die Brotwürfel dann darin einweichen, bevor sie sich die Hände wusch. »Sie hätten gern gehabt, dass ich was mit Finanzen mache. Wie meine Schwestern, aber nun ja … da ich damit nun wirklich nichts anfangen kann, haben sie sich auf einen Kompromiss eingelassen.«

»Ein Kompromiss, der dich nicht glücklich macht?« Warum störte es mich derart, dass sie von ihren Eltern in eine Richtung gezwungen worden war, die sie offenbar nicht gehen wollte? War es so schwer, Kinder ihren eigenen Weg gehen zu lassen?

»Ich glaube kaum, dass es etwas gibt, das uns beide glücklich gemacht hätte, also ist es schon okay. Meine Großeltern haben ihre Firma selbst aufgebaut und meine Eltern haben dann dort weitergemacht. Sie wollen bloß, dass wir Kinder in ihre Fußstapfen treten.«

»Ob ihr wollt oder nicht?«

Ihr schiefes Lächeln überzeugte mich dieses Mal nicht. Die Traurigkeit umgab sie wie eine Aura.

»Ich würde mich vor dem Essen gern noch mal duschen. Kannst du mir sagen, welches Zimmer meines ist?«, wechselte sie galant das Thema.

Da ich sie nicht weiter drängen wollte, ließ ich es darauf beruhen. Letztlich war sie mir nichts schuldig.

Ich rutschte vom Hocker und winkte ihr zu. »Folg mir.«

Das Haupthaus war groß und verwinkelt genug, um sich darin zu verlaufen, wenn man sich nicht auskannte. Es breitete sich zudem auf zwei Ebenen aus, von denen eine sich an den Abhang schmiegte. Die Stockwerke waren an mehreren Stellen mit kurzen Treppen miteinander verbunden.

»Ich bin noch nicht dazu gekommen, alles zu putzen. Vor allem nicht die Hauptküche und auch nicht die anderen Schlafzimmer, die wohl für das Personal vorgesehen waren. Aber deins und meins sowie die Badezimmer sind in einem sehr guten Zustand«, erklärte ich Cleo. Seltsamerweise war ich nervös. »Da ist es.«

Wir hatten den ersten Flur hinter uns gelassen, der weiß gespachtelte, kahle Wände besaß. Ich hatte sämtliche Bilder entfernt und in das alte Arbeitszimmer meines Großvaters verfrachtet. Es waren Fotos darunter gewesen, die ich nicht hatte sehen wollen. Vielleicht wäre ich nie dazu bereit, sie mir anzusehen.

Von der Küche bis hierher hatten wir fast zwei Minuten gebraucht. Dazwischen lagen noch eine Abstellkammer, eine Vorratskammer und das Arbeitszimmer.

Ich deutete auf die weiß getünchte Holztür. »Das ist es. Hier draußen im Schrank gibt es Handtücher, Bettlaken und alles, was du gebrauchen könntest. Das habe ich tatsächlich aufgefüllt.«

»Nur weil ich vorhin so viel gekauft habe, wollte ich nicht damit andeuten, dass du unfähig wärst.«

»Ich habe mir nur einen Scherz erlaubt. Das Bad ist gleich nebenan.«

Sie hatte ihren Koffer hinter sich hergerollt, blieb damit aber nun stehen.

»Wo ist dein Zimmer?«

»Im Anbau unten. Ich mochte die Aussicht«, log ich. Nun,

nicht ganz. Ich hatte außerdem so weit wie möglich von den Schlafräumen meiner Großeltern entfernt sein wollen.

Sie nickte einmal und blickte dann auf ihre Smartwatch. »Ich brauche so fünfzehn Minuten. Dann müssten auch die Hähnchenstreifen fertig sein.«

»Lass dir Zeit. Ich kümmere mich um das Hähnchen.«

»Danke.«

Sie öffnete die Tür, schaltete das Deckenlicht ein und sah sich dann einen Augenblick um. Ich wusste genau, was sie sehen konnte.

Ich hatte mir mit diesem Zimmer besonders viel Mühe gegeben, weil Mom mich eigentlich hatte besuchen wollen. Doch letztlich hatten wir uns dagegen entschieden. Ich konnte ihr noch immer nicht in die Augen sehen. Es war der Albtraum eines jeden Sohnes, dass er Schuld daran trug, wenn die eigene Mutter angegriffen wird.

»Es ist wunderschön«, kommentierte Cleo ehrfürchtig. Sie stand direkt vor dem Bett im marokkanischen Stil mit hölzerner Kopfleiste. Von der weißen Decke hingen zwei Lampen mit Bambusschirmen und in der Mitte fand sich ein hölzerner Deckenventilator. Der Boden war grau gefliest, und auf ihm hatte ich einen riesigen gewebten Teppich ausgelegt. Dazu hatte ich einen hohen Spiegel besorgt, der gegen die Wand neben dem Fenster gelehnt war, ein Strohfächer und ein Landschaftsgemälde von Tursis Umgebung in blassbraunen Farben schmückten die restlichen Ecken. Es gab eine schlanke Kommode, auf der ein kleiner Fernseher stand, einen Kleiderschrank und einen Nachttisch, für den ich bisher keine passende Lampe gefunden hatte.

»Freut mich, dass es dir gefällt. Ich lasse dich mal allein.« Ich räusperte mich und zog die Tür hinter ihr zu.

Stolz ließ meine Brust anschwellen. Es war lange her, dass

ich Komplimente für meine Arbeit bekommen hatte. In meinem Business musste ich tagtäglich Bestleistung zeigen, und niemand wäre jemals auf die Idee gekommen, den Boss zu loben.

Es war ein seltsames Gefühl, das ich noch eine Weile mit mir tragen wollte.

8

Cleo

Ich hatte mich sehr schnell für ein Kleid entschieden, in das ich nach einer heißen Dusche schlüpfte. Es hatte so gutgetan, den Dreck und Schweiß von meiner Haut zu waschen.

Das, was sich jedoch nicht runterwaschen ließ, war das Kribbeln in meinem Bauch, das jedes Mal von Dantes durchdringendem Blick ausgelöst wurde. Ich konnte nicht sagen, was in ihm vorging, wenn er mich derart ansah.

Obwohl ich die fünfzehn Minuten bereits damit ausgereizt hatte, mein Haar zu einem voluminösen Bob zu föhnen, stahl ich mir die zusätzliche Zeit, mein Aussehen im Spiegel zu überprüfen. Das pastellblaue Kleid besaß einen tiefen V-Ausschnitt und einen eng anliegenden Body mit ein paar Cutouts vorne und hinten. Von der Taille an fiel es in einem lockeren Rock hinab, mit hohem Schlitz auf der linken Seite, sodass beim Gehen mein Oberschenkel enthüllt wurde.

Ich drehte mich einmal im Kreis, sodass der Rock mir schwungvoll in einem Bogen folgte und dann über meine Knie strich. Das Kleid saß perfekt und mit der leichten Bräune – oder leichten Röte – wirkte es so sommerlich, wie ich es mir vorgestellt hatte, als ich es in Rom auf dem Viminale-Markt erstanden hatte. Zum Glück hatte mich Oliver nie darin gesehen, und ich musste keine Erinnerungen an ihn verdrängen.

Ein letztes Mal trug ich einen dezenten Lippenstift auf, spritzte etwas von meinem Chanel-Parfüm auf meinen Hals und verließ dann seltsam aufgeregt das Zimmer. Das Zimmer, in das ich mich sofort verliebt hatte. Dante besaß einen großartigen Sinn für Innendesign. Kein Wunder, dass er hier allein hauste, anstatt sich Designer aus New York einfliegen zu lassen. Das hätte er sicherlich bezahlen können.

Ich hatte die Magazinartikel nicht vergessen. Wusste, dass er vor Ava Nam als einer der begehrtesten Bachelors von New York gehandelt worden war. Sein Marktwert wurde auf mehrere Millionen geschätzt, was im Alter von fünfundzwanzig Jahren beeindruckend war.

Das bedeutete, er war reich, talentiert, konnte charmant sein, wenn er wollte, und gottlos attraktiv.

Ich bekam jedes Mal Herzrasen, wenn er mich ansah. Den Schlafzimmerblick hatte er drauf, ohne ihn gezielt einsetzen zu müssen.

Denn ich glaubte nicht für eine Sekunde, dass er sich zu mir hingezogen fühlte. Oder mit mir flirtete. Wir hatten uns im Laufe des Nachmittags einem Waffenstillstand hingegeben, und er wusste ihn zu respektieren, indem er mir nicht mit murrenden Antworten begegnete. Das war's.

Nachdem ich mir meine flachen Römersandalen angezogen hatte, kehrte ich in die Küche zurück. Dort fand ich allerdings weder Dante noch das Essen vor.

Ratlos drehte ich mich einmal um die eigene Achse und suchte nach irgendeinem Hinweis darauf, wohin er mit *meinem* gekochten Essen verschwunden war.

Als ich nichts entdecken konnte, ging ich zurück in den

Flur hinaus. Ich hatte schon mein Handy in der Hand, um ihn anzurufen, als mir einfiel, dass ich seine Nummer gar nicht hatte.

»Verflucht!«

Ich würde ganz sicher nicht hier stehen bleiben und darauf warten, dass …

»Ah, du bist fertig.« Seine rauchige Stimme war wie ein Schlag in die Magengrube, nur dass dadurch ein Schwarm Schmetterlinge freigesetzt wurde.

Ich drehte mich langsam zu ihm um und erwischte ihn dabei, wie er mich abcheckte. Sein Blick glitt von meinem Gesicht über meinen Hals mit der zierlichen Goldkette, die mir Summer zum Geburtstag geschenkt hatte, weiter über meinen Ausschnitt bis zum Schlitz in meinem Kleid und zu meinen Füßen.

Die Luft um mich herum schien zu brennen, und die Hitze prickelte in meinem Nacken.

Verlangen flammte in mir auf. Für den Bruchteil einer Sekunde stellte ich mir vor, wie mich Dante mit seinen großen Händen an der Taille fasste und an sich zog, um meinen Mund vollkommen zu erobern.

Er räusperte sich, blickte zur Seite und legte sich dann eine Hand in den Nacken. Erst jetzt fiel mir auf, dass er sein T-Shirt gegen ein helles Leinenhemd getauscht hatte, dessen oberste zwei Knöpfe offen waren. Somit konnte ich einen Blick auf glatte, gebräunte Haut erhaschen. Statt der Jeans trug er nun eine schwarze Stoffhose, die sicherlich maßgeschneidert war, so perfekt umhüllte sie seine Beine.

»Ich habe alles draußen hergerichtet und wollte dich gerade abholen«, erklärte er beinahe schüchtern. Immer noch sah er mich nicht an.

Konnte es nicht vielleicht doch sein, dass ich eine ähnliche

Wirkung auf ihn hatte wie er auf mich? Und wenn ja, würde das nicht in einer Katastrophe enden?

Ich durfte mich keinesfalls von einer schrecklichen Romanze in die nächste stürzen. Zwar glaubte ich längst nicht mehr, dass Dante gegenüber Ava handgreiflich geworden war, doch das hatte ich auch bei Oliver nicht angenommen. Oder?

Jedenfalls war es besser, bei einem rein professionellen Verhältnis zu bleiben. Körperlich und emotional Abstand zu halten.

»Super! Hier bin ich«, sagte ich etwas zu fröhlich. Etwas zu hell.

Die Stimmung war von heiß zu peinlich gewechselt. Ich war froh, als sich Dante endlich in Bewegung setzte und ich neben ihm gehen konnte. Dadurch wurden wir beide davor bewahrt, den anderen ansehen zu müssen.

»Das Kleid sieht gut aus«, merkte er an. Ihm gelang es nicht, auch nur ansatzweise unbeteiligt zu klingen, was mir wiederum half, mich wohler zu fühlen.

»Danke. Ich habe es in Rom gekauft.« Wir schwiegen ein paar Momente, in denen er mich zu einem Hinterausgang führte. Von dort aus ging eine Lehmtreppe hinab in einen kleinen Innenhof, der auch von zwei anderen Seiten über Treppen und durch Durchgänge betreten werden konnte. Von oben sah man hauptsächlich den Baldachin aus Weinreben, die an einem Gestell entlangrankten. Durchsetzt wurden sie von einer Lichterkette, die zusammen mit einzelnen Laternen genug Helligkeit spendete, ohne aufdringlich zu wirken.

»Das alles hast du in fünfzehn Minuten bewerkstelligt?« Nicht nur die Lichter waren beeindruckend, sondern auch der gedeckte Bauerntisch. Dieser war so riesig, dass rund zwölf Personen daran Platz gefunden hätten. Dante hatte lediglich die Kopfseite, die Richtung Abhang zeigte, mit Tischdeckchen und

Kerzen geschmückt. Meinen Lavendel hatte er ebenfalls darauf platziert sowie den Salat in einer großen Schüssel und dazu noch einen Wein. Dazwischen führte eine Reihe Teelichter bis zu uns, um den restlichen Teil des Tisches nicht karg wirken zu lassen. Ein Dutzend Stühle aus Rattan mit hellblauen Sitzpolstern war drum herum platziert und rundete das Bild ab.

»Fünfundzwanzig Minuten und eigentlich habe ich nur den Tisch gedeckt. Den Rest habe ich vor einer Weile hergerichtet«, gestand er nicht ohne Stolz.

»Ich bin beeindruckt. Das wirkt fast wie ein Date und nicht wie unser erstes Arbeitsessen«, witzelte ich, als wir das Ende der Treppe erreicht hatten. Von hier unten war es noch romantischer. Wie eine andere Welt, die durch die Weinreben von allem abgeschieden war.

Dante schob meinen Stuhl zurück und wartete, bis ich mich darauf sinken gelassen hatte, ehe er sich vorbeugte. Ich spürte seinen warmen, nach Pfefferminz duftenden Atem an meinem Ohr.

»Glaub mir, du würdest wissen, wenn es ein Date wäre«, versicherte er mir.

Bevor ich etwas erwidern konnte, was unter der Hitze meines Verstands ohnehin unmöglich gewesen wäre, hatte er sich zurückgezogen. Hinter mir verband er sein Handy mit einer Bluetoothbox, dann erklang leise Streichmusik, die mir verdächtig bekannt vorkam.

»Der Bridgerton-Soundtrack?«, fragte ich erstaunt.

»Was?« Er ließ sich mir gegenüber auf den Stuhl sinken, sodass wir beide die Aussicht auf den steinernen Abgrund und die endlose Weite von Basilikata genießen konnten. Selbst in der dichter werdenden Dunkelheit. Zikaden zirpten, während der Duft von Lavendel, Rosmarin und Basilikum uns einhüllte. »Ich habe die Serie sehr genossen.«

Ich legte mein Handy neben mir auf den freien Stuhl und neigte mich zu ihm. »Ich weiß auch, welche Folgen insbesondere.«

»Nur weil du von schmutzigen Gedanken verfolgt wirst, heißt das nicht, dass es mir genauso geht. Wein?«

Ich nickte, und er schüttete uns beiden etwas von dem köstlichen Primitivo ein.

»Wer hat jetzt schmutzige Gedanken? Ich dachte bloß, dass du die Szenen auf dem Ball besonders toll fandest. Du siehst aus, als könntest du tanzen«, flötete ich unschuldig und erntete ein raues Lachen, das ich bis in die Zehenspitzen fühlen konnte.

Es war zu einfach, sich in diesem Geplänkel zu verlieren. Zu vergessen, wer wir waren, woher wir kamen und welche Lasten auf unseren Schultern uns niederdrückten.

Doch das ganze Ambiente war so rein und einnehmend, dass ich mich nicht davon lösen wollte. Es stand in starkem Kontrast zu dem Prunk und Protz, den ich in New York gewohnt war und den auch Oliver in Italien erwartet hatte. Statt Wanderungen und Erkundungen hatte es Kaviar und Cocktailpartys gegeben. Dafür war ich nicht nach Italien gereist, sondern genau *hierfür.* Das hatte ich erleben wollen, und durch irgendeine glückliche Fügung war es mir mit Speranza in den Schoß gefallen.

»Wie lange hat die Ferienanlage schon leer gestanden, als du sie übernommen hast?«, fragte ich, darauf bedacht, nicht seine leiblichen Großeltern zu erwähnen. Ich hatte bereits gemerkt, dass er nicht gut auf sie zu sprechen war.

»Ich weiß es nicht genau. Vor sieben Jahren ist der vorige Besitzer gestorben, da war ich gerade achtzehn. In welchem Maße er zu seinen Lebzeiten noch die Fincas vermietet hat, kann ich nicht sagen.« Er sah sich um, obwohl er nicht viel mehr als die Weinreben um uns sehen konnte. »Das Hauptgebäude ist zumindest halbwegs instand gehalten worden, und ein Verwalter hat sich um die Tiere gekümmert. Von denen wusste ich tatsächlich erst, als ich hierhergekommen bin.«

»Eine ziemlich große Überraschung, nehme ich an?« Ich bediente mich an dem Brotsalat und registrierte mit Genugtuung, dass sich Dante besonders viel auf den Teller schaufelte.

»Ja, schon. Ich habe nicht damit gerechnet, tierische Mäuler stopfen zu müssen, aber jetzt bin ich ganz froh.« Er schmunzelte, und mein Herz machte Saltos. »Besonders nachdem wirklich niemand hier arbeiten will und man mir kaum mit Freundlichkeit begegnet.«

»Das braucht Zeit. Sie müssen sicher erst mit dir warm werden«, sagte ich zwischen zwei Bissen. Köstlich!

Mit hochgezogener Braue sah er mich an. »Ehrlich? Hast du mal gesehen, wie sie dir bereits nach zwei Tagen begegnen und wie sie mich anschauen? Als hätte ich die Nachbarskatze für ein schwarzmagisches Ritual benutzt.«

Ich lachte leise. »Ich habe eben ein warmes Gemüt.«

»Und ich nicht?«

»Hm, lass mich mal sehen.« Ich stützte mein Kinn auf die Hand mit der Gabel und nutzte diese, um einen trägen Kreis vor ihm zu ziehen. »Du sieht auf jeden Fall besser aus als ich, das gebe ich zu. Aber das reicht ja offensichtlich nicht.«

»Danke.« Er schüttelte den Kopf, wirkte jedoch amüsiert, was mich freute und beruhigte. Ich wusste, dass es nicht einfach sein konnte, wenn das ganze Dorf gegen einen war.

»Das Problem liegt ja eigentlich nicht bei dir, oder?«, fragte ich, als ich mich endlich von seinem Blick lösen konnte.

Sofort bemerkte ich, dass ich die falsche Frage gestellt hatte, und schlug mir innerlich selbst auf den Hinterkopf. Hatte ich dieses Thema nicht umgehen wollen?

»Tut es nicht«, stimmte er mir leise zu und spießte einen Brotwürfel auf. »Bevor sie wussten, wer ich war, haben sie mich wie dich behandelt. Als herauskam, dass ich der Enkel der ehemaligen Besitzer bin, war es dann vorbei. Von einem Moment auf den anderen änderte sich ihr Verhalten.«

»Das tut mir sehr leid. Ich verstehe nicht, wie sie dich dafür verurteilen können. Was auch immer deine ... die Vorbesitzer ihnen getan haben.« Und das stimmte. Selbst wenn ich Zia Magda mochte und ihre Weisen Witwen, darüber würde ich nicht hinwegsehen. Soweit ich wusste, hatte sich Dante nichts zuschulden kommen lassen.

Als würde ihn das nichts mehr angehen, zuckte er bloß mit den Schultern. »Wenn sie mich für mein Blut hassen wollen, dann können sie das gerne bis in alle Ewigkeit tun. Ich werde sie nicht vom Gegenteil überzeugen.«

Dante wirkte nicht direkt verärgert. Er hatte weder die Stimme erhoben noch die Fäuste geballt. Anzeichen, auf die ich gelernt hatte zu achten, weil ich sie von Oliver kannte, und die mich zur sofortigen Flucht bewegt hätten. Trotzdem spürte ich seine unterschwellige Wut, die keinesfalls auf mich gerichtet war. Ich konnte aber nicht sagen, wem sie galt. Dem Dorf? Sich selbst?

»Unabhängig vom Dorf, wie gefällt es dir hier denn? Du bist wie lange schon da? Zwei Wochen?«

»Drei«, korrigierte er mich, bevor er sich mit dem Glas Wein in der Hand zurücklehnte. Die Zikaden stimmten ein weiteres Crescendo an. Ein Orchester, das uns von der Natur geschenkt wurde. »Abgesehen davon, hm, es ist anders als in New York.«

»Wow, mehr hast du nicht dazu zu sagen?«

»Das ist eine schwierige Frage. Ich brauche einfach ein paar Sekunden, um mich zu sammeln«, entgegnete er gespielt entrüstet. »Es ist kompliziert.«

»Aus eben genannten Gründen?«

»Auch. Einerseits brauche ich diese Auszeit, weil ich gerade sowieso nicht nach Hause zurückkehren kann. Andererseits will ich es hier nicht mögen, weil es Leuten gehört hat, die mich abgegeben haben.« Er leerte das Weinglas in wenigen Zügen. »Kompliziert, sag ich ja.«

»Vielleicht gibt es einen Weg daran vorbei. Ich meine, du tust ja schon so viel, um die Anlage zu einem Teil von dir werden zu lassen.«

»Um ehrlich zu sein, will ich sie bloß auf Vordermann bringen und dann verkaufen.«

»Was?« Es hätte nicht viel gefehlt und ich wäre aufgesprungen. Er wollte dieses traumhafte Anwesen verkaufen?

Sein Lachen war wie ein warmer Schauer, der auf mich runterging. »Ist es realistisch, dass ich für den Rest meines Lebens hierbleibe? Mitten im Nirgendwo?«

»Du könntest einen Geschäftsführer einstellen«, schlug ich kleinlaut vor, weil er natürlich recht hatte.

»Klar, weil sich ja auch bisher alle darum streiten, für mich zu arbeiten.« Da war keine Verbitterung mehr in seiner Stimme, nur noch Vergnügen. Wahrscheinlich wollte er mich nicht weiter in seine eigenen Gefühle lassen. Das konnte ich verstehen.

»Gott, warum ist das so kompliziert?«

»Zum Glück war das Essen nicht kompliziert, sondern köstlich. Wirklich gut, Cleo, danke.«

Das lenkte mich sofort ab, was er bestimmt beabsichtigt hatte. »Ich bin keine gute Köchin, aber wenn das Rezept ausreichend gut beschrieben ist, bekomme selbst ich was hin.«

»Das ist schon mehr, als ich von mir selbst sagen kann.«

»Ich will nicht wissen, wie du dich in den letzten Wochen ernährt hast.«

»Das sollte wohl der Vergangenheit angehören.«

»Ich nehme an, das bedeutet, dass ich mich bewiesen habe und bleiben kann?«, fragte ich hoffnungsvoll. Nur einen Tag. Ich war bisher nur einen einzigen Tag hier gewesen, und trotzdem würde es verdammt wehtun, wenn ich gehen müsste.

Ein Sommer hier glich einem Traum, von dem ich nie zu träumen gewagt hatte.

Dante schüttete uns beiden noch Wein nach, bevor er sein Glas zum Anstoßen gegen meines klirren ließ. »Auf meine neue Mitarbeiterin des Monats.«

»Witzbold«, sagte ich, lächelte aber, als der würzige Wein in meiner Kehle ein angenehmes Brennen hinterließ.

Nachdem wir unsere Teller geleert hatten, lud mich Dante auf einen Spaziergang ein, damit ich mich in der Anlage besser orientieren konnte. Von dem kleinen Innenhof, in dem auch die künftigen Gäste speisen dürften, ging es noch eine Etage tiefer zu einer künstlich angelegten Quelle, die in einen Whirlpool sprudelte. Dieser war in den gelben Stein gehauen worden, um sich nicht von der natürlichen Umgebung abzusetzen. Flache Leuchten konnten darin eingeschaltet werden, die ein angenehmes Ambiente schufen.

»Romantisch«, kommentierte ich. »Werden sich die Gäste nicht darum streiten?«

Ich stand auf der schmalen steinernen Treppe mit dem Metallgeländer und sah auf Dante hinab. Er hatte die Fingerspitzen ins Wasser getaucht, um die Temperatur zu überprüfen.

»Ich bezweifle, dass es für sie gemacht worden ist. Sicher

hat der alte Kerl das Schmuckstück hier für sich behalten.« Als er dieses Mal von seinem Großvater sprach, verdüsterte sich seine Miene nicht. Es war wohl einfacher, so distanziert von ihm zu sprechen, als wäre er lediglich der ehemalige Besitzer und mehr nicht.

Gemeinsam schritten wir wieder nach oben. Obwohl er hinter mir ging und ich ihn nicht sehen konnte, spürte ich seinen Blick auf meiner nackten Haut. Auf meinen Beinen und meinen Armen. Meinen Schultern ... Es war keineswegs unangenehm. Das hätte mir tatsächlich alles erleichtert. Stattdessen glich ich einer Kerze, die sich jeden Moment selbst entzündete.

Als wir wieder den Innenhof betreten hatten, berührte Dante mich leicht am Ellbogen. Viel zu schnell ließ er wieder von mir ab und räusperte sich.

»Dort lang.«

Ich sah zu ihm auf und ertappte ihn dabei, wie er einen Blick auf meinen Ausschnitt wagte.

Was hatten wir uns nur damit eingebrockt, hier zusammenzuwohnen?

Für den Rest der abendlichen Tour versuchte ich mich einzig auf die magische Umgebung zu konzentrieren. Und ich erkannte auch schnell, dass Dante recht hatte. Abgesehen vom Haupthaus und dem Stall, den er bereits instand gesetzt hatte, war der Rest in einem katastrophalen Zustand.

»Das da vorne ist die einzige Finca, die ich bereits entkernt habe. Die restlichen fünf habe ich noch vor mir. Im Haupthaus gibt es noch rund ein Dutzend weiterer Schlafzimmer mit Bädern, die renoviert werden müssten.« Er stand neben einer Finca, über deren Eingang und Fenster magentafarbene Blüten wuchsen, und lehnte mit einer Schulter an der verputzten Fassade. »Du darfst jetzt keinen Rückzieher mehr machen.«

»Würde mir nicht einfallen.« Zu meiner Schande musste ich gestehen, dass meine Gedanken sich genau in diese Richtung bewegt hatten. Es war wahnsinnig viel zu tun. Wie sollten wir das zu zweit bewerkstelligen?

»Jedenfalls ist das alles, was es zu sehen gibt.« Er löste sich von der Wand, und ich folgte ihm zurück zum Haupthaus, das wir wieder über den Brunnenhof betraten.

Eine Sache lag mir nach allem jedoch auf dem Herzen, und ich haderte mit mir. Ich hatte immer noch keine Entscheidung getroffen, nachdem wir den Flur betreten hatten, und mein Mund handelte ohne mein Zutun.

»Ich glaube, ich sollte noch erwähnen, dass ich weiß, wer du bist. Auch wenn wir bereits drum herum geredet haben, ist es besser, es laut auszusprechen, oder?«, sagte ich langsam. Sofort spannte er sich neben mir an. Sein Gesicht lag halb im Schatten, da das Licht aus der Küche nicht zu ihm reichte. Behutsam drehte ich mich zu ihm, als würde ich ihn mit einer abrupten Bewegung verschrecken.

»Ach ja?« Kälte schlug mir trotz der noch warmen Sommerbrise entgegen.

Er wollte unter keinen Umständen darüber sprechen. Unter den Schatten seines Gesichts kam er mir jäh wie ein Raubtier vor, das sich zum tödlichen Sprung bereit machte.

»Ähm, vergiss das. Soll ich noch beim Aufräumen helf- …«

»Ich mach das«, unterbrach er mich. »Der Hahn kräht bei Sonnenaufgang.« Er stapfte davon.

»Moment mal! Welcher verflixte Hahn?« Natürlich antwortete er mir nicht.

Unschlüssig wog ich mein Handy einen Moment länger in der Hand, dann machte ich mich ebenfalls auf den Weg.

Nachdem ich die Tür zu meinem Schlafzimmer abgeschlossen hatte, sagte ich mir, dass es okay war. Wir kannten uns erst einen Tag. Er war mein Boss und ich seine Mitarbeiterin. Ich musste genauso wenig seine Lebensgeschichte kennen wie er meine.

Da ich bereits geduscht hatte, schlüpfte ich in mein beigefarbenes Seidennachthemd.

Nachdem ich mir das Gesicht gewaschen und mir die Zähne geputzt hatte, rief ich Summer an, doch sie nahm nicht ab. Ich schickte ihr ein paar Voicemails, damit sie sich keine Sorgen um mich machte, und fragte sie über ihr neues Projekt aus, das ihr heute übergeben worden war. Ihr Spezialgebiet umfasste hauptsächlich alles, was sich in vorchristlicher Zeit auf englischem Boden zugetragen hatte.

Ich: Love you. xoxo

Damit beendete ich meinen Monolog und stellte meinen Wecker auf 6 Uhr morgens. Fast schon eine barbarische Uhrzeit, doch ich wollte mich auf keinen dubiosen Hahn verlassen.

Ich war eigentlich so erschöpft vom ganzen Tag, dass ich davon überzeugt war, sofort einschlafen zu können. Vor allem wollte ich nicht mehr über das Gespräch mit Dante nachdenken, das mich aufgewühlt hatte.

Doch sobald mein Kopf das Kissen berührte und ich keinerlei Ablenkung mehr hatte, irrten meine Gedanken im Kreis, ohne zur Ruhe zu kommen.

Entschlossen hielt ich die Augen geschlossen, aber es waren meine Ohren, die mir Probleme bereiteten. Ich hörte jedes Knarzen und Knirschen und Stöhnen des alten Hauses. Es machte mich kurzum wahnsinnig.

Irgendwann presste ich meinen Kopf zwischen Kissen und Matratze. Erfolglos. Ich war hellwach. Als hätte ich gerade noch einen doppelten Espresso getrunken.

Ich holte meinen Kopf wieder hervor. In dem Moment flackerte das kleine Licht auf der Kommode, das ich angelassen hatte, ehe es vollkommen ausging.

Ein Stöhnen, lauter und unheimlicher als alles andere, fegte durch den Korridor bis zu mir.

Abrupt setzte ich mich auf, als ein eiskalter Schauer meinen Rücken hinabrann.

»Was zum …?«, murmelte ich.

Ich war nicht leicht zu erschrecken, aber dieses Stöhnen hatte definitiv nicht nach Holz geklungen. Sollte ich oder sollte ich nicht?

Schließlich erkannte ich, dass ich in nächster Zeit nicht einschlafen würde. Nicht bevor ich nicht das mit dem Licht überprüft hatte.

Mit meinem Handy als Leuchte betätigte ich zunächst den Schalter für das Zimmerlicht, doch auch dieses ließ sich nicht anknipsen. Im Badezimmer geschah ebenfalls nichts. Die Sicherung musste rausgesprungen sein.

Dante schlief bestimmt schon, nachdem er heute so geackert hatte, weshalb ich mich darum kümmern sollte. Es konnte ja nicht so schwer sein, den Stromkasten ausfindig zu machen.

»Selbst ist die Frau!«

Bevor ich mich auf den Weg machte, schlüpfte ich in meine pinken Flipflops, die ich an einem Touristenstand erworben hatte, und googelte, wie ein Sicherungskasten aussah.

Ich hatte nie behauptet, alles zu wissen.

Der Sicherungskasten befand sich im Allgemeinen im Keller, im Flur oder in Abseiten. Die Suche konnte ja heiter werden.

Aber ich konnte eh nicht schlafen.

Ich warf mir noch den passenden Morgenmantel über. Immerhin würde ich den Weg bis zur Küche wiederfinden, und es ergab doch Sinn, wenn der Kasten irgendwo in Eingangsnähe war, oder? Es sei denn, der Eingang zur Terrasse zählte. Oder der Durchgang zur angrenzenden Finca …

Eins nach dem anderen.

Mit dem Handylicht geisterte ich durch den Gang. Dabei leuchtete ich hauptsächlich abwechselnd die Wände links und rechts an. Immer wieder hörte ich dieses verdammte Stöhnen, das meine Gänsehaut einfach nicht abklingen ließ.

Ich war doch sonst keine Schisserin!

Kopfschüttelnd machte ich am Eingang wieder kehrt, als ich nirgendwo etwas ausfindig machen konnte, was auch nur im Entferntesten nach Sicherungskasten aussah. Dieses Mal bog ich in den Flur zu meiner linken Seite ein und hoffte, dass ich den Weg zurück wiederfand.

Vielleicht hätte ich das doch Dante überlassen sollen. Jetzt war es zu spät dafür, weil ich nicht mit einem Gefühl des Versagens zu Bett gehen wollte.

Ich bemerkte irgendwann, dass es muffiger roch. Feuchter und staubiger. Die Dielen knarzten unter meinen zögerlich gesetzten Schritten, als sich der Flur zu einer Art Foyer oder Lobby öffnete. Das hier musste der hintere, noch nicht renovierte Teil sein. Die Wand auf der rechten Seite wurde durch ein morsch aussehendes Geländer ersetzt, das einmal rundherum bis nach unten reichte, die Treppe entlang.

Mit dem Licht leuchtete ich an dem Geländer vorbei nach unten, konnte aber abgesehen von einem viereckigen Raum ohne Mobiliar nichts erkennen.

Mir war das Ganze nicht geheuer. Dantes Großvater und der Verwalter mussten diesen Teil des Hauptgebäudes schon länger nicht mehr betreten haben. Anders ließ sich die Atmosphäre hier nicht erklären. Und der Sicherungskasten fand sich bestimmt auch anderswo.

Ich blickte wieder den Flur entlang, als im gleichen Moment an dessen Ende eine grün schimmernde Gestalt erschien. Hellblau leuchtende Augen, weiße Haut und langes schwarzes Haar.

Was zur Hölle …?

Ich schrie auf. Konnte meinen Schreck nicht unterdrücken.

Als sich der Poltergeist mir näherte, lief ich rückwärts und ließ mein Handy fallen. Gleichzeitig stolperte ich über meine Flipflops und prallte gegen das Geländer, das sich plötzlich in meinem Rücken befand und ächzend unter meinem Gewicht nachgab.

Mein Schrei war drei Oktaven zu hoch, und ich sah mich schon mit gebrochenem Genick auf dem staubigen Boden, als mich jemand am Oberarm packte. Schmerz flammte auf, weil meine Schulter dagegen protestierte, so abrupt in eine andere Richtung gezogen zu werden. Ich selbst war hingegen überglücklich, weil ich mich an Dantes nacktem Oberkörper gedrückt wiederfand.

»Kannst du aufhören zu schreien?«, bat er mich heiser, als hätte er bereits geschlafen und wäre erst eine Minute zuvor erwacht.

Abrupt schloss ich den Mund.

9

Cleo

»Da war ein Geist!«, rief ich nach einem kurzen Moment.

Dante hatte mich wieder losgelassen, hielt aber noch seine Arme ausgestreckt, um mich aufzufangen, falls ich mein Gleichgewicht nicht sofort wiederfand. Tatsächlich pochte mein linker Fußknöchel, mit dem ich nach dem Stolpern umgeknickt war. Abgesehen davon ging es mir aber gut. Ich war noch am Leben. Anders als diese schreckliche Kreatur …

»Wo?«, stieß er hervor und sah über mich hinweg.

»Na, genau da!«, sagte ich im Drehen, doch weder das grüne Licht noch der Geist waren zu sehen. Einzig mein Handy lag leuchtend auf dem Boden, und ich klaubte es hastig auf.

Dante preschte an mir vorbei, als würde er der Gestalt hinterherjagen wollen, selbst wenn er sie nicht sehen konnte. Mich hatte er längst vergessen, so fokussiert war er auf seine Geisterjagd.

Ich stolperte ihm mehr oder minder hinterher.

»Das war *kein* Geist!«, sagte er vehement, als ich ihn bat, zu warten.

»Doch! Ich bilde mir so was doch nicht ein.« Meine Fantasie war gut, aber nicht *so* gut.

Wir waren wieder zur Treppe zurückgekehrt, weil der Flur an dieser Seite in einer Sackgasse endete. Dante blickte die Stufen hinunter. Ich war sicher, dass er das Gleiche wie ich dachte. Sie sahen genauso tödlich aus wie das morsche Geländer.

»Das habe ich auch nicht behauptet«, erwiderte er, meinem Blick weiterhin ausweichend.

Das schokobraune Haar hing ihm in die Stirn und war platt gedrückt. Er hatte eindeutig geschlafen. Aber von was war er geweckt worden?

»Was soll es sonst gewesen sein? Wenn es kein Geist war und auch nicht meine Einbildung?« Ich verschränkte die Arme, sodass mein Handylicht auf den Boden gerichtet war und ich nicht davon geblendet wurde. Dadurch wirkten Dantes steingraue Augen jedoch so dunkel wie schwarzer Opal, als er sein Gesicht endlich zu mir drehte. Fast lenkten sie mich von seinem athletischen Körperbau ab. Die gebräunte Haut, die sich über einem Sixpack spannte. Der breite Brustkorb und die Schultern, deren Spanne alles in den Schatten stellte, was ich je an einem Typen von Nahem gesehen hatte. Es sollte mich nicht erstaunen, dass er so durchtrainiert war. Schließlich hatte er ein Imperium aufgebaut, indem er Trainingsgeräte entwickelte und herstellte. Als Galionsfigur musste er mindestens so aussehen, oder?

Trotzdem war ich positiv überrascht. Meine Libido auch, denn sie meldete sich in ebendiesem Moment, obwohl ich nach wie vor verärgert war.

Ich sah Dante an und konnte nicht anders, als mir vorzustellen, wie er mich mit einer Hand an seinen stahlharten Körper presste. Mit der anderen würde er den Morgenmantel und dann den Träger des Nachthemds von meiner Schulter schieben, um einen Kuss auf die entblößte Stelle zu hauchen, wo sich Schlüsselbein und Schulter trafen. Völlig ohne mein Zutun würde ich sein bestimmt seidig weiches Haar berühren und seinen Namen stöhnend von meinen Lippen perlen lassen.

»Nichts«, brummte er einen Moment zu spät, als hätte auch er sich in Träumereien befunden. Absoluter Hunger schlug mir entgegen, als ich seinen Blick erwiderte. Bevor ich das auch nur im Ansatz verarbeitet hatte, hatte er sich wieder gefangen. Für eine Sekunde senkte er die Lider.

»Nichts?«

Er schüttelte den Kopf. »Es ist spät. Du solltest schlafen gehen. Was hast du hier überhaupt zu suchen gehabt?«

Argwöhnisch beobachtete ich jede noch so kleine Regung, doch er hatte sich wieder vor mir verschlossen. Die Kälte löschte eilig das Feuer, das er zuvor entzündet hatte.

»Der Strom ist ausgefallen. Ich wollte den Sicherungskasten suchen«, erklärte ich, auf das Display meines Handys herabschauend. Es war beim Runterfallen zum Glück nicht gesplittert. »Und du?«

»Ich konnte nicht schlafen und wollte zur Küche. Dann habe ich dein Licht gesehen.«

»Gerade rechtzeitig.« Erzitternd sah ich rechts an dem Geländer entlang. »Das hier ist eindeutig eine Gefahr für alle Bewohner dieses Hauses.«

»Habe ich dir vorhin nicht eine Führung gegeben und betont, dass achtzig Prozent neu gemacht oder repariert werden müssen?« Mit einer seiner riesigen Hände wischte er sich übers Gesicht.

»Ich hatte nicht vorgehabt, zu stolpern«, gab ich zurück.

Er öffnete den Mund, schloss ihn jedoch wieder, ehe ein weiterer Ton ihn verließ. »Ich kümmere mich um den Strom. Geh ruhig.«

»Ich komme mit. Dann weiß ich zumindest, wo sich der Kasten befindet, falls es noch einmal passiert.«

»Wenn es noch einmal passiert, kannst du mich mit dem Heiligen Gral anrufen, den du in deiner Hand hältst.«

»Ach ja?« Herausfordernd hob ich die Brauen. »Und wie soll das gehen, Mr Schlauberger, wenn ich nicht mal deine Nummer habe?«

Möglicherweise bildete ich es mir ein, das Licht war schließlich auf den Boden zwischen uns gerichtet, doch ja, eine leichte Röte breitete sich auf seinen Wangen aus.

»Darf ich?«, murmelte er und wartete, bis ich den Code eingegeben hatte, damit er seine Nummer eintippen konnte.

Als er mir das leuchtende Handy wieder zurückgab, strahlten mir zehn Ziffern entgegen, beginnend mit Drei und Neun. Wie ich musste er sich eine italienische Prepaidkarte zugelegt haben.

»Cool, wie soll ich dich einspeichern? Speranza-Kerl? Speranza-Chef? Miesepeter?«, zog ich ihn auf.

Er verdrehte die Augen. »Versuch's mal mit meinem Namen.«

»Wow, so originell!« Ich entschied mich für seinen Vornamen, da ich sowieso niemand anderes kannte, der so hieß. Somit herrschte keine Verwechslungsgefahr. »Gehen wir jetzt?«

»Du gibst nicht so schnell auf, oder?«

»Ich versteh einfach nicht, warum es so schlimm ist, dass ich wissen will, wo sich der Stromkasten befindet. Schließlich bin ich deine Mitarbeiterin, also sollte ich so was erfahren.«

Er musterte mich. »Kannst du denn gehen? Das sah schmerzhaft aus vorhin.«

Es berührte mich, dass er sich Sorgen um mich machte. Und wie genau er mich beobachtet hatte!

Probeweise drehte ich meinen Knöchel. Ein Echo des Schmerzes war noch zu spüren, aber mehr auch nicht.

»Alles gut. Weise den Weg!« Mit einer Hand zeigte ich den Gang hinunter.

Er brummte irgendwas vor sich hin, das ich nicht genau verstehen konnte. Es klang allerdings verdächtig nach *Ich sollte hier Befehle erteilen und nicht du.* Schmunzelnd setzte ich mich in Bewegung, damit er mich nicht abhängte.

»Glaubst du, das Geländer bricht nicht plötzlich weiter in sich zusammen?«

»Unwahrscheinlich, aber ich werde es morgen früh direkt sichern. Ich hätte mich sowieso erst mit dem Haupthaus beschäftigen sollen ...«

Jetzt, da sich Dante direkt neben mir befand, störte mich das Knirschen und Knarzen des Hauses längst nicht mehr. Selbst die gruselige Erscheinung hatte ich in den Hintergrund gedrängt, weil mir mit Dante nichts geschehen würde. Seltsamerweise vertraute ich ihm, obwohl ich ihn nicht mal kannte und so Negatives über ihn gelesen hatte.

»Warum hast du das nicht?«, fragte ich nach, als klar wurde, dass er den Faden nicht von allein wiederaufnehmen würde.

»Ich hätte genauso gut auslosen können. So viel war zerstört. Bei den Fincas weiß ich zumindest, wo ich gestalterisch hin will. Das Haupthaus hingegen ...« Er leckte sich über die Lippen, und mir wurde erneut flau im Magen. Im positiven Sinn. »Es ist riesig und labyrinthartig und ein gewaltiges Stück Arbeit.«

»Da sagst du was. Aber du hast immerhin irgendwo angefangen, anstatt bloß darüber nachzudenken.«

»So ganz baut mich das nicht auf«, gab er zurück, wirkte jedoch eher amüsiert anstatt geknickt.

»Hier ist es.« Wir hatten tatsächlich wieder den Flur zu meinem Schlafzimmer erreicht, und Dante blieb vor einem Landschaftsgemälde stehen. Eines der wenigen, die noch an ihrem angestammten Platz hingen. Entweder musste Dante die übrigen entfernt haben oder seine Verwandten, da an den meisten Wänden bloß noch helle Schatten zurückgeblieben waren.

»Das darf doch nicht wahr sein«, prustete ich, als er das Gemälde an unsichtbaren Scharnieren aufklappte und dahinter eine schlichte Metalltür offenbarte. Sie war kaum größer als ein durchschnittliches Buch. »Wie hätte ich das jemals finden sollen?«

»Niemals.« Er zog die Tür an einer Eisenschlaufe auf. Zwei Reihen Sicherungen kamen zum Vorschein. »Hältst du mal die Handylampe höher?«

»So?«

»Wie soll ich etwas sehen, wenn du *mich* blendest?«

Ich schob die Unterlippe vor und strahlte ihn absichtlich an. »So?«

»Hargrove!«, bellte er, doch ich hatte durchaus das amüsierte Zucken seines Mundwinkels wahrgenommen.

»Entschuldigen Sie, Sir, ich habe mich in der Richtung vertan.« Weil ich mittlerweile die Müdigkeit in meinen Knochen spürte, beschloss ich, die Sache voranzutreiben. Morgen müssten wir beide früh raus, auch wenn ich meine kommenden Aufgaben noch nicht kannte.

»Komisch.« Sein Tonfall hatte sich geändert und verriet den Umschwung seiner Laune. Bei seiner Bemerkung ging es nicht um mich.

»Was genau?« Ich stellte mich auf die Zehenspitzen, um einen besseren Blick auf den Sicherungskasten zu erhaschen. Dadurch streiften meine Brüste Dantes Arm, weil er immer noch eine Hand an der Sicherung hielt.

Als hätte ich einen elektrischen Schlag abbekommen, richteten sich meine Brustwarzen augenblicklich auf. Meine Lunge entleerte sich komplett in einem einzigen Seufzen, während mein Blick statt zu den Sicherungen zu Dantes leicht offen stehendem Mund wanderte.

Ich sollte ein schlechtes Gewissen haben, weil ich mich, nicht mal drei Tage nachdem ich abserviert worden war, zu einem anderen Mann hingezogen fühlte. Stattdessen spürte ich nichts außer dem aufgeregten Kribbeln in meiner Bauchgegend und dem unbändigen Drang, die Distanz zwischen seinen Lippen und meinen zu schließen.

»Die … ähm …« Er räusperte sich und zog viel zu schnell seinen Arm weg, wodurch er unabsichtlich gegen mich stieß. Ich verlor meinen Halt und kippte nach hinten. Dantes Hand schoss ein weiteres Mal vor, und er packte mich am Rücken. Durch den Schwung musste er mich heftig an sich drücken und prallte mit dem Rücken gegen die Wand, was besser war, als rücklings mit mir auf sich drauf hinzufallen.

Oder?

In der nächsten Sekunde war ich mir dann nicht sicher, weil ich wirklich an ihn *gepresst* war. Von oben bis unten. Kopf bis Fuß. Brust an Brust. Hüfte an Hüfte.

Jesus fucking Christ.

Ich spürte ihn. Dadurch, dass sich zwischen uns nur mein Seidenhemd und seine Jogginghose befand, war mir nun endgültig klar, was für eine Wirkung ich auf ihn hatte. Mein Herz schlug mir bis zum Hals, weil ich dem brennenden Verlangen in mir kaum etwas entgegenstellen konnte.

Als ich mich aus meiner Starre löste, schien auch er zu erwachen. Entschlossen schob er mich mit den Händen um meine Oberarme von sich. Gott, er war so riesig! Ich war es nicht gewohnt, mich als kleine Person zu fühlen.

Und es war mir nicht unangenehm.

Räuspernd hielt ich die Arme vor meiner Brust, damit er nicht noch sehen musste, wie erregt ich tatsächlich war. Nicht, dass er in diesem Moment auf mich geachtet hätte. Er war viel zu sehr mit sich selbst und seinem eigenen *Problem* beschäftigt.

Ich war froh, dass mein Handy wieder auf den Boden leuchtete. Weg von uns beiden.

Verlegen ging ich ein paar Schritte zurück und strich mir eine Haarsträhne hinter das Ohr.

»Du meintest, es wäre etwas seltsam ...« Jedes Wort musste ich förmlich aus meinem Hirn pressen, weil mein Verstand auf Sparflamme arbeitete. Sämtliche Hitze war zwischen meine Beine geflossen.

»Ja, äh ... Es sind nur ein paar Sicherungen draußen. Alle vier hier, die nebeneinanderliegen«, murmelte er als Antwort und wandte mir den Rücken zu. »Als hätte jemand daran rumgepfuscht.«

»Ey, ich habe nichts gemacht.« Sofort verteidigte ich mich, weil ich es gewohnt war, von allen Seiten angegriffen zu werden.

»Das wollte ich damit nicht andeuten.« Er schloss den Kasten und schob das Gemälde wieder an seinen Platz, ehe er einen Lichtschalter betätigte, sodass wir nicht länger von meinem Handy abhängig waren. »Ich schau mich noch ein wenig um. Schlaf gut.«

»Das wollte ich eigentlich«, beeilte ich mich zu sagen, weil er so schnell davongestapft war, dass er fast um die nächste Ecke verschwunden war.

Er blieb stehen, drehte sich aber nicht zu mir um. »Was?«

»Schlafen. Aber die Geräusche ... Das Haus ...« Wie sollte ich das erklären?

Ich konnte seine Silhouette sehen, weil er mich über seine Schulter ansah. »Versuch es mit Musik. Du hältst dein Handy ja eh die ganze Zeit fest.«

»Den Kommentar hättest du dir sparen können. Dann wäre dein Vorschlag viel liebenswürdiger rübergekommen«, zwitscherte ich und erntete ein Schnauben.

»Ja, weil ich das ja unbedingt sein will: liebenswürdig.«

»Es gibt Schlimmeres.« Ich hob eine Schulter. »Aber danke. Das probiere ich aus. Mit der Musik. Hast du anfangs auch so geschlafen?«

Er lachte und ging weiter. »Als ob ich derartige Probleme gehabt hätte.«

»Bastard«, rief ich ihm hinterher, lächelte aber.

10

Cleo

Ich war noch im Halbschlaf, als ich am nächsten Morgen in die Küche taumelte. Dem Geruch von Kaffee folgend, nachdem dieser verflixte Hahn nicht zu schreien aufgehört hatte. Wenn ich dieses Vieh in die Finger bekäme, dann ...

»Kaffee?«, murrte ich und rieb mir den Schlaf aus den Augen.

Ich stand in der Küche, und es roch nach Kaffee, aber ich konnte nichts von diesem Wunderelixier entdecken. Es gab nicht mal eine fucking Kaffeemaschine. Warum war mir das gestern nicht beim Kochen aufgefallen?

»Kaffee?« Meine Stimme war kläglich.

»Buongiorno«, begrüßte mich Dante viel zu gut gelaunt dafür, dass mein Handy erst 5 Uhr angezeigt hatte. 5 Uhr morgens.

5.

Uhr.

Morgens.

»Buon- ...« Ich kam nicht weiter. Mir fehlte die Kraft.

»Setz dich und sieh genau zu. Ab morgen kannst du dir den Kaffee selbst zubereiten«, sagte er im Befehlston eines Chefs, der bereits ein paar Jahre im Job auf dem Buckel hatte.

Ich ließ mich auf den äußersten Hocker sinken und legte die Arme auf der Kücheninsel ab. Dante bewegte sich vor mir an der Küchenzeile auf und ab und bot mir einen exklusiven Blick auf seinen knackigen Hintern.

»O nein«, stöhnte ich und barg das Gesicht in den Händen. Ich dachte, ich hätte meine Geilheit überwunden.

Weit gefehlt.

»Was ist denn jetzt dein Problem? Ich dachte, du bist eine Morgenperson?«

»Erstens, es ist nicht morgens, sondern nachts«, stellte ich klar, ohne den Kopf zu heben. »Zweitens, ja, das bin ich. Normalerweise. Aber der Geist gestern hat mich bis in meine Träume verfolgt.« Es war besser, nicht das Thema auf seine Jeans zu lenken, die alles an ihm betonte.

»Das war kein Geist.« Er holte einen silbernen Espressokocher aus einem der Schränke hervor und drehte diesen auf.

»Was ...«, begann ich, als Dante mit voller Absicht den Knopf der Kaffeemühle betätigte. Es wurde ohrenbetäubend laut, als die Bohnen durch die Mühle glitten und zu einem herb duftenden Pulver verarbeitet wurden.

»Was hast du gesagt?«, fragte er danach so unschuldig süß, dass nicht mehr viel gefehlt hätte und Zucker von seiner Stimme gerieselt wäre.

»Du hast mir mit dem Lärm meinen kompletten Kopf durchgepustet.«

»Gern geschehen.«

»Mistkerl.«

»Hab ich gehört. Wenn du deinen Kaffee willst, solltest du dich in Geduld und Höflichkeit üben.«

»Bist du jeden Morgen so scheiße ... ähm ... so gut gelaunt?«, korrigierte ich mich eilig.

»Warum nicht?« Er goss erst Wasser in den unteren Behälter und setzte dann das Sieb in die Espressokanne, die er nun mit dem Pulver füllte. Nachdem alles zusammengeschraubt war, stellte er sie auf die Herdplatte.

»Keine Ahnung, du hast mir anfangs einen etwas anderen Vibe gegeben«, murmelte ich und rutschte vom Hocker, um mir den Kaffee von Nahem anzuschauen.

Vielleicht auch, weil ich von dem Duft angezogen wurde.

Dante blieb mir gegenüber gegen die Küchenzeile gelehnt stehen. Der Abstand zwischen uns umfasste die gesamte Längsseite des Kochfelds, weil ich das als sicher erachtete. Von hier aus konnte ich den Espresso noch besser riechen.

Die ersten warmen Sonnenstrahlen fielen durch die Küchenfenster bis auf die helle Kücheninsel. Sie wärmten meine rechte Schulter, als ich mich seitwärts stellte. Um Dante besser ansehen zu können. Total logisch.

Wie gestern Morgen trug er auch heute wieder Jeans und ein T-Shirt, das locker an seiner Brust saß, aber um seine Bizeps spannte. Anders als ich wies er keine dunklen Augenringe auf. Er wirkte frisch und ausgeruht, was ich ihm gar nicht neidete.

»Ich hatte bloß keine Lust, mich zu unterhalten. Interpretiere da nicht zu viel rein.«

»Als würde ich mir mehr Gedanken als nötig über dich machen«, spottete ich.

Sein Lächeln zeigte mir, dass er mich längst durchschaut hatte.

Aber auch ich hatte seine körperliche Reaktion auf meine Nähe gespürt. Wenn er sich über mich lustig machte, musste er auch über sich selbst lachen.

Womöglich tat er das auch. Während sich Oliver lieber selbst den Mund zugeklebt hätte, anstatt auf irgendeine Art Humor zu zeigen, erschien mir Dante als das exakte Gegenteil.

Beängstigend und … verführerisch.

Der Espressokocher begann zu gurgeln, und der kräftige Geruch umwehte mich in gleichem Maße ansprechend. Unwillkürlich stöhnte ich auf und schloss die Augen.

»Köstlich«, kommentierte ich.

»Du bist so leicht rumzukriegen?«, fragte er.

Abrupt öffnete ich die Lider und sah, dass er näher gekommen war. Leider nur, um den Kocher vom Herd zu nehmen. Das interessierte mein Herz jedoch wenig, da es nicht mehr aufhören wollte, in meinem Hals zu schlagen.

»Niemand hat was von rumkriegen gesagt«, entgegnete ich langsam.

Er sah mich von oben herab an. »Doch, ich.«

»Perversling«, sagte ich, obwohl ich diejenige mit den schmutzigen Gedanken gewesen war.

Das hatte auch er erkannt. »Lügnerin.«

Ich stützte die Hände in die Hüften, sodass mein Morgenmantel vorne auseinanderfiel, und ich *sah* und *spürte* den Moment, als sein Blick sich von meinen Lippen herabsenkte. Bis er auf meinem Ausschnitt landete.

»Warum bin ich jetzt eine Lügnerin?«

Ganz langsam, als kostete es ihn was, wanderte sein Blick zurück nach oben, bis er meine Augen erreicht hatte.

»Weil du keinen verdammten Tag überleben kannst, ohne ein einziges Mal zu lügen. So seid ihr Society-Ladys nun mal.« Er wandte sich ab, um sich eine Tasse aus dem oberen Regal zu nehmen.

Seine Worte waren wie ein Eimer kaltes Wasser. Ich schloss eilig den Mantel wieder und verschränkte die Arme.

»Wow! Das ist ja wohl …« Ich war wirklich sprachlos, und dass er das bewerkstelligen konnte, sagte einiges aus. »Zunächst einmal bist du genauso ein Society-Mister, und dann lügt doch jeder ständig. Selbst du hast mich bereits angelogen.«

Aufgebracht wedelte ich mit einem Finger vor ihm herum.

»Wann?« Stirnrunzelnd hielt er darin inne, den Espresso in die zierliche Tasse zu füllen, für die er sogar eine Untertasse rausgekramt hatte.

»Das ... kann ich jetzt nicht mehr sagen, aber ich bin mir ziemlich sicher!«, rief ich aufgebracht.

Das war ja wohl die Höhe, mich von ihm als lügende Society-Lady beschimpfen zu lassen.

»Glaub, was du willst. Hier.« Er schob den Espresso ein Stück näher an den Rand und ging an mir vorbei. So dicht, dass sich unsere Arme streiften, was nicht notwendig gewesen wäre. Er hätte auf der anderen Seite noch Platz gehabt. Ich drehte mich halb zu ihm um. »Am Kühlschrank hängt deine Liste an Aufgaben. Unterteilt in dringend heute zu erledigen, für die Woche und innerhalb des nächsten Monats.«

Mit den Knöcheln einer Hand klopfte er auf den silbernen Kühlschrank, bevor er sich aus dem Staub machte und damit meinem glühenden Zorn entkam.

Da ich keine weitere Sekunde ohne Koffein ertrug, schüttete ich die halbe Tasse mit Zucker voll und kippte den köstlichen Espresso dann in zwei Zügen meine Kehle hinab. Und weil ich mich fühlte, als müsste ich Dante etwas beweisen, obwohl er nicht mal hier war, wischte ich mir den Mund mit dem Handrücken ab. Pah!

Lügende Society-Lady? Niemals.

Ich räumte das Geschirr ins Spülbecken, um mich nach dem Duschen darum zu kümmern. Gerade jetzt wollte ich erst mal einen Blick auf diese kuriose Liste werfen und ...

»Hast du deinen fucking Verstand verloren?«, rief ich, mit dem Zettel herumwedelnd, während ich mir einen Weg durch das Gehege bahnte. Noch immer in Nachthemd und Morgenmantel. Noch immer mit zerzaustem Haar. Noch immer in Flipflops, was ich jetzt absolut bereute, als ich in einen Kuhfladen trat. »Ahh!«

Während ich von der Kuhscheiße abgelenkt war, hatte sich mir das Schwein genähert und mir mit seiner Schnauze den Zettel entrissen. Den ich, ehrlich gesagt, ohnehin unverschämt gefunden hatte.

1. *Das komplette Haupthaus wischen, putzen und sämtliche Spinnweben beseitigen.*
2. *Kümmere dich um das Ungezieferproblem in den einzelnen Fincas.*
3. *Notiere überall, wo Lampen fehlen oder ersetzt werden müssen, bzw. alles, was nicht funktioniert.*
4. *Sieh dir die Designpläne an und notiere, welche Bestellungen noch aufgegeben werden müssen.*
5. *Alle Fenster putzen (diese Woche), alle Türen putzen (heute), Farbe besorgen (die wurde bereits bestellt), streichen (diesen Monat).*
6. *Einen Koch finden!*
7. *Diverse Hotelangestellte finden, damit vor dem Verkauf die Anlage bereits zur Probe laufen kann.*

…

Es war immer so weitergegangen, und jetzt hatte sich das Schwein die Liste in den Rachen gesteckt.

»Ich hoffe, du hast dir die Liste eingeprägt«, merkte Dante trocken an, während er mit der Mistgabel das Heu auflockerte.

»Wenn ich all das tun soll, was machst du dann überhaupt?«, fragte ich und bemühte mich, nicht jämmerlich zu klingen. Doch genau das tat ich gerade.

»Sieht das danach aus, als würde ich Däumchen drehen?« Er hielt darin inne, das Heu zu malträtieren. Die Ruhe in seiner Stimme war keineswegs besänftigend. Erinnerte mich eher an eine giftige Natter, kurz bevor sie ihren tödlichen Biss setzte. »Außerdem können wir auch ein paar Sachen zusammen erledigen. Sprich mich einfach darauf an, wenn du nicht weiterweißt.«

Gott! Er war so …!

Sein Angebot klang vielleicht nett, doch es schwang eine verurteilende Note darin mit. Als würde er mich ohnehin als inkompetent einordnen.

Wie ich ihn hasste!

Dante

Ich hätte auf mein Bauchgefühl hören sollen.

Vielleicht, ganz vielleicht hatte ich es mit der Liste ein bisschen übertrieben, aber ehrlich? Ihre Reaktion war doch extrem gewesen. Schließlich hatte ich sie nicht gebeten, aufs Dach zu steigen und einen Kopfstand für drei Stunden zu halten, oder?

Am ersten Tag hatte ich mich täuschen lassen. Sie hatte ihre Arbeit gut erledigt, aber vermutlich dachte die verwöhnte Prinzessin, dass das für den Rest des Jahres ausreicht. Jetzt hatte ich eine Lady wie sie an der Backe, die ich auch noch fürs Nichtstun bezahlen musste.

Dazu musste ich mich auch noch in fucking Selbstbeherrschung üben, die sie mit jedem Atemzug ins Wanken brachte.

Nach der ereignisreichen Nacht, in der mein Verstand kurzzeitig ausgesetzt und ich ihren Eine-Million-Dollar-Körper an mich gedrückt hatte ... sagen wir mal so: Schlaf war danach unmöglich. Stattdessen hatte ich mir eigenhändig Abhilfe verschaffen müssen, was viel schneller zum Ende gekommen war als sonst jemals. Es wäre mir peinlich gewesen, wenn es mir danach nicht minimal besser gegangen wäre.

Sie heute Morgen in der Küche in dem gleichen Aufzug zu sehen, hätte meine Ader an der Schläfe fast zum Platzen gebracht. Ich hatte gedacht, ihr fürs Erste entkommen zu sein. Oder hatte ich genau damit gerechnet, dass sie mir folgen würde?

Vielleicht.

Aber doch nicht in diesem beschissenen Hauch von Nichts! Selbst jetzt hatten sich ihre Brustwarzen deutlich unter der Seide abgezeichnet, und ich hatte die Heugabel als Ablenkung benutzen müssen. Wer bekam denn einen Ständer vom Anblick einer Frau, die er nicht mal leiden konnte?

Verdammter Scheiß, ich war erbärmlich.

Gut, dass Arbeit auf mich wartete, um mich wieder zu Verstand zu bringen. Eine noch längere Liste als die ihre.

Ehrlich, sie hätte sich nicht so aufregen sollen. Ich hatte einen Zeitplan einzuhalten, und wenn ich diesen nicht befolgen konnte, war's das.

Schon von klein auf hatte ich gelernt, dass Scheitern keine Option für mich war.

Meine Adoptiveltern waren wirklich großartig. Sie hatten mir nie das Gefühl gegeben, weniger wert als Isaac zu sein. Trotzdem war ich meine Minderwertigkeitskomplexe nie ganz losgeworden. Immer glaubte ich, mich mehr beweisen zu müssen als mein Bruder. Und obwohl ich das wusste, konnte ich diesen Mechanismus nicht umgehen.

Ich klopfte Malcom, mein eigener Name für das Schwein, das die Liste vernichtet hatte, im Vorbeigehen die Flanke, und begab mich dann zum Haupthaus, um mich um das Geländer zu kümmern. Vielleicht auch um alles andere in dem Haus. Das hätte ich wirklich längst tun sollen, aber die Pläne meiner Designer waren noch nicht so, wie ich sie haben wollte. Das sollte mich allerdings nicht davon abhalten, das Innere zu entrümpeln und die Gefahrenorte auszumerzen.

Mein Herz war fast aus der Brust gesprungen, als ich gesehen hatte, wie Cleo gestolpert war. Wie die Balustrade nachgegeben hatte.

Kopfschüttelnd stapfte ich durch einen Nebeneingang ins Haus, damit ich der New Yorker Prinzessin auf keinen Fall begegnete. Noch ein Treffen am Morgen und ich fürchtete, dass meine Beherrschung endgültig vorbei wäre.

Cleos Fluchen erreichte mich jedoch auch in diesem Teil des Hauses. Sie musste einen der Flure entlangschreiten. Dort, wo mir seit Wochen nur Stille entgegengeschlagen war, füllte sie nun alles mit ihrer Präsenz aus.

Ich verstand nicht, wie jemand eine solche Aura besitzen konnte. Sie tat nicht mal was, und trotzdem drehte sich die Welt nur um sie. War das das Privileg der reich Geborenen?

Vermutlich.

Das hieß nicht, dass ich ihre Anwesenheit nicht mochte. Sie minderte meine Einsamkeit. Ich wünschte bloß, es wäre eine andere Person gewesen.

Cleo war gefährlich.

Die Stunden vergingen wie im Flug. Während ich das komplette Geländer rausgerissen, Möbel aus den bisher verschlossenen Räumen zu Kleinholz verarbeitet und den Teppich von der Treppe gezogen hatte, hörte ich keinen Ton mehr von meiner neuen Mitbewohnerin. Es stimmte mich misstrauisch, aber ich wollte nicht als Kontrollfreak abgestempelt werden. Das würde sie mir sofort vorhalten, dessen war ich sicher.

Kurz nach meiner Mittagspause gegen 2 Uhr rief mich Isaac an.

Ich stand in der Küche, um einen halben Liter Wasser in mich reinzuschütten, weil sich Kopfschmerzen bemerkbar gemacht hatten. Der New Yorker Sommer war zwar keineswegs mild zu nennen, doch die brütende Hitze Süditaliens war da doch ein anderes Kaliber. Ich hatte immer noch Schwierigkeiten, mich zu akklimatisieren.

»Hey, Isaac«, begrüßte ich meinen kleinen Bruder, der in Wirklichkeit vier Zentimeter größer war als ich. »Was gibt's?«

»Bin gerade im Büro angekommen und dachte mir, du kannst eine Pause gebrauchen.« Ich hörte im Hintergrund die Espressomaschine laufen, die ich ihm für sein erstes eigenes Büro in meiner Firma besorgt hatte.

»Pause wovon?«

»Ach, verarsch mich nicht. Wie geht's dir? Steht das Haus noch? Gestern hast du dich nicht gemeldet.«

»Es wird Zeit, dass du dir eine Freundin suchst, wenn du mich schon nach einem Tag vermisst«, murrte ich, obwohl ich es mochte, dass wir ein so gutes Verhältnis zueinander hatten. Viele meiner Bekannten riefen ihre Geschwister nicht mal an Geburtstagen an, und das war so fern meiner eigenen Vorstellung und Realität, dass dies für mich bereits ein Ausschlusskriterium war. Ich fürchtete, dass sie mit ihren Freundschaften noch weniger pfleglich umgingen.

»Du hast New York bereits vor mir leer gegrast, und zu deinen Ex-Freundinnen sag ich leider Nein.«

»Echt jetzt? Ich hatte sicher nicht so viele Freundinnen.«

Es waren ziemlich genau sechs gewesen. Ein paar mehr hatte ich gedatet, ja, aber mit keiner von ihnen hatte ich geschlafen.

»Da wären Katarina, Eva und …«

Ich hielt das Handy von meinem Ohr weg und blickte nach draußen. Immer noch keine Spur von Cleo. Anstatt weiter wie ein verlassener Gatte in der Küche auszuharren, ging ich in das ehemalige Arbeitszimmer meines Großvaters. Es war der einzige Raum, den ich nicht umgestalten wollte.

Nicht weil ich mich ihm dort nahe fühlte, sondern weil er zum Haus passte. Er fing die Note von Speranza auf und inspirierte mich für die Designs der Fincas.

Das Zimmer war ordentlich gehalten. Man merkte, dass mein Großvater hier viel Zeit verbracht hatte. Der massive Schreibtisch aus Mahagoni thronte mächtig vor den drei schmalen Sprossenfenstern. Dahinter stand ein hochlehniger Sessel, der gemütlicher war, als er aussah. Das Lederpolster sank gerade genug unter meinem Gewicht ein.

Jetzt war ich aber von Kopf bis Fuß mit Staub und Schmutz bedeckt und wollte mich nicht setzen. Ich drehte mich weg von den Vitrinen mit allerlei Stücken wie Schmuckkästchen, Federfüllhaltern oder einem Set aus goldenen Brieföffnern und zu dem einzig Modernen hin: meinem Whiteboard. Das war eine der ersten Anschaffungen gewesen, die ich kurz nach meiner Ankunft gemacht hatte.

Für jeden anderen wären Text und Zeichnungen darauf ein heilloses Durcheinander. Für mich stand alles in Relation miteinander. Das, was fehlte. Das, was bis wann getan werden musste. Welche Kosten noch auf mich zukämen und mit wem ich noch telefonieren müsste.

Wie viel Geld ich allein in dieses Projekt stecken müsste, sollte ich wohl für mich behalten.

Geld kommt zurück, hatte Dad zum Start meiner Reise gesagt. *Du brauchst das für deinen Frieden, Sohn.*

»Dante?«, hörte ich aus dem Handy. Ich hatte vergessen, es wieder an mein Ohr zu halten.

»Sorry, was hast du gesagt?« Stirnrunzelnd lehnte ich mich mit der Hüfte gegen das schwarze Regal. Darin hatte mein Großvater seine Rechnungsbücher aufbewahrt, in die ich bisher nicht geschaut hatte. Ich wollte seine Schrift nicht sehen. Die gerahmten Fotos von ihm, seiner Frau und seiner Tochter an der Wand zwischen Tür und Vitrine reichten vollkommen aus, um mich an allem zweifeln zu lassen, weil meine Wut ins Unermessliche reichte.

Es war ein kleiner Trost, dass keiner von ihnen glücklich aussah. Wenn ich mich schon miserabel fühlte, könnten sie es immerhin auch sein. Selbst wenn keiner von ihnen mehr lebte.

Isaac gab mir noch ein paar Zahlen und fragte mich bezüglich zweier Projekte um Rat, als ein zweiter Anruf reinging.

Es kam mir, ehrlich gesagt, ganz gelegen, weil ich ihm nicht von Cleo erzählen wollte. Und er würde nach den Businesssachen fragen, was es sonst noch gäbe, und da ich ihn nicht anlügen könnte ...

»Sorry, melde mich später noch mal. Ist ein Lieferant«, erklärte ich eilig.

»Xoxo«, witzelte er.

Ich verdrehte die Augen, bevor ich den anderen Anruf annahm und ins Italienische wechselte. Sofort kehrte meine miese Laune zurück.

»Prego?« Hatte ich richtig gehört? »Das war nicht die Abmachung, Luigi. Du solltest mir die Lieferung mindestens bis Tursi bringen.«

»Non ti arrabbiare!« Reg dich nicht auf!

»Ich rege mich aber auf, weil ...«

»Ponte Masone«, wiederholte er. »Ciao!«

»Luigi!« Er hatte schon aufgelegt.

Frustriert stieß ich mit dem Fuß in die Luft. Aggressionen waren nicht so mein Ding, und ich würde nichts absichtlich kaputt machen, aber heute war ich wirklich kurz davor.

Wieder wurde ich von den Leuten aus Tursi und deren Verbindungen in Nachbarstädte sabotiert. Sicher, die Händler konnten meine Aufträge nicht guten Gewissens ablehnen, weil sie selbst über die Runden kommen mussten, aber es war nicht das erste Mal, dass sie es mir schwerer machten.

Da Aufregen mich nicht weiterbrachte, verließ ich das Arbeitszimmer und stapfte zu meinem eigenen privaten Raum.

Ich hatte ihn nach meinen Vorstellungen eingerichtet. Mit einem geflickten Teppich in warmen Brauntönen vor einem breiten, massiven Doppelbett, das vier geschnitzte Pfosten besaß und einen weißen Baldachin. Ich starrte in der Nacht lieber ein Stück Stoff an, das sich in der lauen Brise bewegte, statt eine leblose Decke.

Ein paar Grünpflanzen sowie einen Lavendelbusch, der Mücken fernhalten sollte, hatte ich auf die Fensterbank gestellt, weil ich bisher nicht dazu gekommen war, die Blumenkästen außen anzubringen. Das stand auch auf meiner nie endenden Liste. Vor jedem Fenster wollte ich den Lavendel pflanzen, sodass man nicht sofort von Mücken attackiert werden würde, sollte man das Insektengitter mal zur Seite schieben.

Im angrenzenden Badezimmer stellte ich mich ganz kurz unter die Dusche. Ich wollte zwar keine Kraft darauf verwenden, die Ortsansässigen davon zu überzeugen, dass ich ein guter Kerl war, aber ich wollte mich auch nicht stinkend und schwitzend unter sie mischen.

Mein Bart war etwas dichter, als ich ihn normalerweise trug, doch ich verschob das Trimmen auf heute Abend. Nachdem ich mein feuchtes Haar zurückgekämmt und in frische Jeans und ein weißes T-Shirt geschlüpft war, nahm ich meinen Autoschlüssel aus der Keramikschale neben der Tür. Ich sollte mich besser auf den Weg machen, damit die verschwendete Zeit überschaubar blieb.

Jeden Tag aufs Neue wurde mein Plan zunichtegemacht. Nur gestern hatte ich durch Cleo mehr geschafft, als ich vorgehabt hatte.

Wenn ich mich in ihrer Nähe nur mehr zusammenreißen könnte, wäre alles ganz wunderbar.

Ich hatte meinen schwarzen Jeep vor dem Carport fast erreicht, als ich verräterische Schritte hinter mir vernahm.

Nicht umdrehen.

»Wohin gehst du?«

»Ich muss Dinge erledigen«, sagte ich ausweichend. Yes! Ich hatte die Fahrertür fast erreicht. Streckte schon meine Hand aus, als sich plötzlich Cleo davor schob. Mit dem Rücken lehnte sie komplett an dem sicher warmen Metall und blinzelte gegen die Sonne zu mir hoch.

Zum Glück war ich geistesgegenwärtig genug gewesen, mir eine Sonnenbrille aufzusetzen. Ich wollte wirklich nicht, dass sie erfuhr, welche Reaktionen sie in mir hervorrief.

Ich setzte eine genervte Miene auf, in der Hoffnung, sie so vertreiben zu können. Gleichzeitig musste ich mich darauf konzentrieren, nicht in ihren Ausschnitt zu sehen. Dieser war zum Schutz meiner Seele nicht so großzügig wie bei ihrem Nachthemd.

Sie trug ein ärmelloses, olivenfarbenes Top, das eng bis in den Bund ihrer taillenhohen Stoffhose reichte. Diese war immerhin nicht weiß, sondern schwarz und weit genug, um ihre langen Beine bis zur Mitte der Oberschenkel zu umschmeicheln.

Hätte sie keine knöchelhohen Turnschuhe getragen, hätte ich an ihrem Verstand gezweifelt. Wie konnte sie diesen Aufzug als angemessen für die Arbeit empfinden, die sie hier zu erledigen hatte? Ihr dunkelbrauner Bob – ich kannte mich wegen Ava mit den Bezeichnungen verschiedenster Frisuren aus – war so perfekt gestylt und ihre Augen so katzenhaft geschminkt, dass sie vermutlich bisher nur in ihrem Zimmer gehockt und sich zurechtgemacht hatte.

Ich hatte mich gestern wirklich von ihr an der Nase herumführen lassen. Der aufsteigende Ärger war immerhin Grund genug, mein körperliches Verlangen nach ihr im Keim zu ersticken.

»Was denkst du, was du da tust?« Ich beugte mich weiter vor und nach unten. Wenn sie meinte, in meine intime Zone einzudringen, musste sie mit meiner Nähe klarkommen.

Mit Genugtuung nahm ich wahr, wie sie kräftig schluckte.

»Ich will bloß verhindern, dass du abdüst, bevor du mir gesagt hast, wohin«, murmelte sie plötzlich kleinlaut.

FUCK. FUCK. FUCK.

Ich hatte nicht darüber nachgedacht, dass ich ihr nun so nahe war, dass ich ihren köstlichen Duft einatmen konnte. Eine Mischung aus floralen Noten wie Pfingstrosen und Magnolien und herben Düften wie Zedernholz und Amber. Der eine Teil erinnerte mich an meinen kleinen Hofgarten zu Hause in New York und der andere an die Arbeit mit meinem Dad in seiner früheren Holzverarbeitungsfirma.

Am liebsten wäre ich zurückgewichen, doch tatsächlich hatte mein Körper anderes im Sinn, und ich trat noch näher.

Unsere Schuhspitzen berührten sich. Ich musste meinen Nacken dehnen, um ihren Blick festzuhalten. Mit einer Hand stützte ich mich neben ihrem Kopf an dem Auto ab.

»Ich bin dein Boss, Hargrove«, sagte ich leise.

»Darf man in deiner Firma keine Fragen stellen?«

»Niemand hat etwas gegen Fragen gesagt.« Ich war beeindruckt von ihrer Standhaftigkeit. Es hatte schon vorlautere Leute gegeben, die nach einem derartigen Blick von mir gekrochen waren.

Allerdings bemerkte ich durchaus den Schweißfilm über ihrer Oberlippe und die Unsicherheit in ihren Augen.

Sofort kam ich mir wie der letzte Arsch vor. Das, was mir die Jeans gerade erschreckend eng machte, fühlte sie auf keinen Fall.

Ich hätte mich nicht schneller von ihr wegbewegen können, wenn sie mich geschlagen hätte. Es war Furcht, was mir entgegenschlug. Obwohl ich ihr Angst gemacht hatte, hatte sie sich nicht kleinkriegen lassen.

Ein Knoten formte sich in meinem Magen, weil ich wieder an die blauen Flecken an ihrem Handgelenk denken musste.

»Ich fahre nach Ponte Masone«, sagte ich schließlich, ohne sie anzusehen.

»Ich will mitkommen.«

»Nein, und jetzt geh zur Seite.« Da ich sie nicht anfassen wollte – ich brauchte fucking Frieden –, wedelte ich unwirsch mit einer Hand.

»Doch, ich komme mit«, verkündete sie felsenfest, als läge die Entscheidung tatsächlich bei ihr.

Seufzend fuhr ich mir durchs Haar. »Hargrove …«

»Du hast mir gesagt, ich soll dir sagen, wenn es eine Sache auf der Liste gibt, die wir zusammen tun können. Und da ich kein Auto habe …«

Es gab kaum was Schlimmeres, als mit seinen eigenen Argumenten in die Ecke gedrängt zu werden.

»Okay«, presste ich nach einem Moment hervor. »Steig ein.«

»Ich brauche zehn Minuten, um mich frisch zu machen«, flötete sie. Als ich wieder in ihr Gesicht sah, waren jedwede Spuren von Angst beseitigt. Sie hatte sie mich nicht sehen lassen wollen.

»Was an dir ist nicht frisch? Hast du überhaupt gearbeitet?«

Sie verdrehte die Augen. »Nicht jeder sieht aus wie ein Höhlenmensch, wenn er sich körperlich betätigt. Also?«

»Du hast zwei Minuten. Sonst fahre ich ohne dich.«

»Arschloch«, grunzte sie beim Weglaufen, und ich lächelte.

Fuck.

Seit wann gefiel es mir, beschimpft zu werden?

»Etwas ist komplett falsch mit dir«, murmelte ich zu mir selbst beim Einsteigen.

11

Cleo

Die Stimmung im Jeep war angespannt. Ich hatte Dante nicht auf die Nerven gehen wollen, aber ich hatte den ganzen Morgen damit verbracht, die Liste zuerst neu zu schreiben und mir dann zu überlegen, was die klügste Reihenfolge wäre. Dann war es mir sogar gelungen, die komplette Anlage zu erkunden, um mir einen Überblick zu verschaffen, und ich hatte eine Aufstellung begonnen mit Dingen, die fehlten oder ersetzt werden sollten.

Vielleicht hatte ich heute keinen Stall ausgemistet und auch nichts repariert, aber das sollte doch wohl nicht Dantes Laune beeinträchtigen. Solange ich mich an die Liste hielt …

Er machte nicht mal das Radio an. Auch nicht, nachdem ich es vorgeschlagen hatte.

Das einzig Gute war, dass die Klimaanlage lief und ich mich von der Hitze erholen konnte. Wobei ich den Eindruck hatte, dass sie sich heute nicht ganz so trocken anfühlte. Außerdem fuhr Dante anständig, weshalb mir noch nicht übel geworden war.

»Was musst du eigentlich für Dinge tun?«, fragte ich, als wir Tursi passiert hatten. Es war nicht mehr lange bis nach

Ponte Masone. Ich konnte kaum fassen, dass ich vorgestern das erste Mal hergefahren war.

»Ich muss etwas abholen. Möbel, um genau zu sein.« Er hielt kurz inne. »Sie hätten eigentlich nach Tursi geliefert werden sollen, aber es ist wohl etwas schiefgelaufen.«

Ich erinnerte mich direkt an unser gestriges Gespräch, nachdem Antonio das Holz gebracht hatte. »Es scheint öfter etwas schiefzulaufen.«

»Wie ich bereits erwähnt habe, machen sie hier keinen Hehl aus ihrer Abneigung.« Er hob eine Schulter. Da es in Italien selten Automatik gab, musste er immer wieder zwischen uns greifen und den richtigen Gang einlegen. Das erste Mal wäre ich fast zusammengezuckt, weil ich damit gerechnet hatte, er wollte eine Hand auf mein Knie legen. Wie absurd! Gott, ich war so rot geworden! Gut, dass er den Blick auf die Straße gerichtet hielt. »Ich stehe da drüber. Wenn ich mich weiter aufrege, spielt es ihnen bloß in die Karten.«

Obwohl er das sagte, wirkte er durchaus aufgeregt. Wahrscheinlich war er doch nicht so perfekt darin, seine Gefühle zu beherrschen, wie er es mir weismachen wollte.

»Ein Lächeln ab und zu und ein freundliches Hallo an deine Nachbarn würden vielleicht helfen«, schlug ich vor, selbst in dem Wissen, dass er sofort die Augen verdrehen würde.

»Ich lächle nicht gern.«

»Das glaube ich irgendwie nicht«, erwiderte ich, weil ich an gestern Abend dachte. Während des Essens. Der kurze Frieden, der zwischen uns geherrscht hatte, und seine Lockerheit, die nicht aufgesetzt gewirkt hatte. So war er wirklich. Eigentlich. Wenn er nicht gereizt war.

Daraufhin blieb er schweigsam.

Ich holte meine neu geschriebene Liste aus der Hosentasche hervor sowie mein Handy. Damit suchte ich nach einem Baumarkt in Ponte Masone. Mit den üblichen Putzmitteln, die Dante besorgt hatte, käme ich bei der zentimeterdicken Staubschicht nicht sehr weit. Abgesehen davon hatte ich lediglich versiffte Putzutensilien gefunden, die ich unbedingt ersetzen wollte. Das stand ganz oben auf meiner Agenda. Der zweite Punkt auf der Liste war, mich zu erkundigen, wo man am besten lokale Annoncen schaltete.

Es gab sicherlich große Onlineportale, aber es konnte ja nicht schaden, gezielt in der nächsten Umgebung zu suchen. Selbst wenn die Chance dann größer war, dass die Zielgruppe Dante boykottieren würde.

Ich beschloss, optimistisch an die Sache ranzugehen und nicht aufzugeben, bevor ich überhaupt begonnen hatte.

Dante lenkte den Jeep auf den Parkplatz vor einer Filiale einer Baumarktkette. Im Lager wartete seine Lieferung auf ihn, und im Geschäft selbst könnte ich vorbeischauen.

Nach dem Aussteigen streckte ich ihm eine Hand entgegen, die er stirnrunzelnd ansah.

»Was?«

»Ich brauche deine Kreditkarte.« Auffordernd bewegte ich meine Finger. »Ich werde nicht für deinen Kram zahlen.« Mal abgesehen davon, dass ich wahrscheinlich nicht mal genug Geld dafür hatte.

Ich hörte sein Seufzen, obwohl er sich abgewandt hatte, um auf seinen Ledergeldbeutel zu sehen. Dieser wirkte bereits älter und länger in Gebrauch. Es sah ihm ähnlich. Obwohl er mehrere Millionen auf der hohen Kante hatte und vor seinem sozialen Fall in New York ein gefeierter und hoch angesehener Geschäftsmann gewesen war, war er bodenständig geblieben.

Die schwarze Bankkarte lag kühl und leicht in meiner geöffneten Hand, doch er hatte sie noch nicht losgelassen.

»Kauf keine unnützen Dinge«, warnte er mich.

»Natürlich nicht«, flötete ich und ballte die Faust um die Karte, damit er sie mir nicht wieder entreißen konnte.

»Ich bin ziemlich sicher, dass das wieder eine Lüge ist«, murmelte er, ließ seine Hand aber sinken und steckte sein Portemonnaie wieder in die hintere Hosentasche.

Ich hatte nicht gelogen. Nur was in seinen Augen unnütz war, mochte sich unter Umständen von dem unterscheiden, was ich als solches definierte.

Wenige Minuten später streifte ich mit dem Einkaufswagen durch die Gänge des Baumarktes. Er war vielleicht nicht super ausgestattet, und ich hätte mir ein wenig mehr Auswahl gewünscht, doch ich konnte alles von meiner Liste abhaken. Das bedeutete auch, dass mein Wagen bis an den Rand gefüllt war mit Bleichmittel, verschiedenen Arten von Reinigern, Putztüchern, Waschmitteln und vielem mehr.

Nachdem ich mit Dantes Karte die horrende Rechnung von über zweihundert Euro beglichen hatte, packte ich alles in drei Tüten, die ich mit dem Wagen zum Auto transportierte. Zu meiner Überraschung war Dante noch nicht zurück, aber er hatte nicht abgeschlossen. Es war für mich gerade eben machbar, die schweren Tüten vom Einkaufswagen in den Kofferraum zu hieven. Ich wünschte, dass Dante da gewesen wäre, um das Einladen zu übernehmen.

Dann wiederum war ich seine Angestellte und nicht andersherum.

Fünf Minuten später saß ich in einem Café nicht weit von dem Parkplatz entfernt, um auf ihn zu warten. Hier gab es eine Klimaanlage und einen Iced Americano. Schon mal zwei Sachen mehr, mit denen der Jeep ohne Fahrer nicht aufwarten konnte.

Außerdem war das Café richtig schnuckelig und gehörte nicht zu einer Kette wie in den USA üblich. In meiner Ecke waren zumindest unabhängige Cafés selten zu finden.

Nach kurzer Überlegung bestellte ich auch Dante einen Kaffee an der gläsernen Theke. Es gab die unterschiedlichsten Gebäckstücke, und ich ließ uns noch ein paar Marzipanplätzchen einpacken. Während ich auf die Bestellung wartete, blieb ich neben einer Notizwand stehen. Darauf angepinnt waren diverse Abreißzettel mit Verkaufsangeboten, aber auch Arbeitsgesuche ließen sich zwischendrin finden. Von Hundesitting über Maler- und Handwerksarbeiten und Nachhilfe war alles dabei.

»Entschuldige, kann ich da auch etwas anpinnen?«, fragte ich einen der Kellner im Vorbeigehen. Er war ungefähr in meinem Alter, hatte dunkelblonde Haare und braune Augen mit Lachfältchen drum herum, die ihn sympathisch machten. Auch mich lächelte er sogleich an.

»Aber natürlich. Brauchst du einen Zettel?«

»Ja, bitte.«

Mit meiner Bestellung setzte ich mich für einen Moment an einen freien Tisch, an den mir der Kellner Papier und Stift brachte. Ich hatte bereits die Übersetzungs-App geöffnet, weil ich mich mündlich zwar gut verständigen konnte, aber ich wollte die Annonce schon professionell gestalten. Ohne Rechtschreibfehler.

»Brauchst du Hilfe?« Der Kellner hatte wohl einen Blick auf mein Handydisplay erhascht. Ich war nicht böse. Schließlich hatte ich das Handy flach auf dem Tisch liegen. Für alle sichtbar.

»Äh, das wäre ganz wunderbar«, sagte ich. »Wenn du Zeit hast, versteht sich.«

»Ich kann ein paar Minuten Pause machen.« Er grinste

mich schief an, als er sich neben mich setzte und mir die Hand entgegenstreckte. »Ich bin Andrea.«

»Cleo, freut mich.« An diese offene und nicht aufgesetzte Hilfsbereitschaft von Europäern im Allgemeinen und Italienern im Speziellen würde ich mich vermutlich nie gewöhnen. »Ich wollte für meinen Arbeitgeber eine Annonce aufgeben. Wir suchen dringend Handwerker, die anpacken können.«

In wenigen Worten beschrieb ich Andrea, worum es ging und was für Leute wir brauchten.

Es beruhigte mich tatsächlich, dass er zum ersten Mal von der Ferienanlage hörte und dementsprechend nicht voreingenommen war.

»Ich wohne eigentlich in Tursi«, sagte er dann, als wir noch immer über die richtige Wortwahl grübelten.

»Ach ja? Ich dachte, dort weiß jeder über Speranza Bescheid«, sagte ich überrascht.

Er zuckte mit den Schultern. »Ich halte mich kaum mit den Dorfgesprächen auf und bin hauptsächlich hier unterwegs. Vielleicht habe ich mal davon gehört, aber ich erinnere mich nicht.«

»Umso besser, wenn du Leute finden kannst, die keine Vorbehalte gegen meinen Boss hegen«, fügte ich lachend hinzu. Ich ließ den Kugelschreiber mit den Fingern auf- und abwippen, bevor ich einen Schluck von meinem Kaffee nahm.

»Ich denke, das lässt sich machen.« Wieder lächelte er. »Darf ich?«

Ich reichte ihm Zettel und Stift, und zusammen formulierten wir eine Annonce, die in meinen Augen ziemlich anständig und attraktiv klang. Natürlich konnte ich nichts zum Gehalt sagen, doch Dante kam mir nicht wie ein Geizhals vor. Er würde die Leute anständig bezahlen. Selbst wenn Tursi Gegensätzliches behauptete.

Als wir den Text ein letztes Mal durchgingen, fiel ein Schatten auf unseren Tisch. Blinzelnd sah ich zu Dante auf, der sich neben uns aufgebaut hatte.

»Wir haben so viel zu erledigen, und du hast nichts Besseres zu tun, als Fremde aufzureißen?«, sagte er gefährlich leise auf Englisch.

Meine Laune drehte sich prompt um hundertachtzig Grad. Ärger stieg in mir auf, und ich musste an mich halten, im Gegensatz zu Dante keine Szene zu veranstalten.

»Entschuldige, Andrea, das ist mein Chef Dante Marinotti, für den wir die Annonce geschrieben haben. Dante, das ist Andrea«, sagte ich möglichst ruhig, doch selbst in meinen Ohren klang meine Stimme zu gestelzt. Immerhin war meine Grammatik tadellos.

Andrea stand auf und reichte Dante die Hand, der sie zögerlich nahm.

Ich nutzte ihre Ablenkung, um meine Nummer unter die Annonce zu schreiben, bevor ich mich dann ebenfalls erhob.

»Schreib mir gern deine Kontaktdaten«, bat ich Andrea weiter auf Italienisch. »Und danke für alles.«

»Sì, sì!« Er nahm den Zettel an sich.

»Für dich habe ich echt keine Worte mehr«, sagte ich in Richtung Dante, als Andrea außer Hörweite war.

Ich presste ihm den Kaffee gegen die Brust, den er reflexartig umfasste, bevor ich mit dem Gebäck und meinem Iced Americano das Café verließ.

Dante hatte sich furchtbar benommen. So was war ich von Oliver gewohnt, und bei ihm hatte ich es bloß geduldet, weil … weil ich Angst davor gehabt hatte, allein und mit eingezogenem Schwanz zu meinen Eltern zurückkehren zu müssen.

Jetzt war das Worst-Case-Szenario mehr oder minder eingetreten, und ich würde es nicht billigen, weiter so behandelt zu werden.

Dante war mindestens genauso genervt wie ich, als wir in seinen Jeep stiegen, auf dessen Dach er mehrere riesige Pakete befestigt hatte.

Sobald die Türen geschlossen waren und ich mich angeschnallt hatte, drehte ich meinen Kopf in seine Richtung.

»Wenn du mich noch mal so in Verlegenheit bringst, haben wir ein Problem, Dante«, sagte ich zittrig. Ich war niemand, der Konfrontation suchte, aber es war mir wichtig, meinen Job unter guten Konditionen bei Dante zu behalten. Dafür mussten wir auf einer Wellenlänge sein. Ich könnte meinen Unmut runterschlucken, aber er würde über kurz oder lang an die Oberfläche brodeln. Dann vielleicht zu einem ungeeigneten Zeitpunkt. »Wir sind kein Paar. Wir haben keine Zeit ausgemacht, uns wiederzutreffen. Du hättest mich anrufen können. Also würde ich es zu schätzen wissen, wenn du mich in den nächsten Stunden nicht mehr ansprichst. Sonst sage ich noch was, das ich nicht so meine.«

Ich ignorierte seine Fingerknöchel, die weiß hervorstachen, als er das Lenkrad fest umfasste. Es sprach jedoch für ihn, dass er sich an meine Bitte hielt und kein Ton seine Lippen verließ.

12

Cleo

Hatte ich die Stimmung auf der Hinfahrt noch für angespannt gehalten, so war sie jetzt gerissen. Ich konnte meine eigene Wut kaum zügeln, und vermischt mit seinem eigenen Unmut, den er schweigend in den Raum warf, bildete dies eine explosive Mischung.

Eine falsche Bewegung, ein falscher Blick und wir würden uns gegenseitig zerstören.

Ich würde nicht nachgeben.

Zum ersten Mal war mir mit faszinierender Klarheit bewusst geworden, dass ich genug von diesem respektlosen Gehabe von Männern hatte. In der Vergangenheit hatte ich mir mit beeindruckender Treffsicherheit genau solche als meine Liebhaber ausgesucht. Nicht, dass Dante diese Position bekleiden sollte, aber ich wollte auch ganz sicher so jemanden nicht als meinen Boss.

Sobald er den Wagen auf den Kies vor dem Carport lenkte und anhielt, stieg ich aus, um meine Einkäufe hineinzutragen. Ich hatte die erste Tüte aus dem Kofferraum gehoben, als Dante mir diese prompt abnahm und zurückstellte.

Wir standen einander dicht gegenüber, und weil er die Sonne im Rücken hatte, warf er einen Schatten auf mich.

»Was tust du? Ich habe dir gesagt, du sollst mich nicht ansprechen«, protestierte ich sofort. Abweisend verschränkte ich die Arme.

»Ich weiß, und ich respektiere deinen Wunsch, allerdings möchte ich mich entschuldigen«, sagte er betont. »Bevor wir weiter schweigen.«

»Was?« Mit offenem Mund starrte ich ihn an. Das war mir noch nie passiert. Dass einer meiner Ex-Freunde mir gegenüber einen Fehler zugab.

»Ich habe ein furchtbares Temperament, was keine Entschuldigung ist, und ich war nicht wütend auf dich.« Mit einer Hand fuhr er sich durchs Haar. »Ich war frustriert, weil mein Vorhaben hier aus lächerlichen Gründen behindert wird. Ich hätte dich niemals anmaulen und schon gar nicht derart bloßstellen sollen. Ich ... bin anders erzogen worden. Ich schäme mich für mein Verhalten, und ich kann bloß hoffen, dass du mir dieses eine Mal vergibst. Es tut mir wirklich leid, Cleo.«

Er wartete einen Moment, doch ich war zu perplex, um zu antworten. Nach einem knappen Nicken packte er sich zwei der Einkaufstaschen und schritt energisch durch die schmale Gasse zum Haupthaus.

Nach einem Moment nahm ich die letzte Tüte, die bei Weitem nicht so schwer war wie die anderen beiden. Ich stellte sie in den Flur. Dante hatte mich wieder wortlos passiert, was ich respektierte. So wie seine Entschuldigung.

Ich zögerte nicht lange, als ich mich ihm draußen anschloss.

Er war gerade dabei, die Möbel loszuschnallen, und achtete nicht auf mich. Sein Bizeps spannte sich bei jeder Bewegung, während die Sonne seiner Haut diesen warmen Braunton verlieh, der mir so gefiel.

»Ich kann dir helfen«, bot ich leise an, als er die Seile eingesammelt hatte, um die ersten verpackten Möbel zu schleppen.

Seine Miene war unergründlich. »Ich will nicht wieder das Alphamännchen sein, aber …«

Man musste kein Genie sein, um herauszufinden, worauf er anspielte.

»Gib mir eine Minute. Ich ziehe mir was Passendes an«, sagte ich mit erhobenem Kinn. Sein Nicken abwartend, machte ich mich auf den Weg, nur um mich an der Mündung der Gasse nochmals zu ihm umzudrehen. »Ich vergebe dir, Dante. Das ist aber das einzige Mal. Ich habe keine Geduld mehr für so ein Verhalten.« Unwillkürlich berührte ich den fast verblassten Bluterguss an meinem Handgelenk.

»Verstehe. Danke.«

Ich beschloss, mich ein wenig von der Liste und deren Reihenfolge zu lösen und stattdessen den Eingangsbereich zu putzen. Die Rezeption war ja mehr oder weniger das Aushängeschild einer Ferienanlage oder eines Hotels. Damit stand und fiel schon einiges.

Sie befand sich im Haupthaus auf der gegenüberliegenden Seite des Torbogens. Man erreichte sie durch den zweiten Eingang des Haupthauses, den wir bisher nicht benutzt hatten.

Halbkreisförmig angelegt und mit mediterranem Ambiente war die Rezeption durchaus ansprechend, wären da nicht die Spinnweben, der jahrelang angesammelte Dreck und auch der Müll gewesen. Bei dem Müll handelte es sich immerhin hauptsächlich um alte Broschüren, Papiere, Rechnungen und Notizen. Ein paar Werbegeschenke, Kalender und Postkarten, die nie verkauft worden waren.

Leider funktionierten in diesem Teil des Hauses die Ventilatoren noch nicht, weshalb ich mich bei der Arbeit halb zu Tode schwitzte. Doch es hatte geholfen, dass ich mich umgezogen hatte. Mittlerweile trug ich eine lange Stoffhose sowie ein weites T-Shirt, das meinen Oberkörper umwehte und somit ein bisschen Erholung spendete.

Ich hatte Dantes Einverständnis erhalten, sämtliche Gegenstände wegzuschmeißen – was ich nicht vorhatte. Im besten Fall ließen sich noch ein paar Teile – wie die langweiligen Rahmen mit den Fotos von fremden Menschen – an den Mann oder die Frau bringen.

Vor dem Landschaftsgemälde, das hinter der Kirschholztheke hing, hielt ich eine Weile unschlüssig inne. Dante wollte zwar nichts behalten, aber mir gefiel das Zusammenspiel der Farben. Der Blick auf Tursi von genau dem Hof, in dem wir gestern gegessen hatten. Ob ein bekannter Künstler hier seinen Urlaub verbracht und dies als Geschenk dagelassen hatte? Die Initialen sagten mir nichts, was nicht unbedingt etwas zu bedeuten hatte, weil ich mich mit Kunst nicht auskannte.

Ich hatte bereits den Dreck weggekehrt, die Spinnweben entfernt und die Leisten, die Rahmen sowie den kompletten Boden geputzt. Auch die Theke hatte ich abgewischt. Sie war noch gut instand, und es sprach nichts dagegen, sie zu behalten.

Auf meinem Handy fügte ich eine weitere Notiz hinzu und schickte Dante dann den Link zum Onlinedokument, damit er auf dem gleichen Stand war. Schließlich musste er Möbelkäufe und Ähnliches erledigen. Vermutlich sollte ich auch die Liste, die er für mich verfasst und die ich aus dem Gedächtnis neu geschrieben hatte, ins Handy kopieren, anstatt ständig mit einem Zettel rumzulaufen. Ich machte mir eine mentale Notiz.

Das Einzige, was ich bisher nicht geschafft hatte, war, diese nervige Schublade zu öffnen. Der Rezeptionsschalter wies zwei halbhohe Holzcontainer auf, deren oberste Schubladen mit Schlössern versehen waren. Die linke war geöffnet gewesen, bei der rechten tat sich jedoch nichts.

Ich zog und zerrte daran, obwohl ich wusste, dass ich ohne Schlüssel nicht weiterkäme. Deshalb hatte ich mir den angesammelten Kram genauer angesehen, in der Hoffnung, ihn zu finden. Aber nichts.

Nachdenklich nippte ich an meiner Wasserflasche und lehnte mich gegen das Regal mit den Haken für die Schlüssel der Fincas. Ich starrte die Schublade an, als mir eine Idee kam.

Dante hatte mir vorhin einen kleinen Werkzeugkasten vorbeigebracht. Eilig schaute ich mir bei YouTube ein paar Tutorials an, wie man am besten Schubladenschlösser knackte. Recht bald fand ich etwas, das hier funktionieren könnte, und ich machte mich mit Schraubenzieher und Hammer an die Arbeit.

Anstatt das filigrane Schloss zu schonen – die Container wollte ich eh nicht behalten –, war rohe Gewalt die beste Option. Das Holz knirschte und knackte, ehe es dem Druck nachgab und komplett zersplitterte. Instinktiv schloss ich die Augen.

Anders als erwartet, fand sich jedoch kein Goldbarren in der Schublade, als ich sie aufzog, sondern ein weiterer Haufen Papiere. Seufzend holte ich ihn hervor, um ihn in den Sack mit dem Altpapier zu werfen, ehe ich ihn mir genauer ansah.

Fotos. Es waren Fotos von Dantes Großeltern. Das war leicht zu erkennen, weil Dante seinem Großvater wie aus dem Gesicht geschnitten war.

Seine Großmutter hatte hingegen weichere Züge mit blauen Augen, die sie an ihre Tochter vererbt hatte. Auf dem ersten

Foto saß sie vor ihren Eltern auf einem Hocker. Sie musste etwa zwölf oder dreizehn gewesen sein. Vielleicht ein Schulfoto?

Insgesamt gab es ein Dutzend Fotos aus jedem Jahr, seit die Tochter die Schule begonnen hatte. Zumindest nahm ich das an. Immerzu hatte sie gelächelt. Nur auf dem letzten nicht. Da musste sie um die achtzehn Jahre gewesen sein, mit langen dunklen Zöpfen und geraden Augenbrauen. Sie hatte ihre Beine an den Knöcheln gekreuzt und die Hände im Schoß zu Fäusten geballt. Ihre Mutter wirkte traurig, und ihr Vater hatte jede Emotion aus seinem Gesicht verbannt.

Nachdenklich kaute ich auf meiner Unterlippe herum.

Dante hatte nicht viel von sich preisgegeben, und in den Interviews, die ich zusammen mit Summer gelesen hatte, hatte er niemals von seiner leiblichen Familie gesprochen. Genauso wenig hatte er aber je verheimlicht, dass er adoptiert worden war.

Wie die Umstände seiner Adoption wohl ausgesehen hatten? War er jemals neugierig genug gewesen, um sich ein Foto seiner leiblichen Mutter zu besorgen? Ein heikles Thema, das mich nichts anging, auch wenn es mich nicht in Ruhe ließ.

Aber warum?

Doch sicher nicht, weil ich Dante helfen wollte. Ich war auf Speranza geblieben, um mir selbst zu helfen, nichts weiter.

Auf der Rückseite des letzten Fotos stand *»L'inverno 2000«*. Winter. Wenn ich mich richtig an Dantes Geburtstag erinnerte, dann war seine Mutter auf dem Foto bereits mit ihm schwanger. Selbst wenn man ihr nichts unter dem weiten grünen Kleid ansehen konnte. Sie hielt die Hand eines Jungen im Teenageralter. Unter dem Datum standen zwei Namen.

Edith & Lorenzo

Jemand hatte sie halbherzig durchgestrichen. Ob so Dantes Großeltern hießen? Oder war Edith seine Mutter?

»Misch dich nicht ein«, brummte ich und packte die Fotos in einen alten leeren Umschlag, den ich gefunden hatte.

Ich saß auf dem Boden, als mich Dante wenig später fand. Eilig schloss ich Google und unterdrückte die Hitze in meinen Wangen. Trotz meines Vorhabens hatte ich mich nicht davon abhalten können, Speranza und die ehemaligen Besitzer zu googeln. Es hatte nicht viel gegeben, aber ich hatte zumindest die Namen herausgefunden. Maria und Giuseppe waren Dantes Großeltern gewesen, und sie hatten eine Tochter gehabt – Edith.

Edith war mit zwanzig Jahren gestorben, das hatte in der Todesanzeige gestanden, doch weitere Informationen dazu fand ich nicht. Einen Lorenzo hatte es in ihrem Jahrgang gegeben, wie ich in einem Artikel ihrer Schülerzeitung gesehen hatte. Ob er aber gemeint war und in welcher Verbindung er zu Dante stand, war daraus natürlich nicht ersichtlich gewesen. Leider hatte es auch kein Foto gegeben, das ich mit dem auf dem Foto hier hätte abgleichen können.

»Hast du Hunger?«, fragte Dante so vorsichtig, als wäre ich ein zerbrechliches Wesen.

Ganz kurz zog sich mein Herz zusammen, ehe ich ihm verbat, auch nur die kleinste Regung als Reaktion auf Dante zu zeigen. Es reichte, dass ich mich bereits körperlich zu ihm hingezogen fühlte. Mehr brauchte ich wirklich nicht. Keine Gefühle von meiner Seite aus. Niente.

»Ich bin am Verhungern! Hast du gekocht?« Der Blick, den er mir daraufhin zuwarf, war zum Wegschmeißen. Als hätte ich ihn nach seiner Boxershortgröße gefragt. »Willst du, dass ich was koche?«

»Ich bin kein Arsch, der dich fragt, ob du Hunger hast, um

dich dann zum Kochen zu nötigen«, erwiderte er vehement. »Wir gehen ins Dorf. Wenn du Lust hast.«

»Total gern.« Bildete ich mir die merkwürdige Stimmung zwischen uns nur ein? Nach dem Aufstehen sah ich prüfend an mir herab.

»Du siehst gut genug aus«, bemerkte Dante.

Seltsamerweise ließ mich dieses kleine Kompliment erröten. Ich wischte den Dreck von meinen Händen. »Lass mich wenigstens meine Hände und mein Gesicht waschen.«

»Ich warte draußen im Brunnenhof.« Sein durchdringender Blick hielt mich einen Moment zu lange fest.

Fast wirkte das bereits wie eine Routine. Dante, der auf mich wartete, und ich, die sich zurechtmachte. Ich lächelte unwillkürlich.

Auf dem Weg ins Badezimmer fragte ich mich, ob ihm meine Worte noch länger durch den Kopf gegangen waren. Ja, er hatte sich nach der Fahrt entschuldigt, und ich glaubte, dass es ihm leidtat, aber ... Durch Oliver wusste ich, dass Worte nicht immer mit Taten übereinstimmten.

Ich wollte mein Vertrauen nicht in Dante setzen, um dann erneut enttäuscht zu werden. Denn ich hatte durchaus gemeint, was ich gesagt hatte. Einmal ließ ich ihm ein solches Machogehabe durchgehen, öfter nicht.

Im leicht angelaufenen Spiegel betrachtete ich nur ganz kurz mein eigenes, vom Wasser feuchtes Gesicht. Meine Wangen waren bei Weitem nicht mehr so rot wie noch gestern, und ich hatte mich in regelmäßigen Abständen mit der neuen Sonnencreme eingeschmiert, die Dante für mich gekauft hatte. Bisher hatte sich noch keine Gelegenheit ergeben, mich bei ihm dafür zu bedanken, ohne dass es noch komischer wurde zwischen uns.

Ich nahm mir eine Sekunde, um mir mit den Fingern

durchs Haar zu kämmen, dann schloss ich mich Dante draußen an. Er hielt mir eine schwarze Sonnenbrille hin.

»Du solltest deine Augen schützen. Mit der Sonne hier ist nicht zu spaßen«, erklärte er, als ich sie zögerlich annahm.

»Ähm, danke. Ich vergesse sie immer. Eigentlich habe ich eine«, murmelte ich verlegen.

War es normal, dass man von seinem Boss solche Geschenke bekam?

Erst dann bemerkte ich das schwarz-grüne Fahrrad, das neben ihm geparkt war. Ich hatte eigentlich gedacht, dass wir zu Fuß gehen würden, da Dante nicht bei seinem Jeep hatte warten wollen. Aber mit dem Fahrrad?

»Also ... Du willst radeln?«, fragte ich vorsichtig.

»So geht es vielleicht schneller.« Er kratzte sich am Kinn. »Ist es okay, wenn du dich hintendrauf setzt?«

Der Gepäckträger sah breit genug aus, sodass es für mich in Ordnung war. Ich nickte.

»Bin aber kein Fliegengewicht«, warnte ich ihn, als er den Radständer zurückklappte und sich auf den Sattel setzte.

Er schnaubte. »Steig auf.«

Zögerlich schwang ich ein Bein über das hintere Rad, bis ich mit der Fußspitze auf der anderen Seite aufkam. Dante bewegte das Fahrrad, damit es gerade war, und plötzlich konnte ich gar keinen Bodenkontakt mehr herstellen. Reflexartig krallte ich mich in sein weißes Baumwollshirt.

»Du darfst dich ruhig an mir festhalten.«

»Wie großzügig«, grummelte ich.

»Ich will bloß nicht, dass du runterfällst und ich mit hungrigem Magen von irgendwoher einen Rettungswagen besorgen muss«, stellte er amüsiert klar.

»Normalerweise ruft man mit seinem Handy Hilfe, aber ich verstehe, was du sagen willst.« Ich konnte mich nicht gegen das Grinsen wehren. »Solange du fahren kannst, werde ich nicht fallen.«

»An meinen Fahrkünsten wird es nicht liegen«, sagte er, und ich schwor, dass ich ein Lächeln heraushörte. Auch wenn ich nichts dergleichen erkennen konnte, weil er das Gesicht nach vorne gewandt hatte.

Die ersten Meter waren ein bisschen holprig, doch dann fand er in einen guten Rhythmus. Ich überwand meine Scheu und legte meine Arme um seine Mitte.

Ich fragte mich, ob es jemals einen Tag gab, einen Moment, an dem ich mich an die Aussicht und die Umgebung von Tursi und der Ferienanlage gewöhnen würde. Es war atemberaubend schön, mit dem Fahrtwind im Gesicht über die Straße zu düsen. Um uns herum die grünen Weinberge, der Lavendel, den ich wie eine Kleinkriminelle gepflückt hatte, und die vereinzelten, schattenspendenden Bäume.

Es hätte nicht viel gefehlt, und ich hätte meine Wange an Dantes breiten Rücken gelegt, so entspannt fühlte ich mich. Fast hatte ich meine Schnüffelei von vorhin vergessen. Ich hätte mich wirklich mehr zusammenreißen sollen. Wenn Dante Informationen zu seiner leiblichen Familie haben wollte, würde er sicherlich jemanden engagieren. Ich sollte einen großen Bogen um dieses Thema machen.

Trotzdem ging mir das Gesicht von Edith nicht aus dem Kopf. Ich hatte sowieso eine blühende Fantasie und keine Schwierigkeiten damit, mir eine komplette herzzerreißende Liebesgeschichte zwischen ihr und Lorenzo einzubilden, die es in der Realität nie gegeben hatte. Es war superwichtig, dass Dante niemals Wind davon bekäme. Er erschien mir nicht wie der Typ Mensch, der es gerne hatte, wenn Fremde sich in seine Angelegenheit einmischten.

Obwohl die Aussicht ein Traum war, kniff ich die Augen

zusammen und gab endlich dem Drang nach, mich an Dante zu lehnen. Am besten war, ich vergaß in den nächsten fünf Minuten alles, was ich zu wissen glaubte, und kümmerte mich einzig um mich selbst.

13

Dante

Sie forderte mich heraus. Mich und meine Selbstbeherrschung.

Niemals zuvor hatte ich geglaubt, dass eine Frau, die von Kopf bis Fuß voller Staub, Dreck und Schweiß war, derart schön sein konnte.

Mir hatte der Atem gestockt, als ich sie auf dem Boden sitzend gesehen hatte. Vollkommen auf ihr Handy fokussiert, was auch immer sie da gelesen hatte. Davor schon hatte sie mich mit dem gemeinsamen Online-Dokument positiv überrascht. Dafür hatte ich mich eigentlich bedanken wollen. Doch sie so zu sehen, mit den Schweißperlen auf der Stirn, ihren schmutzigen Knien und den feuchten Strähnen an ihrer Schläfe klebend … Der Anblick hatte sich in mein Gedächtnis gebrannt.

Und er hatte die Hitze in mir erneut angefacht. Das Feuer, das ich seit unserer ersten Begegnung im Flughafen vergeblich einzudämmen versuchte.

Anstatt ihr für ihren Einsatz zu danken, hatte ich sie zum Essen eingeladen. Weil noch mehr Zweisamkeit ja absolut förderlich für meine fucking Libido war.

Um dem Ganzen dann noch die Sahnehaube aufzusetzen, erlaubte ich ihr, sich wie ein Äffchen an mir festzuklammern, damit ich ihre Brüste an meinem Rücken gepresst spürte. Klar, ich hatte ja bisher auch nicht von ihr geträumt. Was war da ein wenig mehr Körperkontakt?

Um Gottes willen! Ich hasste mich selbst für die masochistische Ader, die ich offenbar entwickelt hatte.

Zum Glück war es nicht weit bis zum Dorf und meine Folter würde schon bald ihr Ende finden.

Sobald wir die ersten Häuser passiert hatten, wuchs jedoch die Beklemmung in meinem Inneren an. Ich weigerte mich allerdings, mich davon kleinkriegen zu lassen. Ich hatte meinem Dad versprochen, dass ich – einmal hergekommen – das Richtige tun würde.

Speranza zu neuem Glanz verhelfen.

Dazu brauchte ich weder den Segen noch die Unterstützung des Dorfes. Sollten sie mir doch schiefe Blicke zuwerfen und mich verfluchen, weil ich sie an den Griesgram erinnerte, mit dem ich bloß das Blut teilte. Wenn sie so engstirnig waren, war das nicht mein Problem.

Es war bereits früher Abend, weshalb längst nicht mehr so viel auf der einzigen Hauptstraße los war. Autos wurden hier nur genutzt, um Einkäufe in Ponte Masone zu erledigen oder um zur Arbeit zu fahren. Deshalb konnte ich mit Cleo auf dem Gepäckträger direkt bis zum Restaurant durchfahren.

Kurz hatte ich mit meiner Entscheidung gerungen, aber ich hatte mich heute ausnahmsweise mal nicht der negativen Aufmerksamkeit aussetzen wollen. Deshalb brachte ich Cleo zum Touristen-Hot-Spot anstatt zu dem Lokal, in dem die meisten Einheimischen speisten. Meiner Meinung nach tat sich nicht sehr viel, was die Kost anging.

Einmal hatte ich es gewagt, mich ins *La Vigna* zu setzen, und es dann sofort bereut. Dass mich die Inhaberin Valentina Dragoni nicht vergiftet hatte, war auch schon alles.

Das Ristorante *Famiglia* wurde zwar auch von einem Einheimischen geführt, aber Ciro Marino ließ mich in Ruhe. Mehr brauchte ich gar nicht.

Wer hätte gedacht, dass es einfacher war, mit problematischen Geschäftsleuten umzugehen als mit einer alteingesessenen Dorfgemeinschaft? Ich jedenfalls nicht, und Isaac fand auch, dass ich maßlos übertrieb. Sollte er sich selbst ein Bild von der Situation machen, wenn er zu Besuch kam.

Ich war froh, dass ich mit ihm zusammen in den USA und nicht hier aufgewachsen war.

Klar, die Natur war atemberaubend schön, und wenn ich junge Leute in meinem Alter sah, fragte ich mich, ob ich mit ihnen in eine Schulklasse gegangen wäre, doch im Großen und Ganzen hätte es für mich nicht besser laufen können.

Warum jedoch fühlte es sich manchmal an, als würde sich während meines Aufenthalts hier eine geheime Sehnsucht erfüllen? Etwas, das ich zuvor niemals hatte benennen können, doch das nun nicht mehr zu ignorieren war?

Ich ließ Cleo zuerst absteigen, als wir das steinerne Gebäude erreicht hatten. Die Laternen waren bereits entzündet, und im offenen Bereich hatten sich mehrere Touristen zum Abendessen zusammengefunden.

»Gibt es einen besonderen Grund, warum wir hier essen?«, fragte Cleo, nachdem ich das Rad abgestellt hatte.

Ich sah sie an, um zu bestimmen, wie verfänglich diese Frage war, doch zu meiner Überraschung glich ihr Gesicht einer unbeteiligten Maske. Obwohl ich sie noch nicht sehr lange kannte, passte das nicht zu ihr. Sie war ein lebensfroher Mensch, der seine Gefühle anderen auf dem Silbertablett servierte.

»Abgesehen davon, dass wir hier etwas essen?«

Wir schritten nebeneinander zu einem freien Tisch vor

einem plätschernden Brunnen. In unregelmäßigen Abständen waren Aschenbecher und Citronella-Kerzen positioniert. Letztere, um Mücken abzuwehren. Sie besaßen die zusätzliche Eigenschaft, dass sie sommerlich gut dufteten.

Cleo deutete mit dem Daumen über ihre Schulter.

»Dahinten liegt doch das *La Vigna*, oder? Zia Magda hat mir erzählt, dass dort die Einheimischen essen gehen, wenn sie nicht zu ihr kommen.«

Ich barg das Gesicht wie ein Feigling hinter der Menükarte. Es war mir fast lieber, wenn wir uns wieder anschwiegen. Aber nur fast.

»Muss ich dir den Grund jetzt wirklich jedes Mal sagen oder kannst du ihn dir merken?«

»Ich hätte dich nicht für jemanden gehalten, der den Kampf scheut«, gab sie spitz zurück.

Ich wagte einen Blick über den Rand der bordeauxfarbenen Karte, die sich leicht klebrig unter meinen Fingern anfühlte. Cleo hatte sich jedoch ins Menü vertieft und sah mich gar nicht an.

»Ich bin nicht nach Tursi gekommen, um zu kämpfen«, sagte ich dennoch.

»Sondern?«

»Nichts sondern.«

Wir bestellten wenig später bei Leonardo, dem gerade einmal neunzehnjährigen Kellner, der es faustdick hinter den Ohren hatte. Nur weil niemand mit mir redete, bedeutete das nicht, dass ich keine Gespräche aufschnappte. Wenn Leonardo nicht gerade mit der anderen Kellnerin Fernanda rummachte, verstand er sich darauf, gegen Jünglinge aus Ponte Masone in den Krieg zu ziehen. Als wären die Teenager in Tursi besser als anderswo.

Cleo hatte sich von ihm eine Empfehlung geben lassen und

sich für Tagliatelle al ragù entschieden, während ich Leonardos Gaumen nicht traute. Das Piccata Milanese hatte mir das letzte Mal so gut geschmeckt, dass ich damit sicher auch heute nichts falsch machte. Das knusprig gebratene Kalbsschnitzel mit einer grandiosen Parmesanpanade ließ nicht lange auf sich warten. Allein der aufsteigende Duft ließ mir das Wasser im Mund zusammenlaufen.

Wir hatten gerade schweigend zu essen begonnen, als Cleos Handy vibrierte. Sie hatte es neben ihrem Teller abgelegt, sodass ich die Caller-ID sehen konnte. *Mom*, stand da.

Cleo drückte den Anruf weg und aß nach einem prüfenden Blick auf mich weiter. Wenn ich jemals den Anruf meiner Mutter ablehnte, würde sie mir die Ohren lang ziehen. Aber Cleo hatte bereits erwähnt, dass das Verhältnis zu ihrer Familie schwierig war.

»Es schmeckt wirklich gut. Willst du mal kosten?«, fragte sie, weil sie meine Skepsis zuvor durchaus bemerkt hatte. Ihr entging wohl nur selten etwas.

»Danke, ich vertraue dir da.«

Sie zuckte mit den Schultern und nahm die für mich bestimmte Gabel in den Mund. Daraufhin schloss sie die Augen und stöhnte genüsslich auf.

Meine Finger krampften sich um mein eigenes Besteck zusammen. Ich zwang mich, auf meinen Teller zu sehen.

Reiß dich zusammen, flehte ich mich selbst an. *Deine Selbstbeherrschung ist weitaus stärker, als du denkst.* Wenn das doch nur die Wahrheit wäre!

Aber zu meiner überaus großen Freude würde Cleo niemals etwas zwischen uns zulassen. Sie hegte nach meinem peinlichen Verhalten heute eine große Abneigung gegen mich. Das machte alles sicherer.

Es tat mir zwar leid, wie ich mich gezeigt hatte, aber wenn

es mir half, meinen Schwanz in der Hose zu lassen, umso besser!

Zehn Minuten später – ich hatte uns bereits einen Wein bestellt – klingelte ihr Handy erneut. Dieses Mal war es jemand mit dem Namen Alba. Hatte sie nicht Schwestern erwähnt? Oder war es eine Freundin?

»Sorry«, entschuldigte sich Cleo, bevor sie den Anruf annahm. Ein Videocall, wie es schien, da sie das Handy von sich streckte und ein gekünsteltes Lächeln aufsetzte. Wow! Wie sie sich innerhalb von zwei Sekunden verändern konnte!

Nicht nur ihr Lächeln, auch ihre Körperhaltung war eine andere. Statt wie bisher entspannt zu sein, strahlte sie nun Angst und Gereiztheit aus.

»Hey, Alba«, begrüßte Cleo die Anruferin. »Oh, hey, Blanca.«

Alba, Blanca und Cleo? Das waren mit Sicherheit drei Schwestern.

»Wo bist du gerade?«, fragte eine von ihnen, ohne Cleo zu begrüßen. Hatten sie es eilig?

»In einem Ristorante. Zum Abendessen«, sagte Cleo kleinlaut.

»Mit Oliver?«, fragte die zweite Person. Das war vielleicht Blanca. Sie klang jünger, was auch nur Einbildung sein konnte.

»Äh, nein, er …« Röte stieg ihr in die Wangen, und ihr Blick wanderte kurz zu mir. Ich versuchte, möglichst unbeteiligt wirkend meinen Teller zu leeren. Aber wer war Oliver? Ihr Ex, der sie sitzen gelassen hatte? »Er wollte sich heute noch etwas anderes ansehen, aber ich war zu kaputt.«

»Schade.« Ich konnte mir fast vorstellen, wie Blanca schmollte. Ernsthaft? Sie konnte nicht mal vor ihrer Schwester verschleiern, dass sie Oliver gut fand? »Hier ist gerade super viel los in der Firma. Dad spricht schon die ganze Zeit davon, wie du Alba zuarbeiten kannst, wenn du wieder da bist.«

»Ah«, war Cleos wenig aufschlussreicher Kommentar. »Schön, dass Dad so begeistert ist.«

»Was trägst du da eigentlich? Ist das Schmutz auf deinem T-Shirt?« Albas Stimme ging mit jedem Wort eine Nuance höher. Nicht mehr viel und ich hätte mir die Ohren zuhalten müssen. »Das sieht ja furchtbar aus. Cleo, wie kannst du so rausgehen? Und hast du noch nie was von Sonnenschutz gehört?«

»Und wenn schon?« Trotz ihrer Gegenfrage wischte sie sich mit dem Finger über den Kragen ihres T-Shirts. Sie hatte nie perfekter ausgesehen. Warum hörte sie auf ihre Schwestern?

»Und wenn schon?«, echote Alba. »Du repräsentierst unsere Familie. Auch in Italien. Vergiss das nicht.«

»Als ob ich das jemals tun könnte.« Ein Augenverdrehen hätte dazu gepasst, doch Cleos Rebellion hatte ihre Grenzen. »Ich muss jetzt Schluss machen. Oliver ist bestimmt gleich da.«

»Ich dachte, er ist …«

»Hab euch lieb!«, unterbrach Cleo sie und beendete den Anruf. Ein lautes Seufzen entfloh ihren perfekt geschwungenen Lippen, ehe sie das Handy zur Seite legte. Es vibrierte noch ein paar Mal und mehrere Nachrichten erschienen auf dem Display. Ich sah nicht lange genug hin, um sie lesen zu können. »Sorry, ich wollte dich nicht beim Essen stören.«

»Hast du nicht«, beeilte ich mich zu sagen, weil sie mit Schwestern wie denen schon genug geplagt war.

Sie sah von ihrem Handgelenk, das sie sich wieder gerieben hatte, zu mir. Unsicherheit hatte sich in ihren Züge festgesetzt. Ich hasste es, dass ihre Schwestern diese Art von Macht über sie besaßen und ganz offensichtlich ausnutzten.

»Willst du noch Nachtisch?«, fragte ich nach einer Weile, als sie weder ihr Essen noch den Wein angerührt hatte.

Kopfschüttelnd zwang sie sich zu einem zittrigen Lächeln. Ganz offensichtlich war sie mit den Gedanken woanders.

»Okay, willst du schon zum Fahrrad gehen? Ich bezahle.«

»Danke.«

Kein spitzer Kommentar darüber, dass ich sie aushielt – was ja schließlich unsere Abmachung beinhaltete –, oder eine andere scharfe Aussage. Sie war nicht bei sich.

Nachdem ich Leonardo ausnahmsweise ein ordentliches Trinkgeld gegeben hatte, kehrte ich zu Cleo zurück. Wir beide fühlten uns nicht danach, den Berg hochzufahren. Deshalb schob ich das Rad zwischen ihr und mir. Es schien eine angemessene Barriere zu sein für meine körperliche Reaktion auf sie. Körperlich und absolut unangemessen.

Leider weitete sich die Barriere nicht auf meine Gedanken aus. Nach der Hälfte des Weges konnte ich meinen Mund nicht mehr halten.

»Ich würde dich gern etwas fragen, aber dir steht es natürlich frei, nicht zu antworten«, sagte ich.

Sie schritt scheinbar entspannt neben mir. Die Hände in ihrem Rücken verschränkt und den Blick gen Boden gerichtet.

»Hört sich ominös an, aber okay.« Immerhin entlockte ich ihr ein leises Lachen. »Wahrscheinlich wird es mir nicht gefallen, oder?«

Ich blieb stehen und wartete, bis sie es mir nachgetan hatte. Diese Art von Unterhaltung sollte man besser nicht im Gehen führen. Außerdem wollte ich, dass sie mein Gesicht lesen konnte. Selbst wenn die wenigen Lichtstrahlen kaum noch ausreichten, um viel zu sehen.

»Hat dich dein Ex verletzt? Emotional?« Ich schluckte. »Körperlich?«

Sie zeigte mir nicht, ob sie überrascht war. Schweigend rieb sie mit der Sohle über die kleinen Kieselsteine.

»Würde mich das schwach machen?«, fragte sie dann, als ich schon fast den Klang ihrer Stimme vergessen hatte. Die Zikaden hatten derweil die angespannte Stille mit ihrem Orchester gefüllt.

»Warum ... Wie kommst du auf so einen absurden Gedanken?«

Endlich fing sie meinen Blick auf. Ich wartete. Ließ ihr Zeit, meine Aufrichtigkeit und meine Geduld zu erkennen, bis sie ihre Ellbogen umfasste und die Straße entlang sah.

»Vergiss das. Und ja, hat er. Aber ich habe ihn nicht verlassen«, fügte sie noch hinzu, ehe sie tief Luft holte. »Stattdessen wurde *ich* verlassen. Traurig, oder? Erbärmlich.«

Das Rad war immer noch zwischen uns. Zum Glück. Denn sonst hätte ich die drei Schritte auf mich genommen und sie an mich gedrückt. Sie getröstet und festgehalten, bis sie mir glaubte, dass nichts davon ihre Schuld war.

In der Realität stand das Fahrrad aber da, und ich blieb wie angewurzelt stehen.

»Nichts davon«, sagte ich rau, weil ich so eine unbändige Wut verspürte wie noch nie zuvor in meinem Leben. Was kurios war, denn ihre Geschichte unterschied sich gar nicht so sehr von der meiner Ex Ava. Aber mein Mitleid für sie hatte sich mit der Zeit verflüchtigt. Und Wut trug ich keine in mir. »Ich bin bloß froh, dass er dich nicht mehr verletzen kann.«

Sie blinzelte. Es wirkte fast, als kostete es sie Überwindung, wieder in meine Richtung zu sehen. »Das bist du wirklich, oder? Froh? Für mich?«

Weil ich nicht wusste, was ich darauf erwidern konnte, nickte ich einfach.

14

Cleo

Die folgenden Tage gingen fließend ineinander über. Es hatte sich eine gewisse Routine zwischen Dante und mir entwickelt, die ich zu schätzen wusste. Gleichzeitig war dadurch eine Distanz entstanden, vor der ich zurückschreckte. Wir befanden uns in einer Art Limbo. Für den Moment war dies in Ordnung, schließlich waren wir Boss und Angestellte, doch würde das auch auf Dauer gut gehen?

Ich spürte in mir den Drang aufkommen, mich ihm zu öffnen. Den ersten Schritt zu machen und eine Freundschaft zwischen uns zuzulassen.

Die Frage war bloß, ob ich dort anhalten könnte. Meine nicht unerhebliche körperliche Reaktion auf ihn würde mit der Nähe nur weiter anwachsen. Und dann müsste ich diesen Job hier kündigen, weil er entweder nicht genauso empfand oder weil er es tat, doch eine Affäre nicht vernünftig wäre.

Auch wenn er so verdammt heiß war.

Gott, vor allem in seinem Arbeitsaufzug und wenn der Schweiß von seiner Stirn perlte. Manchmal nahm ich mein Pausengetränk draußen ein, nur um ihn dabei zu beobachten, wie er Hauswände demolierte oder neuen Boden verlegte.

Als ich Summer davon erzählt hatte, hatte sie mich ausgelacht.

»Ich gebe dir eine Woche. Dann habt ihr euch gegenseitig die Kleider vom Leib gerissen«, war ihr darauffolgender Kommentar gewesen, den ich geflissentlich ignoriert hatte.

Abgesehen von der ständigen Versuchung, die er für mich darstellte, hatte ich allerhand zu tun. Die Liste wurde mit der Zeit länger und nicht kürzer, weil ich es richtig machen wollte.

Dante hatte vielleicht vor, diese Ferienanlage an den erstbesten Interessenten zu verkaufen, doch ich wollte sie mit Liebe zum Detail gestalten. Dementsprechend k. o. war ich jeden Abend. Manchmal konnte ich nicht mal mehr beim Essen die Augen aufhalten.

Obwohl ich keine gute Köchin war, hatte ich mir von Zia Magda ein paar Rezepte geben lassen, die leicht und vor allem schnell zuzubereiten waren. Sie hatte zwar bei meinem kurzen Besuch erneut betont, dass ich auch für sie arbeiten könnte, aber nach meiner klaren Abfuhr fragte sie nicht erneut.

Dante hatte mir gesagt, dass Kochen nicht meine Aufgabe wäre. Das war nett von ihm, trotzdem war es etwas, das mir nicht viel abverlangte, uns aber beiden einen guten Abschluss des Tages brachte.

Es war zu einer Art Ritual geworden, uns anschließend in den Hof zu setzen, den Sonnenuntergang bei einem Glas Wein zu genießen und zu schweigen. Weder er noch ich hatten Oliver noch einmal erwähnt. Ich hatte auch nicht mehr versucht, ihn zu erreichen, und hoffte, ich würde ihn einfach nie wiedersehen.

Heute war ich ziemlich fertig gewesen von der Heidenarbeit im Haupthaus. Im südlichen Teil hatte ich sämtliche Böden mit dem Hochdruckreiniger geschrubbt und anschließend glänzend poliert. Mein Rücken peinigte mich so, dass ich keine gemütliche Liegeposition finden konnte.

Seit Stunden wälzte ich mich von einer Seite auf die andere, ohne auch nur in die Nähe von Schlaf zu kommen.

Frustriert legte ich mich auf den Rücken und pustete mir eine Haarsträhne aus dem Gesicht. Dann konnte ich genauso gut Summer anrufen. Sie war sowieso eine Nachteule und telefonierte lieber dann mit mir, wenn ich normalerweise schlafen wollte.

Als ich gerade nach meinem Handy griff, vernahm ich jedoch einen lauten, durchdringenden Schrei.

Sofort richtete ich mich kerzengerade im Bett auf und spitzte die Ohren.

Der Schrei ertönte erneut. Es schien, als käme er draußen vom Brunnenhof. Ich hatte die Fenster geöffnet, weshalb ich mir eigentlich sicher war.

Nicht länger zögernd, zog ich den Morgenmantel über und schlüpfte in meine Flipflops. Mein Handy nahm ich sicherheitshalber mit. Als Lichtquelle und für den Fall, dass ich den Notruf wählen musste.

Oder war es wieder ein Spuk, den es Dantes Meinung nach gar nicht gab?

Ich würde es herausfinden. Wenn es so war, dann musste auch er endlich einlenken und einen Schamanen oder dergleichen holen.

Nicht, dass ich wirklich an Geister glaubte, aber sicher konnte es nicht schaden ...

Im Haus selbst war es ruhig. Abgesehen vom Knarzen und Knirschen des Holzes. Der Brunnenhof war nur von einer einzigen Laterne beleuchtet, die an der Wand neben dem Eingang zum Haupthaus angebracht war.

Suchend blickte ich mich um. So groß war der Hof nicht,

dass sich hier jemand versteckt halten könnte. Vielleicht ein Kind hinter den Terrakotta-Blumenkübeln, aber das war sehr unwahrscheinlich.

Nachdem ich den Hof einmal abgelaufen war und sogar einen Blick auf die Straße geworfen und nichts gesehen hatte, entschied ich, dass mir das Haus bestimmt wieder einen Streich gespielt hatte.

Ich wandte mich bereits zum Gehen, als der Schrei nochmals ertönte. Dieses Mal hörte ich allerdings etwas, das ich zuvor nicht wahrgenommen hatte, und nach einer weiteren gründlichen Suche fand ich die trächtige Katze zwischen Wand und Blumenkübel an der linken Seite des Hauses.

Sie war schwarz wie die Nacht, hatte jedoch einen weißen Kragen und weiße Pfoten. Große gelbe Augen, die an eine Eule erinnerten, blickten zu mir hoch, als sich ein weiterer Schrei gepaart mit einem Maunzen aus ihrer Kehle löste. Ihr Körper wölbte sich, doch noch hatte sie kein Kitten geworfen.

»Hey du«, begrüßte ich sie leise und ging mit Abstand in die Hocke, um sie nicht zu verschrecken. Sie hatte sich ein kleines Nest gebaut aus einem alten T-Shirt, Blättern und Erde. »Du machst das gut.«

»Cleo?«

Ich hatte Dante nicht gehört und erschreckte über sein plötzliches Auftauchen. Wenig überraschend fiel ich auf meinen Hintern.

»Oh, sorry. Hier, nimm meine Hand.« Er beugte sich zu mir runter, mit ausgestreckter Hand, die ich nur anstarren konnte.

Es war keine gute Idee, sie anzunehmen. Trotzdem konnte ich mich selbst nicht davon abhalten.

Als meine Hand in seine glitt, vergaß ich kurzzeitig, warum ich es getan hatte.

Mit einem Ruck stand ich wieder aufrecht. Einen Moment länger als notwendig hielt er mich fest, ehe er an mir vorbeitrat.

»Ist es das, was ich denke?«, fragte er. »Eben noch war ich sicher, hier draußen wird jemand abgeschlachtet.«

»Sie wird in den nächsten Stunden Mama«, sagte ich leise. Ich schlang die Arme schützend um meine Mitte. Wie traurig es war, dass die Katze kein richtiges Zuhause hatte. Oder war dies ihr Zuhause? Hatte sie Dantes Großvater gehört?

Dante betrachtete die Katze weiterhin skeptisch, als wäre sie ein kompliziertes Problem. Irgendwann erlöste ich ihn von seinen Anstrengungen und legte eine Hand auf seinen Unterarm.

»Keine Sorge, es wird ihr gut gehen. Sie hat sich diesen Platz ausgesucht, weil sie sich hier sicher fühlt«, sagte ich mit mehr Zuversicht, als ich eigentlich empfand.

»Sicher? Sie versteckt sich wortwörtlich hinter einem Blumenkübel«, gab er zurück.

»Wenn du dich so sorgst, kannst du ihr ja eine Kiste mit Decken in die Nähe stellen. Ich hole eine Schüssel Wasser«, verkündete ich und ging in die Küche, ohne seine Antwort abzuwarten.

Als ich wenig später zurückkehrte, hatte Dante tatsächlich auf meinen Vorschlag hin Taten folgen lassen. Er hatte eine Plastikkiste mit einer roten Decke ausgelegt und vorne ein Loch mit dem Cuttermesser geschnitten, damit der Deckel geschlossen bleiben konnte.

Wir stellten Kiste und Schüssel mit ein wenig Abstand auf den Boden, damit die Katze selbst entscheiden konnte, ob sie beides annahm. Vielleicht gefiel es ihr ja wirklich zwischen Kübel und Wand …

»Das sollte reichen«, sagte ich und klopfte meine Hände ab,

obwohl sie nicht schmutzig waren. Da fiel mir ein, dass ich mein Handy in der Küche liegen gelassen hatte. Als ich mich zum Gehen wandte, hielt mich Dante mit einem Räuspern zurück.

Ich drehte meinen Kopf in seine Richtung. Es war das erste Mal in dieser Nacht, dass ich mir erlaubte, ihn richtig anzusehen.

Sein verwuscheltes Haar, die steingrauen Augen, die in der Dunkelheit schwarz wirkten, und der Dreitagebart ließen ihn verwegen wirken. Einzig das freundliche Kräuseln seiner Mundwinkel sowie das schlaftrunkene Aussehen gaben ihm etwas Nahbares. Neben einem grauen T-Shirt trug er dunkle Shorts und Sneaker, in die er nach dem Aufwachen ohne Socken geschlüpft war.

»Ja?«

»Falls du noch nicht sofort wieder schlafen gehen willst, wie wäre es mit einem Glas Wein?«, fragte er leise, aber bestimmt. Fast hatte er mich glauben lassen, dass keine Unsicherheiten in ihm existierten. Doch das stimmte nicht. Ich kannte ihn besser. Auch wenn er nicht mit mir darüber reden wollte, verunsicherten ihn seine leiblichen Eltern. Seine Vergangenheit in New York.

»Hört sich gut an«, sagte ich, bevor ich darüber nachdenken konnte, dass das ganz sicher *keine* gute Idee war. Hatte ich mir nicht vorgenommen, Abstand zu wahren? Ein falscher Blick, ein falsches Wort, und ich würde wie Wachs in seinen Händen zerfließen.

Trotzdem fand ich mich fünf Minuten später mit ihm im Hof sitzend und in die lauwarme Nacht hinausblickend. Dieses Mal hatte Dante einen *Lugana I Frati* aufgetrieben. Frisch, würzig und doch fruchtig, passte der Wein perfekt zum Ende eines anstrengenden Tages.

Wir hatten zwei Stühle an den Rand der Terrasse geschoben, sodass wir immer noch unter den Weinranken saßen, jedoch direkt ins Tal hinunterschauen konnten. Eine einzelne Kerze auf dem Beistelltisch neben uns bot ausreichend Licht. Noch mehr und es würde unsere Stimmung zerstören. Und die Stimmung fühlte sich besonders an in dieser Nacht. Trügerisch gar, als wären Dante und ich schon eine Ewigkeit Freunde, die sich zusammengefunden hatten, um von den Lebensjahren zu sprechen, die man getrennt verbracht hatte. Die Vertrautheit zwischen uns war eigentlich eine Lüge, die wir aber im Hier und Jetzt mit falschen Worten und Empfindungen fütterten.

Ich wusste, warum ich an dieser Illusion festhielt. Denn im Innersten war mir längst bewusst, dass ich mich über das Körperliche hinaus zu Dante hingezogen fühlte. Mir war nur nicht klar, warum er meine Nähe suchte.

Die Vorstellung, dass es ihm wie mir gehen könnte, war gefährlich.

»Hast du vor meinem Auftauchen jede Nacht allein hier gesessen?«, fragte ich, als mir die Stille zu drückend wurde. Immerhin mussten wir einander nicht ansehen, weil die Aussicht so einnehmend war. Bei der Schönheit war es schwierig, den Blick weiter wandern zu lassen.

»Möglich«, gestand er mit einem Achselzucken. »Schlaf kommt nicht einfach, wenn man abrupt sein Zuhause verlässt und allein mitten im Nirgendwo neu anfangen soll.«

Anders als während meiner ersten Nacht hier, als er mich mit einer Floskel zu diesem Thema abgespeist hatte, ließ er mich jetzt ein. Er hatte genug Vertrauen zu mir gefasst, um mir gegenüber Schwächen einzugestehen.

»Aber ein richtiger Neuanfang ist es nicht, oder? Du willst die Anlage ja verkaufen und zurückkehren. Erscheint mir dann eher wie eine Pause.«

Mit einem verlängerten Schweigen als Antwort ließ er mich ganz schön zappeln. Ich hatte bereits begonnen, an meiner eigenen Aussage zu zweifeln, als er endlich seine raue Stimme erhob.

»Nur weil man ein Vorhaben verfolgt, heißt das nicht, dass es genauso ablaufen wird. Nur weil ich nach drei Monaten wieder nach New York zurückkehren will, heißt das nicht, dass es so geschehen wird. Manchmal muss man sich selbst belügen, um durchzuhalten.«

So hatte ich das noch nie betrachtet. Es hallte aus einem unspezifischen Grund in mir wider. Hatte auch ich mich in der Vergangenheit unbeabsichtigt selbst belogen, um weitermachen zu können? In Bezug auf meine Familie hatte ich wahrscheinlich schon jede Überlebensstrategie angewandt, die es gab. Mit Sicherheit auch diese, selbst wenn mir jetzt keine bestimmte Gegebenheit einfallen wollte.

»Also gibt es durchaus die Option des Bleibens? Wenn du nicht nach drei Monaten zurückgehen kannst, würdest du die Anlage dann behalten?«

Er gluckste. »Was liegt dir plötzlich so viel an Speranza?«

Ich nippte an meinem Glas, ehe ich es zur Seite stellte und die Hände im Schoß verschränkte. Obwohl ich nicht mehr als mein Nachthemd und den Morgenmantel trug, war mir nicht kalt. Vor Dante fühlte ich mich trotz des Ausschnitts und meiner nackten Beine auch nicht entblößt. Das Gegenteil war der Fall. Bei jedem seiner kurzen Blicke spürte ich die verräterische Hitze in mir aufwallen, und ich musste die Beine anders übereinanderschlagen, weil ich nicht mehr still sitzen bleiben konnte.

»Je mehr Arbeit ich hier reinstecke, desto mehr gefällt es mir«, sagte ich langsam, weil ich noch währenddessen meine Gedanken sortieren musste. Es war neu für mich, meine Meinung zu mir wichtigen Themen zu äußern, weil abgesehen von Summer nie jemand danach fragte. Und wenn doch, so wurde meine Meinung stets als etwas Unwichtiges abgeschmettert. Irgendwann hatte ich dann aufgegeben, etwas zu sagen, das von den Ansichten meiner Familie abwich. »Ich weiß nicht, ob es bloß deshalb ist, weil ich ein Teil von mir darin sehe und weniger dieses abstrakte Gebäudechaos deiner Großeltern. Aber ich glaube, du kannst hier etwas Großartiges schaffen und solltest es nicht einfach wegwerfen.«

»Hmpf«, brummte er und kreuzte die Knöchel seiner ausgestreckten Beine. Bei allem, was er tat, schien er Größe und Kraft auszustrahlen. Auch wenn er kein Profisportler war, so wirkte er stets athletisch und geschickt. Es imponierte mir im gleichen Maß, wie es mir Angst machte. »Vielleicht solltest du mir dann ein unschlagbares Angebot machen.«

Ich lachte trocken auf. »Selbst wenn ich dazu das nötige Kleingeld aufbringen könnte, würde ich die Anlage niemals führen können.«

»Warum nicht? Weil du Psychologie studiert hast?«

Ich fühlte mich geschmeichelt, dass er sich noch an meinen Studiengang erinnern konnte. Da merkte ich wieder, wie niedrig ich meine Messlatte über die Jahre angelegt hatte, wenn mich schon das beeindruckte.

»Ich habe so etwas noch nie gemacht. Das erscheint mir als ein zu großes Projekt, um damit allein fertigzuwerden«, gab ich zu. Zum ersten Mal schämte ich mich nicht, zuzugeben, dass ich etwas nicht konnte.

»Nur weil du die Besitzerin wärst, würde das nicht bedeuten, dass du alles allein tun musst«, entgegnete er entspannt. »Aber du könntest das Geschäft nach deinen Vorstellungen kreieren. Reizt dich das nicht?«

Langsam wandte ich meinen Blick wieder von seiner Silhouette zum Tal. Ich musste es tun, weil es mir mit jeder Sekunde schwerer gefallen wäre. Er übte einen fast übernatürlichen Sog auf mich aus.

»Natürlich. Aber die Verantwortung macht mir mehr Angst. Ich bin beeindruckt davon, wie du es geschafft hast, in so jungen Jahren ein Geschäft aus dem Nichts hochzuziehen, doch ich würde das nicht schaffen.« So viel stand fest.

Ich spürte mehr, als dass ich es sah, wie er mir einen Seitenblick zuwarf. »Alles nur Ausreden. Du hast den Grips, die Stärke und den Ehrgeiz. Wenn du mal mehr auf dich selbst anstatt auf alle anderen hören würdest, dann wärst du schon viel weiter im Leben.«

Sofort versteifte ich mich.

So gut, wie er sich an meinen Studiengang erinnern konnte, hatte er mein Telefonat mit meinen Schwestern im Gedächtnis. Er hatte genau erkannt, was für eine schwache Person ich war.

»Ich bin gut da, wo ich jetzt bin«, erwiderte ich scharf. »Und im Endeffekt sitzen wir im gleichen Boot. Nur dass ich nicht das Geld für eine Ferienanlage in Italien hatte und nicht von toxischen Fans gejagt werde.«

Elegant und gefährlich wie eine Wildkatze zog er seine Beine an und setzte sich gerade hin. Er wartete, bis ich seinen Blick erwiderte, was mich ein paar Sekunden kostete. Ich würde meine Worte nicht zurücknehmen, doch ich brauchte schon etwas Mut, um mir die kommende Klatsche abzuholen.

»Wir sitzen nicht im selben Boot«, sagte er leise, während sich sein Blick in meinen bohrte. Ich ballte die Hände zu Fäusten und weigerte mich strikt, wegzuschauen. Nur weil ihm meine Meinung nicht passte, musste ich sie nicht revidieren. Das hatte ich bei meinen Ex-Freunden oft genug getan. Damit war Schluss. »Ich musste gehen, um meine Familie zu schützen. Du bist gegangen, um dich gegen deine aufzulehnen.«

Wie konnte es sein, dass er mich bereits dermaßen gut durchschaut hatte? Hatte ich ihm – ohne es zu realisieren – so viel preisgegeben? Oder war er bloß überdurchschnittlich aufmerksam? Nicht mal Oliver hätte die Spannungen zwischen meiner Familie und mir mitbekommen, wenn ich ihn nicht mit der Nase drauf gestoßen hätte.

»Du weißt rein gar nichts«, presste ich wenig eindrucksvoll hervor.

Er hob die Brauen. »Weil du ja so allwissend bist.«

»Immerhin ist allen klar, dass du zu feige bist, mehr über deine leiblichen Eltern zu erfahren. Mehr über deine Großeltern zu erfahren, obwohl du dreist genug bist, diese Ferienanlage als Erbe anzunehmen«, schoss ich zurück. Damit traf ich genau ins Schwarze. Selbst in der Dunkelheit konnte ich deutlich erkennen, wie die Farbe sein Gesicht verließ. Noch immer mit geballten Fäusten stand ich auf. Meine Atmung ging stoßweise, so sehr hatte ich mich reingesteigert. »Ich bin hier, weil Nonna die Einzige ist, die je an mich geglaubt hat. Und sie hat gesagt, ich finde hier, wonach ich suche. Vielleicht ist das ein Pluspunkt, dass ich meine Schwestern nicht um mich habe, aber wenn ich hätte fliehen wollen, wäre das längst passiert.«

Auch Dante erhob sich nun mit gefährlicher Langsamkeit. Dabei ließ er nicht für eine Sekunde mit seinem Blick von mir ab.

»Wer bist du, darüber zu urteilen, was ich erfahren möchte und was nicht?« Seine Stimme war so leise, dass sie einem eiskalten Windhauch glich, nur bedrohlicher. »Sie haben mich abgegeben, ohne auf mich Rücksicht zu nehmen. Ohne eine Nachricht zu hinterlassen. Und plötzlich stehe ich in ihrem Testament? Soll erst dann zurückkehren, wenn ich sie nicht mehr anklagen kann? So jemand Feiges will ich nicht kennen. Auch nicht im Nachhinein. Ich will absolut nichts von ihnen wissen, damit das klar ist. Du kannst dich also ganz schnell von deinen romantisierten Vorstellungen von einer Zusammenführung von Vater und Sohn verabschieden.«

Ich wich zurück. »Was meinst du?«

»Glaubst du, mir wäre der Stapel Fotos entgangen? Der eingekreiste Junge auf dem Foto?« Er beugte sich zu mir hinab, sodass ich das Grau seiner Augen erkennen konnte sowie die einzelnen Sommersprossen auf seinem Nasenrücken. Unwillkürlich blickte ich auf seine Lippen herab, ehe ich mich davon abhalten konnte. »Lass es sein, Cleo. Das ist meine einzige Warnung.«

Meine Wangen fühlten sich heiß an. Er hatte recht. Mich hatten die Fotos aus der Schublade nicht in Ruhe gelassen, und ich hatte weitere Recherche betrieben, was ich ohne seine Erlaubnis nicht hätte tun sollen. Obwohl er es herausgefunden hatte, hatte er bis zu diesem Zeitpunkt nichts gesagt. Warum nicht? Aus Höflichkeit? Hatte er sich erhofft, dass ich von allein aufhören würde?

»Es ... tut mir leid«, brachte ich hervor, ohne dass meine Stimme zitterte. Ich gab dem Sturm in meinem Inneren keinen Ausdruck und löste sogar meine Fäuste, während mein Blick weiter an Dantes Lippen haften blieb.

War es falsch von mir, gerade in diesem Moment darüber nachzudenken, wie es wäre, ihn zu küssen? Wie es sich anfühlen würde, von ihm in den Stuhl gepresst und gekostet zu werden? Seine schwieligen Hände auf der Innenseite meiner Schenkel und ...

Als ich in seine Augen sah, überkam mich ein warmer Schauer. Das Verlangen, das in mir aufgewallt war, fand sich darin gespiegelt. Sein Blick schien alles in mir zu verbrennen, und der Abstand zwischen uns war nun verschwindend gering. Doch wer ihn verringert hatte, konnte ich nicht sagen.

Ich leckte mir über die Lippen und wusste dieses Mal genau, was ich tat. Ich wollte unser Wortgefecht gegen eines auf körperlicher Ebene eintauschen. Ich wollte Dante so zum Brennen bringen, wie er es bei mir tat.

Mein Bauch kribbelte voller Erwartung eines Kusses, von dem ich mir sicher war, ihn mehr zu spüren als alle zuvor. Die Vorfreude war schon fast zu viel. Wie sollte ich mehr ertragen? Wie sollte ich Haut an Haut bewältigen?

Fast war ich sicher, dass wir der gegenseitigen Anziehung nicht mehr entfliehen konnten, als einen Moment später ein Schrei ertönte, der uns prompt auseinanderfahren ließ.

Erschrocken sah ich von ihm zum Haus und wieder zu ihm zurück.

Das war definitiv nicht von einer Katze gekommen.

15

Cleo

»Was zur Hölle ...?« Ich folgte einem fluchenden Dante ins Haus. Wir nahmen den Eingang, der in den hinteren Teil führte. Dort, wo ich das Gespenst gesehen hatte und wo der Schrei hergekommen zu sein schien.

Dante hielt sein Handy als Taschenlampe vor sich, nachdem – wenig überraschend – die Sicherung wieder rausgesprungen war. Das konnte doch kein Zufall mehr sein.

Bedeutete das, dass es wirklich Gespenster gab? Dass die Ferienanlage von bösen Geistern heimgesucht wurde?

Völliger Quatsch. Dante hatte recht. Für alles gab es eine rationale Erklärung.

Wieder standen wir in dem Flur mit der Treppe. Wieder flackerte vor uns ein grünliches Licht, und wieder sah ich die hellblauen Augen in dem weißen Gesicht. Wehende weiße Umrisse, die mit einem Mal verschwanden, als sowohl das grüne Licht gelöscht wurde als auch das seltsame Stöhnen endete, das ich eben erst wahrgenommen hatte.

Dann fand ich die Silhouette in der Dunkelheit, weil sich meine Augen schneller an den Lichtmangel gewöhnt hatten. Auch Dante hatte sein Ziel fixiert und rannte ihm erneut auf der Treppe nach.

In der einen Hand hielt er sein Handy, mit der anderen hatte er sich von der Wand einen Besen gegriffen.

Ich war viel zu müde, um mich an der Verfolgungsjagd zu beteiligen. Außerdem wollte ich mir nicht versehentlich doch noch ein Bein brechen. Deshalb eilte ich mit gedrosselter Geschwindigkeit hinterher.

Meine Furcht war vollkommen verpufft. Dante hatte recht gehabt. Unter dem Bettlaken hatten Turnschuhe hervorgeblitzt. Kein Geist.

Er gab erst auf, unseren Eindringling einholen zu wollen, als er in der Einfahrt vor dem Carport angekommen war. Vor uns breitete sich eine weite zugewachsene Fläche aus. Wildreben gemischt mit vereinzelten Bäumen und Sträuchern.

Ich stellte mich mit verschränkten Armen neben meinen Boss und unterdrückte ein Schmunzeln. Ein Gutes hatte diese Ablenkung ja, der Streit und die Hitze waren vorerst in Vergessenheit geraten.

Atemlos drehte sich Dante zu mir um. Das Licht vom Handy zeigte auf den Boden zwischen uns und reichte aus, den Unmut in seinem Gesicht erkennen zu können.

Den Besen hatte er irgendwo verloren, da er mit der anderen, nunmehr freien Hand in Richtung Sträucher zeigte.

»Das sind die Dorfbewohner«, erklärte er, um Gelassenheit bemüht, doch seine Nasenflügel bebten. Wenn es eines gab, das Dante Marinotti nicht gewohnt war, dann, dass sich Menschen gegen ihn auflehnten und zu gewinnen schienen. Es ging ihm unter die Haut und er hasste diese Tatsache ganz offensichtlich.

»Keine Geister?«, fragte ich nüchtern.

»Ist das dein Ernst? Hast du nicht …«

»Natürlich habe ich die Turnschuhe bemerkt. Okay, es sind die Dorfbewohner, die sich einen Scherz erlauben. Na und? Lass uns reingehen und das Licht anschalten«, schlug ich vor.

Ich wandte mich bereits zum Gehen, als mein Blick von seiner ausgestreckten Hand angezogen wurde. Blutige Kratzer zogen sich über die Handfläche. »Was ist passiert?«

Einzig die Frage konnte ihn von seiner Frustration ablenken. Ratlos folgte er meinem Blick, um die Hand dann näher zu untersuchen.

»Muss irgendwo hängen geblieben sein.«

»Komm: Licht, Wunde reinigen, Bett«, sagte ich knapp, um ihn endlich dazu zu bewegen, mit mir zu kommen. Es war zwar nicht kalt, dafür hatten der Wein und die sexuelle Spannung gesorgt, doch es war mir etwas unheimlich, hier draußen stehen zu bleiben.

Er grummelte etwas, folgte mir aber schließlich.

Wenig später fanden wir uns in der beleuchteten Küche wieder. Dieses Mal konnte ich mich ganz allein um die Sicherung kümmern, was mich stolz machte. Das war für jeden anderen keine große Sache, aber ich wollte mich als nützlich erweisen, und so fühlte es sich heute an.

Dante hatte sich widerwillig auf meine Anweisung hin an den kleinen Küchentisch gesetzt und auf mich gewartet. Ein Erste-Hilfe-Koffer gehörte zur Standardausstattung einer Ferienanlage, weshalb ich kein Problem hatte, diesen im Badezimmer zu finden.

Ich setzte mich Dante gegenüber und reinigte zunächst die kleinen Wunden in seiner Handfläche mit etwas Alkohol.

»Lass es raus«, wies ich ihn an, weil er untergründig brodelte. Es regte ihn immer noch gewaltig auf.

»Reicht es ihnen nicht, dass sie mir die kalte Schulter zeigen? Müssen sie sich auch noch über mich lustig machen?«, grummelte er. »Ich lasse sie doch auch in Ruhe. Was habe ich ihnen getan? Sie sollten doch froh sein, dass ich sie von diesem Schandfleck befreie!«

Ich legte den benutzten Wattebausch zur Seite, um etwas Panthenol aufzutragen, bevor ich zwei Pflaster draufklebte. All dies tat ich schweigend, was scheinbar auch nicht die richtige Reaktion war.

»Hast du nichts dazu zu sagen?«

»Nein, sonst springst du mir wieder an die Gurgel«, sagte ich und sah ihn direkt an.

Er schluckte. »Werde ich nicht. Versprochen.«

Zweifelnd packte ich den Koffer wieder zusammen und entsorgte die benutzten Utensilien. In der Tür drehte ich mich dann doch ein letztes Mal zu ihm um.

»Du könntest dich dazu herablassen und mit ihnen reden, Dante. Das bewirkt manchmal wahre Wunder.«

Da ich weder seine Geduld noch seine Selbstbeherrschung testen wollte, ließ ich ihn stehen und ging ins Bett. Als ich fünf Minuten später zurückkehrte, um mein Handy zu holen, war er längst verschwunden. Zurück blieb sein mir bereits bekannter Duft nach Zedern und Moschus, der mich in den Schlaf begleitete und in meine Träume verfolgte.

In meine heißen, nicht jugendfreien Träume.

Der frischgebackenen Katzenmutter ging es gut. Am nächsten Morgen hatte sie sich bereits in die Kiste zurückgezogen, und vier Tage später erlaubte sie mir einen Blick hinein. Ich zählte drei oder vier kleine schwarz-weiße und getigerte Kitten, die hoffentlich alle überleben würden.

Ich war noch mal allein ins Dorf gegangen, um Futter zu holen, da die Katze ihre Jungen nicht allein lassen wollte. Außerdem machte es mir nichts aus, sie zu versorgen. Selbst Dante wechselte gelegentlich das Wasser im Napf, wenn ich viel zu tun hatte.

Es lief überraschend gut zwischen uns, wenn es um die

Arbeit ging. Alles andere ignorierten wir. Tiefergehende Gespräche gab es nicht mehr. Wenn ich allein in dem Hof mit der Aussicht und den Weinreben saß, setzte er sich nicht dazu. Das war fein für mich. Wir waren nicht ohne Grund aneinandergeraten, bevor wir den Geist gesehen hatten. Im Prinzip waren wir einfach zu unterschiedlich, was nicht schlimm war, wenn man sich auf rein platonischer Ebene begegnete.

Ich musste mir bloß einreden, dass es nicht zu meinem Besten war, ihn weiter anzuschmachten. Sex mit ihm würde in einer Katastrophe enden, weil ich mich dann nicht vor Gefühlen schützen konnte. Manchen gelang das ganz hervorragend. Ich war dazu nicht fähig. Wenn ich mit ihm schlief, würde ich ihn über kurz oder lang ganz für mich haben wollen.

Faszinierend, wie schnell ich meine Bedenken bezüglich seines Charakters über Bord geworfen hatte. Doch nicht ein einziges Mal hatte er sich mir gegenüber von einer groben oder verletzenden Seite gezeigt. Selbst während unserer Meinungsverschiedenheit war er ruhig geblieben. Sicher, wir hatten beide dem anderen einen Spiegel vor die Nase gehalten, doch mir war klar, dass er bloß die Wahrheit gesagt hatte. Auch wenn ich sie nicht hören wollte.

Mein Handy klingelte, als ich gerade die abgerissene Tapete zusammenkehrte, um sie in Plastiksäcke zu stopfen. Damit war der letzte Raum im Haupthaus von den alten Stofftapeten befreit. Das war ein regelrechter Akt gewesen, doch nun konnte Dante mit anderen Arbeiten weitermachen. Der Elektrik zum Beispiel.

Ich sah schon viele Veränderungen hier und in den Fincas. Trotzdem kam mir die Renovierung vor wie ein Fass ohne Boden. Gerade wenn man nur zu zweit daran arbeitete.

Umso glücklicher war ich, als mich Andrea anrief, der Kellner aus Ponte Masone.

»Ich habe drei Interessenten!«, verkündete er stolz. »Zwei von ihnen haben jahrelange Erfahrung in der Baubranche. Der dritte ist ungefähr in unserem Alter, aber für ihn würde ich meine Hand ins Feuer legen. Sie sind alle gute Arbeiter!«

Er quasselte so schnell auf Italienisch, dass ich ihn mehr als einmal darum bitten musste, alles langsamer zu wiederholen.

»Dann bis später«, verabschiedete ich mich breit lächelnd.

Bevor ich Dante draußen suchte, räumte ich noch meinen Müll zusammen. Es machte mich nervös, wenn ich mich von einer Aufgabe entfernte, die noch nicht gänzlich abgeschlossen war.

Dante war, wie schon die letzten beiden Tage auch, an der zweiten Finca zugange. Mittlerweile kümmerte er sich darin um die Rohre, für die er einen Profi engagiert hatte. Es hatte uns beide überrascht, dass dieser seinen Termin eingehalten hatte und gekommen war. Möglicherweise lag es daran, dass er aus einem Nachbarstädtchen kam und keine Verbindungen zu Tursi hatte.

So zuversichtlich ich Dante auch begegnet war, dass ein wenig Offenheit große Wirkungen haben würde, so deprimiert war ich mittlerweile. Die Dorfbewohner begrüßten mich bei jedem meiner Besuche und erkundigten sich nach meinem Befinden, doch Dante schnitten sie gnadenlos. Nachdem ich Zia Magda erneut darauf angesprochen hatte, spürte ich, wie mir eine unterschwellige Kälte entgegenschlug.

Ehrlich gesagt, war ich mehr und mehr dazu geneigt, mich auf Dantes Seite zu schlagen. Andererseits wusste ich, dass es die Lage nur verschlimmern würde. Ich musste dieser kuriosen Abneigung auf den Grund gehen. Es konnte doch nicht nur an seinem knauserigen Großvater liegen, oder?

Fürs Erste gab es jedoch etwas anderes zu besprechen.

»Hey, hast du einen Moment?«, erkundigte ich mich bei ihm, als ich die Finca auf der Anhöhe erreichte. Sämtliche Türen und Fenster waren bereits ersetzt worden. Dante hatte die Lieferung in Ponte Masone annehmen müssen.

Er stieg in seiner üblichen Arbeitskleidung und mit schmutzigen Händen nach draußen. Der Sanitärtyp ließ sich nicht blicken.

»Alles okay?«, fragte er, während er mich von oben bis unten musterte, als könnte er dadurch eine Verletzung erkennen.

Nachdem er nichts Auffälliges entdecken konnte, holte er ein Tuch aus seiner hinteren Hosentasche und begann, den Dreck von seinen Fingern zu schrubben. Dabei fiel mir wieder der lateinische Schriftzug seines Tattoos ins Auge, nach dessen Bedeutung ich immer noch nicht gefragt hatte.

Ich nickte. »Andrea hat gerade angerufen.« Bildete ich es mir nur ein, oder versteifte er sich bei der Erwähnung von Andrea? Aber er hatte mir versprochen, sich zu benehmen und mich nicht mehr in eine peinliche Situation wie neulich im Café zu manövrieren. Ich beschloss, ihm zu vertrauen. »Er hat drei potenzielle Mitarbeiter für dich und würde gern in zwei Stunden hier aufkreuzen. Damit wir uns alle kennenlernen können. Wäre das okay?«

Er hob beide Brauen. »Hast du etwa schon zugesagt?«

Ich zuckte mit den Schultern. »Schon, aber ich kann auch wieder absagen.«

»Nein, passt schon. Ich bin beeindruckt, dass er jemanden gefunden hat«, gab er zu. Sein Blick auf mir war zu direkt, und ich musste zur Seite schauen. »Danke!«

»Ich würde ein bisschen was im Innenhof vorbereiten und …«

»Besser im Brunnenhof oder im Teil für die Touristen. Der

Weinhof ist …« Er stockte, was ungewöhnlich für ihn war. Normalerweise hielt er sich nicht zurück mit seinen Worten und nun strich er sich sogar verlegen über den Hinterkopf. »Es wäre besser, wenn er privat bleibt.«

Ich starrte ihn an. »Du weißt schon, dass ich auch deine Mitarbeiterin bin, oder?«

»Das ist was anderes«, beeilte er sich zu sagen.

»Trotzdem hast du dich mir in den letzten Tagen nicht angeschlossen, wie es Freunde tun würden.« Es war ein Wagnis. Vielleicht empfand er ja gar nicht wie ich. Seine Abwesenheit während des Feierabend-Weins würde dafür sprechen, und dann würde es in genau drei Sekunden ziemlich peinlich für mich werden.

Doch er überraschte mich mit einem ernsten Gesichtsausdruck. »Ich war mir nicht sicher, ob du mich dahaben willst.«

»Wenn nicht, wäre ich in meinem Zimmer geblieben.« Ich schürzte die Lippen. »Können wir nicht einfach einander sagen, wenn uns der andere auf den Keks geht? Können wir uns das versprechen?«

Sein leises Lachen fuhr direkt bis in mein Herz. Ich wollte es dort verwahren.

»Klingt gut. Machen wir so.« Ich fing sein schiefes Lächeln auf und war froh, dass wir eine weitere Hürde überwunden hatten. »Aber tut mir leid, ich habe dich unterbrochen. Was wolltest du sagen?«

»Ah ja, ich wollte etwas vorbereiten. Ein paar Snacks und so, damit sie sich wohlfühlen. Du müsstest dir vielleicht Gedanken zum Gehalt machen.« Ich tippte gegen mein Handy. »Könnte sein, dass wir ihnen auch eine Unterkunft anbieten müssen, wenn sie von weiter weg kommen.«

»Das kriegen wir hin. Hauptsache, sie sind bereit, anzupacken.« Er ging an mir vorbei und berührte meine Schulter. »Danke, Cleo. Aber lass dir diesen Triumph nicht zu Kopf steigen.«

Ich brachte gerade so ein abfälliges Geräusch zustande, obwohl mein Herz so heftig in meiner Brust pochte, dass ich glaubte, es würde direkt auf Dante zuspringen. »Ich habe was geschafft, wo du versagt hast. Triumph ist Triumph«, rief ich ihm nach.

»Genieße ihn, solange du kannst.« Ich konnte bloß seinen Rücken sehen, doch ich war mir fast sicher, dass er schmunzelte.

Ich war stolz auf das Endergebnis kurz vor der Ankunft unserer Bewerber. Natürlich hätten es eine einfache Tischdecke und Gebäck auch getan, aber ich hatte die Gelegenheit beim Schopf gepackt, um mich kreativ auszulassen. Daraus resultierte ein kreisrunder Holztisch, den ich zusammen mit Dante neben den Brunnen getragen hatte und auf dem ich eine Spitzentischdecke ausgebreitet hatte. Darauf Platz fanden sechs weiße Teller mit grauen Schnörkeln um den Rand herum sowie Gläser und eine Kristallkaraffe gefüllt mit selbst gemachter Zitronenlimonade. Als Snacks hatte ich Bruschetta und einen frischen Obstteller zubereitet sowie Focaccia geschnitten, die ich heute Morgen im Dorf gekauft hatte. Zum Glück hatte ich bereits ein paar Abdeckglocken geholt, um die Fliegen fernzuhalten.

Da ich zum Schluss noch etwas Zeit gehabt hatte, war ich schnell unter die Dusche gesprungen und hatte mich in einen kurzen Einteiler geworfen. Ein tiefes Orange gepaart mit dem Weiß meines T-Shirts, das ich darunter trug, sonst hätte man mehr sehen können als meine Schultern. Der Onesie war sehr süß mit den Spaghettiträgern und der weit ausgestellten Shorts. Auch das Material war fest und widerstandsfähig. Dazu setzte ich mir Dantes Sonnenbrille auf und steckte dezente Ohrringe an.

Nach dem Gespräch würde ich noch mal nach Tursi gehen, um ein paar Dinge zu erledigen. Ich war froh, dass ich heute zur Abwechslung einmal nicht vollkommen abgeranzt bei Zia Magda auftauchen musste. Mittlerweile hatte ich mich auch an den Weg gewöhnt, der mir bei Weitem nicht mehr so beschwerlich vorkam wie bei meiner Anreise.

Andrea kam mit den drei Bewerbern ein paar Minuten eher an als geplant, weshalb Dante noch nicht anwesend war. Ich begrüßte sie am Eingang mit Umarmungen und Küsschen und war sofort begeistert, als sie meine Anstrengungen anerkannten und mich mit Komplimenten überhäuften.

Warum ich mir plötzlich wie die Herrin des Hauses vorkam, wollte ich nicht näher beleuchten.

»Freut mich, dass ihr hergekommen seid«, sagte ich. »Setzt euch.«

»Speranza ist ja riesig«, rief Andrea aus, während er sich im Sitzen umsah.

»Vor Jahren bin ich mit meiner Frau hier gewesen«, sagte Ernesto, der Mittfünfziger mit dem beeindruckenden Schopf grauer Haare. Er trug eine Hornbrille auf seiner Nasenspitze, und tiefe weiße Falten, die auffällig in seinem gebräunten Gesicht hervorstachen, gaben ihm ein freundliches Aussehen. »Ich bin froh, dass die Anlage noch eine Chance bekommt.«

»Wie hat es dir hier damals gefallen?«, fragte ich langsam. Bemüht, korrektes Italienisch zu sprechen, weil er sich schon Mühe gab, seinem Dialekt die Schwere zu nehmen.

»Es war gut. Der Besitzer aber … *musone.*« Wieder dieses Wort für Griesgram.

Dantes Großvater hatte wirklich nirgendwo einen guten Eindruck hinterlassen.

»Limo?« Nacheinander füllte ich ihre Gläser, als Dante endlich auftauchte.

Er hatte sich herausgeputzt.

Mir verschlug es regelrecht den Atem, als ich ihn durch den Torbogen kommen sah. Seine breite Brust zeichnete sich unter seinem marineblauen T-Shirt ab, dessen Ärmel lang genug waren, um das Ikarus-Tattoo teilweise zu überdecken. Dazu passend trug er eine cremefarbene Bundhose, die an ihm leger und nicht formell wirkte. Das Haar wirkte noch feucht von der Dusche, und er hatte es mit seiner Sonnenbrille zurückgeschoben. Ein charmantes Lächeln zupfte an seinem Mundwinkel, als er Andrea mit einem Blick fixierte.

Fast ließ sich ihr letztes Aufeinandertreffen vergessen. Ich hätte es nicht zugeben wollen, doch das Meeting heute hatte mir ein wenig Bauchschmerzen verursacht. Es war eine Sache, Dantes Versprechen zu vertrauen, und eine andere, es zu testen.

Oliver hatte mich immer wieder enttäuscht.

Dante bewies, dass er vorerst meines Vertrauens würdig war.

Nachdem er jedem unserer Besucher die Hand gegeben hatte, stellte er sich neben mich und blickte direkt auf mich herab. Konnte er die Aufregung in meinen Augen erkennen?

Aber nein, ich hatte im Gegensatz zu ihm meine Sonnenbrille noch auf. Langsam beugte er sich zu mir. Gab mir Zeit, zurückzuweichen, wenn mir seine Nähe unangenehm wäre. Doch das war sie nicht. Würde sie vermutlich nie sein.

Ich fühlte mich wie im Rausch, als er mit seinem Dreitagebart leicht über meine Wange schrappte und dann einen Luftkuss hauchte.

»Danke, Cleo«, wisperte er an meinem Ohr.

Ich erschauerte, bevor er sich zurückzog und neben mich setzte.

Verfluchter Drecksmist. Mein Körper war ein übler Verräter.

»Hm«, brachte ich lediglich heraus, die Röte in meinen Wangen ignorierend.

Ich war froh, dass Dante von da an das Gespräch übernahm. Schließlich war er der Boss und konnte mit den Bewerbern über alles Wichtige reden, von dem ich keine Ahnung hatte oder das ich nicht entscheiden konnte. Ich bemerkte aber durchaus, wie er ihnen zunächst auf den Zahn fühlte. Meiner Meinung nach schlugen sie sich gut. Insbesondere Manolo, der Zweiundzwanzigjährige, hatte es mir angetan. Seine Verlobte und er hatten gerade erfahren, dass sie ihr erstes Kind erwarteten, und er brauchte dringend einen gut bezahlten Job, um für sie zu sorgen.

Mario war zweiundvierzig und hatte mit Ernesto zusammen in einem Handwerksbetrieb gearbeitet, der vor ein paar Monaten insolvent gegangen war. Seitdem waren sie auf der Suche. Sie wohnten beide in Ponte Masone, würden unter der Woche aber auch hierbleiben, um Benzin zu sparen.

Manolo lebte tatsächlich in Tursi, doch er war erst vor Kurzem hergezogen und kannte sich noch nicht sehr gut aus. Vermutlich war das der einzige Grund, warum er das Angebot nicht von vornherein ausgeschlagen hatte. Ich konnte bloß hoffen, dass er sich nicht von den Bewohnerinnen und Bewohnern des Dorfes reinreden ließe. Dante war ein guter Boss.

Er führte unsere Gäste einmal durch die Anlage und besprach mit ihnen, was er noch vorhatte und wofür er sie brauchte. Ich klinkte mich irgendwann aus und sah nach der Katze und ihrem Wurf. Die Jungen maunzten ziemlich laut, was ich als ein gutes Zeichen wertete.

Nachdem ich noch einmal Futter in den Napf gegeben hatte, setzte ich mich zurück an den Tisch, um mit Summer zu schreiben.

Summer: Es gibt nichts Schlimmeres,
als bei dreißig Grad einen Anzug zu tragen!!!
Und bei dir so?

Ich: Es ist dreißig Grad, aber ich sitze
im Schatten und trinke eiskalte Limonade.
😋😋

Dazu schickte ich ihr ein Selfie, damit sie auch ja richtig litt.

Summer: Ich hasse dich.

Ich: Warum trägst du überhaupt
einen Anzug? Hab ich was verpasst?

Summer: Du meinst, du hast mir nicht
zugehört, als ich gesagt habe, dass ich ein
Gespräch mit der Chefin habe? Wegen
der BEFÖRDERUNG? 🤨😒

Ich: Ach, fuck, das? 😳😳

Sie schickte ein GIF eines Cartooncharakters, der einem Hund mit einem Quietschhammer auf den Kopf schlägt.

Ich: Sorry, Babe! 😥 Ich weiß nicht, wo mir der Kopf steht. Wie ist es gelaufen? Erzähl mir alles! 😘

Summer: Ich mache dir gleich ne Voice. Lief aber gut. Wir gehen jetzt noch zur Feier des Tages essen. 🥞🥧

Ich: Verzeihst du mir? Bitte bitte bitte … 🙊🙊

Summer: Sei froh, dass du eine so gute Freundin hast wie mich.

Ich: Bin ich! Über alle Maßen! Love you!

Summer: Ly2. Grüß mir die heiße Schnitte, die dich derart ablenkt. 😋

Ich: Witzig.

Summer: Fand ich auch. 😘

Kopfschüttelnd legte ich das Handy weg. Irgendwann kehrten die Männer wieder zurück, und wir verabschiedeten uns. Andrea hielt mich einen Moment länger fest, als er zum Abschied einen Kuss auf meine Wange hauchte. Verwirrt sah ich ihn an.

»Ciao, bis zum nächsten Mal«, sagte er bloß und winkte Dante und mir nochmals zu.

Vielleicht war ich einfach zu misstrauisch. Andrea war ausschließlich freundlich und höflich gewesen. Ich sollte nichts in seine Gesten hineininterpretieren, das nicht da war.

»Und? Und? Und?«, zwitscherte ich fröhlich in Richtung Dante, als wir allein waren und er sich daranmachte, den Tisch abzuräumen.

Aufgeregt klatschte ich leise mit den Händen und rückte ihm mehr oder weniger auf die Pelle.

»Ich sagte dir doch, dass du dir das nicht zu Kopf steigen lassen sollst«, grummelte er.

»Aber stellst du sie ein?«

»Wir versuchen es. Sie scheinen was auf dem Kasten zu haben. Zumindest Ernesto und Mario. Wenn Manolo sich richtig anstellt, funktioniert das schon.« Er balancierte einen Haufen Teller links und mehrere Gläser rechts, als er mich, zum Gehen gewandt, ansah. »Danke, Cleo. Das meine ich wirklich.«

Ich zwinkerte ihm zu. »Dafür bin ich da.«

»Unter anderem«, murmelte er und ließ mich allein.

Ich sollte es nicht tun.

Ich sollte rückwärts die Bar verlassen und vergessen, was ich gehört hatte.

Ich sollte …

Da war sie. Dantes leibliche Mutter lächelte mich von einem

Foto an, das an der Erinnerungswand einer Weinbar in Tursi hing. Irgendwie war bei Zia Magda das Gespräch auf seine leiblichen Eltern gekommen und dann hatte eins zum anderen geführt, bis ich mich nun hier in dieser alten Bar wiederfand, die schon seit Urzeiten existierte.

Das Interieur war dunkel gehalten. Nur wenig Licht schaffte es durch die Buntglasfenster und ein ständiger Staubnebel schien in der nach Bier und Wein riechenden Luft zu wabern. Die Sonne ging gerade unter, weshalb sich bereits eine gute Anzahl an Leuten hier zu einem Feierabend-Alkohol-Schmaus zusammengefunden hatten. Niemand schenkte mir allerdings weiter Beachtung, als ich zielstrebig die Erinnerungswand ansteuerte, auf die mich eine von Zia Magdas Bekannten verwiesen hatte.

»Das sind hauptsächlich Fotos, die hier geschossen wurden, aber es gibt auch Briefe und kurze Gedichte, die Touristen geschrieben haben«, erklärte mir der Barbesitzer gerade.

Er wirkte wie Anfang sechzig und hatte ein freundlich-warmes Gemüt. Sein schwarzer Bart war grau gesprenkelt und reichte ihm bis zur Brust, während sein Kopf kahl war.

»Kennen Sie ... Kannten Sie Edith Tarantino?«, fragte ich und deutete mit einem Finger auf die Jugendliche. Hier war sie ungefähr in dem Alter, in dem sie Dante bekommen haben musste. Doch sie trug eine grobe Weste über ihrem Kleid, sodass man ihren Bauch nicht erkennen konnte. Sie stand vor der Bar und grinste breit, als wäre sie die glücklichste Person auf Erden.

»Ah, Edith«, wiederholte der Besitzer wissend, ehe seine Miene traurig wurde. »Sie war ein liebes Mädchen. Hat immer ihren Eltern gehorcht, so streng sie auch waren. Armes Ding.«

»Was ist passiert?« Ich konnte kaum an dem Kloß in meinem Hals vorbeiatmen. Plötzlich wusste ich, dass mir nichts von dem, was ich nun erfahren würde, gefallen würde.

»Eine traurige Geschichte«, murmelte er, als wäre er mit seinen Gedanken weit entfernt. Dann tippte er mit einem Finger auf ein zweites Foto, das ich bis dahin nicht beachtet hatte. Auch hier war eine strahlende Edith zu sehen, doch neben ihr, sie im Arm haltend, befand sich Lorenzo. »Sie waren ein Herz und eine Seele. Erst haben sie sich gehasst, sind immer die Straße rauf und runter und haben sich angeschrien, dann haben sie sich geliebt. Ediths Eltern waren nicht begeistert. Er war ein Waisenkind, das vorübergehend hier aufgenommen worden war. Seine Eltern waren durch irgendeinen Unfall gestorben, und er hatte keine Familie.« Ich fotografierte die beiden Bilder ab, während der Besitzer sich weiter in der Vergangenheit verlor. »Ständig haben sie sich hier getroffen, um ihren Eltern zu entgehen. Ich fand es amüsant. Hatte ja keine Ahnung.«

Schweigen senkte sich über uns. Ich haderte mit mir. Einerseits sollte es hier enden, weil es mich nichts anging. Andererseits konnte ich meine Neugier nicht zügeln.

»Was ist dann passiert?«

»Ein Baby«, sagte er. »Lorenzo war schon weg, als wir anderen es erfuhren. Trotzdem war sie glücklich. Auch allein, bis ihre Eltern sie zwangen, es auf den Stufen der Basilika abzulegen. Als würde niemand wissen, dass es ihr Junge ist.«

»Was? Sie haben ihn einfach auf die Treppe gelegt?« Ich konnte kaum atmen, so wütend war ich plötzlich. Obwohl ich bereits einmal davon gehört hatte, fühlte es sich jetzt anders an, da ich Dante besser kannte.

»So wurde das hier früher gehandhabt.« Eine leicht sture Note hatte sich in seine Stimme geschlichen. »Er wurde schnell von einem amerikanischen Ehepaar adoptiert. Doch

Edith … ah, Edith war nicht mehr, wie sie davor gewesen war, nur noch ein Schatten davon. Dann sprang sie von ganz oben in die Tiefe. Ins Tal. Die Trauer hat sie getötet. Ihre Seele ruhe in Frieden.« Er bekreuzigte sich eilig und küsste seinen Rosenkranz.

Ich wusste nichts darauf zu erwidern und stammelte eine Verabschiedung, während ich gedanklich woanders war. Nämlich bei einem gewissen griesgrämigen Besitzer einer Ferienanlage in Süditalien.

Es würde ihm das Herz brechen. Obwohl er nichts über seine leiblichen Eltern wissen wollte, würde er leiden, sollte er vom tragischen Schicksal seiner Mutter erfahren.

Es gelang mir noch irgendwie, meine Besorgungen zu erledigen, doch eigentlich dachte ich nur darüber nach, dass es bekanntlich die Neugierde gewesen war, was die Katze getötet hatte …

Kurz bevor ich mich auf den Weg zurück zur Anlage machte, fing mich Antonio ab. Er lächelte breit zur Begrüßung.

»Hey, ich habe gehört, du warst in der Weinbar?«

»Gerade eben erst«, antwortete ich misstrauisch.

Antonio schien meinen Tonfall richtig zu deuten und hob abwehrend die Hände. »Pino, der Besitzer, war ziemlich aufgewühlt. Alle hier haben Edith damals geliebt. Eine tragische Geschichte.«

»Ja, so scheint es«, sagte ich ruhiger. »Ich wollte Pino nicht verletzen oder so. Es ging mir vielmehr darum, herauszufinden, was mit Dantes Vater geschehen ist. Auch wenn ich es vermutlich nicht tun sollte.«

Antonio versenkte die Hände in seinen Hosentaschen. »Ich könnte versuchen, es herauszufinden. Mein Cousin arbeitet in Brindisi in einer Anwaltskanzlei. Er kennt Leute, die gut darin sind.«

Ich horchte auf, ehe mich in der Sekunde danach Zweifel überkamen. »Ich weiß nicht … Ich sollte besser mit Dante darüber reden.«

»Wie du möchtest. Aber ich kann ja schon mal anfragen. Vielleicht ist es ja eh unmöglich.«

»Hm, ja, ein paar Erkundigungen einzuholen, kann nicht schaden«, stimmte ich schließlich zu. Und Dante musste schließlich nichts davon erfahren. Insbesondere, wenn kein liebender Vater am Ende der Suche auf ihn wartete.

16

Dante

Sie hörte nicht damit auf, mich ständig anzuschauen, als hätte sie versehentlich meinen Hund überfahren. Obwohl ich nicht mal einen Hund hatte, war ich fast schon bereit, ihr zu verzeihen, nur damit sie aufhörte, mich mit ihren großen blauen Augen anzusehen.

Gleichzeitig hatte ich Hemmungen, nachzufragen. Was auch immer ihr auf dem Herzen lag, es hatte etwas mit mir zu tun. Mit Sicherheit würde es mir nicht gefallen.

Es war also besser, es zu ignorieren, bis sie sich wieder eingekriegt hatte.

Insbesondere, weil ich ihr nicht für das ganze Wochenende entfliehen konnte. Ich hatte uns einen Trip nach Rom gebucht, da ich durch Isaac von einer vielversprechenden Köchin erfahren hatte. Mein Bruder würde dort zu uns stoßen.

Ich wollte es noch nicht zugeben, aber Cleo hatte mich mit ihren Worten erreicht. Mit jedem Tag fiel es mir schwerer, die Ferienanlage als etwas zu sehen, mit dem ich irgendwann fertig sein würde. Mit dem ich einfach so abschließen können würde. Vielleicht war es gar nicht so schlecht, Speranza weiter in eigener Hand zu behalten und, anstatt zu verkaufen, bloß einen Verwalter einzustellen. Kapital war Kapital, aber Investitionen hatten sich des Öfteren ausgezahlt und am Ende des Tages schwarze Zahlen geschrieben.

Außerdem nahm Speranza in fast rasender Geschwindigkeit nach meinen Vorstellungen Gestalt an. Mario, Ernesto und Manolo waren großartige Angestellte, die sich richtig ins Zeug legten. Aber sie hörten nicht nur auf das, was ich sagte, sie brachten auch ihre eigenen Ideen ein, was für mich einen unschätzbaren Wert hatte. Ich hatte mich selbst noch nie als allwissend betrachtet, und jemand Erfahrenes wie Ernesto an meiner Seite zu haben, war erleichternd und motivierend zugleich.

»Hier, dein Espresso.« Ich nahm Cleo den Pappbecher aus der Hand, ehe sie sich neben mich setzte. Wir mussten noch ungefähr eine halbe Stunde totschlagen, ehe wir in den Flieger steigen konnten. »Komisch, wieder hier zu sein. Hoffentlich klaut mir dieses Mal niemand den Koffer.«

Es hätte nicht viel gefehlt und ich wäre bei ihrem Versuch, die Stimmung zu lockern, peinlich berührt zusammengezuckt.

»Wir wissen beide, dass du ihn gestohlen hast«, gab ich zurück, nur um das Schweigen zu durchbrechen. Sie kämmte mit den Fingern durch ihr perfekt sitzendes Haar, und der Duft von Lavendel stieg mir in die Nase. Ich war mir sicher, dass sie vor drei Wochen noch anders gerochen hatte. Wahrscheinlich waren ihre teuren Parfüms und Shampoos mittlerweile aufgebraucht. Ich mochte Lavendel.

»Pff, bisher ist nichts bewiesen.« Sie schlug ihre leicht gebräunten Beine übereinander, sodass ihr Fuß beinahe mein Hosenbein streifte. Ihre pink lackierten Fußnägel lugten in den zierlichen Riemchensandalen hervor und erschwerten es mir, über irgendetwas anderes nachzudenken.

Die Fahrt nach Brindisi war schon eine Tortur gewesen. Es

war mir in dem Moment klar geworden, dass es so werden würde, als sie in dem braunen Sommerkleid mit dem gefährlichen Ausschnitt nach draußen getreten war. Die Puffärmel waren das einzige Züchtige daran. Neben diesem Ausschnitt, von dem ich kaum meinen Blick hatte wenden können, weil ich befürchtete, ihre Brüste würden jeden Moment hervorquellen, gab es noch einen nicht minder gefährlichen Beinausschnitt auf der linken Seite, der fast bis zu ihrer Hüfte reichte.

Ich hatte die Blicke bemerkt, die sie hier auf sich gezogen hatte, und ich hatte jedem von den Kerlen eine verpassen wollen.

Das war nun wirklich nicht gesund. Nichts hiervon war gesund.

Cleo Hargrove war meine Angestellte auf Zeit. *Basta. Finite.* Nichts weiter.

Ich hasste Braun.

»Dante …«, sagte sie nach einer Weile, als ich meinen Espresso längst geleert und auf mein Handy gestarrt hatte, ohne etwas zu registrieren. »Ich muss dir was sagen.«

»Ich will es nicht wissen«, schoss ich sofort zurück, bevor ich mich eilig zusammenriss. Ich wandte mich ihr leicht zu, was ein Fehler war, da auch sie sich im Schalensitz in meine Richtung gedreht hatte. Ich konnte nichts anderes außer ihre blauen Augen sehen. »Sorry, worum geht's? Hat es was mit deinem Ex zu tun?«

»Äh, nein.« Sie malträtierte ihre Unterlippe mit den Zähnen, und das Verlangen stieg in mir auf, es für sie zu tun. Hitze staute sich an einer bestimmten Stelle, was nicht hätte sein dürfen. Nicht hier in der Öffentlichkeit. Wie alt war ich? Vierzehn? *Reiß dich zusammen, Mann.* »Es geht um dich. Deine Mutter. Ich habe herausgefunden, was mit ihr geschehen ist, und es bringt mich fast um, es vor dir geheim zu halten.«

Meine Begierde verflüchtigte sich mit einem Mal. »Ich habe dir gesagt …«

»Ich weiß, ich weiß, aber … *du* weißt ja bereits, dass sie gestorben ist. Viel mehr als das habe ich auch nicht gehört.«

»Ach ja?« Selbst in meinen Ohren klang meine Stimme eisig. Gleichzeitig spürte ich, wie mein Herz immer heftiger und schneller zu schlagen begonnen hatte. Schweiß sammelte sich in meinem Nacken.

»Sie hat dich nicht abgeben wollen, Dante. Was auch immer du von ihr gedacht hast, sie wollte dich behalten«, sagte Cleo und damit genau das, wovor ich mich all die Jahre gefürchtet hatte. »Sie war so jung und konnte sich vermutlich nicht durchsetzen. Nicht für dich sorgen, allein. Es tut mir leid.«

Sie musste den Rest nicht aussprechen. Edith Tarantino war jung gestorben. Kurz nach meiner Geburt. Selbstmord, vermutlich.

Ich versuchte, all das an mir abprallen zu lassen. Die Gedanken und Gefühle nicht zuzulassen, doch es gelang mir nicht sehr gut. Cleo hatte eine Tür geöffnet, die sich nicht mehr schließen ließ, und jetzt drohte mich die Panik zu überwältigen.

Atemlos beugte ich mich vor, steckte den Kopf zwischen die Beine und versuchte, an nichts zu denken.

Alles hat einen Sinn. Ich werde den schwarzen Tunnel wieder verlassen. Es gibt immer irgendwo Licht. Die Worte, die mir meine Mutter, meine *richtige* Mutter, beigebracht hatte, wenn mir wieder alles zu entgleiten schien. *Alles hat einen Sinn.*

Es gibt immer irgendwo Licht.

»Dante? Bist du okay?« Cleos Stimme klang wie ein Echo, das ich nicht greifen konnte. Gleichzeitig hörte ich wie durch Watte die Lautsprecherstimme, die unseren Flug aufrief.

Abrupt erhob ich mich. Zum Glück war Cleo von allein abgerückt, sonst hätte ich sie mit meiner Schulter getroffen.

Ich blickte sie kalt an, obwohl in meinem Inneren eine Schlacht ausgefochten wurde. »Ich wollte das nicht wissen, Cleo.«

Langsam stand sie auf, ohne mir auszuweichen, was ich ihr irgendwo tief im Inneren hoch anrechnete. Sie fasste lediglich ihre Handtasche enger. Das einzige Anzeichen ihrer Nervosität.

»Ich …« Sie ließ den Satz unbeendet.

»Genau, *du*. Es ging hier nur um dich und die Last des Wissens auf deinen Schultern.« Ich packte meine eigene Tasche und stapfte an ihr vorbei. »Wir dürfen einsteigen.«

Vielleicht war ich gerade ein Arsch, aber bei Gott, ich war kurz davor, die Fassung zu verlieren und wie ein Häufchen Elend in mich zusammenzufallen.

Wir sprachen auf dem einstündigen Flug nach Rom kein Wort miteinander. Sie bat mich nicht mal, aufzustehen, obwohl sie auf der Hinfahrt angekündigt hatte, dass sie ständig auf die Toilette müsste.

Ich war ein Arsch und fragte sie nicht.

Überhaupt fühlte ich mich wie ein Mistkerl, aber ich konnte nur daran denken, dass ich sie nicht auf diesen Trip hätte einladen sollen. Was wäre so schlimm daran gewesen, sie zum Delegieren in Tursi zu lassen?

Ich kannte die Antwort.

Die Vorstellung, für mehr als zwei Tage von ihr getrennt zu sein, hatte mich dazu gebracht, sie zu fragen. Wenn das nicht albern war, wusste ich es auch nicht.

Wir kannten uns erst ein paar Wochen, und die meiste Zeit diskutierten wir über die banalsten Dinge, doch … sie war für mich zu einer Freundin geworden. Nachdem ich ihr zunächst aus dem Weg gegangen war, verbrachten wir Abend für Abend in unserem privaten Hof und ließen den Tag gemeinsam ausklingen. Ich lauschte ihren Gedanken über Gott und die Welt, und sie schenkte mir ein Ohr, wenn ich mit ihr über mein Leben in New York sprach. Natürlich erwähnte ich Ava mit keinem Wort, aber sie machte auch nur einen kleinen Teil aus, das war mir mittlerweile bewusst geworden. Es war heilsam.

Bis jetzt.

Und davon unabhängig, dass ich Cleo in jeder Minute des Tages in mein Bett kriegen wollte und es zunehmend schwieriger wurde. Sie musste nur in meiner Nähe sein, und schon kribbelte mein ganzer Körper.

Wäre sie nur nicht so verdammt sexy …

Zum Glück war sie zudem stur und manchmal nicht sehr einfühlsam wie gerade eben. Sonst hätte ich längst einen Move gemacht.

Die Landung war abrupt und schmerzlos. Ich stand zuerst auf, ließ ihr dann aber den Vortritt, was sie mit einem wackligen Lächeln quittierte. Mein Gewissen hämmerte so hartnäckig auf mich ein, dass ich Kopfschmerzen bekam.

Warum aber musste ich ihr sagen, dass sie sich rücksichtslos mir gegenüber benommen hatte? Warum war ihr das nicht selbst klar geworden?

Gott, diese vertrackte Situation raubte mir noch den letzten Nerv.

»Wie kann es hier noch heißer sein?«, hörte ich Cleo beim Aussteigen murmeln.

Ich hielt meinen Blick auf ihren Hinterkopf gerichtet, um nicht ihre schmale Taille oder ihren Po anzustarren. Schließlich war ich immer noch wütend auf sie. Da sollte ich sie nicht weiterhin begehren. Was war nur falsch mit mir?

Mein Bruder konnte keinen Moment zu früh hier aufkreuzen. Ich brauchte ihn, damit er mich wachrüttelte. Vielleicht könnten wir auch in einen Club oder eine Bar gehen, damit ich nicht ständig Cleos Gesicht vor Augen hatte.

Wir kamen noch vor der Passkontrolle an einer Toilette vorbei, aber Cleo machte keinerlei Anstalten, sich von mir zu lösen. Ich selbst war weiterhin zu stur, sie zu fragen.

Sie war erwachsen genug, mir von meiner toten Mutter zu erzählen, dann konnte sie mir auch sagen, wenn sie zur Toilette musste.

Selbst als wir auf unsere Koffer warteten, blieb sie bei mir. Dabei bemerkte ich, dass sie verräterisch von einem Bein aufs andere wippte, und ich verlor schließlich die Geduld.

»Jesus, Cleo, geh doch endlich«, sagte ich, ohne sie anzusehen.

»Ich weiß nicht, was du meinst«, fauchte sie zurück und verschränkte die Arme.

»Wenn du es gleich auf dem Weg in die Stadt nicht mehr aushältst, kannst du ins Auto pinkeln«, gab ich zurück.

Aus dem Augenwinkel sah ich ihren vor Entsetzen geöffneten Mund. »Fuck.« Damit drehte sie sich um und rannte förmlich zu den Waschräumen.

Als ich mein Schmunzeln bemerkte, rief ich mich direkt zur Ordnung. Ich war immer noch angepisst.

Nachdem ich Cleos viel zu schweren Koffer vom Band gehoben hatte – wie viel Zeug brauchte man für ein Wochenende? –, tauchte sie wieder auf. Deutlich erleichtert murmelte sie ein kleinlautes Danke.

Ich hatte einen Mietwagen reserviert, weil ich von Cleos Übelkeit beim Autofahren wusste und vorsichtiger fahren würde als jeder Taxifahrer. Jetzt bereute ich es minimal. Sie ein bisschen leiden zu lassen, wäre fein für mich gewesen.

Um jedes weitere Gespräch zu unterbinden, drehte ich Klimaanlage und Radio auf. Cleo holte sich kommentarlos eine Decke von der Rückbank des Mercedes.

Ich fror lieber, als die Gefahr einzugehen, mit ihr zu reden. Das Rauschen der Klimaanlage vermischt mit internationaler Popmusik klang angenehmer in meinen Ohren, als es jeder ihrer Sätze hätte tun können. Ich fürchtete wirklich, dass sie mir auch noch von meinem leiblichen Vater erzählen würde und damit die Sache verschlimmerte.

»Du hast *hier* ein Zimmer gebucht?«, sagte sie, sobald wir das *Grand Hotel Palatino* in Rom erreicht hatten.

Da ich bereits vor dem Eingang geparkt hatte, damit sich ein Valet um das Auto kümmern konnte, waren Klimaanlage und Radio verstummt, sodass ich sie deutlich hören konnte.

»Hast du ein Problem damit?« Ich biss mir auf die Zunge. Es wäre besser gewesen, nicht zu antworten.

»Nein, aber ... wow!« Sie verstummte.

Ich wartete nicht, bis sie sich gefangen hatte, und stieg aus. Auch wenn ich sie nicht mehr direkt ansah, registrierte ich immer, wo sie war. Nie bewegte sie sich gänzlich aus meinem Umfeld, was in mir eine gewisse Wärme aufsteigen ließ, die weder etwas mit der Hitze Roms noch mit meinem Verlangen zu tun hatte.

»Signore Marinotti«, wurde ich an der Rezeption begrüßt, nachdem ich meinen Pass gezeigt hatte. »Wir haben alles für Sie und Signora Hargrove vorbereitet. Wenn Sie bitte meinem Kollegen Gio folgen würden? Er kümmert sich um Ihr Gepäck.«

Ich liebte die ehrliche Freundlichkeit der Italiener. Man hatte das Gefühl, sie würden sich wirklich über das eigene Auftauchen freuen, selbst wenn sie letztlich nur ihren Job taten.

Cleo nahm alles mit großen Augen auf. Eigentlich hatte ich angenommen, dass sie diese Art von Prunk gewöhnt war, schließlich kam sie aus einem reichen Elternhaus. Als ich eines Nachts nicht schlafen konnte, hatte ich sie und ihre Familie gegoogelt. Das italienische Fast-Food-Imperium war beeindruckend. Etwas, das ihre ausgewanderten Großeltern kreiert hatten und das dann von ihren Eltern übernommen worden war. Auch Cleos teure Klamotten sprachen dafür, dass sie nie aufs Geld hatte achten müssen, trotzdem tat sie nun so, als sähe sie all dies zum ersten Mal.

Sie war mir ein Rätsel. Und ich konnte nicht an mich halten.

Im mit Gold und Spiegeln dekorierten Lift musterte ich sie. Sie stand direkt neben mir vor der Tür. Der Concierge hatte sich vor uns positioniert. Er hatte jemand anderes damit beauftragt, den Lastenaufzug mit unserem Gepäck zu nehmen, der einen Tick schneller sein würde als der unsere.

»Bist du zum ersten Mal in einem Hotel?«, raunte ich, damit der Concierge uns nicht verstand.

»Was? Nein, natürlich nicht«, beeilte sie sich zu sagen. Ihre Wangen färbten sich jedoch hellrot. »Nur nicht in einem derart teuren. Es ist wie eine andere Welt.«

Stirnrunzelnd dachte ich darüber nach. Nein. Es machte immer noch keinen Sinn für mich. »Bist du denn nie mit deinen Eltern gereist?«

»Tatsächlich nicht.« Sie grinste verlegen, doch es konnte nicht über den Schmerz hinwegtäuschen, der kurzzeitig sichtbar geworden war. »War wohl immer zu jung dafür.«

Die Ansage unseres Stockwerks unterbrach unser Gespräch, und wir stiegen aus. Ein langer breiter Flur mit Parkettboden und rotem Teppich strahlte die gleiche Grandeur aus wie das glitzernde Foyer. An den mit Holz verkleideten Wänden hingen in regelmäßigen Abständen Leuchter und boten genug Licht, um die goldenen Ziffern an den Türen zu erkennen.

Sie waren rar gesät, was ein Zeichen für die Größe der dahinterliegenden Suiten war.

»Hier sind wir, Signora und Signore«, verkündete der adrett gekleidete Concierge mit schwarzer Kopfbedeckung und weißen Handschuhen. Er öffnete die Tür mit einer Plastikkarte und reichte mir diese beim Eintreten. »Wie Sie gewünscht haben, gibt es zwei getrennte Schlafzimmer und diesen Salon mit Kochnische. Die Minibar ist gefüllt, und die Menükarte finden Sie neben dem Telefon. Wir sind rund um die Uhr für Sie erreichbar. Ihre Koffer befinden sich in Ihren Zimmern. Gibt es sonst noch etwas, das ich für Sie tun kann?«

»Nein, danke, Gio.« Ich gab ihm Trinkgeld und wartete dann, bis er gegangen war und die Tür hinter sich zugezogen hatte.

Cleo hatte sich weiter in den Salon bewegt, um den Anblick von Prunk und Protz in sich aufzunehmen. Ich hatte längst das Gefühl dafür verloren gehabt, bevor ich nach Italien gekommen war. Erst nach und nach war mir klar geworden, dass es schwieriger war als gedacht, auf dem Boden zu bleiben.

Ein senfgelb und grau gemustertes Sofaensemble dominierte den Raum und war um einen elegant geformten Tisch gruppiert. Drum herum gab es viel freie Fläche, ein Bücherregal, das mehr Deko als Bücher aufwies, sowie eine Küchenecke mit langer weiß-marmorierter Arbeitsfläche und grauen Schränken. Eine grüne Tiffanylampe stand auf einem dunklen Sekretär, der zwischen zwei bodentiefen Fenstern positioniert worden war.

»Es riecht sogar teuer«, merkte Cleo an, nachdem sie an den schweren Vorhängen vorbei einen Blick nach draußen auf die Via Cavour geworfen hatte.

»Was bedeutet das?«, fragte ich skeptisch. »Wie kann etwas teuer riechen?«

Unauffällig schnupperte ich, doch abgesehen von Sandelholz und Vanille nahm ich keinen anderen Geruch wahr.

Sie wandte sich abrupt zu mir um. »Du redest wieder mit mir?«

Ah, fuck. Da war ja was ...

Ich blickte betont auf meine Rolex. »Unser Tisch ist in anderthalb Stunden reserviert. Bis dahin können wir uns frisch machen. Ich warte hier auf dich.«

»Vielleicht warte ich hier ja auch auf dich«, gab sie spitz zurück. »Frauen brauchen im Bad nicht immer länger als Männer.«

Ein Schmunzeln unterdrückend machte ich kehrt und steuerte eins der beiden Schlafzimmer an. Nur um beim Hineingehen zu sehen, dass es das mit ihrem Koffer war. Ich ignorierte die Hitze, die mir vor Verlegenheit in die Wangen stieg, und stapfte an Cleo vorbei in die andere Richtung. Immerhin enthielt sie sich eines weiteren Kommentars.

Etwa eine Stunde später machten wir uns zu Fuß auf den Weg zum Restaurant, in dem derzeit Elora Moore arbeitete, die Köchin, die ich abwerben wollte. Mein Bruder hatte mir gesagt, dass sie seit ihrer Ausbildung vor ein paar Jahren in England nie lange in einem Etablissement blieb. Ganz gleich, wie viel ihr geboten wurde. Das würde mir hoffentlich in die Karten spielen, da sie eine aufsteigende Starköchin war. Und einmal Teil meiner Ferienanlage, würde sie sicher länger bleiben als gewöhnlich. Ich würde zumindest alles versuchen, um es ihr so angenehm wie möglich zu machen.

Allerdings konnte ich mich auf dem Weg zum Restaurant kaum auf meine Überredungsstrategie konzentrieren, weil es durchgehend in meinen Fingern kribbelte, nach Cleo zu greifen und sie an mich zu ziehen.

Sie sah verboten gut aus.

Als sie vorhin aus dem Zimmer getreten war, wäre mir fast die Kinnlade runtergefallen. Ich hatte sie schon in sehr vielen Kleidern gesehen, da sie sich mindestens einmal am Tag umzog. Insbesondere, wenn sie sich für die Ortsansässigen frisch machte. Aber dieses Kleid hatte ein neues Level freigeschaltet.

Der rote Stoff wickelte sich wie eine griechische Robe um ihren Körper, sodass er an ihrem Oberkörper eng anlag und luftig bis zu ihren Knöcheln reichte. Den obligatorischen Beinschlitz, den sie viel zu gerne mochte, nicht zu vergessen. Ihr Bein trieb mich noch ins Jenseits. Zusammen mit ihrem tiefen Ausschnitt sowohl vorne als auch hinten. Ich hatte immer schon eine Schwäche für den Anblick von Schulterblättern besessen, doch Cleo war von Kopf bis Fuß wie auf mich zugeschnitten.

Sie hatte eine kleine schwarze Designer-Handtasche bei sich, die an einer goldenen Kette von ihrer Schulter baumelte. Ich wusste nicht, wie sie mehr als einen Lippenstift darin unterbringen konnte, aber mich darüber zu wundern, hatte ich schon damals bei Ava aufgehört.

Ich sollte davon ablassen, Cleo und sie miteinander zu vergleichen. Es war nicht mal so, als würden sie denselben Stellenwert haben.

Ava war meine feste Freundin gewesen. Cleo meine Angestellte und an guten Tagen eine Freundin. Mehr nicht. Wir passten nicht zueinander. Das hatten wir uns heute wieder bewiesen.

»Kannst du mir etwas über Elora erzählen, auch wenn du verärgert bist?«, fragte sie schließlich, nachdem wir in die viel befahrene Via die Fori Imperiali eingebogen waren. Wir bräuchten ungefähr zwanzig Minuten bis zum *Ristorante Maggiore*, sodass wir uns nicht hetzen mussten, um unsere Reservierung einzuhalten. »Ich will nur gerne sicherstellen, dass ich das Gespräch nicht versehentlich vermassle.« Ihr Tonfall war eindeutig verschnupft, was mir zeigte, dass ich nicht der Einzige war, dessen Laune am Tiefpunkt angelangt war.

Doch entsprach das auch der Wahrheit? Klar, ich war angepisst, dass sie sich in meine Angelegenheit eingemischt hatte, aber die richtige Wut blieb aus. Es war gefährlich, darüber nachzudenken, dass Cleo alles tun konnte, ohne dass ich es ihr lange übel nahm.

Ich holte mein Handy hervor, um die Informationen aufzurufen, die Isaac für mich gesammelt hatte. Er würde morgen erst zu uns stoßen, aber ich hoffte, dass wir Elora schon heute überzeugen könnten, sich mir anzuschließen.

Da der Verkehr besonders laut war, beugte ich mich im Gehen zu Cleo hinunter. In ein paar Metern würden wir zum Glück von der großen Straße in ein ruhigeres Viertel abbiegen.

Wir hätten zwar auch mit dem Auto fahren können, aber ich genoss tatsächlich die abendliche Atmosphäre von Rom. Außerdem wurde Cleo so nicht schlecht, und das war ein großer Pluspunkt.

»Sie kommt ursprünglich aus England und hat in einem koreanischen Restaurant, das mittlerweile eine riesige Kette ist, ihre Ausbildung begonnen«, fasste ich Isaacs Stichworte zusammen. »Seitdem hat sie jedes Jahr das Restaurant gewechselt und meistens auch das Land. Immer mit den besten Empfehlungen.«

»Hat sie jemals einen Grund angegeben, warum sie nie länger als ein Jahr bleibt?« Natürlich war auch Cleo neugierig geworden.

»Isaac konnte nichts herausfinden«, antwortete ich langsam, während ich die Informationen noch einmal überflog. »Sie besteht nur darauf, jederzeit kündigen zu dürfen.«

»Und die Leute erlauben das so einfach?«

»Sobald man eine gewisse Reputation hat, wird man von allen Seiten mit Jobangeboten überschüttet. Die Etablissements wissen, dass sie mit ihr Kunden anlocken. Elora hat ihr Talent offenbar über die Jahre bewiesen.« Ich zuckte mit einer Schulter. »Deshalb wollen wir sie auch für uns gewinnen. Ich glaube, sie würde bei einem erfolgreichen Start helfen.«

»Hm.« Cleo schien nicht gänzlich überzeugt, was mich nervös machte. Hatte ich mich mit unserem Stand und dem der Ferienanlage als ausreichenden Anreiz verkalkuliert? »Wie lange ist sie denn schon hier?«

»Erst drei Monate, soweit ich weiß. Nicht der beste Zeitpunkt, aber mehr als Nein sagen kann sie nicht.« Und wenn sie mein Angebot tatsächlich ablehnte, würde ich eine andere Lösung finden.

Versagen war keine Option.

Als ich mein Handy in die Hosentasche steckte, streifte ich versehentlich Cleos Hand. Es war, als würde mich ein Blitz durchzucken. Das brennende Verlangen, das ich während unserer vergleichsweise zivilisierten Unterhaltung verdrängt hatte, flammte mit aller Macht von Neuem auf.

Ich schluckte schwer und ballte meine Hand um das Handy zu einer Faust.

Fuck this.

Wenn Versagen keine Option war, was geschah dann zwischen Cleo und mir? Ich musste definitiv eine Lösung *hierfür* finden. Isaac. Sobald Isaac morgen da wäre, könnte er als Puffer herhalten.

Ich dürfte mich einfach nicht mehr in eine kompromittierende Situation mit Cleo begeben. Keine Zweisamkeit in unserem Hof. Keine Diskussionen, die mich zwar verletzt, aber auch erhitzt zurückließen. *Niente.*

Cleo und ich würden auf rein professioneller Ebene existieren und könnten uns sicher weiter durch unser Onlinedokument Nachrichten schreiben und kommunizieren.

Da, eine Lösung! Ich hatte sie gefunden. Perfekt.

Nur noch bis morgen durchhalten.

Das *Ristorante Maggiore* war so schön gestaltet, dass man sich bei seinem Anblick – sowohl von außen als auch von innen – wünschte, man wäre der Inhaber. Leider ging die Erkenntnis damit einher, dass es noch schwieriger werden würde, Elora Moore abzuwerben.

Ich musste mein A-Game durchziehen.

Die Fassade war im Gegensatz zum Inneren unauffällig, aber in seiner reinweiß verputzten Art nicht minder schön. Sie ließ den Gast alles Vorige vergessen, um mit einem offenen Geist das Lokal zu betreten. Einzig ein Messingschild neben der alten Eingangstür aus mit Eisen beschlagenem Holz zog die Aufmerksamkeit auf sich. Es gab keine Fenster, keine weiteren Eingänge.

Ich überließ Cleo den Vortritt und war überrascht, dass uns nicht sofort jemand begrüßte. Dafür wäre der Raum viel zu klein gewesen. Es hätten vielleicht vier Personen gleichzeitig unter die antik wirkende Laterne gepasst. Auch hier gab es keine Türen, sondern einzig einen Rundbogen, von dem eine in den Felsen gehauene Treppe nach unten führte.

Cleo musste sich mit einer Hand an dem Geländer festhalten, weil sie sich heute ausnahmsweise für High Heels entschieden hatte, die ich bis dahin gekonnt ignoriert hatte.

»Geht es, oder soll ich vor dir gehen?«, fragte ich vorsichtig.

»Warum? Damit ich auf dich drauf fallen kann?«

»Wäre sicherlich weniger schmerzhaft als die andere Option.«

»Als ob es dich kümmern würde«, schoss sie über ihre Schulter hinweg zurück.

Autsch!

Ich hielt den Mund und blickte konzentriert *nicht* auf ihre Schultern, die von ihren Haarspitzen gestreift wurden.

Wie konnte alles an ihr verführerisch sein, wenn ich sie gerade nicht mal leiden konnte? Und sie mich ganz offensichtlich auch nicht?

Es sollte ein Naturgesetz sein, dass dies verboten wäre. Oder nicht mal vorkäme.

So was verkomplizierte alles.

Schließlich erreichten wir den Speiseraum. Am Eingang unter der gewölbten Decke erwartete uns auch der erste Mitarbeiter in weißer Uniform vor einem Pult. Auf diesem lag ein großes schweres Buch aufgeschlagen.

»Buonasera! Haben Sie reserviert?«

Ich stellte mich neben Cleo, die den Anblick der magischen Kulisse in sich aufzusaugen schien. Der Geräuschpegel war angenehm, die anwesenden Gäste schienen gut gelaunt.

»Zwei Personen auf Marinotti«, teilte ich ihm mit, bevor ich meinen Blick über das Kalksteingemäuer schweifen ließ. So wie die Treppe waren auch diese ineinanderfließenden Räume in den Naturstein gehauen und wiesen an vielen Stellen sogar beeindruckende Risse auf. Einzig der Boden war aus glänzenden Fliesen in demselben cremefarbenen Farbton. Die Tische waren mal rund, mal eckig, mit weißen Tischdecken, und an ihnen standen durchsichtige Acrylstühle. An den Wänden hingen dekorative Bronzepfannen, und auf den in den Stein eingelassenen Regalen standen einige Spirituosen zur Auswahl.

Es war bereits viel los, und köstliche Gerüche vermischten sich miteinander. Ich hatte gelesen, dass der Schwerpunkt des Restaurants auf lokalen Zutaten in Kombination mit Fisch und Meeresfrüchten lag. Um ehrlich zu sein, war das nicht meine bevorzugte Wahl, doch heute ließ ich mich gerne eines Besseren belehren.

»Folgen Sie mir bitte«, bat der Kellner und brachte uns an einen Ecktisch, wo ich Cleo den Stuhl zurückzog. Es war instinktiv geschehen, trotzdem schwelte meine Brust, als sie mir ein dankbares Lächeln schenkte. »Hier sind Ihre Karten. Meine Kollegin wird sogleich zu Ihnen kommen, um Ihre Getränkewünsche aufzunehmen und Empfehlungen des Tages auszusprechen.«

»Grazie«, sagte ich und blickte ihm einen Moment nach, ehe ich die in Leder gebundene Menükarte studierte. Sie war zweigeteilt in Speisen und Getränke.

Nach einem kurzen Moment legte ich sie zugeklappt auf den Tisch zurück. Cleo fing meinen Blick auf.

»Hast du dich etwa schon entschieden?«

»Ich werde nach den Empfehlungen bestellen. Das wird dann bestimmt das Beste sein«, sagte ich.

»Und wenn da etwas dabei ist, das dir nicht schmeckt?«

»Ich esse eigentlich alles. Fisch ist nicht ganz oben auf meiner Liste, aber es ist sicher in Ordnung.« Ich zuckte mit den Schultern, weil es für mich keine große Sache war.

Argwöhnisch sah sie mich an, legte dann aber auch ihre Karte fort. »Das ist …«

Wir wurden von der Kellnerin unterbrochen, bei der wir unsere Bestellungen aufgaben. Sie war außerdem eine sachkundige Sommelière und empfahl uns zum Fisch einen trockenen Weißwein. Als Vorspeise wurden uns kunstvoll angerichtete Antipasti serviert.

Von Steinpilz-Crostini mit Flusskrebsen und Schinken über gefüllte Artischocken mit dicken Bohnen und Pecorino bis zu Rinder-Carpaccio war alles dabei.

Trotz dessen, dass es hervorragend schmeckte und duftete; trotz dessen, dass die Stimmung durch die sanften Klavierklänge und das geschäftige Geklapper aus der halb offenen Küche grandios war; trotz alldem konnte ich Cleos begonnenen Kommentar nicht vergessen. Mein sonst immer vorhandener Appetit hatte sich in Luft aufgelöst.

»Was wolltest du sagen vorhin?«, fragte ich, nachdem sie einen Schluck Wein genommen hatte.

Im Schein der Kerzen wirkte ihre Haut noch schöner und ebenmäßiger als sonst. Ihre eigentlich saphirblauen Augen waren dunkel und hielten ihre Gedanken vor mir verborgen.

Sie leckte sich den Wein von den Lippen, und ich spürte, wie sich alles in mir vor Verlangen zusammenzog.

»Das behalte ich besser für mich«, antwortete sie distanziert. Es störte mich gewaltig, weil sie eigentlich die offenste und freundlichste Person war, die ich kannte.

»Warum?«

»Ich habe keine Lust, dass wir uns streiten, weil ich mich in etwas einmische, das mich ja wohl ganz offensichtlich nichts angeht.«

Das hatte gesessen.

»Und wenn ich dir verspreche, dir dieses Mal einen Freifahrtschein zu geben?«

Sie hob eine Braue. »Warum solltest du das tun?«

Weil ich mittlerweile das ständige Bedürfnis habe, immer zu wissen, was in deinem wunderschönen Kopf vorgeht, konnte ich wohl kaum antworten, oder?

»Bin neugierig«, sagte ich bloß und spülte den Rest meiner Antwort mit dem hervorragenden Gorgona Bianco runter.

Sie hielt meinen Blick fest. Ich konnte ihr ansehen, dass sie noch mit sich und womöglich mit mir haderte. Schließlich aber siegte ihre mitteilungsbedürftige Seite.

»Ich glaube bloß, dass mehr dahintersteckt, dass du dich mit *allem* anfreunden kannst, anstatt zuzugeben, dass du etwas nicht leiden kannst.« Es war nicht das, was ich erwartet hatte.

Eigentlich hatte ich nicht wirklich etwas erwartet, aber wenn, wäre es mit Sicherheit nicht das gewesen.

»Hm.« Unsere Kellnerin kam, um uns im Allgemeinen und mir im Besonderen Wein nachzuschenken, da Cleos Glas noch zur Hälfte gefüllt war.

»Sagst du jetzt gar nichts, weil dir keine nette Erwiderung einfällt?«

»Nein, es ist bloß ... ich weiß schon, worauf du hinauswillst. Adoptivkind, das alles richtig machen will und so, aber ... so einfach ist das nicht. Man kann nicht alles darauf beziehen.«

»Tue ich ja gar nicht.« Sie bedankte sich bei der Kellnerin mit einem so warmen Lächeln, dass ich unangebrachten Neid verspürte. Würde sie mir jemals wieder ein so unbedarftes Lächeln schenken? »Du hast dir dieses Verhalten irgendwann angeeignet, gespürt, dass du damit am besten durchkommst, ohne andere zu verärgern, und es überall angewandt. Entspricht es aber dem, was du wirklich willst?«

»Sag bloß, du stehst immer zu deiner Meinung und gehst deinen Weg, egal, ob es anderen Unannehmlichkeiten bereitet oder nicht?«

Sie lachte auf. »Du fasst meinen Kommentar als Kritik auf, Dante, dabei ist es eigentlich so, dass es nur eine Beobachtung war. Wir sind uns da ziemlich ähnlich. Selbst wenn wir beide wissen, dass man öfter für seine eigenen Interessen einstehen sollte, tun wir das nicht. So sind wir nicht. Uns interessiert nun mal die Meinung anderer. Meistens mehr als unsere eigene.«

Auch das kam unerwartet. Irgendwie hatte ich nicht mit solch einer selbstreflektierenden Unterhaltung gerechnet. Neugierig geworden beugte ich mich vor. Die Antipasti waren vergessen. Elora war vergessen. Es existierte nur noch Cleo für mich.

»Und wie passt da dein Ex rein?«

Mit einem Finger zog sie Kreise auf der Tischdecke neben ihrem Weinglas.

»Er und alle Männer davor waren meine einzige Form der Rebellion. Etwas, das mir letztlich am meisten geschadet hat. Ironisch, oder?« Traurigkeit ersetzte das Glitzern in ihren Augen, und ich hasste mich sogleich dafür, das Thema angeschnitten zu haben.

»Schadet man sich bei einer Rebellion nicht ohnehin auch immer selbst?«

»Vermutlich.«

Ich war einerseits froh, als unser Essen kam, andererseits hätte ich die Unterhaltung gerne fortgesetzt. Ich konnte mich nicht daran erinnern, wann ich das letzte Mal ein derartig tiefgründiges Gespräch mit irgendjemandem geführt hatte außer mit meinem Bruder.

Obwohl Cleo und ich oftmals aneinandergerieten, war mir doch klar, dass sie jedes meiner Worte aufsog. Sie hegte ehrliches Interesse an mir und meiner Meinung. Das war nicht selbstverständlich.

Auf meinem Teller war der gebratene Seeteufel mit Salbei und Parmaschinken perfekt angerichtet. Dazu gab es ein Häufchen Jasminreis. Kein Soßentropfen war falsch gesetzt. Kein Salbeiblatt unförmig. Ich war jetzt schon begeistert, dabei hatte ich nicht mal einen Bissen probiert.

Die Kellnerin hatte mir den Seeteufel empfohlen, weil sein Geschmack relativ dezent war und sein Fleisch eher mager. Perfekt für jemanden wie mich, der normalerweise nicht besonders gern Fisch aß.

Cleo hatte sich für ein Meeresfrüchterisotto entschieden, das ebenfalls hervorragend angerichtet war.

»Wenn es nur halb so gut schmeckt, wie es aussieht, mach ich mit, wenn du Elora entführst«, sagte Cleo kurz vor dem ersten Bissen.

»Gut zu wissen, denn darauf wird es sicherlich hinauslaufen«, murmelte ich. »Gott, ist das gut!«

»Stimme dir vollends zu.«

»Immerhin sind wir einmal einer Meinung.«

Sie verdrehte die Augen, erwiderte jedoch nichts.

Nachdem wir aufgegessen hatten, fragte ich bei der Kellnerin nach, ob Elora Moore möglicherweise für Komplimente zu unserem Tisch kommen würde.

»Normalerweise macht sie das nicht, aber ich werde sie fragen.«

Mehr konnte ich erst mal nicht verlangen, wenn ich nicht wie ein gefährlicher Stalker rüberkommen wollte. Schließlich sollte mir das Glück heute Abend noch hold sein, da Elora nur wenige Minuten später mit weißer Bluse, sauberer Schürze und einer Toque auf dem Kopf an unserem Tisch erschien.

Obwohl ich gewusst hatte, dass sie erst dreiundzwanzig war, überraschte mich doch, wie jung sie aussah. Sie konnte kaum größer als ein Meter sechzig sein und war so zierlich und schmal, dass sie vermutlich mit vierzig noch wie fünfundzwanzig wirken würde.

Sie lächelte nicht und wirkte seltsam reserviert. Ihre großen hellgrünen Augen musterten erst mich und dann Cleo, ehe Elora mich wieder damit taxierte. Ihr leicht lockiges Haar trug sie ein wenig länger als Cleo und dazu einen Pony, der ihre Brauen teils verdeckte. Beides lugte unter der Toque hervor.

Ein Haarnetz lag in ihrer rechten Hand, als hätte sie dies eilig gegen die Kochmütze getauscht, um zumindest ein wenig präsentabler auszusehen. Ich war mir jedoch aufgrund ihres grimmigen Gesichtsausdrucks nicht sicher, ob das ihre Entscheidung gewesen war.

»Sie wollten mich sprechen?«, fragte sie mich auf Italienisch.

»Ah, ich wollte dir ein Kompliment machen«, wechselte ich ins Englische und ließ somit aus einem Instinkt heraus, auf den ich mich in meinem Business gelernt hatte zu verlassen, die formelle Höflichkeit im Italienischen fallen. »Und dir außerdem ein Jobangebot machen.« Ich holte meine Karte aus meinem Geldbeutel und reichte sie ihr.

Zögerlich nahm sie diese an, warf allerdings nur einen kurzen Blick darauf.

»Ich habe nicht vor, nach New York zu gehen. Amerikaner sind anstrengend«, sagte sie prompt.

»Meine Hauptgeschäftsstelle ist zwar in den USA, aber ich möchte dich tatsächlich für meine Ferienanlage in der Nähe von Brindisi abwerben.« Ich ließ das Angebot für ein paar Sekunden wirken. »Wir sind gerade noch mit den Renovierungsarbeiten beschäftigt, aber ich glaube, dass es dir dort gefallen könnte. Deinem bisherigen Lebenslauf nach zu urteilen, hast du noch in keiner Anlage gearbeitet und warst auch noch nie deine eigene Chefin. Du hast von mir völlige Entscheidungsfreiheit, was dein Team angeht, und kannst von Anfang an mitbestimmen, wie die Küche aussehen soll.«

»Als hätte ich nicht schon ähnliche Angebote bekommen«,

spuckte sie aus, wenig beeindruckt. Und doch, ich hatte das Interesse in ihren Augen aufglimmen gesehen. Was von meinem Gesagten hatte sie am meisten gereizt?

»Es gibt Kühe«, sagte Cleo in unser Blickduell hinein.

»Was?« Elora blickte in ihre Richtung.

Cleo zog einen Moment eine Schnute. »Es gibt Kühe, ein Schwein, Ziegen, und vor Kurzem hat eine Katze Junge bekommen. Die Weinberge drum herum sind mit das Schönste, was ich je gesehen habe. Auch wenn der Weg von Speranza bis runter ins Dorf echt anstrengend ist, lohnt es sich, zu Fuß zu gehen. Oder mit dem Rad zu fahren. Dante kann sicher eins für dich auftreiben. Bei mir ist er zu geizig, aber ich bin auch keine supertalentierte Erfolgsköchin, von daher, alles fein.«

»Cleo …«, begann ich, doch Elora forderte mich mit einer Handbewegung auf, zu schweigen.

»Du arbeitest da auch?«

»Ich weiß, ich sehe eigentlich zu gut dafür aus, aber Speranza ist was Besonderes.« Sie zwinkerte der Köchin verschwörerisch zu, und ich hatte das Gefühl, der Unterhaltung nicht mehr ganz folgen zu können. »Du verpasst echt was, wenn du nicht zumindest drüber nachdenkst. Hier, ich geb dir meine Nummer. Wenn du mir schreibst, schick ich dir ein paar Videos und Bilder.«

Cleo holte aus ihrer viel zu kleinen Tasche einen Stift und notierte ihre Nummer einfach auf der Stoffserviette, die sie dann Elora reichte.

»Und das Risotto war fantastisch! Wirklich grandios.«

Elora sah genauso überfahren aus, wie ich mich fühlte.

»Äh, ich werde mich melden«, murmelte sie. Ohne mich noch eines Blickes zu würdigen, kehrte sie in die Küche zurück.

»Was war das denn?«, fragte ich, nicht verurteilend, nur … erstaunt.

»Offenbar hast du ihr mit deinem üblichen Geschäftsgespräch nichts Neues gesagt. Daran musst du wirklich arbeiten. Sollen wir?«

»Und du denkst, dass du sie überzeugen konntest? Mit … Kühen und Weinbergen?«

In dem Moment vibrierte ihr Handy, und sie senkte den Kopf, um die eingegangene Nachricht zu lesen. Eilig tippte sie aufs Display, wartete und tippte erneut.

»Sie hat zugesagt«, antwortete Cleo, selbst erstaunt.

»Was?« Ich musste mich zwingen, die Stimme zu senken. Was zur Hölle …? Obwohl ich gehofft hatte, Elora eine Zusage entlocken zu können, hätte ich niemals heute damit gerechnet. Wie konnte man eine derartige Entscheidung innerhalb weniger Minuten treffen?

»Wirklich, die Katzenbabys sind unwiderstehlich. Wer kann da schon Nein sagen? Sie schreibt dir morgen wegen der Details. Hoffentlich bezahlst du ihr genug.«

Kopfschüttelnd verlangte ich nach der Rechnung. Cleo grinste selbstzufrieden, und schon bald spürte ich, wie ich davon angesteckt wurde.

Ich war ihr nicht gewachsen. So viel stand fest.

17

Cleo

Trotz unseres überraschenden Erfolgs, Elora direkt an diesem Abend für Speranza zu gewinnen, war die Stimmung noch immer nicht … richtig zwischen uns. Als Dante vorgeschlagen hatte, ein wenig länger durch das spätabendliche Rom zu schlendern, war ich überrascht. Ich hatte eigentlich nicht gedacht, dass er mehr Zeit als notwendig mit mir allein verbringen wollte.

Um ganz, ganz, ganz ehrlich zu sein, fühlte ich mich nicht frei davon. Auch ich überlegte ständig hin und her, ob es nicht besser wäre, Dante komplett zu meiden, wenn wir nur zu zweit waren. Morgen würde zumindest sein Bruder ankommen, der uns nach Brindisi begleiten würde, sowie Summer, die allerdings nur einen Tag in Rom bleiben würde. Leider hatte sie keinen Urlaub bekommen.

Das würde die Spannungen zwischen uns hoffentlich auflösen oder zumindest mindern. Ich konnte mir nicht vorstellen, wie es noch schlimmer werden konnte.

Während wir zur Piazza di Trevi spazierten, wo sich der berühmte und vor allem beeindruckende Glücksbrunnen befand, warf ich immer wieder einen Seitenblick auf Dante. Im Restaurant war ich immerhin von dem köstlichen Essen abgelenkt gewesen, jetzt war es schwierig, ihn nicht anzusehen. Er sah verboten gut aus. Trug ein dunkles Hemd, dessen Ärmel er vorhin bis zu den Ellbogen geschoben hatte, sowie eine schwarze Bundhose, die ihm wie angegossen passte. Das schokobraune Haar hatte er zurückgekämmt und den üblichen Dreitagebart am Morgen kürzer rasiert als jemals zuvor.

»Vielleicht sollten wir …« *… doch zum Hotel zurück*, hatte ich sagen wollen, als wir den Trevibrunnen erreichten. »Wow!«

Ich hatte selten etwas so Wunderschönes gesehen. Warum war ich zuvor nie hier gewesen? Oder hatte ich dieses Kunstwerk nur nicht wahrgenommen, weil ich so von Oliver gestresst gewesen war?

Der Brunnen war von der Fläche so riesig wie die Fassade des Hauses, an das er sich direkt anschloss. Vielleicht fünfzig Meter breit und halb so lang, mit kristallklarem blauem Wasser, sodass man die Münzen am Grund sehen konnte. Jeder, der einen Wunsch hatte, warf eine Münze hinein und bat um die Erfüllung dessen. Früher sollte man eine Münze über seine rechte Schulter werfen, damit man sicher von seiner Reise zurückkehrte.

Dahinter wuchsen weiße Felsen in die Höhe und schlossen sich an der Palastfassade an. Unter und neben dem vorgesetzten Triumphbogen sammelten sich diverse mythische Meeresgestalten. Alles war aus Carrara-Marmor und Kalkstein gefertigt, was der Architektur ein noch edleres Aussehen verlieh.

Drum herum tummelten sich der Uhrzeit entsprechend viele Touristen, die vor dem hell erleuchteten Spektakel Selfies und Gruppenfotos schossen. Ein Musiker weiter hinten auf dem Platz spielte auf seiner Geige Vivaldi.

»Lass uns auch ein Foto schießen«, schlug ich Dante vor, anstatt ihn darum zu bitten, zum Hotel zurückzugehen. In mir war der unbändige Drang aufgestiegen, diesen Moment festzuhalten. Ganz gleich, was für Differenzen wir hatten, ich war stolz auf mich, dass ich Oliver hinter mir lassen konnte und auf eigenen Beinen stand – wenn auch nur einen Sommer lang. Denn was ich nach Speranza tun würde, wusste ich immer noch nicht.

»Hier?«

»Da vorne ist gerade Platz.« Ich beeilte mich, an den Rand des Brunnens zu kommen, damit wir einen schönen Hintergrund hatten. »Scusi, könnten Sie vielleicht ein Foto von uns machen?«, bat ich eine ältere Dame, die sich gerne bereit dazu erklärte.

»Näher zusammen«, rief sie und gestikulierte mit der freien Hand entsprechend.

Dante legte einen Arm um meine Mitte, sodass seine Hand an meiner Taille lag. Hitze breitete sich gefährlich schnell von dort aus. Mir wurde so warm, dass ich mit Sicherheit rote Wangen bekam. Trotzdem versuchte ich, mir nichts anmerken zu lassen.

Sobald die nette Frau ein paar Fotos geschossen hatte, rückte Dante von mir ab, als hätte er sich an mir verbrannt. Dieses Mal war ich davon überzeugt, dass ich ihn nicht kaltließ. Zwischen uns existierte eine körperliche Anziehung, die es uns beiden schwer machte, zusammen zu sein.

Zögerlich sah ich von meinem Handy auf den Brunnen. Ich hatte bereits eine Weile darüber nachgedacht und fühlte, dass jetzt der richtige Zeitpunkt gekommen war, nachdem wir mit Elora bereits einen Erfolg erzielt hatten.

»Ich wollte mich entschuldigen«, sagte ich leise und fing Dantes Blick auf. »Wegen dem, was ich getan und gesagt habe. Es war wirklich nicht meine Absicht, dich zu verletzen. Ich hätte meiner Neugierde widerstehen sollen. Und … es tut mir auch leid, dass ich so lange für die Entschuldigung gebraucht habe. Ich war einfach … überfordert mit deiner Reaktion. Die natürlich vollkommen gerechtfertigt war.«

»Schon gut.«

»Nein, ist es nicht. Du wolltest all das nicht hören, und ich habe es dir aufgezwungen. Ich weiß nicht, was mit mir los war.«

»Ich habe nachgefragt, was dir auf dem Herzen liegt, wenn du dich daran erinnerst«, zog er mich auf.

Ratlos sah ich ihn an. »Warum bist du so nett zu mir?«

»Bin ich das?«

Mein Herz klopfte mir bis zum Hals, als ich meinen Blick nicht mehr von seinem lösen konnte. Es knisterte so heftig zwischen uns, dass ich mich unwillkürlich zu ihm neigte.

Wie leicht es wäre, mich in ihn zu verlieben, schoss es mir durch den Kopf. Und wie es wohl wäre, ihn zu küssen? Seine Lippen auf meinen zu spüren? Mich von ihm erobern zu lassen und ihn selbst in Besitz zu nehmen?

Ich wusste nicht, was es war, das mich dazu brachte, an ihm vorbei zu sehen. Vielleicht hatte ich die bekannte Stimme im Wirrwarr der anderen Nachtschwärmer vernommen. Oder es war ein Instinkt, der mir nicht bewusst gewesen war.

So oder so sah ich plötzlich Oliver.

Er stand ein paar Meter hinter Dante und hatte eine rothaarige Frau, ungefähr in meinem Alter, an seinem Arm. Sie lachten, amüsierten sich, schlenderten, als wäre dies ihre Nacht.

Für eine Sekunde war ich wie erstarrt, dann übernahm mein Überlebensinstinkt. Ich packte Dante am Handgelenk und zog ihn mit mir in die andere Richtung davon. Zuerst herrschte nur Panik in meinem Inneren, doch schnell wurde diese von unbegreiflicher Euphorie und Vergnügen ersetzt.

Dante rannte einfach mit. Er vertraute mir.

Wir liefen weiter, bis wir den Platz verlassen und in die erstbeste, spärlich erleuchtete Straße eingebogen waren.

Atemlos blieben wir stehen, und ich ließ Dante los, um meine Hände in die Seiten zu stützen.

»Sorry«, entschuldigte ich mich lachend. Wie albern ich war! Als hätte ich etwas vor Oliver zu befürchten. Doch aus irgendeinem Grund hatte ich mir diesen Abend nicht von ihm verderben lassen wollen.

Als Dante nichts erwiderte, hob ich den Blick und wurde sofort von dem glitzernden Grau seiner Augen gefangen genommen. Sein Gesicht gab nicht das Geringste preis, während er sich mir vorsichtig näherte. Ganz langsam drängte er mich gegen die Hauswand, bis ich mit dem Rücken leicht dagegen stieß.

Hatte ich eben noch geglaubt, mir würde das Herz aus der Brust springen, so wurde ich jetzt eines Besseren belehrt. Es ließ sich nicht mehr beruhigen. Insbesondere dann nicht, als Dante eine Hand an meine Wange legte und mit dem Daumen an meinem Kinn mein Gesicht nach oben neigte. Mit der anderen Hand stützte er sich an der Wand neben meinem Kopf ab. Er war mir so nahe, dass er jegliches Licht abschirmte und ich nur noch Schatten sah.

»Darf ich dich küssen?«, fragte er heiser, als hätte ihm der Moment die Sprache verschlagen.

Ich nickte, denn es gab keine andere Antwort.

»Sag es«, bat er mich. Befahl er mir.

»Ja«, hauchte ich.

Sobald das Wort meine Lippen verließ, versiegelte er sie mit seinem Mund.

Alles andere fiel von mir ab. Ich spürte nur noch seine Lippen, seine Hände an meinem Körper und seine Hitze, die mit meiner eigenen konkurrierte.

»O Gott«, stöhnte ich, weil mir die Knie zu versagen drohten.

Erst jetzt wurde mir wahrlich bewusst, was für eine regelrechte Qual die letzten drei Wochen gewesen waren. Wie hart es gewesen war, Dante zu widerstehen. Jeden Morgen hatte ich ihn angesehen und mir auf die Zunge gebissen, weil ich nicht den Abstand zwischen uns überbrücken konnte. Doch jetzt war es vorbei.

Jetzt klammerte ich mich an ihm fest, als würde mein Leben davon abhängen.

Er presste seinen gesamten Körper gegen meinen, fuhr mit der Hand, die zuvor an der Wand gelegen hatte, erst meinen Arm hinab und blieb dann einen Moment an meiner Hüfte liegen. Ich gehorchte der wortlosen Aufforderung und hob ein Bein nach oben. Mein Kleid rutschte hoch, sodass seine Hand meinen nackten Schenkel berührte.

In der nächsten Sekunde hatte er mich vollständig auf den Arm gehoben, und ich spürte seine Erektion an meiner feuchten Mitte. Einzig seine Kleidung und mein Slip trennten uns voneinander.

Es brachte mich völlig um den Verstand. Ich öffnete meinen Mund für ihn und wurde belohnt, als er an meiner Zunge saugte, um sie direkt wieder freizugeben. Sein kehliges Stöhnen vermischte sich mit meinem Flehen.

Ich griff in sein weiches Haar und atmete seinen Duft nach Seife ein, bevor er meinen Mund entließ und mit den Lippen an meiner Kehle herabwanderte. Ich legte den Kopf zur Seite, hielt die Augen geschlossen und versuchte, *irgendwie* Atem zu schöpfen. Er knetete meinen Hintern, bevor er seine Hüften ein-, zweimal gegen meine stieß und er mit der Zunge am Saum meines Ausschnitts entlangfuhr und eine prickelnde Spur hinterließ.

»Jesus fucking Christ, Cleo«, raunte er, ehe er sich von mir zurückzog. Ganz langsam half er mir zurück auf die Beine, obwohl ich längst noch nicht bereit gewesen war, ihn loszulassen oder den Kuss zu beenden. »Geht es?«

Mit einer Hand stützte ich mich an der Mauer hinter mir ab, um irgendwie klarzukommen. Dann nickte ich.

Nach und nach wurde ich mir wieder meiner Umgebung gewahr und richtete mein Kleid, obwohl es wieder perfekt und züchtig runtergefallen war.

Aus dem Augenwinkel sah ich, wie er sich das Haar zurückstrich.

»Wir sollten besser ins Hotel zurückkehren«, sagte er.

»Stimmt.«

Was zur Hölle war das gewesen? Wie hatten wir beide derart die Kontrolle verlieren und uns beinahe in der Öffentlichkeit die Kleider vom Leib reißen können? Es hätte von meiner Seite aus wirklich nicht mehr viel gefehlt, und meinen wunden Lippen nach zu urteilen, bei ihm auch nicht.

Zum Glück besaß er ein Fitzelchen mehr Selbstkontrolle als ich.

Der Weg zurück verlief schweigend, aber nicht unangenehm. Obwohl ich mehrmals seiner Hand zwischen uns Beachtung schenkte, traute ich mich nicht, nach ihr zu greifen. Stattdessen klammerte ich mich an meine kleine Handtasche, die noch immer über meiner Schulter hing.

Ich debattierte konstant mit mir selbst. Auf dem Weg zum Hotel, im eleganten Lift und dann noch, als wir den Salon unserer Suite erreichten.

Das war der Moment, als ich meinen Mut zusammennahm und über meinen eigenen Schatten sprang.

Entschlossen drehte ich mich auf dem Absatz um, bevor Dante in seinem eigenen Zimmer verschwinden konnte. Erst da sah ich ihn wieder richtig an und bemerkte, dass er mindestens so verwirrt war wie ich.

»Ähm, willst du … mit mir die Nacht verbringen?« Gott, konnte ich noch irgendwie kitschiger klingen?

»Schon okay, ich schlafe besser allein. Danke.« Damit flüchtete er in sein Schlafzimmer.

Danke?

Danke?

Neben mir stehend öffnete ich meine Tür, trat in den abgedunkelten Raum und drückte sie dann hinter mir wieder zu.

Hatte er sie noch alle beisammen?

Danke?

Ich atmete tief durch die Nase ein und durch den Mund wieder aus.

Ich würde nicht weinen.

Ich würde nicht ausrasten.

Ein und wieder aus.

»Danke?«, echote ich und ging ins angrenzende Bad. Ich starrte mein durcheinandergebrachtes Äußeres an. Meine Augen glühten. »Dieser fucking Bastard!«

Am nächsten Morgen verließ ich das Hotelzimmer, bevor Dante mir begegnen konnte. Ich hatte meinen gepackten Koffer in den Salon gestellt und eine Notiz hinterlassen, um nicht kleinlich oder beleidigt zu wirken.

Es war von vornherein klar gewesen, dass ich Summer treffen würde. Das hatte ich Dante bereits gesagt. Vielleicht hatten wir am Rande darüber gesprochen, sie und Isaac gemeinsam vom Flughafen abzuholen.

Vielleicht hatte sich mein Plan geändert nach seinem so netten *Danke* gestern Abend.

Ich: Danke, dass du allein zum Café fährst und ich dich nicht abholen muss …

Summer: Ich bin kein Kleinkind. 😋 Trotzdem musst du mir gleich alles haarklein berichten. Gosh, ich platze vor Neugier.

Ich: Du wirst dich totlachen.

Summer: Hauptsache, dir geht es gut, während ich das tue.

Summer: Cleo?

Ich: Wird schon. Bis gleich. Ich mach mich jetzt auf den Weg.

Summer: Love you, girl.

Ich: Love you more.

18

Dante

Ich hatte richtig hart abgefuckt, und ich wusste nicht mal so genau, warum.

Ich wollte Cleo. Ich wollte sie in meinem Bett. Ich wollte sie zum Schreien bringen. Ich wollte sie schmecken und in sie eintauchen. All das. Gott, allein bei dem Gedanken regte sich mein Schwanz.

Warum also hatte ich ihre deutliche Einladung eiskalt abgelehnt wie ein beschissener Mistkerl, der ich eigentlich *nicht* war? Ich hasste mich selbst für meine Worte und konnte mir nur zu gut vorstellen, was in ihr vorging.

Wenn sie meinen Namen und meine Person nicht vor dem Einschlafen verflucht hatte, war sie eine Heilige.

Lag es daran, dass ich mir selbst nicht traute, weil es so lange her war, dass ich mit einer Frau geschlafen hatte? Oder wusste ich im Unterbewusstsein bereits, dass ich es mit ihr vermasseln würde?

Denn an ihr lag es nicht. Sie war nicht wie meine Ex. Sie verdrehte zwar gern die Wahrheit und steckte ihre süße Nase in Dinge, die sie nichts angingen, aber sie hatte mich noch nie enttäuscht. Nicht mal, als sie etwas über meine Familie recherchiert hatte. Es war nicht unverzeihlich gewesen und eigentlich auch nicht sonderlich schlimm. Für meine überempfindliche Reaktion konnte sie nichts.

Shit!

Ich konnte ihr zwar vertrauen, aber mir selbst nicht.

Weil ich immer noch lieber selbst verließ, anstatt verlassen zu werden. Das hatte mir meine Therapeutin in New York nicht nur einmal gesagt, und dennoch war ich stets zu feige gewesen, etwas daran zu ändern.

Denn der Sommer würde enden, und Cleo würde unweigerlich für immer aus meinem Leben verschwinden. Wir hatten nur drei Wochen miteinander verbracht, doch ich hatte mich schneller an sie gewöhnt, als ich für möglich gehalten hatte. Gefühle hatten sich in mir geregt, die mich in große Schwierigkeiten bringen würden. Wenn es jetzt schon so weit war, wie würde es erst nach einer gemeinsamen Nacht sein?

»Shit!«, wiederholte ich, in meine Kaffeetasse murmelnd.

Ich hatte mich nach dem Aufstehen in die Lobby begeben. Erst hatte ich nach Cleo sehen wollen, vielleicht auch, um mich zu entschuldigen. Sicher war ich mir da noch nicht gewesen. Doch dann hatte ich ihr Gepäck gesehen samt Notiz, dass sie bereits gegangen war.

Ich konnte es ihr nicht verübeln und versuchte auch, nicht zu enttäuscht zu sein, dass ich sie erst heute Abend wiedersehen würde. Sie hatte sich den Abstand von mir redlich verdient.

Mit einer Hand tippte ich Nachrichten an sie in mein Handy und löschte sie dann sogleich. Was auch immer mir in den Sinn kam, es drückte nicht das aus, was ich fühlte und was sie verdiente, zu lesen.

»Warum ziehst du so eine Schnute?« Isaac klopfte mir von hinten auf die Schultern, bevor er um mich herum ging und sich in den Sessel schräg neben mir fallen ließ.

Er schob sich die Fliegersonnenbrille nach oben und strich dadurch sein aschblondes Haar zurück. Wieder wurde mir bewusst, wie viel von unseren Eltern er in sich vereinte. Wieder wurde Neid darüber in mir entfacht.

Eilig stopfte ich diese Emotion in irgendeine der vielen, vielen Schubladen in meinem Inneren, bevor mein kleiner Bruder Wind davon bekam. Er würde mir einen Schlag in den Nacken dafür verpassen, dass ich so was überhaupt bloß dachte.

»Warum hast du Lippenstift an deinem Kragen?«, entgegnete ich mit hochgezogenen Brauen.

Sofort überprüfte er sein Aussehen auf seinem Handydisplay. Der Abdruck war nicht sonderlich auffällig, aber mir entgingen solche Kleinigkeiten nicht.

»Ach, habe im Flugzeug eine nette Dame kennengelernt«, sagte er schließlich und ließ dann von sich ab. Abgesehen von dem Fleck war sein Hemd makellos, was darauf schließen ließ, dass es nicht zu viel mehr als einem Kuss gekommen war.

»Deine Fähigkeit, immer und überall Leute aufzureißen, ist bedenklich«, murrte ich und stellte meine nunmehr leere Kaffeetasse zurück auf die Untertasse.

»Bedenklich? Du meinst wohl eher faszinierend und beneidenswert?«

»Hattest du überhaupt schon mal eine richtige Beziehung? Ich kann mich nur an Sophie vom College erinnern, und das mit ihr war nach drei Tagen vorbei«, überlegte ich laut.

»Glaub mir, drei Tage waren mehr als genug, um ihr auf den Geist zu gehen. Außerdem funktioniert es doch ganz wunderbar. So kann ich all meine Zeit und Kraft in dich investieren.« Er sah wirklich glücklich aus, als er das sagte.

»Okay, ich korrigiere mich, diese Aussage hier ist bedenklich.« Kopfschüttelnd gab ich meine Zurückhaltung auf und lächelte Isaac an. »Ich bin froh, dass du da bist. Deine Anreise war also in Ordnung?«

»Hach ja, es war eine gute Idee, in London einen Zwischenstopp einzulegen. Deshalb bin ich jetzt nicht ganz so k. o.« Er streckte seine Beine aus und lehnte sich in dem Sessel zurück. Dabei nahm er seinen Blick allerdings nicht von mir. »Also, warum die Schnute? Wo ist Cleo überhaupt? Ich war ziemlich aufgeregt, sie zu treffen.«

»Sie ist off limits, Isaac«, knurrte ich vielleicht etwas zu besitzergreifend.

»Wirklich? Warum?«

»Sie ist meine Angestellte, deshalb.«

»Das war dir bei Ray oder Quinn auch egal«, gab er prompt zurück. Damit hatte er nicht unrecht. Ich hatte Isaac bloß gebeten, mit seinen Liebeleien ein Formular für HR auszufüllen, damit alles legal blieb und klar war, dass die Beziehung auf gegenseitigem Einverständnis beruhte. »Wenn ich eines deiner Formulare ausfüllen soll, ist das gar kein Problem«, fügte er hinzu, als hätte er meine Gedanken gelesen.

»Das ist es nicht.«

»Was dann?«

»Jesus, Isaac, du kennst sie nicht mal und willst schon mit ihr ins Bett hüpfen?«

»Jetzt erst recht. Wenn sie dir so unter die Haut geht.« Er lachte amüsiert, und da wusste ich, dass er sich ein Spielchen mit mir erlaubte.

»Bastard«, brummte ich.

»Für dich immer gern.« Sein Lachen wurde zu einem schelmischen Grinsen. »Also, wie weit ist es zwischen euch schon gekommen? Händchen halten? Erste Base? Zweite?«

»Wir haben uns gestern Abend geküsst, und es hätte nicht

viel gefehlt zu mehr, wenn du es genau wissen willst«, gestand ich, eigentlich froh darüber, mit ihm reden zu können.

»War es schlecht?«

»Schlecht?«, echote ich mit einem entsetzten Unterton. Mir fielen unzählige Adjektive ein, aber nichts war weiter davon entfernt. »Es war absolut spektakulär.«

»Und wieso zum Teufel ist sie jetzt nicht hier? Oder ihr zusammen im Bett, um spektakuläre Orgasmen zu erleben?«

»Ich hab einen Rückzieher gemacht«, murrte ich beschämt. »Ehrlich, zuerst waren wir draußen mitten in einer Fußgängerzone. Da ging ja wohl kaum was, aber auf dem Weg zum Hotel hab ich Panik bekommen. Sie hat mich zu sich eingeladen, und ich hab ihr einen Korb gegeben.«

Isaac sah mich geschockt an, ehe er sich vorbeugte und eine Hand auf meine Stirn legte. Ich schlug sie harsch weg.

»Bro, du sitzt echt tief in der Patsche. Liegt es an Ava? Hängst du ihr noch nach?«

»Auf gar keinen Fall«, rief ich fast. »Das ist es nicht.«

»Und was dann? An Cleo kann es ja nicht liegen, wenn der Kuss *spektakulär* war.« Es störte mich, dass Isaac so sorgenvoll klang. Als wäre das eine so schlimme Sache, dass ich nicht mir nichts, dir nichts mit ihr in die Kiste gesprungen war.

»Wie gesagt, ich habe Panik bekommen. Ich will sie nicht verletzen, und um ehrlich zu sein, habe ich auch Angst, selbst verletzt zu werden.« Warum lügen? Obwohl Isaac ein lustiger Lebemann war, hatte er ein großes Herz. Er würde mich immer verstehen.

Und auch jetzt ließ er mich nicht im Stich. Er beugte sich zu mir vor.

»Hast du ihr das denn so gesagt?«

Hitze stieg mir in die Wangen, als ich an meine kalte Abfuhr zurückdachte. Fuck, ich war echt ein Mistkerl, der keine zweite Chance verdiente. Trotzdem hoffte ich, dass sie sie mir geben würde.

»Nicht exakt so …«

»Dann solltest du das vielleicht nachholen, bevor es in einer Katastrophe endet.«

»Was für eine Katastrophe?«

»Dass sie kündigt, zum Beispiel. Oder wäre das keine Katastrophe, weil ich jetzt hier bin?«, witzelte er.

Ich verdrehte die Augen, obwohl sich mein Magen schmerzhaft zusammengezogen hatte. Daran hatte ich überhaupt nicht gedacht, doch Isaac hatte einen Punkt. Wenn sie mich nun so hasste, dass sie nicht mal mehr mit mir zusammenarbeiten wollte, hatte ich ein echtes Problem. Nicht nur wegen ihres beeindruckenden Arbeitseinsatzes, sondern weil ich sie den ganzen Sommer bei mir haben wollte. Wenn nicht länger … Ich wollte sie nicht früher gehen lassen.

»Wo ist sie denn gerade?«, riss mich Isaac aus meinen panisch umherwirbelnden Gedanken.

»Ich schätze, sie ist mit ihrer Freundin Summer unterwegs.«

»Perfekt. Warum rufst du sie nicht an und schlägst einen gemeinsamen Lunch vor? Summer und ich dienen euch als Puffer.«

»Du willst Cleo bloß endlich kennenlernen«, grummelte ich, holte aber mein Handy wieder hervor.

»Das auch«, stimmte er lachend zu.

19

Cleo

Summers und mein Wiedersehen war definitiv überdramatisch und theatralisch, aber witzig. Wir fielen einander mitten auf der Via Nicola Salvi, unweit des Kolosseums, in die Arme, lachten und sprangen im Kreis.

Wie sehr ich sie vermisst hatte!

»Ich nehme es dir noch immer übel, dass du nach Europa gezogen bist«, sagte ich schmollend, als wir uns etwas beruhigt hatten.

Sie trug eine marineblaue Dreiviertelhose mit weißer Seemannsbluse und dunklen Turnschuhen. Ihr strohblondes Haar hatte sie zu einem Zopf gebunden und die Frisur mit einem Band aus blauer Seide geschmückt. Es passte alles zu ihrer üblichen legeren und doch schicken Garderobe.

Ich hatte mich heute für mein weiß-beige kariertes Kostüm entschieden, das ich bei meiner ersten Begegnung mit Dante getragen hatte. Die Jacke trug ich jedoch nur über den Schultern, da sie zu warm war. Und statt eines Sweatshirts hatte ich mich für ein Seidentop mit Spitzenbesatz entschieden. Goldschmuck und weiße High Heels hatte ich damit gekonnt kombiniert, sodass ich mich beim Verlassen des Hotels so gefühlt hatte, als könnte mir Dante nichts mehr anhaben. Meine eigene Art von Ritterrüstung.

»Würde ich nicht in London wohnen, würden wir uns jetzt nicht in den Armen liegen«, schoss sie grinsend zurück.

»Jaja, ich weiß. Trotzdem. Wie soll ich nach dem Sommer ohne dich gegen meine Familie bestehen?«

»Bis dahin ist ja noch etwas Zeit«, sagte sie leiser. »Komm, ich brauche unbedingt einen guten Espresso.«

Ich hakte mich bei ihr ein, und zusammen schritten, nein, stolzierten wir förmlich die Straße entlang, um eine kleine Bar zu besuchen, die wir vorher schon rausgesucht hatten.

Obwohl ich mich zu hundert Prozent auf Summer gefreut hatte und überglücklich war, sie bei mir zu haben, spürte ich doch eine gewisse Wehmut in mir aufsteigen. Meine Gedanken kreisten fast ausschließlich um den lebensverändernden Kuss gestern Abend. Immer wieder hatte er sich in der Nacht vor meinem inneren Auge abgespielt, und mindestens genauso oft war mir klar geworden, dass Dante mich zwar um einen Kuss gebeten hatte, aber um nichts weiter. Vielleicht hatte ihm das gereicht. Vielleicht war in ihm nicht das gleiche Feuerwerk entzündet worden wie bei mir.

Ich hatte zwar seine Erregung deutlich gespürt, doch wenn ich eines nicht war, dann eine Spezialistin für Männer.

Das *La Biga*, direkt gegenüber vom Kolosseum, mit einer beeindruckenden Sicht von der Terrasse, war für seinen Wein und die kleinen Häppchen bekannt. Wie in jeder Bar servierte man hier ebenfalls einen hervorragenden Kaffee.

Zu unserem Glück wurden draußen gerade zwei Plätze unter einem der Sonnenschirme frei, und wir schnappten sie uns vor einer anderen Touristengruppe.

»Wir haben's noch drauf«, sagte Summer kichernd, nachdem sie auf den Stuhl gesunken war.

»Das war jetzt aber auch kein Hechtsprung, den du da gemacht hast«, erwiderte ich amüsiert.

»Den hätte ich notfalls aber noch hingekriegt. So, und jetzt – *Scusi, due cafè per favore!*« *Entschuldigung, bitte zwei Kaffee!*

»Du hast dich in den letzten Tagen echt spärlich gemeldet. Ich dachte schon, du sagst ab«, gestand ich. Wenn sie heute nicht nach Rom geflogen wäre, hätte ich mich vermutlich irgendwo versteckt. Nur um Dante nicht allein begegnen zu müssen.

»Sorry, aber meine neue Chefin verlangt ziemlich viel von mir. Was gut ist, keine Frage. Sie gibt mir die Chance, aufzusteigen, was ja Sinn der Beförderung war, und die will ich einfach nutzen.« Die Kellnerin unterbrach uns mit unserer Bestellung, und ich machte mich sofort über das Amarettini her, das förmlich auf meiner Zunge zerging, als ich mit dem Espresso nachspülte.

»Versteh ich, und das freut mich total für dich. Vor allem nach der Niete von Chef, den du davor hattest.«

»So eine Niete war er nun auch nicht. Immerhin hat er mich eingestellt.«

Ich lachte. »Vielleicht seine einzige jemals gut getroffene Entscheidung.«

»So in etwa wie Oliver, als er sich von dir getrennt hat?«

»Wow, danke«, erwiderte ich trocken.

»Hey, das war positiv gemeint. Ich bin froh, dass der Dreckskerl endlich aus deinem Leben verschwunden ist.«

Ich blickte zur Seite. Unwillkürlich hatte ich damit begonnen, mein Handgelenk zu reiben. An der Stelle, an der ich den ersten und letzten blauen Fleck getragen hatte, den er mir verpasst hatte.

»Cleo?«

»Ich weiß. Mir geht es ja genauso. Es ist mir bloß peinlich, dass ich selbst nicht den Mumm in mir hatte, die Notbremse zu ziehen.«

»So war das nicht.«

»Ach nein?« Erstaunt sah ich meine beste Freundin wieder an. Verständnis und Liebe zeichneten sich auf ihren gleichmäßigen Zügen ab.

»Du wusstest schon ganz genau, was er mit dir treibt, aber du hast dich lieber verletzen lassen, um deine eigene Familie weiter aufzubringen.«

»Bin ich nicht diejenige, die Psychologie studiert hat?« Ich konnte ihr nicht böse sein. Sie hatte mich komplett durchschaut, und Summer war noch nie jemand gewesen, die ihre Meinung zurückhielt.

»Doch, aber scheinbar muss man dir alles vorkauen«, sagte sie voller Leichtigkeit. Denn trotz des hart zu verdauenden Themas war Oliver Geschichte.

Zumindest fast.

»Ich habe ihn gestern übrigens gesehen. Also Oliver. Dante und ich sind nach dem Treffen mit Elora nach Hause spaziert, und da war er plötzlich. Superglücklich und mit einer neuen Flamme.«

»Ernsthaft? Das sagst du mir erst jetzt? Was ist passiert? O mein Gott, ich brauche alle schmutzigen Details!«

Ich errötete, als ich an ein bestimmtes schmutziges Detail dachte.

»Auf gar keinen Fall! Es gibt wirklich schmutzige Details?«

»Bei mir sind einfach die Synapsen durchgebrannt. Ich hab Dante gepackt und bin mit ihm davongelaufen. Er hat nicht mal gefragt, was in mich gefahren ist.«

»Das nennt man wahre Liebe«, kommentierte sie mit einem verträumten Gesichtsausdruck. Sie stützte ihr Kinn auf einer Hand auf. »Und weiter?«

»Oliver war total vergessen, weil …« Ich legte meine Handflächen auf meine Wangen, um sie zu kühlen. »Dante hat mich geküsst. Wir haben uns geküsst. Und was das für ein Kuss war! Wie oft kann ich Kuss sagen?«

»Für mich nicht oft genug! Wow! Ihr habt echt lange durchgehalten.« Sie nickte anerkennend.

»Was soll das bedeuten?«

»Komm schon, du wolltest ihm vom ersten Moment an an die Wäsche, gib es zu.«

»So was gebe ich überhaupt nicht zu. Ich bin doch kein Perversling.«

»Was hat das damit zu tun? Du findest ihn attraktiv und bist eine Frau, die Sex mag. Nur ihn konnte ich nicht einschätzen, aber da ich weiß, wie heiß du sein kannst …« Sie wackelte mit den Brauen.

Lustigerweise meinte sie es wirklich so. Summer hatte am Anfang gedacht oder vielmehr gehofft, dass ich wie sie auf Frauen stehen würde. Zu unserer beider Bedauern war dies nicht so gewesen. Summer wäre sonst die perfekte Partnerin für mich.

»Danke«, murmelte ich. »Du bist bestimmt auch stolz auf mich, wenn ich dir sage, dass ich ihn zu mir ins Schlafzimmer eingeladen habe.«

Ihre Kinnlade fiel herab, und sie klammerte sich an die Tischkante. »Cleo Hargrove! Du überraschst mich immer wieder. Holy fuck. Ihr habt also miteinander geschlafen? Warum zum Teufel bist du dann hier mit *mir*, anstatt dir die nächste Runde mit *ihm* zu geben? War er so schlecht? Wie sieht's untenrum aus?«

Ich war froh, dass wir ganz außen saßen und die Leute am Nachbartisch koreanisch sprachen. Sie konnten unserem Gespräch hoffentlich nicht folgen.

»Summer!«, zischte ich peinlich berührt. »Das war es nicht. Der Kuss und alles ... es war fantastisch. Der beste Kuss, den ich wahrscheinlich je hatte. Aber er hat Nein gesagt.«

»Was?«, rief sie entsetzt. »Er hat ... was?«

»Pst! Meinst du, es gefällt mir, das zuzugeben? Offenbar war er von mir nicht so überzeugt ...«

»Auf gar keinen Fall! Mit ihm muss etwas nicht stimmen. Ganz sicher. Lass dir da nichts einreden, Cleo. Dieser Bastard! Wie kann er dir einen Korb geben?«

Ich zuckte mit einer Schulter. Im Prinzip wusste ich, dass sie recht hatte. Dante hatte mich gewollt. Mindestens so sehr, wie ich ihn gewollt hatte. Das Problem lag also woanders.

»Fuck.« Mein Handy auf dem runden Marmortisch hatte zu vibrieren begonnen. »Das ist er. Er ruft mich an.«

Summer zog eine Schnute. »Irgendwie verspüre ich gerade den unbändigen Drang, ihn zu beschimpfen. Aber vielleicht will er sich ja entschuldigen.«

»Das bezweifle ich.« Trotzdem ging ich dran. Immerhin war er noch mein Boss, und zudem hatten wir einen gemeinsamen Flug für heute Abend gebucht. Ich würde ihm nicht ewig aus dem Weg gehen können. »Hallo?«

»Hey, Cleo.« Er räusperte sich. Ich musste mein anderes Ohr zuhalten, um ihn zu verstehen, weil es so laut um mich herum geworden war. Die Touristenmassen näherten sich dem Kolosseum. »Isaac ist gerade angekommen und hat vorgeschlagen, dass wir mit dir und Summer zusammen Lunch essen. Was haltet ihr davon?«

Keine Einleitung. Keine Entschuldigung.

»Moment, ich frage Summer.« Ich stellte mein Handy kurzzeitig auf stumm. »Er und sein Bruder wollen mit uns essen gehen. Was sagst du?«

»Ich sage das, was du willst, das ich sage«, antwortete sie prompt. Ich hatte nichts anderes von ihr erwartet.

»Dante? Wir wären dabei. Wo genau?« Er nannte mir eine Adresse, gar nicht weit von uns. »Okay, bis gleich.«

»Bis gleich, Cleo.«

Ich beschloss, dass ich es hasste, wenn er meinen Namen sagte.

»Gosh, du steckst echt tief in der Scheiße, Babe«, kommentierte Summer kopfschüttelnd meine Reaktion.

Ich widersprach ihr nicht.

Wir trafen Dante und Isaac in einem kleinen, heimeligen Lokal in der Via della Madonna dei Monti. Die *Taverna Romana* war für ihre römische Küche bekannt.

Vor der Trattoria, einem weißen, mit Efeuranken bewachsenen Gebäude, warteten die beiden Kerle bereits. Ich hatte Isaac noch nie zuvor gesehen, weshalb ich ein klein wenig überrascht war, wie attraktiv und charmant er aussah.

»Holy shit«, murmelte Summer neben mir. Noch hatten wir den Eingang nicht erreicht, und weder Dante noch Isaac hatten uns bemerkt.

»Was ist?«, fragte ich alarmiert.

»Der Typ da vorne, ist das Isaac?«

»Ich denke schon. Wieso?«

»Er saß mit mir im Flieger, und ich bin mir fast sicher, dass er eine der Flugbegleiterinnen in die Toilette begleitet hat. Männer ...«, sagte sie nicht abwertend, sondern eher anerkennend. Summer war eine Aufreißerin und ständig von den Maschen anderer beeindruckt, Leute um den Finger zu wickeln. »Er ist mir jetzt schon sympathisch.«

»Soll ich mir Gedanken darüber machen, wie tief deine Messlatte liegt?«

»Ey, nicht jeder kann während eines zweistündigen Flugs eine Stewardess bezirzen und vernaschen.« Sie zuckte mit den Schultern.

Schließlich bemerkten sie uns, als wir die Straßenseite wechselten.

»Oh, hey, da seid ihr schon«, sagte Dante und wirkte seltsam angespannt. Es beruhigte mich, dass ich nicht die Einzige war, die sich unwohl fühlte.

Wir stellten gegenseitig unsere Begleitungen vor. Isaac war sehr darauf bedacht, mit Summer zu flirten, die ihm lachend gestattete, ihren Handrücken zu küssen.

»Tut mir leid, dein Charme ist bei mir verschwendet, pretty boy. Ich stehe nicht auf Kerle«, sagte sie und schob ihm damit endgültig einen Riegel vor.

»Ich schon«, entgegnete er grinsend. »Unter anderem.«

»Ah, das macht dich gleich noch interessanter. Schade, dass du keine Frau bist.« Sie musterte ihn von seinen Turnschuhen über seine locker sitzende Jeans und sein weißes Hemd bis zu seinen aschblonden Haaren und den graublauen Augen. »Wobei ich bei deiner Größe schon ins Überlegen käme«, sagte sie abschließend zum Spaß. Niemand brachte Summer ins Schwanken, was ihre sexuelle Orientierung anging. Sie gehörte zu der beneidenswerten Gruppe, die schon von klein auf gewusst hatte, was oder vielmehr wen sie wollte.

Trotzdem musste ich ihr zustimmen. Dante war schon groß, aber Isaac stellte ihn mit ein paar Zentimetern extra in den Schatten. Was das breite Kreuz und die muskulösen Arme anging, waren sie sich jedoch ähnlich.

»Ein Kompliment, das ich zu schätzen weiß«, gab er zurück, ehe sich sein Blick auf mich richtete. Ich erwartete bereits einen Kommentar, der mit einer Spitze versehen war, doch Dante grätschte dazwischen.

»Ich habe vorhin angerufen. Ein Tisch sollte für uns bereitstehen«, sagte er. »Wollen wir?«

Ich beschloss, dass es einfacher war, Summer den Vortritt zu lassen. Sowohl was den Weg in die Trattoria anging als auch in Bezug auf das Gespräch.

Wenn ich Dante ansah, konnte ich nur daran denken, wie sich sein heißer Mund auf meinem angefühlt hatte. Seine Erektion zwischen meinen Beinen. Seine Lippen, die um meinen Busen getanzt hatten, ohne es zu Ende zu bringen.

Wie frustrierend!

Wir bekamen einen Tisch weit hinten im Lokal, wodurch die Atmosphäre einerseits entspannter war, weil es ruhiger war, andererseits bekam sie eine ... romantische Note.

»Wirkt ja fast wie ein Double-Date.« Isaac grinste.

»Das bedeutet, wir alle buhlen um Cleos Aufmerksamkeit?«, fragte Summer spitz.

»Shit, sag bloß, du bist in sie verschossen.« Ich konnte nicht umhin, Isaac für seine lässige Art zu bewundern. Er war das komplette Gegenteil von Dante, was es mir einfacher machte, mich näher mit ihm zu beschäftigen.

»Mit jedem, der nicht in sie verschossen ist, stimmt was nicht«, antwortete Summer vollkommen unbeeindruckt und lehnte sich zurück. Einen Arm legte sie auf meine Rückenlehne.

Ich verdrehte die Augen. »Können wir uns aufs Menü konzentrieren?«

Dante stimmte leise zu und senkte seine Nase selbst in die Speisekarte.

Es war unfassbar, wie sehr sich mein Körper nach nur einem Kuss nach mehr sehnte. Ich wollte von ihm angesehen und berührt werden. Was hielt ihn zurück, während ich längst bereit war, von der metaphorischen Klippe zu springen?

»Ihr kommt also beide ursprünglich aus New York?«, fragte Isaac, nachdem wir unsere Bestellung aufgegeben hatten.

Ich nickte, glücklich, dass ich mich an einem Thema beteiligen konnte, das weder etwas mit Dante noch mit meinem Liebesleben zu tun hatte. »Summer wohnt momentan in London, und ich bin nur für den Sommer hier.«

»Urlaub?« Isaac holte den Strohhalm aus seinem alkoholfreien Cocktail und legte ihn auf die Serviette daneben.

»So in etwa«, sagte ich ausweichend, ehe ich mir einen Ruck gab. Ich mochte Isaac, und er schien ehrlich interessiert zu sein. »Ich habe gerade mein Studium abgeschlossen und brauchte eine Auszeit, bevor ich ins harte Berufsleben einsteige.«

»Also weißt du schon, wo es hingeht?«

»In die Firma meiner Familie. Ballotelli's Fertigkost. Original italienisch mit amerikanischem Flair. Du hast vielleicht schon mal davon gehört.«

»Oh, wow! Natürlich. Das ist ein ziemlich großes Business«, merkte Isaac beeindruckt an.

»Meiner Meinung nach sollte Cleo etwas Eigenes machen«, mischte sich Summer ein. »Wer will schon mit den Hexenschwestern zusammenarbeiten? Brr!« Sie tat so, als würde sie frieren.

»Hexenschwestern?«, hakte Dante nach und sah von ihr zu mir.

»Alba und Blanca, meine älteren Schwestern. Und sie sind bei Weitem nicht so schlimm, wie du sie klingen lässt«, rügte ich Summer.

»Etwas mehr Respekt dir gegenüber könnte ihnen nicht schaden«, entgegnete sie, nicht bereit, klein beizugeben.

»Summer!« Ich spürte, wie mir die Hitze vor Verlegenheit

in die Wangen stieg. Niemand gab gern zu, dass er von anderen nicht respektiert wurde. Selbst wenn das der Wahrheit entsprach. Oder vielleicht auch erst recht dann nicht.

»Sorry, Babe.« Entschuldigend rieb sie mir über den Unterarm. »Jedenfalls gefällt dir die Arbeit da doch eh nicht, oder? Du solltest was Eigenes finden.«

»Das ist einfacher gesagt als getan.«

»Ich hab es auch geschafft.«

»Ja, weil du mit zwölf schon wusstest, was du tun willst«, brummte ich. »Sie arbeitet in einem Museum als archäologische Assistentin. Ah, da du befördert wurdest, bist du keine Assistentin mehr«, erklärte ich den anderen.

»Das klingt sehr abwechslungsreich«, kommentierte Dante aufmerksam. »Und Glückwunsch zur Beförderung!«

»Danke. Es geht aber. Momentan ist es noch viel Fleißarbeit, aber ich hoffe, dass ich bald größere Projekte betreuen darf.« Stolz echote in jedem von Summers Worten. Sie liebte ihren Job, und ich konnte mich von der Hoffnung verabschieden, sie irgendwann in den nächsten Jahren wieder nach New York zu locken. »Was ist mit euch?«

Ich rechnete es ihr hoch an, dass sie so tat, als hätte sie Dante nicht zu Tode gegoogelt. Er offenbar auch, weil er ein wissendes Lächeln aufsetzte, bevor er antwortete.

»Isaac und ich arbeiten auch in einem Familienunternehmen. Momentan nehme ich mir eine Auszeit, weshalb er die Zügel in der Hand hat und das Geschäft hoffentlich nicht gegen die Wand fährt«, witzelte er, was mir ebenfalls ein Lächeln entlockte. Für einen Augenblick hatte ich vergessen, was zwischen uns passiert … oder eben nicht passiert war.

»Und wenn doch, würdest du mir trotzdem verzeihen«, sagte Isaac voller Selbstbewusstsein, und da wusste ich, dass er mindestens genauso viel draufhatte wie Dante. Sonst hätte er nicht die Position, die er nun bekleidete.

»Hoffentlich kommt es nie dazu«, erwiderte Dante mit gespielt ernstem Gesichtsausdruck. Was war mit dieser Leichtigkeit, die er an den Tag legte? War das eigentlich seine Persönlichkeit, wenn er nicht von Problemen aus seiner Vergangenheit niedergedrückt wurde? Ich wünschte, er würde mich einlassen.

Ich wünschte, er hätte mir gestern keinen Korb gegeben.

Oder er hätte sich zumindest richtig erklärt, anstatt zu sagen, dass er *besser allein schliefe*. Was sollte das? Er hatte mich absichtlich missverstanden, aber nicht, um mir die Abfuhr leichter zu machen, sondern um sich besser rauswinden zu können. Es hatte mich mehr verletzt, als ich zuzugeben bereit gewesen wäre.

Nach dem Lunch brachte uns Isaac zu den Callixtus-Katakomben, für die er eine Tour gebucht hatte. Das war Summers Traum-Tour, und mich machte glücklich, was sie glücklich machte. Auch wenn ich mir bessere Sachen vorstellen konnte, als eine Stunde lang unter der Erde zu verbringen, wo Kälte und Feuchtigkeit vorherrschten.

Einmal mit gelben Sicherheitshelmen ausgestattet und zehn Minuten drin, ließ ich mich jedoch davon überzeugen, dass es eine gute Idee gewesen war. Es war interessant, mehr über die Katakomben zu erfahren, die früher als Friedhof für Juden und Christen gedient hatten.

Während Summer und Isaac gefühlt über jeden blanken Schädel sprachen, an dem wir vorbeikamen, ließ ich mich etwas zurückfallen, um lieber den christlichen Symbolen Beachtung zu schenken. Sie waren hin und wieder in den Stein gehauen und erzählten von Menschen, die sich so verabschiedet hatten.

Ich war überrascht, als sich Dante mir anschloss. Bis dahin war er in der Nähe unserer Englisch sprechenden Tourguide geblieben. Mein Herz klopfte viel schneller, ihn so dicht neben mir zu wissen. Das spärliche Licht reichte gerade so für unseren Weg aus und um uns gegenseitig zu erkennen.

»Können wir reden?«, fragte er nach ein paar Sekunden. Hatte er etwa geglaubt, ich würde zuerst das Gespräch suchen?

»Ich weiß nicht, worüber«, log ich, weil ich nicht im Beisein von tausend Skeletten über unser nicht vorhandenes Sexleben sprechen wollte.

»Du scheinst aber verärgert zu sein. Es war nicht meine Absicht …«

Ich blieb stehen und wartete, bis er mich ansah.

»Können wir das nicht hier tun? Mir geht es gut. Wir sind okay. Lass uns die Tour hinter uns bringen und zum Hotel gehen, okay?«

Daraufhin schwieg er.

20

Cleo

Der Abschied von Summer war schlimm, obwohl ich mir nichts oder kaum etwas anmerken ließ. Kurz nach der Tour musste sie sich wieder auf den Weg zum Flughafen Rom-Ciampino machen. Dante, Isaac und ich mussten zum Leonardo-da-Vinci-Flughafen, sonst wären wir zusammen gefahren.

Ich stand vor unserem Hotel und wartete darauf, dass die beiden Männer unser Gepäck holen ließen und auscheckten. Isaac hatte seine eigenen Koffer an der Rezeption hinterlegt. Er würde mit uns nach Tursi kommen, worüber ich ganz froh war. Keine pseudo-romantischen Abende mehr mit Dante. Ein Puffer war genau das, was wir beide brauchten.

Einerseits bereute ich es, dass ich das Gespräch mit ihm abgeblockt hatte; andererseits konnte ich nicht unendlich oft beschämt werden, ohne den Verstand zu verlieren. Wenn er noch einmal betont hätte, dass er allein besser schliefe, hätte ich geschrien.

Ich nutzte die Gelegenheit, um meinen Eltern ein paar Nachrichten zu schreiben und sie mit Fotos zu füttern, die ich in den letzten zwei Tagen von Rom gemacht hatte. Noch immer verschwieg ich ihnen, dass ich auf einer Ferienanlage in Süditalien arbeitete. Sollten sie weiter in dem Glauben bleiben, dass ich mit Oliver umherreiste. Es tat mir nicht sonderlich leid, sie zu belügen. Nur bei meiner Nonna machte es mir etwas aus, doch hoffte ich, meine Täuschung würde einfach nie aufgedeckt werden.

War das naiv von mir? Vielleicht.

Ich: Oliver und ich steigen gleich in den Flieger zurück in den Süden. Melde mich morgen oder übermorgen wieder. Love you

Als ich gerade auf »Senden« gedrückt hatte, hörte ich meinen Namen. Jemand rief mich, und ich kannte die Stimme.

Sofort rann ein eiskalter Schauer meinen Rücken hinab und hinterließ eine unangenehme Gänsehaut.

Bevor ich reagieren konnte, tauchte Oliver neben mir auf und packte mich am Handgelenk. Ich ließ mein Handy fallen, als er mich zu sich herumdrehte. Es krachte laut auf den Asphalt. Das Geräusch ließ mich zusammenzucken, aber noch viel mehr der höhnische Ausdruck auf Olivers attraktivem Gesicht.

Ich hatte vergessen, wie gut er aussah und wie viel Angst mir seine unterschwellige Wut machte.

»Habe ich doch gewusst, dass du es bist«, sagte er triumphierend. Er gab mir keine Zeit, zu reagieren, bevor er seine Lippen ganz kurz auf meinen Mund presste, als hätte er jedes Recht dazu. »Warum bist du weggelaufen? Weißt du, wie lange ich gebraucht habe, dich zu finden? Hast du meine Nummer geblockt?«

Hatte ich nicht, oder? Ich konnte nicht nachdenken, während er mich festhielt.

»Wie hast du mich überhaupt gefunden?«, fragte ich. Ich hasste es, wie dünn meine Stimme klang.

Ich hasste es, dass es sich anfühlte, als wäre keine Zeit vergangen.

Oliver sah noch genauso aus wie vor fast einem Monat. Halblanges braunes Haar, blaue Augen mit dunklen Wimpern und einem Bart, der etwas ungepflegter wirkte, als ich es gewohnt gewesen war.

»Glaubst du, ich habe deine Begleitung nicht erkannt? Dante Marinotti? Wirklich? Seit wann treibst du dich mit diesem Frauenschläger rum?«

War das sein Ernst?

Ich konnte das aufsteigende Lachen nicht verhindern, und es amüsierte mich köstlich, als Oliver mich ratlos ansah, während ich unter seinem Griff anfing, unkontrolliert zu gackern. Gott, er hatte wirklich keinerlei Selbstreflexion.

»Was ist daran so witzig?« Wie immer, wenn er etwas nicht verstand, wandelte sich scheinbare Sorge in Wut.

Er umschlang nun auch meine Hüfte. Ein Move, den ich zig Male erlebt hatte. Ich wusste, was er vorhatte. Er würde mich so festhalten können, dass es so aussah, als täte er das nicht gegen meinen Willen.

Das würde ich nicht zulassen.

Ich war gewachsen.

Ich verdiente mehr als das.

Ich …

»Wenn du Cleo nicht sofort loslässt, breche ich dir den Arm«, sagte Dante, der blitzschnell Olivers Unterarm gepackt hatte und ganz offensichtlich großen Druck darauf ausübte.

Obwohl Olivers Gesicht sich vor Schmerzen verzerrte, nahm er nicht die Hand von meinem Handgelenk. Ich wagte es nicht, mich zu bewegen, weil ich befürchtete, alles noch schlimmer zu machen.

Außerdem fühlte ich mich plötzlich kaum noch in Gefahr. Nicht nur, weil Dante hier war und für mich einstand, sondern vielmehr deshalb, weil ich mich auf mich selbst hatte verlassen können.

Ich hatte nicht bloß erkannt, was richtig und was falsch war, sondern ich hätte auch danach gehandelt, wenn Dante nicht erschienen wäre. Irgendwie hätte ich mich auch allein von Oliver befreien können, und das gab mir eine solche mentale Kraft, dass meine Furcht verpuffte.

»Du solltest dich da besser raushalten, Marinotti«, zischte Oliver, ohne den Blick von mir zu wenden. Seine blauen Augen waren so schmal, dass ich die Iris kaum erkennen konnte. »Glaub mir, sie ist nicht so, wie du denkst.«

»Und was denke ich?«, fragte Dante gefährlich leise. Weder er noch Oliver waren bereit, nachzugeben.

Ich bemerkte, dass Isaac auf der anderen Seite neben mir stand. Abwartend. Bereit, einzugreifen, sollte die Situation weiter eskalieren.

»Du denkst, sie ist unschuldig und rein? Vergiss das schnell wieder. Sie will nur Geld und teure Klamotten.« Mit jedem weiteren Wort nahm meine eigene Wut zu. Wenn er nicht gleich mein Handgelenk losließ ... »Klar, im Bett ist sie ...«

Mir wurde schlecht.

»Es wäre deiner Gesundheit nicht zuträglich, wenn du diesen Satz beendest«, knurrte Dante förmlich. Ich hatte ihn noch nie so kalt vor Zorn gesehen. Das war der richtige Ausdruck. Nicht hitzköpfig. Nicht von Gefühlen überwältigt. Berechnend und kalt. So war er fast schon fähig, einen Mord zu begehen und damit davonzukommen.

»Warum nicht?« Oliver hatte offensichtlich keinen Sinn fürs Überleben entwickelt. »Als würdet ihr beiden nicht längst wissen, dass sie eine Granate …«

Es ging so schnell, dass ich nicht mal sicher war, überhaupt gesehen zu haben, wie Dante sich bewegte. Doch im nächsten Moment hatte mich Oliver losgelassen und saß auf dem Boden. Blut strömte aus seiner Nase, die sich rot verfärbte.

Dante hatte ihn geschlagen.

»Ich habe dich gewarnt«, sagte Dante leise, auf ihn herabsehend. »Wenn du dich ihr noch einmal näherst oder sie auf irgendeine Weise kontaktierst, wirst du nirgendwo sicher sein. Ist das in deinem Sinne, Cleo?«

Sein durchdringender Blick glitt direkt in mein Herz. Er hatte für mich eingestanden. Er war auf meiner Seite. Er …

»Ja«, sagte ich laut. »Ab heute kennen wir uns nicht mehr, Oliver. Vergiss meinen Namen, meine Nummer und alles andere. Für mich bist du gestorben.«

»Das könnt ihr nicht machen!«, rief Oliver weinerlich, als unser Leihwagen vorgefahren wurde.

Dante gab dem Valet ein ordentliches Trinkgeld, der unser Gepäck einlud, ohne Oliver weiter Beachtung zu schenken. Er blieb im Dreck sitzen. Warum, konnte ich nicht sagen. Es waren schließlich nicht seine Beine, die gebrochen waren, sondern bloß seine Nase. Kein großer Verlust.

»Alles okay?«, erkundigte sich Dante, als er mich zur Beifahrerseite führte, ohne mich anzufassen.

»Alles okay«, bestätigte ich und musste dafür nicht mal lügen.

Die einzigen beiden Dinge, die nicht in Ordnung waren, waren mein Ego und Dantes wunde Knöchel. Ich konnte auf nichts anderes schauen, als er neben mir den Wagen startete und das Lenkrad bediente.

Ohne einen weiteren Blick auf Oliver zu verschwenden, düsten wir davon.

Obwohl meine Angst verschwunden war, blieb die Scham darüber, dass Dante und Isaac mich in dieser Situation gefunden hatten. Ich versuchte, mich dadurch aufzumuntern, dass es mit Oliver wirklich vorbei war. Ich würde ihm nie wieder begegnen müssen.

Vielleicht wäre es doch Zeit, meiner Familie von der Trennung zu berichten …

21

Cleo

Stunden später stand ich zurück in Speranza unter dem heißen Duschstrahl und versuchte, das Zittern zu unterdrücken. War es der Schock, der zeitversetzt eingesetzt hatte? Was befürchtete ich denn? Dass Oliver uns – beziehungsweise mich – bis hierher verfolgen würde? Wohl kaum. Das wäre zu viel Aufwand für jemanden, der sagte, dass er keinen Job wollte, für den er länger als fünf Minuten unterwegs sein musste.

Ich betrachtete mein gerötetes Handgelenk und schwor mir, dass es die letzte Verletzung sein würde, die mir von jemand anderem zugefügt werden würde. Nicht noch einmal. Nie wieder.

Obwohl ich derart entschlossen war, hatte ich noch nicht den Mut in mir gefunden, Summer anzurufen. Auch sie musste längst angekommen sein. Aber ich wollte sie nicht vor dem Schlafengehen beunruhigen. Morgen wäre es noch früh genug.

Als das heiße Wasser allmählich kühler wurde, stieg ich, in ein Handtuch gewickelt, aus der Dusche. Das Zittern suchte mich in unregelmäßigen Abständen heim, doch meiner Erfahrung nach würde es schon bald nachlassen. Vielleicht würde ein Kamillentee helfen, damit ich besser schlafen konnte.

Nachdem ich mir einen etwas züchtigeren Pyjama übergezogen hatte – kurze Satinshorts mit einem rosafarbenen T-Shirt –, begab ich mich nach draußen in den Brunnenhof. Ich wollte weder Isaac noch Dante begegnen und hoffte, dass sie, von der Reise erschöpft, bereits in ihren Betten lagen.

»Na, geht es euch gut?«, fragte ich die Katzenmama mit ihren Kitten, die bei meinem Anblick laut maunzten. Ich hatte Manolo darum gebeten, während unserer Abwesenheit Futter und Wasser bereitzustellen. So wie es aussah, hatte er sich gut um sie gekümmert. Es war sogar noch ein wenig Futter übrig, als ich mich vor die Kiste hockte.

Ich hatte vergessen, wie viel Wärme sich beim Anblick der Katzenjungen in meiner Brust sammelte. Sie waren so süß und unschuldig, dass für einen Augenblick sämtliche dunklen Gedanken in den Hintergrund gedrängt wurden.

Das Schnurren der Katzenmama wurde lauter, als ich ihren Kopf tätschelte. Sie hatte bereits so viel Vertrauen zu mir gefasst, dass sie mir förmlich das Leben ihrer Kitten anvertraute.

»Da hast du wirklich ein paar hübsche Babys bekommen«, sagte ich stolz.

»Dachte mir schon, dass ich dich hier finde«, sagte Dante, dessen Schritte ich vor ein paar Sekunden vernommen hatte, als er aus dem Haus getreten war.

Seufzend erhob ich mich und drehte mich zu ihm um. Er trug ein lockeres T-Shirt und Shorts, dazu Duschschlappen. Sein Haar war noch feucht und seine Wangen leicht von der Hitze des Wassers gerötet, wie ich im Schein der Außenlaternen gerade so erkennen konnte.

Alles in allem sah er ruhig und nicht wütend oder verärgert aus.

Ich holte tief Luft. »Es tut mir unendlich leid, dass ich dich und Isaac in eine Situation wie die mit Oliver manövriert habe. Wenn du das willst, packe ich sofort meine Sachen.«

Es hatte mir keine Ruhe gelassen.

Dante war von New York nach Tursi gezogen, um einem Skandal zu entfliehen. Dem damit einhergehenden Drama und allem, was dem folgte, und ich hatte ihn direkt mit in meine eigene Vorstellung gezogen, die theatralischer nicht hätte sein können. Ich würde es verstehen, wenn er mir kündigen würde. Immerhin hatte ich in den vergangenen Wochen genug verdient, um mir selbst ein Rückflugticket zu buchen, ohne bei irgendwem Schulden zu machen.

»Willst du denn gehen?«, fragte er nach einem Moment der Stille.

»Natürlich nicht, aber …«

»Dann bleib.«

»Meinst du das ernst?« Ich stockte. »Du musstest meinetwegen jemanden schlagen, das …«

»Ich *musste* gar nichts«, korrigierte er mich hastig. »Ich *wollte* ihn schlagen. Er kann froh sein, dass ich ihn nicht sofort zu Brei verarbeitet habe. Ich will bloß, dass du dich sicher fühlst. Also wenn du glaubst, dass das hier nicht möglich ist, musst du mir Bescheid sagen.« Er sah sich in dem Hof um. »Vielleicht kann ich hier und dort Überwachungskameras anbringen und im Haus ein Alarmsystem installieren lassen. So schwer kann das nicht sein. Wir müssten bloß schauen, wie wir den Zugang unserer Mitarbeiter sichern und …«

Ich starrte ihn an, diesen Mann, der mich immer wieder überraschte.

»Das würdest du für mich tun? Warum?«

»Du arbeitest mit mir zusammen und wohnst hier.« Er

presste die Lippen zusammen. »Zumindest so viel sollte ich für dich tun.«

»Natürlich«, sagte ich knapp. Was hatte ich auch gedacht? Dass er mir plötzlich seine unendliche Liebe gestehen würde? Liebe? Wo war das denn nun schon wieder hergekommen? »Ich sollte besser zurück ins Bett gehen und darüber nachdenken, was ich … wir tun sollen. Ich will keine zusätzliche Bürde für dich oder dieses Projekt sein.«

»Cleo …«

Ich ging weiter, weil ich nicht wusste, was er mir damit sagen wollte. Besser, ich sortierte erst einmal meine Gedanken und …

Er fing mich im Hausflur ab, wo er sich vor mich stellte. Ganz dicht, aber ohne mich zu berühren. Für einen Sekundenbruchteil sah er auf mein Handgelenk, und sein Blick flackerte, ehe er sich wieder zusammenriss. Sein massiver Brustkorb hob und senkte sich schnell. Mehr, als es die kurze Distanz vom Hof bis zu mir hätte rechtfertigen können.

»Warte bitte. Ich kam noch nicht dazu, dir zu sagen, was ich eigentlich sagen wollte.«

Ominös. »Okay«, sagte ich vorsichtig. Wäre es nicht besser, ihn abzuweisen, so wie er mich abgewiesen hatte?

Tatsache war jedoch, dass ich ihm gegenüber machtlos war.

»Fuck, okay, wie formuliere ich das am besten?« Aufgeregt rieb er sich den Nacken. Das war eine so … nachvollziehbare Geste, dass ich direkt Mitleid mit ihm verspürte. Was auch immer kommen sollte, auch ihm fiel das nicht leicht. Das sollte ich vielleicht im Hinterkopf behalten. »Cleo, unser Kuss war … fantastisch. Ich habe jede einzelne Sekunde davon gefühlt, und ich kann ihn nicht vergessen.«

»Ich weiß.« Meine Antwort fiel kälter als sonst aus, weil

ich es wirklich gewusst hatte. Deshalb hatte seine Ablehnung auch so wehgetan. Er hatte mich unterschwellig belogen.

Er lächelte kurz. »Ich wollte mit dir schlafen. Shit, ich will dich noch immer. Jede Sekunde. Ich kann kaum an etwas anderes denken als daran, dich zu berühren. Dein lautes Stöhnen zu hören. Ich will, dass du meinen Namen rufst, wenn ich meine Zunge in dir vergrabe. Wenn ich in dich eindringe und alles um uns herum verschwindet. Ich kann es nicht mal richtig beschreiben.« O doch. Er war sogar ziemlich gut darin. So gut, dass mir wieder heiß wurde und das Zittern endgültig aus meinem Körper vertrieben wurde. »Es verzehrt mich regelrecht.«

»Und warum hast du es nicht getan? Warum hast du dem einen Riegel vorgeschoben?« Wenn er so fühlte, was stimmte dann nicht?

Er sah mich lange schweigend an. Mit jeder Sekunde wurde ich unruhiger. Was konnte so schlimm sein, dass er sich kaum überwinden konnte?

»Weil ich noch nicht bereit dazu bin, den Sprung zu wagen. Das mit uns macht mir eine Scheißangst, um ehrlich zu sein.« Er wich meinem Blick aus. »Ich bin ziemlich sicher, dass es nicht normal ist, so viel für jemanden zu empfinden, den ich erst ein paar Wochen kenne. Wie du weißt, ist – genauso wie bei dir – meine letzte Beziehung nicht gut geendet und ich … ich hänge am seidenen Faden.«

Ich wartete, bis er wieder in meine Richtung sah, ehe ich warm lächelte. »Das verstehe ich, Dante, aber ich habe dich nicht gebeten, mich zu heiraten. Oder mein Freund zu sein. Nichts für ungut.«

»Schon okay, und ja, du hast recht, ich weiß.« Er lachte leise. Nervös.

Ich neigte leicht den Kopf. »Nein, ich denke, das tust du

nicht.« *Sei selbstbewusst*, feuerte ich mich selbst an und trat einen Schritt auf Dante zu, bis wir so dicht standen, dass ich seine Wärme spürte, ohne ihn zu berühren. »Ich liege nachts wach und denke darüber nach, wie es sich anfühlen würde, wenn du neben mir liegen würdest. Nackt. Mich mit deinen unergründlichen Augen beobachtend. Mich berührend. Ich kann nicht mal sagen, ob ich dich wirklich mag, aber Sex mit dir wird mich vollkommen auflösen. Und ironischerweise ist es genau das, was ich will.«

»Cleo …« Er schluckte so heftig, dass sein Kehlkopf zu hüpfen begann.

Ich ließ meine Hand einen Moment über seinem Herzen schweben, ehe ich sie zurückzog. »Denk lieber daran als an alle Komplikationen, die vielleicht oder vielleicht auch nicht existieren.«

Mit neuer Klarheit stolzierte ich an ihm vorbei in mein eigenes Zimmer. Ein triumphierendes Lächeln konnte ich nur so lange zurückhalten, bis die Tür hinter mir ins Schloss fiel.

22

Cleo

Mit unseren zusätzlichen Arbeitern und Isaac, der Dante bei der Koordination und den Bestellungen unter die Arme griff, schritt die Renovierung in rasanter Geschwindigkeit voran. Manches Mal kam ich mir fast überflüssig vor, weil alles wie am Schnürchen lief. Dann erinnerte ich mich wieder an *die Liste* und all die Sachen, die ich davon noch nicht erledigt hatte. Und schon hatte ich mich selbst wieder auf den Boden der Tatsachen zurückgeholt.

Außerdem telefonierte ich fast täglich mit Elora, der ich erst mal per Videocall die komplette Anlage und den Raum hatte zeigen sollen, der ihre Küche werden würde. Sie war mindestens genauso aufgeregt wie ich, auch wenn sie es sich nicht anmerken lassen wollte.

Schnell hatte ich jedoch ihren Panzer durchbrochen, und nach zwei, drei Tagen hatten wir einen so guten Draht zueinander, dass sie mir von sich erzählte. Mittlerweile wusste ich also, woher genau sie ursprünglich kam, dass sie keine gute Beziehung zu ihren Eltern hatte und dass sie ihren Feierabend am liebsten in einem beheizten Whirlpool mit einem guten Buch verbrachte.

Mein anderer Erfolg war Andrea. Auch mit ihm stand ich

in regelmäßigem Kontakt, und mit Antonio zusammen hatten wir es geschafft, dass sämtliche Lieferungen zumindest bis nach Tursi gebracht wurden – wenn schon nicht nach Speranza hinauf. Dante hatte mir erst geglaubt, als die dritte Holzlieferung gekommen war und wir dafür nicht extra nach Ponte Masone hatten fahren müssen.

Seit meinem Geständnis vor einigen Nächten waren wir nicht mehr auf das Thema zu sprechen gekommen. Trotzdem spürte ich ständig Dantes Blicke auf mir. Ich versuchte, mir meine Verlegenheit nicht anmerken zu lassen. Insbesondere, nachdem ich derartig Mut bewiesen hatte, als ich ihm offenbart hatte, wie sehr ich mich zu ihm hingezogen fühlte. Jetzt war er am Zug.

Nichtsdestotrotz hatte ich ihn und Isaac zum Freiluftkino in Tursi eingeladen. Andrea hatte mir davon erzählt und mich gebeten, zu kommen. Da ich schon lange auf keiner abendlichen Veranstaltung mehr gewesen war, hatte ich sofort zugesagt.

Dantes Antwort war ein missbilligendes Schnauben, und Isaac hing in einer wichtigen Videokonferenz fest. Ihr Pech.

Ich hatte mich extra herausgeputzt, weil es kaum noch Gelegenheiten dafür gab. Das war tatsächlich ein Aspekt, den ich überraschenderweise vermisste, was ich nie gedacht hätte. Vorher war es mir immer lästig erschienen, mich Tag für Tag fertig zu machen, um vor der New Yorker High Society zu bestehen.

Heute trug ich ein pastellblaues schulterfreies Taftkleid mit dunkelblauen aufgedruckten Hortensien und einem Gürtel um die Taille, der aus dem gleichen Stoff war. Der ausgestellte Rock reichte mir bis kurz über die Knöchel, sodass meine cremeweißen Sandalen mit Keilabsätzen perfekt zur Geltung kamen. Mein Haar, das mittlerweile kaum noch einen anständigen Schnitt besaß, hatte ich voluminös geföhnt und auf einer Seite hinter dem Ohr festgesteckt, damit meine flachen, roségoldenen Ohrringe zu sehen waren.

Mittlerweile war ich den Weg von der Ferienanlage bis nach Tursi so oft gegangen, dass er mir gar nicht mehr so beschwerlich vorkam wie am ersten Tag. Womöglich lag das an meiner dazugewonnenen Ausdauer, aber ich genoss jeden Schritt. Begleitet vom einzigartigen Duft der Lavendelsträucher und dem Zirpen der Zikaden. Da der Mond rund und voll aufgegangen war, hatte ich außerdem ausreichend Licht, um nicht mit dem gläsernen Getränkespender für die selbst gemachte Limonade im Dunkeln tappen zu müssen.

Das Dörfchen hatte sich etwas Schönes einfallen lassen. Schon von Weitem und aufgrund meiner erhöhten Position konnte ich die unzähligen, zwischen den Häusern aufgespannten Lichterketten erkennen. Es schien, als hätten alle Ortsansässigen sich daran beteiligt, den Abend besonders atmosphärisch zu gestalten. Mit bunten Fensterbildern, die von innen beleuchtet wurden, Weihrauch, der sich in den Gassen verteilte und für die Stimmung unabdinglich war, sowie einer riesigen weißen Leinwand, die im Hof hinter der Basilika aufgespannt worden war. Ein Beamer projizierte bereits Werbung der Sponsoren dieses kleinen Fests darauf. Als ich den Hof betrat, wurde gerade ein Foto von Zia Magda gezeigt, die mit einem erhobenen Kochlöffel vor ihrem B & B stand. Es entlockte mir ein Lächeln, ehe ich von den zahlreich erschienen Leuten abgelenkt wurde.

Mehrere Stuhlreihen fanden sich in der Mitte des Platzes, die von einem Mittelgang getrennt wurden. Auf der linken Seite hatten sich bereits ein paar Gäste mit einem Glas Wein und Häppchen vom kostenlosen Büfett niedergelassen. Aus den Boxen klang Bocellis engelsgleiche Stimme.

Ich stellte die Zitronenlimonade zum Büfett und positionierte das dazu passende Schildchen. Meine gescheiterten Versuche hatten letztlich dazu geführt, dass ich nur noch genug Zutaten für einen einzigen Fünf-Liter-Spender hatte, aber ich hoffte, dass sie jetzt zumindest genießbar war.

»Die sieht ganz hervorragend aus!«, lobte mich Valentina Dragoni. Sie war die Inhaberin des Ristorante *La Vigna*, der ich vor zwei Wochen das erste Mal begegnet war. Sie war mir sofort sympathisch gewesen mit ihren rostbraunen Locken und ihrem verschmitzten Lächeln, das sie auch jetzt zeigte. Sie war mit Ciro Marino liiert, dem das touristische Ristorante gehörte, in das mich Dante vor einer gefühlten Ewigkeit ausgeführt hatte. Natürlich auf rein platonische Art und Weise.

»Ganz sicher kein Vergleich zu dem, was du und dein Team beigesteuert habt«, erwiderte ich.

»Das ist unser Job. Es muss so sein. Das, was du gemacht hast, bedarf größerer Anstrengung«, sagte sie und drückte kurz meinen Arm.

»Ich hoffe einfach, dass es den Leuten schmeckt«, gestand ich verlegen.

»Dann lass mich mal testen.« Sie griff an mir vorbei zu einem der verkehrt herum stehenden Gläser und goss es sich bis zur Hälfte ein. Zuerst nippte sie nur, um das Glas dann in einem Zug zu leeren. »Mit Rosmarin? Und Ingwer? Was für eine frische Kombination! Der Honig hilft bei der Schärfe.«

Vor Erleichterung kicherte ich wie ein Schulmädchen. Immerhin würde ich damit niemanden unabsichtlich vergiften.

»Ah, da bist du«, rief Zia Magda und zog mich von Valentina weg. Uns gelang es nur noch gerade so, einander zuzuwinken. »Die *Società* hat sich schon Sorgen um dich gemacht. Immer warst du mit Dante unterwegs.«

Sie hatte den Satz gerade beendet, als wir die anderen Witwen ihrer Gruppe erreicht hatten. In ihren fabulösen Sechzigerjahre-Outfits wirkten sie mehr, als hätten sie sich für den roten Teppich Hollywoods zurechtgemacht statt für einen Filmabend in Tursi. Turmfrisuren, roter Lippenstift und rauchig geschminkte Augen sowie weiße oder schwarze Handschuhe, die bis zu den Ellbogen reichten, und Kleider, die unter dem Prunk des Goldschmucks verschwanden. Giada hatte sich sogar einen Zigarillo zwischen die Lippen gesteckt, auch wenn sie diesen nicht anzündete. Es war fabelhaft.

Das einzig nicht Fabelhafte an dieser Situation war das auf mich zurauschende Gespräch. Wie eine Welle, der ich nicht entkommen konnte.

»Es ist ja nicht so, als würde er euch davon abhalten, sich mit mir zu unterhalten«, sagte ich schließlich, weil auch ich mittlerweile genug davon hatte, wie sie sich Dante gegenüber verhielten. Er hatte ihre Abneigung nicht verdient. Nur weil er war, wer er war, und sein Großvater sich nicht sonderlich nett gegeben hatte.

»Er schaut aber immer wie ein *musone*«, beharrte Zia Magda.

Ich bemühte mich, die Augen nicht zu verdrehen. Mit so einem Verhalten würde ich bei ihnen nicht weiterkommen. Es war wichtig, an ihre Gutmütigkeit zu appellieren und ihnen die Augen zu öffnen. Sie sollten sich von ihren unangemessenen und vor allem grundlosen Vorurteilen freimachen.

»Nur weil jemand kein Lächeln auf dem Gesicht hat, heißt das nicht, dass er kein Herz besitzt«, sagte ich leise, aber bestimmt. »Ihm würde es viel bedeuten, wenn ihr ihm mit größerer Offenheit begegnen würdet. Ihn für das beurteilt, was er von sich zeigt, anstatt für das, was sein Großvater getan hat.«

»Wie sollten wir das tun? Immerzu ist er auf Speranza, und nie hat er ein nettes Wort für uns.« Tizana schnalzte missbilligend mit der Zunge.

Ich atmete aus. Sie würden es verneinen, wenn ich ihnen sagte, dass er es versucht hatte. Doch sie hatten ihn von Anfang an abgeblockt.

»Das wird er sicherlich mit der Zeit. Ich bitte euch bloß ...«

»Ah, quetscht ihr nun auch Cleo über den geheimen Schatz aus?« Andrea gesellte sich grinsend zu uns und begrüßte uns der Reihe nach mit Wangenküsschen. Er sah gut aus. Hatte das Leinenhemd halb geöffnet und duftete nach einem herben Duschgel. Seine Wangen waren frisch rasiert, was ihm ein jungenhaftes Aussehen verlieh.

»Geheimer Schatz?«, wiederholte ich ratlos, als er seine Runde beendet hatte.

Er wedelte mit einer Hand. »Ich habe auch erst davon erfahren. Alle sind davon überzeugt, dass Dantes Großvater das Vermögen, das er durch die Zinsen des verliehenen Geldes angehäuft hat, irgendwo auf der Anlage versteckt hat. Scheinbar hat er keinen Cent davon je ausgegeben, schenkt man seinem Anwalt Glauben.«

»Bitte was? Das ist doch Unfug«, sagte ich prompt, ohne wirklich das Recht zu haben, mir eine Meinung zu bilden, da ich zum ersten Mal davon hörte. »Und wenn doch, hätte Dante es längst gefunden.«

»Pah! Genau das ist es: gefunden und eingesackt. Wie sein Nonno, sag ich doch«, rief Elvira tatsächlich erbost aus und ließ ihren Handfächer zuschnappen.

Ich schloss kurzzeitig die Lider. Mein wackliger Versuch von vor zwei Minuten war in sich zusammengefallen. Wir befanden uns wieder bei null, was Dante anging.

»Erstens stünde es ihm zu, und zweitens hat er es nicht

nötig. Er ist vermögend genug«, sagte ich durch zusammengebissene Zähne.

Zia Magda öffnete den Mund, um ihn bestimmt weiter zu verunglimpfen, als Andrea eine Hand hinter meinen Rücken legte, ohne mich zu berühren.

»Sollen wir uns setzen?«

Es dauerte einen Moment, ehe ich mich wieder gefasst hatte, damit ich ihm zunicken konnte. Ich ignorierte die bohrenden Blicke der Witwen und ließ mich von Andrea zu einer der hinteren Sitzreihen führen. Ich setzte mich auf den zweiten Stuhl, und er nahm den Sitz ganz außen ein.

»Ich will nicht, dass du dich angegriffen fühlst, und nimm dir die Freiheit, nicht zu antworten, aber ... hast du Gefühle für Dante? Deine Reaktion war ziemlich vehement.«

Mir wurde warm, dabei sah er mich nicht mal an. Trotzdem war es mir peinlich, dass meine Gefühle so offensichtlich geworden waren.

»Ich habe ihm gesagt, dass ich körperlich an ihm interessiert bin«, schoss es aus mir heraus. Bisher hatte ich nicht mal den Mut aufgebracht, Summer davon zu erzählen. Warum fiel es mir leichter, es einem vergleichsweise Fremden zu sagen?

Kurios.

»Wow, tough«, kommentierte er mit einem leisen Lachen. »Was war seine Antwort?«

»Er ist nicht bereit«, nuschelte ich. »Offensichtlich bin ich für ihn nicht attraktiv genug. Wie sonst kann er sich so lange fernhalten?«

»Ah, Cleo, glaub mir, du reizt ihn ausreichend. Ich habe seine Blicke gesehen.« Seine Miene zeigte eine solche Wärme, dass ich mich weiterhin neben ihm wohlfühlte, trotz des intimen Gesprächs. »Weißt du, welcher Film heute gezeigt wird?«

»Pane e tulipani, oder?« *Brot und Tulpen.*

Er nickte. »Ich schätze, Dante ist körperlich auch von dir angezogen, aber er mag dich noch viel mehr auf einer anderen Ebene. Und das macht es für ihn schwerer, auch den letzten Schritt zu gehen.«

»Du meinst, er hat echte Gefühle für mich?« Das würde zu dem passen, was er von mir gesagt hatte.

»Er sollte sich den Film vielleicht auch mal ansehen«, sagte Andrea augenzwinkernd, anstatt mir eine vernünftige Antwort zu geben.

Seufzend blickte ich auf mein Handy, doch ich hatte keine neuen Nachrichten. Dante blieb standhaft.

Fünf Minuten später, kurz bevor der Film beginnen sollte, wurden die Gespräche um mich herum lauter. Aufgeregter. Ich drehte mich auf meinem Sitz um, bis ich den Grund dafür in der Menge erkannte: Dante.

Er war wirklich gekommen.

Unwillkürlich erhob ich mich, als sich ihm Antonio in den Weg stellte.

»Das ist eine Veranstaltung nur für Dorfbewohner«, sagte der Sohn des ansässigen Bauern, mit dem ich mich bisher immer gut verstanden und der sich auch für mich um die Lieferungen gekümmert hatte.

»Ich wohne hier«, entgegnete Dante ruhig, während alle Blicke auf ihn gerichtet waren.

»Für den Moment«, lenkte Antonio ein. Er sah sich um, spürte die Aufmerksamkeit aller Anwesenden und wurde zusehends nervöser, obwohl ihm Dante keinen Grund lieferte. Dieser war die Ruhe in Person, wie er da stand, mit den Händen in den Hosentaschen und dem zurückgekämmten Haar.

»Dann darf ich wohl auch für den Moment hier sein, oder nicht?«, hakte Dante nach, als Antonio nichts weiter sagte.

Ich hatte die Distanz zwischen uns irgendwie überwunden, stand nun neben Antonio und legte sanft eine Hand auf seinen Unterarm.

»Ich würde ihn gern dabeihaben«, sagte ich deutlich, ohne einen Hauch von Zweifel.

Antonios Stirn glättete sich, dann trat er zur Seite, und ich ließ meinen Arm sinken.

Dante sagte nichts, als er mir zu unserer Sitzreihe folgte. Andrea war einen Platz aufgerückt, sodass ich in der Mitte saß und Dante ganz außen. Jederzeit bereit, wieder zu fliehen. Als er sich neben mir niederließ, überkam mich wieder die Erkenntnis, wie groß er war. Selbst sitzend überragte er mich noch um einen halben Kopf. Etwas, das in Italien nicht sehr oft vorkam.

Als sich der Gedanke an Oliver einschleichen wollte, tat ich mein Möglichstes, mich auf den heutigen Abend zu konzentrieren. Ich wollte nie wieder einen Moment an diese Kakerlake verschwenden.

»Warum darfst du dabei sein, aber ich nicht?«, brummte er und verschränkte die Arme. Er hatte sich umgezogen. Eben noch war er in seinen Arbeitsklamotten im Stall gewesen, jetzt trug er ein sommerliches Outfit mit pastellgrünem T-Shirt und cremefarbener Hose. Es stand ihm hervorragend.

»Weil das Leben unfair ist.« Ich würde ihm nicht noch einmal raten, Zeit und Freundlichkeit in die Bewohnerinnen und Bewohner zu investieren. Schließlich war ich eben erst selbst mit ihrer Willkür konfrontiert worden. »Aber ich bin froh, dass du da bist.«

»Ich auch«, meldete sich Andrea und grinste Dante an.

»Hey, Andrea«, sagte Dante. Er wirkte nicht unzufrieden damit, ihn hier zu sehen. »Ich hätte wetten können, es kommt wieder eine neunmalkluge Weisheit.«

»Ich war kurz davor«, gab ich zu.

»Aber?« Interessiert sah er mich aus dem Augenwinkel an.

»Du bist nicht dein Großvater, und du bist ihnen allen nichts schuldig. Wenn sie das nicht sehen können, sind sie selbst schuld.«

Erstaunt drehte er mir sein Gesicht nun ganz zu. »Danke.«

»Du bist wirklich nicht er«, stimmte Andrea zu.

»Du hast ihn gekannt?«, fragte Dante über mich hinweg.

»Nur flüchtig. Ich hatte es, ehrlich gesagt, bis vor Kurzem vergessen, weil ich ziemlich lange in Ponte Masone gewohnt habe und nur als Kind an Wochenenden hier gewesen bin. Ich habe mir damals vor Angst fast in die Hose gemacht. Dachte, das nächste Mal sticht er mich mit seiner Heugabel nieder und jagt mich noch tot den Abhang hinab.« Andrea schüttelte lachend den Kopf. Doch es war klar, dass er bloß teilweise scherzte.

»Und sie glauben alle, dass ich genauso bin?« Dante lehnte sich seufzend zurück. »Nett.«

Durch dieses eine Wort wurde seine Frustration deutlich. Ich riskierte etwas, indem ich seine Hand mit meiner umschloss, und obwohl er mich nicht ansah, entzog er sich mir nicht.

23

Dante

Ich hätte nicht kommen sollen. Das war mir direkt klar geworden, als ich bei meiner Ankunft zum Mittelpunkt des Abends degradiert wurde. Gleichzeitig hätte mich nichts dazu bringen können, zu Hause zu bleiben, nachdem ich Cleos Social-Media-Post gesehen hatte.

Als sie mich vorhin gefragt hatte, war sie noch in ihrem üblichen Aufzug gewesen. Mittlerweile band sie im Alltag ihr Haar zu einem lockeren Pferdeschwanz zusammen und trug neben Jeans und T-Shirt nur noch Sneakers. Ich hatte sie das letzte Mal in Rom mit Make-up gesehen, weshalb ich mich gerade so an meine Selbstbeherrschung hatte klammern können.

Doch sie auf dem Foto in diesem Kleid zu sehen? Ihre freiliegenden Schultern und den Ansatz ihrer Brüste, die ich berührt hatte?

Fuck. Wie hätte ich mich da nicht in Windeseile fertig machen können? Ich hatte sie mit eigenen Augen sehen müssen. Mich versichern müssen, dass sie wirklich so aussah. Wie eine Erscheinung, die allein dazu da war, meine Geduld zu testen.

Isaac hatte mich ausgelacht, noch während er in einer

Videokonferenz gesteckt hatte. Ich fragte mich manchmal, wie er seine Arbeit erledigt bekam, da er ständig mit anderen Dingen beschäftigt war. Doch es gehörte zu seinen Fähigkeiten, mehrere Sachen gleichzeitig machen zu können.

Schließlich war ich so schnell den Schotterweg ins Dorf heruntergelaufen, dass sich ein dünner Schweißfilm auf meine Stirn gelegt hatte. Ich konnte nichts gegen den unbändigen Drang tun, der meine Brust mit jeder Sekunde, die ich länger von Cleo getrennt war, enger zu schnüren schien.

Sie dann neben Andrea zu sehen, hatte mich beruhigt. Ich hatte erfahren, dass er jemand anderes datete, und wusste, dass meine Eifersucht hier absolut unbegründet war.

Außerdem hatte Cleo mir gestanden, dass sie mich mindestens genauso sehr wollte wie ich sie. Ihr Geständnis hatte ich immer noch nicht verarbeitet.

Nacht für Nacht träumte ich von nichts anderem mehr, und es wurde zunehmend härter, nicht an ihre Zimmertür zu klopfen.

Gleichzeitig störte mich ihr Geständnis. Ich hätte das niemals für möglich gehalten, aber ich wollte nicht nur körperlich von ihr gemocht werden. Sie sollte auch mich persönlich mögen, und der Gedanke war einfach so ... absurd.

Trotzdem hörte mein Herz seit dem Moment, als sie sich – mehr oder weniger – zu mir bekannt hatte, nicht auf, rasant zu schlagen. Ihr war es wichtiger gewesen, für mich einzustehen, als sich bei den Einheimischen einzuschleimen, indem sie akzeptierte, dass sie mich ausgrenzten.

Schließlich verstummte die Musik, die Lichter wurden gelöscht, und der Film flackerte über die Leinwand. Die Stimmen verklangen größtenteils. Cleo setzte sich gebannt neben mir auf, während ihr Parfüm zu mir herüberwehte und mich komplett betörte.

Ich versuchte, mich auf die Leinwand zu konzentrieren, doch mehr als ein paar Szenenwechsel und das Lachen der Zuschauenden kamen nicht bei mir an.

Die sexuelle Spannung zwischen Cleo und mir wurde von jeder Bewegung und jeder *versehentlichen* Berührung ins Unermessliche getrieben. Ihr Bein, das meines streifte, meine Schulter, die leicht gegen ihre drückte. Als sie sich über ihre Lippen leckte und mich dabei erwischte, wie ich sie musterte.

Ich konnte kaum noch still sitzen und war froh, als endlich der Abspann lief. Cleo sprang förmlich von ihrem Sitz auf.

»Wollen wir spazieren gehen?«, fragte sie mich jäh. Andrea, der neben ihr stand, zuckte mit den Schultern und wandte sich auf der anderen Seite seinem Sitznachbarn zu. Guter Kerl. Jemand, der wusste, wann seine Anwesenheit überflüssig war.

»Gern.« Ich musste mich räuspern, weil meine Stimme so kratzig wie ein Reibeisen klang. »Willst du dich bei mir einhaken?«

Sie sah von meinem Gesicht zu meinem Arm. Ich konnte im Halbdunkel nichts von ihrer Mimik erkennen, doch ich unterdrückte ein erleichtertes Aufatmen, als sie die Geste annahm. Stolz mischte sich einen Moment später dazu, weil ich jedem dieser engstirnigen Dorfleute zeigen konnte, dass ich zu Cleo gehörte und sie zu mir.

Wir verließen den Hof hinter der Basilika durch ein altes Tor aus Sandstein. Dabei warf ich dem Kirchengebäude absichtlich keinen Blick zu. Ich hatte von meinen Eltern gehört, dass ich auf den Stufen der Basilika abgelegt worden war. Meine leibliche Mutter hatte mich warm eingepackt und einen Brief hinterlassen, den ich nie gelesen hatte. Auch jetzt fand sich dieser zusammengefaltet in meiner Brieftasche. Bisher hatte ich nicht den Drang verspürt, ihre Beweggründe zu erfahren. Doch ich fühlte, dass sich mit jedem weiteren Tag hier in Tursi etwas veränderte. Mehr und mehr dachte ich an ihre eigene Jugend und wie sie sich gefühlt haben musste, ohne mich zu leben.

Seit Cleo angedeutet hatte, dass sich Edith Tarantino das Leben genommen hatte, war mein Groll kleiner geworden. Was, wenn wir wirklich beide Opfer einer Situation gewesen waren? Wenn sie alles für mich getan hatte, was sie konnte? Um mir eine Zukunft zu ermöglichen, die sie selbst nicht haben konnte?

Besser nicht darüber nachdenken, während ich Cleo an meinem Arm nach Hause führte. Ich wollte viel lieber das Gefühl ihrer weichen Haut an meiner genießen, als Vergangenem nachzuhängen, das sich ohnehin nicht ändern ließe.

»Wie hat dir der Film gefallen?«, fragte Cleo, nachdem wir die erste Gasse betreten hatten, in der sich keine anderen Personen aufhielten. Aber auch hier baumelten Lichterketten von den Seilen, die zwischen den Häuser gespannt waren. »Oder kanntest du ihn schon?«

Ich nickte. »Meine Eltern sind große Fans italienischer Filme, und in meiner Kindheit und Jugend lief kaum etwas anderes zu Hause. Natürlich in Originalsprache, damit ich mit Italienisch vertraut werde. Für mich ist der Film ein guter Klassiker«, fuhr ich fort. »Deine Eltern stammen auch aus Italien, oder?«

»Mein Vater kommt aus Neapel, meine Mutter aus der Toskana. Sie haben sich in New York während eines Auslandsjahres kennengelernt und beschlossen, dort ihr Glück zu suchen.«

Ein Lächeln zupfte an meinen Mundwinkeln, aber ich gab ihm nicht ganz nach, weil zu der Liebe auch immer Traurigkeit gehörte. Weil es die Geschichte meiner Eltern war und doch eigentlich nur die von Isaacs Eltern. Es war unfair von mir, das zu denken. Sie wären traurig, wenn sie wüssten, dass ich mich gedanklich von ihnen abgrenzte, doch es war für mich schon immer so gewesen. Ich hatte keine Ahnung, wie es anders ging. Mit der Zeit hatte ich bloß gelernt, all dies für mich zu behalten, denn das Letzte, was ich wollte, war, sie mit meinen Worten und Emotionen zu verletzen. »Zu ihrem Glück hat nur noch ein Kind gefehlt, und weil es auf biologischem Weg zunächst nicht funktioniert hat, haben sie mich adoptiert. Zwei Monate später erfuhren sie, dass Isaac unterwegs war, und im Dezember war ich dann direkt der große Bruder.«

»Wie alt warst du denn, als sie dich in die Staaten geholt haben?«

Ich hasste es, dass sie immer noch so vorsichtig klang. Als fürchtete sie sich vor meiner Reaktion. Ja, ich hatte ihr einen Grund gegeben, doch das hier war was anderes. Oder?

»Drei Monate. Aber hier ausgesetzt wurde ich mit ein paar Tagen, und meine Eltern sind vorher eine Weile mit mir in Brindisi geblieben. Wegen der ganzen Bürokratie und so«, erzählte ich die Geschichte von dem ungewollten Baby, als wäre es nicht meine eigene.

»Sie haben wirklich Glück gehabt, dich zu finden«, sagte Cleo und grinste schief, als wir gerade die Straße erreichten, die nach Speranza führte. Der Mond war immer noch hell genug, um unsere Umgebung zu erleuchten und ihr Gesicht mit weichen Schatten zu umschmeicheln.

»Ist es nicht eher andersherum?«, fragte ich skeptisch. Bisher hatte ich mir immer von anderen anhören müssen, wie viel Glück ich gehabt hatte, dass meine Eltern ausgerechnet dann auf der Suche nach einem Kind gewesen waren. Andernfalls wäre ich sicherlich irgendwo in der Gosse gelandet.

Ihr Worte, nicht meine. Aber größtenteils teilte ich diese

Ansicht. Denn mein Start ins Leben war bereits katastrophal gewesen. Es hatte durchaus eines Wunders bedurft, um mich zu retten. Und meine Eltern waren mein Wunder.

»Das sicher auch. Aber ich meine, du bist freundlich, höflich, clever, ehrgeizig, empathisch und zu guter Letzt verboten gut aussehend.« Sie zählte jedes Merkmal an ihren Fingern ab. Bei Nummer sechs musste sie mit der linken Hand noch mal anfangen, weil sie die rechte offenbar nicht von meinem Arm lösen wollte.

Ihre Unwilligkeit, sich von mir zu trennen, war das größte Kompliment von allen. Würde sie es bemerken, wenn ich unser Tempo weiter drosselte? Einfach, damit wir noch mehr Zeit miteinander verbringen konnten?

Seit wir aus Rom zurückgekommen waren, hatten wir kaum noch über etwas anderes als über Farben, Möbel und Bestellungen geredet.

Das wäre nicht ganz so schlimm gewesen, wenn wir zumindest allein gewesen wären, aber nein, ständig war Isaac in unserer Nähe. Bereit, sich in jedes Gespräch einzumischen, als hätte er seine Ohren stets gespitzt.

Hin und wieder war ich der felsenfesten Überzeugung, dass er mich absichtlich reizte, doch das würde ich niemals ansprechen. Es wäre weniger schmerzhaft, mir eine Kugel in den Fuß zu jagen.

»Ich höre dir gern noch weiter zu«, sagte ich zufrieden.

»Ach ja? Dabei war ich sicher, dass du deine Grenzen dahingehend nicht nur festgesteckt, sondern in Beton gegossen hast«, erwiderte sie mit einem neckenden Unterton.

Fuck. Sie hatte recht.

Meine Antwort auf ihre Offenheit war mehr als ungenügend.

»Was …« Ich kam nicht dazu, den Satz zu beenden, weil in just diesem Moment Isaacs Schrei – zwei Oktaven zu hoch – durch die Nacht hallte.

Cleo und ich sahen uns erschrocken an, ehe wir zeitgleich die Arme voneinander lösten und nach oben hasteten. Zum Glück waren wir nicht mehr weit vom Eingang der Ferienanlage entfernt, trotzdem zog sich Cleo die Schuhe aus, um sich zu beeilen. Als sie bemerkte, dass ich auf sie warten wollte, wedelte sie ungehalten mit einer Hand.

»Lauf nur! Ich komme nach«, rief sie. Das ließ ich mir nicht zweimal sagen. Ihr ging es schließlich gut. Bei Isaac war ich mir nicht so sicher. Sofort krampften sich sämtliche meiner inneren Organe zusammen.

Ihm konnte nichts geschehen sein. Er hatte sich bestimmt nur über die Katzenjungen erschreckt, die immer öfter im Hof auf Erkundungstour gingen.

Es ist alles gut.

Es dauerte viel zu lange, bis ich Isaac gefunden hatte. Leider war er nicht im Brunnenhof mit den Kitten und auch nicht im Haupthaus. Stattdessen fand ich ihn im privaten Weinhof, der glücklicherweise hell genug beleuchtet war, um alle Einzelheiten zu erkennen, noch während ich die Sandsteintreppe runterpreschte.

Isaac war wohlauf.

Das war das Erste, was ich registrierte, ehe die restliche Szene in meinen Verstand sickerte.

Vor ihm auf den Fliesen kauerte eine weitere Person mit einem blutigen Handtuch, das sie sich gegen die Stirn hielt. Oder vielmehr er. Bei der Person handelte es sich nämlich um Leonardo Bonucci. Ein neunzehnjähriger Draufgänger, der im Ristorante *Famiglia* als Kellner arbeitete.

»Was zur Hölle …?«, stieß ich wütend, aber auch voller

Sorge hervor, da ich nicht wusste, ob die Wunde wirklich so schlimm war, wie sie aussah.

Ich hatte gerade Isaac unter dem Baldachin aus Wein erreicht, als Cleo oben durch den Eingang sprintete. Nur kurz bemerkte ich ihr erleichtertes Aufseufzen, dann wandte ich meine gesamte Aufmerksamkeit wieder den beiden Herren zu.

Isaac war bleich wie ein Gespenst. Ich hatte ihn noch nie so aufgelöst gesehen. Seine Hände hatte er zu Fäusten geballt, doch ich glaubte, trotzdem ein Zittern zu erkennen.

»Er ...«, begann Isaac, doch seine Stimme brach ab.

Ich legte eine Hand auf seine Schulter. Da er nur eine Jogginghose trug, nicht mal ein T-Shirt oder Schuhe, war er sicherlich bereits im Bett gewesen.

»Ich weiß, was los ist«, sagte ich und hockte mich vor Leonardo hin. »Lass mich mal sehen.«

Es war seltsam. Leonardo war bloß fünf Jahre jünger als ich, trotzdem hatte ich das Gefühl, einem Kleinkind gegenüberzusitzen. Ich glaubte, dass mein ruhiger, aber bestimmter Tonfall half, ihn zur Kooperation zu bewegen. Genau wie Isaac hatte er einen Schock erlitten.

Langsam ließ er das Handtuch sinken, und ich konnte die Platzwunde auf seiner Stirn erkennen. Vielleicht zwei Zentimeter lang. Blut pulsierte hervor, und ich drückte das Handtuch zusammengeknüllt eilig wieder drauf.

»Rufst du bitte den Arzt aus Tursi an, Cleo? Seine Nummer ist unter *Giardino* gespeichert«, bat ich sie und gab ihr mit der freien Hand mein Handy. Mittlerweile hatte sie sich zu uns begeben, und ich wusste, dass ich mich in dieser Situation auf sie verlassen konnte.

»Du bist nicht allein hier, oder?«, fragte ich Leonardo, der ein weißes, mit Blut bespritztes Bettlaken trug. Eine weiße

Perücke und eine Gruselmaske – vermutlich ein Überbleibsel von Halloween – lagen unweit neben uns. Damit hatten wir wohl unser Gespenst gefunden.

Leonardo schwieg eisern. Oder er war immer noch nicht ganz bei sich.

Ich blickte über meine Schulter nach oben zu Isaac, aus dessen Augen der gehetzte Ausdruck größtenteils verschwunden war.

»Mit was hast du ihn getroffen?«

»Meiner Teetasse«, sagte er leise. Mit einem Kopfnicken deutete er auf die Scherben, die sich hauptsächlich unter dem Bauerntisch befanden. Deshalb waren sie mir bisher nicht aufgefallen. »Ich dachte wirklich …«

»… dass er ein Geist ist und er sich von einer Tasse in die Flucht schlagen lässt?«

Er zuckte mit den Schultern und schmollte. Immerhin musste ich mir um ihn keine Sorgen mehr machen.

»Was dich angeht …« Wieder betrachtete ich Leonardo.

»Bitte tu ihm nichts!«, rief ein Mädchen, das unter der Treppe zum Vorschein kam.

»Cara«, rief ein anderer Junge, der ihr widerwillig folgte. Offensichtlich hätte er sich lieber versteckt gehalten.

Ich richtete mich langsam auf und stützte die Hände in die Hüften. Cleo hatte neben mir aufgehört zu telefonieren.

»Cara Puddu und Elia Marino, nehme ich an?« Mein gutes Namensgedächtnis half mir. Sofort stellten sie sich aufrechter hin. »Was verschafft mir die Ehre?«

Soweit ich wusste, waren die beiden noch minderjährig und grün hinter den Ohren. Nach und nach wurden alle Rätsel der letzten Wochen aufgeklärt.

»Bitte, wir wollten nichts Böses«, sagte Cara.

»Sei still«, zischte Elia.

Ich deutete mit einem Finger auf ihn. »Sag niemals einer Dame, dass sie still zu sein hat.« Wütend presste er die Lippen aufeinander, doch er diskutierte nicht mit mir. »Cara? Alles von Anfang an, bitte.«

»Kurz bevor du hergekommen bist, haben wir damit begonnen, nach dem Schatz zu suchen. Du weißt schon, der, von dem sich das ganze Dorf erzählt. Wir dachten, wir würden ihn hier finden, aber als du angekommen bist, hatten wir nicht mal die Hälfte der Räume durchsucht.« Nach anfänglichem Zögern sprudelten die Worte nun förmlich aus ihr heraus, und ich hatte das erste Mal Probleme, jemanden mit ihrem Dialekt zu verstehen.

»Also dachtet ihr, ihr könntet mich, als Gespenster verkleidet, verjagen?«

Cara und Elia tauschten Blicke aus, bevor sie beide mit den Schultern zuckten. »Das war Leonardos Idee. Wir dachten, dass sowieso niemand zum Übernachten herkommen würde, wenn sich die Gerüchte einmal verbreiteten.«

»Also wolltet ihr nicht bloß den Schatz finden, sondern auch mein Geschäft ruinieren?«, fasste ich hart zusammen, obwohl ich mich innerlich vor Lachen kaum noch halten konnte.

Ich hatte mir so was Ähnliches bereits gedacht, doch war ich der Überzeugung gewesen, dass Erwachsene meine Ferienanlage manipulierten und nicht ein paar Jugendliche. Das war tatsächlich weniger schlimm.

Es tat mir einzig leid, dass Leonardo dabei verletzt worden war und Isaac einen Schock erlitten hatte. Vielleicht hätte ich schon früher Kameras installieren oder Alarmanlagen anbringen sollen, um sie zu verscheuchen.

»Nein, natürlich nicht, also …«, widersprach Cara nervös. »Wir wollten sowieso erst die Schatzkarte finden und dann …«

Elia stieß ihr mit dem Ellbogen leicht in die Seite. »Pst!«

»Elia Marino, wenn ich noch einmal sehe, dass du Cara wehtust, werde ich deiner Mutter brühwarm berichten, was hier vor sich gegangen ist!«, meldete sich Cleo neben mir zu Wort, die ich zwar nicht vergessen hatte – denn niemand bei Verstand könnte ihre Anwesenheit *nicht* wahrnehmen –, für den Moment jedoch nicht mit Aufmerksamkeit bedacht hatte.

Elia erbleichte augenblicklich. »Bitte nicht, Cleo. Ich werde für die nächsten zehn Jahre Hausarrest bekommen.«

»Ganz genau, du solltest dir also überlegen, ob du Dantes Fragen wahrheitsgemäß und vor allem ohne Gewalt beantwortest«, erinnerte sie ihn.

Ich hatte nicht gewusst, dass sie Elias Mutter kannte. Soweit ich wusste, war sie Floristin in Ponte Masone.

»Was Cleo gesagt hat«, stimmte ich grinsend zu, als Leonardos theatralisches Stöhnen die Situation wie ein Messer zerschnitt. »Kommt, wir helfen ihm zu einem Stuhl.«

Schließlich kam Dottore Giardino mit Giuliana Puddu, Caras Mutter, im Schlepptau an. Sie hatte ihn auf dem Weg abgefangen und ausgequetscht. Dabei war ihnen noch nicht bekannt gewesen, dass Cara auch hier war. Giuliana schimpfte ihre Tochter dermaßen aus, nachdem sie sich um ihren Zustand gekümmert hatte, dass Caras Ohren tomatenrot wurden.

»Und eure Eltern rufe ich sofort an! Das ist ja wohl die Höhe!« Sie bekam sich fast nicht ein, während der Dottore sich Leonardo genauer ansah und ihn im Krankenhaus näher untersuchen lassen wollte.

»Scusi, Dante«, entschuldigte sich Giuliana bei mir mit einer Hand auf ihrem Herzen. »Das wird Konsequenzen für sie haben.«

»Mein Bruder ist derjenige, der einen Schock erlitten hat«, stellte ich klar. Unnachgiebig, jetzt, da ich es mit einer Erwachsenen zu tun hatte.

Als hätte sie Isaac bis gerade nicht wahrgenommen, weiteten sich ihre Augen bei seinem Anblick. Er hatte sich mittlerweile ein T-Shirt übergezogen.

»Entschuldige. Wirklich.« Sie ergriff seine Hände und drückte sie fest.

Ein Lächeln stahl sich auf seine Züge. Er war niemand, der lange einen Groll hegte.

Wir verfrachteten zwei der drei Eindringlinge in das Auto des Dottore, da er höchstpersönlich ins Krankenhaus fahren wollte. Cara wurde von ihrer Mutter abtransportiert.

Viele weitere Entschuldigungen später herrschte endlich Stille in der Einfahrt. Ein Wunder, dass unsere Arbeiter von dem Tumult nicht geweckt worden waren. Oder sie waren noch auf dem Fest.

»Ich brauche einen Absacker«, verkündete Isaac und streckte sich. »Kommt jemand mit?«

»Sofort. Ich muss kurz mit Cleo sprechen.«

Isaac sah grinsend von mir zu Cleo und machte sich dann auf den Weg in die Küche.

Erwartungsvoll blickte mich Cleo an. Irgendwann war sie wieder in ihre Sandalen geschlüpft, doch die zerzausten Haare verrieten die Aufregung der Nacht. Auch das Kleid war leicht verrutscht, und ihr Ausschnitt war definitiv großzügiger als noch zu Beginn des Abends. Ich schluckte schwer. Die Rundungen ihrer Brüste, die sich beim Ein- und Ausatmen über dem Saum wölbten, ließen mich kurzzeitig vergessen, warum wir hier standen und was ich hatte sagen wollen.

»Dante? Meine Augen sind hier oben.« Sie hörte sich amüsiert und nicht gekränkt an, was mich beruhigte.

Schief lächelnd neigte ich mich zu ihr. »Jeder Zentimeter von dir buhlt um meine Aufmerksamkeit, Honey.«

Sie schluckte schwer, war aber nicht bereit, zurückzuweichen. »Das wolltest du mir sagen?«

»Unter anderem«, log ich verschmitzt grinsend. »Aber hauptsächlich wollte ich dir was zeigen. Begleitest du mich?«

»Jetzt bin ich neugierig genug.« Während wir das Haupthaus betraten und ich sie zum alten Arbeitszimmer meines Großvaters führte, musste ich mein Bestes tun, sie nicht weiter anzustarren. »Glaubst du, das von heute hat noch Konsequenzen? Isaac hat sich wacker geschlagen, aber er war vorhin noch ziemlich weiß.«

»Ich werde gleich nach ihm sehen. Er ist ein tougher Kerl, und letztlich ist alles noch mal gut ausgegangen.« Ich beugte mich vor, um die Tür zu öffnen. Dabei lehnte ich mich so nah über Cleo, dass meine Lippen beinahe ihre Wangen streiften. Eilig zog ich mich wieder zurück und überließ ihr den Vortritt. »Ich denke, die Kids – und ja, es ist seltsam, Leonardo als Kind zu bezeichnen – werden von ihren Eltern was zu hören bekommen. Doch nur weil sie erwischt worden sind. Nicht weil sie mir schaden wollten.«

»Hm, ich hoffe, dass sie alle etwas mehr Weitsicht beweisen«, sagte sie leise, wenn auch nicht überzeugt. »Was genau wollen wir hier?«

Sie war schon ein paarmal mit mir hier im Zimmer gewesen, weil wir mein Whiteboard genutzt hatten, um das Projekt Speranza weiter voranzutreiben.

Ich durchquerte den Raum bis zum Schreibtisch, um die Tischleuchte anzumachen. Als die Birne aufflammte, kramte ich in den Schubladen direkt darunter nach der Ledermappe, die ich hier irgendwann zu meiner Anfangszeit deponiert hatte.

Nachdem ich sie gefunden hatte, legte ich sie vor mir auf den Tisch. Cleo stellte sich neben mich.

»Ich habe schon öfter von einem gewissen Vermögen gehört, das mein Großvater angeblich durch die Zinsen angehäuft hat, die er durch Kredite an die Dorfbewohner bekommen hat. Und das er aber nie ausgegeben hat«, erklärte ich. »Ich hätte allerdings nie gedacht, dass er so verrückt war, das Geld wirklich zu verstecken, anstatt es einer Bank anzuvertrauen.«

»Oh, gerade eben haben mir Zia Magda und ihre *Società* davon berichtet.«

Mein Blick verdüsterte sich. Natürlich. Eine Information, die mir schon viel früher geholfen hätte, wurde mir auch nach fast zwei Monaten nicht weitergegeben. Cleo hingegen bekam sie nach nicht mal einem Monat auf dem Silbertablett serviert.

»Was genau haben sie gesagt?«

»Weniger noch als die Kinder. Nur dass er das Vermögen irgendwo hier versteckt hat und sie glauben, dass du es längst gefunden und eingesackt hast.«

Ich knirschte mit den Zähnen. »Natürlich denken sie das Schlimmste von mir. Auch wenn mir das Geld rechtlich zustünde.«

»Sie lagen aber falsch, oder?« Die Frage klang so, als hätte sie den Witwen nicht für eine Sekunde geglaubt und wollte mich lediglich wieder aufs Thema lenken.

»Ja, ich habe während der Renovierung keinen Schatz gefunden, allerdings ...« Ich klappte die Ledermappe auf. »... habe ich an meinem ersten Tag hier dies entdeckt und bis heute wieder vollkommen vergessen.«

Cleo beugte sich tiefer über den Tisch. »Eine Schatzkarte?«

Wir sahen einander an. »Alles, was wir von meinem Großvater wissen, spricht dagegen, dass er etwas Derartiges erstellt hätte.«

»Das schon, aber was, wenn nicht er es gewesen ist und die Karte bloß aus sentimentalen Gründen aufbewahrt hat?« Stirnrunzelnd folgte ich mit dem Blick ihrem Fingerzeig. Ganz unten links standen in sehr kleiner Schrift die Initialen. Nicht G. T., sondern … »E. T. Edith Tarantino. Deine Mutter.«

24

Cleo

Wieder mal hatte ich mich in der Nacht unruhig von einer Seite auf die andere gewälzt. Zum einen, weil ich immer wieder von Olivers grinsender Fratze verfolgt wurde, und zum anderen, weil ich mich kaum auf etwas anderes konzentrieren konnte als auf Dantes durchdringenden Blick und sein verschmitztes Lächeln.

Eine Woche war vergangen, seit ich ihm gesagt hatte, was ich wollte, und bis auf einzelne Bemerkungen, die man vielleicht oder vielleicht auch nicht auf sexuelle Weise interpretieren könnte, war unsere Beziehung zum Stillstand gekommen.

Durfte man sie überhaupt als *Beziehung* bezeichnen? Wir hatten uns nur ein Mal in Rom geküsst, und das war es. Mehr war nicht geschehen.

Würde auch nie mehr geschehen?

Ich war so verdammt frustriert.

Immerhin waren das die einzigen beiden Aspekte, die nicht so liefen, wie ich gern gewollt hätte. Auf Speranza hatte sich so viel getan, und Elora hatte ihren Augen kaum trauen können, als sie gestern angekommen war. Sie war so voller Tatendrang, auch wenn sie sich zu zügeln versucht hatte. Ich wusste nicht, ob ich ihr gegenüber besonders empathisch war, aber es fühlte sich an, als würde ich sie schon kennen. Sie war niemand, der andere an sich heranließ, und sie hielt ihre Freude und Begeisterung lieber klein, um am Ende des Tages nicht enttäuscht zu werden.

Ich gab mein Bestes, damit sie sich so heimisch fühlte wie möglich. *Heimisch* war vielleicht das falsche Wort, da sie schließlich kein gutes Verhältnis zu ihren Eltern hatte. Doch sie sollte sich schon wohlfühlen. Ich hatte ihr ein Zimmer am Ende meines Flurs eingerichtet. Sie sollte in der Nähe einer freundlichen Person sein, sich aber nicht kontrolliert oder erdrückt fühlen. Danach hatte sie freie Hand mit allem, solange sie Dante oder mich in ihre Vorhaben, was die Küche anging, einweihte. Während sie beim Bau und der Installation nicht viel selbst tun konnte, stürzte sie sich in ein anderes Projekt – dazu hatte sie sich ein Stück fruchtbaren Boden hinter dem Carport ausgesucht, das sie zu einem kleinen Gemüsegarten umfunktionieren wollte.

»Selbst im besten Fall wird es nicht so ertragreich, dass wir alle Gäste versorgen können, aber mit Sicherheit reicht es für die Mitarbeiter hier vor Ort«, hatte sie erklärt.

Dante brauchte nicht mehr zu hören und gab ihr grünes Licht. Er vertraute ihr blind. Vielleicht war es auch Isaacs Einfluss zu verdanken, der ständig da herumscharwenzelte, wo Elora sich aufhielt. Es amüsierte mich, die beiden zu beobachten, weil ständig die Fetzen flogen. Ich konnte nicht sagen, ob sie zusammenpassten, aber immerhin unterhielten sie sich, und das war schon viel wert.

»Ich hole die Schubkarre«, rief ich Elora über meine Schulter zu. Sie stand knöcheltief in der Erde und zupfte und zerrte Unkraut heraus.

Während des kurzen Weges zu den Stallungen dachte ich darüber nach, wie sehr ich mich verändert hatte. Es schien, als wären meine New Yorker High-Society-Days endgültig vorüber. Ich schminkte mich im Alltag nicht mehr und setzte mich mit schmutziger Hose an den Tisch draußen, um Eloras Köstlichkeiten runterzuschlingen. Für alles andere war ich einfach zu erschöpft. Dennoch sehnte ich mich nach einem neuen Haarschnitt und einem Spa-Tag.

Ich hatte gerade die Ställe erreicht, als mein Handy klingelte. Die Ziegen sprangen vor mir davon, bevor ich den Anruf annehmen konnte.

Da ich nicht versehentlich in meiner Unachtsamkeit von einer Kuh gebissen werden wollte, kletterte ich wieder über den Zaun. Dann erst erhaschte ich einen Blick auf den Namen der Anruferin.

Meine Mutter. Das konnte nichts Gutes bedeuten.

»Hey, Mom«, begrüßte ich sie möglichst fröhlich.

»Oliver hat uns angerufen! Wie konntest du uns eure Trennung so lange verheimlichen?«

»Okay, keine Begrüßung. Verstanden.«

»Komm mir nicht mit Sarkasmus, Cleo!«

»Mom, bitte, ich weiß nicht, wo das Problem liegt. Ihr konntet ihn von Anfang an nicht ausstehen. Warum feiert ihr keine Abschiedsparty?« Ich verdrehte die Augen. Ehrlich, ich hatte vorgehabt, es ihnen zu sagen, doch tatsächlich hatte ich es vergessen. Etwas, das vor einem Monat noch so wichtig gewesen war, war komplett in den Hintergrund gerückt.

»Darum geht es nicht. Immerhin hatte er den Anstand, uns davon zu unterrichten, dass ihr nicht mehr gemeinsam durch Italien reist. Wir sind wirklich enttäuscht, Cleo.«

Ich bezweifelte, dass Oliver ihnen das aus der Güte seines Herzens erzählt hatte, nachdem Dante ihm die Nase gebrochen hatte. Es wunderte mich einzig, dass er seinen Namen nicht erwähnt hatte. Gleichzeitig bildete sich ein unangenehmes Gefühl in meiner Magengegend, als würde die nächste Katastrophe noch um ein Vielfaches schlimmer sein und bereits auf mich warten.

»Du hast recht, ich hätte euch davon erzählen sollen. Ich habe es einfach vergessen.«

»Vergessen? Wie kannst du vergessen, dass du dich von deinem Freund getrennt hast?« Sie klang ehrlich entrüstet, als könnte sie sich nichts Absurderes vorstellen. Wieder mal hielt ich ihr unbeabsichtigt vor Augen, wie unterschiedlich wir waren.

Würden wir überhaupt jemals auf einen gemeinsamen Nenner kommen?

Fraglich.

»Erstens hat er mich sitzen lassen und mich bestohlen. Zweitens ist mir dann bewusst geworden, was für ein Arschloch er ist und dass ich keine Gedanken mehr an ihn verschwenden will«, sagte ich mit ungewohnter Vehemenz. Doch ich hatte es satt, mich von meiner Familie in die Ecke drängen zu lassen. Mir anhören zu müssen, wie rücksichtslos und egoistisch ich war.

»Er hat *was?*« Immerhin schien sie meine Worte nicht infrage zu stellen. »Aber das ändert nichts daran, dass du mich und deine Schwestern belogen hast. Du hast uns allen etwas vorgespielt.«

»Und das tut mir ja auch leid, doch …«

Sie ließ mich nicht ausreden. »Du kommst sofort nach Hause, Cleo. Das ist ja wohl die Höhe! Italien ist von Anfang an eine absurde Idee gewesen und …« Ich hörte, wie jemand etwas im Hintergrund sagte. »Nein, Mama, sie gehört nach New York, zu uns.« Nonna hatte sich wohl eingemischt. Die einzige Person, die mir je zugehört hatte.

»Ich komme nicht zurück. Noch nicht.«

»Wenn du dir nicht sofort einen Flug buchst, sperre ich deine Kreditkarte.«

Ich lachte lauf auf. »Habe ich längst selbst erledigt. Weil Oliver sie hat. Ich verdiene hier mein eigenes Geld. Wenn du nichts anderes willst, als mich zu erpressen, ruf besser nicht mehr an.«

Mit pochendem Herzen legte ich auf. Meine Hände zitterten, als ich langsam das Handy in meine hintere Hosentasche gleiten ließ. Shit! Was hatte ich getan? So hatte ich noch nie mit meinen Eltern gesprochen.

Auch wenn ich einerseits die Konsequenzen fürchtete, konnte ich mich nicht dazu durchringen, ein schlechtes Gewissen zu haben. Gleichzeitig wurden meine Gedanken davon überschattet, dass Oliver ganz offenbar noch nicht fertig mit mir war.

Etwas später hatte ich mich wieder beruhigt. Alba und Blanca hatten abwechselnd versucht, mich zu erreichen, bis ich mein Handy ausgestellt hatte. Ich hatte mich wirklich nicht danach gefühlt, weitere Standpauken über mich ergehen zu lassen.

Klar, Mom hatte recht. Ich hatte ihnen tatsächlich etwas vorgespielt und sie belogen. Das war falsch von mir gewesen, doch ich hatte erst mal selbst mein Leben sortieren müssen. Und mit dem Verheimlichen meiner Trennung hatte ich ihnen nicht geschadet.

Abgesehen von meinem Lügen verstand ich das Problem nicht.

In einem ruhigen Moment würde ich mich bei ihnen dafür entschuldigen. Alles andere wollte ich nicht hören. Ich war die einzige Person, die über mein Leben bestimmen durfte. Das erkannte ich jetzt.

»Mir hat die Küchenfirma gerade geschrieben. Ich muss

noch mal nach Ponte Masone runterfahren«, erklärte Elora gerade Isaac.

»Ich bring dich«, bot er an.

Sie lächelte bloß, und gemeinsam machten sie sich vom künftigen Gemüsebeet aus auf den Weg zum Haupthaus, als wäre ich nicht anwesend. Wunderbar! Immerhin hatten die zwei für den Moment zueinandergefunden.

Voller Unmut, den ich mir nicht erklären konnte, hackte ich weiter auf den Boden ein, in der Hoffnung, dadurch etwas von der negativen Energie loszuwerden.

Ich wünschte, ich hätte mich mit der Schatzkarte ablenken können. Doch obwohl ich Dante davon überzeugt hatte, sie sich näher anzusehen, waren wir so von Arbeit übermannt worden, dass wir bisher nicht dazu gekommen waren.

»Hey, hast du etwas Zeit für mich?«

Ich blinzelte gegen die Sonne an, um Dante zu erkennen. Zum Glück hatte ich mir vorhin seine Sonnenbrille aufgesetzt, sonst wäre ich spätestens jetzt erblindet. Die süditalienische Sonne knallte erbarmungslos auf uns nieder und hatte mich längst meine Kleidung durchschwitzen lassen.

Behutsam drückte ich den Spaten in die Erde, ehe ich die behandschuhten Hände aneinanderschlug. Es störte mich, wie gut Dante aussah und wie schmutzig ich mich im Vergleich fühlte.

Trotzdem hatte ich nicht für eine Sekunde gewankt. Als Mom von mir verlangt hatte, nach New York zurückzukehren, war ich mir zu hundert Prozent sicher gewesen, das Richtige zu tun, indem ich hierblieb.

»Worum geht's?«

»Deine Werbeannoncen, um Gäste anzulocken, sind regelrecht eingeschlagen«, verkündete er mit einem warmen Lächeln, das ich bis in meine Zehenspitzen spürte. Er hatte mir in den letzten Wochen so viel anvertraut und so viel Freiheit gelassen. Vor allem, nachdem er entschieden hatte, die Ferienanlage nicht direkt zu verkaufen. Auch wenn er dies nie ausgesprochen hatte, hatte ich den Umschwung in seinen Handlungen und seinem Verhalten durchaus bemerkt. »Wir konnten die ersten Reservierungen verbuchen. Die Timeline steht also. In einem Monat muss alles fertig sein.«

Mein Herz sackte ab. »In einem Monat? Ist das nicht etwas knapp?«

»Die ...« Er stockte, wandte den Blick von mir zum Himmel. Auf seinem Gesicht lag der Schatten seiner Basecap, um die ich ihn beneidete. Ich hatte mal wieder vergessen, mir selbst einen Hut aufzusetzen. »Sollen wir ins Haus gehen? Du kannst sicher auch eine Trinkpause gebrauchen?«

Er hatte recht. Die Unterhaltung schien länger zu dauern, und ich wollte hier draußen nicht gebraten werden.

»Klingt gut. Ich wollte mit dir auch noch eine Idee teilen.« Zum Glück hatte er mich angesprochen, sonst hätte ich meine Gedanken von heute Morgen – vor dem Telefonat mit meiner Mom – wieder komplett vergessen. »Treffen wir uns in fünf Minuten in der Küche?«

Nachdem wir uns im Flur des Haupthauses getrennt hatten, konnte ich nicht schnell genug ins Badezimmer gelangen.

Nur weil mich Dante bereits in diversen Stadien der Verwahrlosung und Verschmutzung gesehen hatte, bedeutete das nicht, dass es mir nichts mehr ausmachte. Und das wiederum sagte mir, dass ich ihn noch nicht aufgegeben hatte. Ich wollte ihn immer noch.

Doch ich wusste nicht, wie ich diese Grenze zwischen Freundschaft und Mehr überwinden sollte, weil der Ball auf seinem Spielfeld lag. Er musste den nächsten Schritt tun, da es meinem Selbstbewusstsein nicht unerheblich schaden würde, wenn er mir ein weiteres Mal eine Abfuhr erteilte.

Kurz bevor Isaacs Schrei unsere Zweisamkeit unterbrochen hatte, war ich mir fast sicher gewesen, dass Dante mich küssen würde. Oder mich zumindest an sich ziehen und mir im Mondschein tief in die Augen schauen würde.

So romantisch kitschig, dass mein Herz heftig flatterte.

Doch seitdem war nichts mehr geschehen.

Shit!

In Windeseile hatte ich mich abgeduscht und war in ein luftiges Sommerkleid geschlüpft. Mein Haar ließ ich handtuchfeucht herabfallen. Mir war zu heiß, um den Föhn anzuschmeißen, und außerdem wäre der Aufwand viel zu hoch und zeitintensiv gewesen. Die Dusche hatte schon Wunder gewirkt, und ich wollte mein Schicksal nicht herausfordern.

»Wieder da«, verkündete ich beim Eintreten.

Dante hatte seinen Laptop und ein paar Unterlagen auf dem Tisch ausgebreitet. Als er nun aufsah, wurde mein Mund augenblicklich trocken. Er hatte seine Cap abgesetzt, sodass mich keine Schatten vor der Intensität seines Blickes schützten. Ich war dem bohrenden Verlangen vollkommen ausgeliefert und blieb wie angewurzelt auf der Türschwelle stehen.

Er fing sich zuerst und räusperte sich.

»Limonade?«

»Gern«, presste ich hervor, ehe ich mich wieder in Bewegung setzte. Gosh, ich wusste wieder, warum Isaacs und Eloras Anwesenheit in letzter Zeit unabdinglich für mich geworden war. Wenn Dante schon nicht auf mein mehr als deutliches Angebot einging, dann brauchte ich eine Ablenkung von ihm. Damit mein Blick nicht ständig zu seinen muskulösen Armen und seinem gestählten Oberkörper wanderte. Damit ich mir nicht durchgehend vorstellte, wie er mich ins Bett trug und sich nahm, was ich ihm geben wollte.

Sofort war mir wieder heiß, obwohl die neu installierte Klimaanlage auf Hochtouren arbeitete.

Das Meeting fing ja gut an.

Nachdem ich das halbe Glas Limonade in einem Zug geleert hatte, stürzte ich mich sofort wieder ins Gespräch.

»Ich habe gesehen, dass du unser Onlinedokument bearbeitet hast?«, warf ich ihm den Köder zu, damit er aufhörte, mich wie ein besonders köstliches Dessert anzusehen, das er sich selbst verboten hatte.

»Zu unserem Glück, vielleicht auch durch deine Engelszunge …«, er räusperte sich, »… sind die Daten für die Möbellieferungen alle vorgerückt. Die Deadline von einem Monat sollte kein Problem mehr sein. Einzig Eloras Extrawünsche für die Küche …«

»… die absolut berechtigt sind«, sagte ich betont und erntete ein Lächeln.

»Ich habe nie etwas anderes behauptet. Aber sie sind die einzigen Dinge, die knapp werden können. Nicht unmöglich, aber knapp. Ein paar der Geräte kommen aus Übersee, und da hätte ich einfach gern etwas mehr Puffer.«

»Sie sagte auch schon, dass sie ein oder zwei Wochen hier in der kleineren Küche arbeiten könnte«, beschwichtigte ich ihn. »Selbst wenn es dann nicht von Tag eins perfekt wäre, wäre das kein Untergang, und die Gäste bekämen davon nichts mit.«

»Hoffen wir mal, dass es nicht so weit kommt.« Ein größeres Zugeständnis ließ er sich nicht abringen, weil Dante ein Perfektionist war und mit Versagen – ganz gleich, in welch absurder Form – nicht zurechtkam. Ich sah darüber hinweg, weil wir ohnehin keine andere Lösung hatten.

Wir gingen noch ein paar Punkte auf unserer Liste durch, die immer kürzer geworden war. Erst da wurde mir bewusst, wie viel wir bereits geschafft hatten.

»Ehrlich, du kannst wirklich stolz auf dich sein, dass du dir ein solch großes Projekt nicht nur aufgebürdet, sondern es auch durchgezogen hast«, sagte ich voller Bewunderung.

»Es ist noch lange nicht fertig, und wenn es so weit ist, dann ist es nur gelungen, weil wir es zusammen gestemmt haben«, antwortete er leise, aber nicht weniger intensiv. »Wirklich, ohne dich hätte ich sicher längst das Handtuch geworfen.«

»Als ob.« Ich lachte auf, glücklich, dass er den Wert meiner Arbeit anerkannte. »Du fängst nicht etwas an, um dann mittendrin aufzuhören.«

»Vielleicht«, gab er zu. »Aber ich hätte mich niemals dazu entschlossen, Speranza zu behalten. Als ich hergekommen bin, sollte mich die Arbeit bloß ablenken. Im Prinzip hatte ich nichts von dem hier haben wollen.«

»Und jetzt hast du deine Meinung geändert?« Ich hatte seine heftige Reaktion im Flugzeug noch nicht vergessen und war vorsichtig, das Thema weiterzuverfolgen.

Gleichzeitig wusste ich, dass ich Dante zuhören wollte. Auch er musste eine Entwicklung durchmachen.

»Irgendwann habe ich aufgehört, es als *ihre* Ferienanlage zu sehen, sondern als *unsere*. Ich weiß das Erbe zu schätzen, aber ich will nicht länger darüber nachdenken, in wessen Besitz es vorher gewesen ist.«

»Hm.«

»Was?«

»Sorry, ich behalte meine Gedanken dazu lieber für mich.«

»Cleo ...«

»Dante, die letzten Male bist du mir fast an die Kehle gesprungen. Entschuldige meine Vorsicht. Können wir uns wieder aufs Geschäftliche konzentrieren?« Einen Moment länger sah er mich an, nickte dann jedoch. Darüber war ich froh, denn er wollte sicher nicht hören, dass die Verdrängung seiner Gefühle für seine leibliche Familie auf lange Sicht nicht gut enden würde. »Ich hatte mit Elora schon mal darüber gesprochen. Wir wollen eine Art Test-Abend für die Dorfbewohner veranstalten. Wir laden sie zu einem Abendessen ein und schauen, welche Abläufe noch verbessert werden müssen. Die Fincas sind ja leider noch nicht fertig, aber wir können definitiv schon mal so proben, als wären sie unsere Feriengäste.«

»Du glaubst wirklich, dass sie herkommen werden? Auf meine Einladung hin?«

»Wenn schon nicht aus Anstand, dann zumindest aus Neugier.« Er glaubte mir nicht, doch das war okay. Ich vertraute mir bei dieser Sache, und das war etwas komplett Neues für mich. »Habe ich von dir das Go?«

»Sicher, mach es, wie du denkst.«

»Super, dann setze ich mich da als Nächstes dran.« Ich schloss die Apps auf meinem Handy, das ich auf lautlos gestellt hatte. Nur für den Fall, dass mich meine Familie weiter terrorisierte. »Kommen wir zur Schatzkarte! Wann sollen wir schauen, was sich hinter dem Kreuz befindet?«

»Niemals?«

Ich zog einen Schmollmund. »Dante, komm schon.«

»Das war ein Witz. Als würde ich jetzt einen Rückzieher machen.« Er grinste schief. »Sollen wir erst dein Bankett hinter uns bringen und dann damit loslegen?«

»*Bankett*? Das Wort gefällt mir.« Ich lächelte zurück. »Dann mache ich mich am besten an die Arbeit. Elora möchte schon für Sonntag alles vorbereiten. Die Zeit wird knapp.«

»Sonntag? In vier Tagen?«, wiederholte er und fasste sich ans Herz. »Und du fandest meine Deadline von einem Monat sportlich.«

»Es ist etwas anderes, eine komplette Anlage fertigzustellen, als einen gemütlichen Abend für ein paar Leute zu planen«, entgegnete ich amüsiert, als ich Dantes Hand an meiner spürte.

Unwillkürlich hatten sich unsere Finger auf der Tischplatte einander genähert. Ich traute mich nicht hinzusehen, aus Angst, er würde sich mir entziehen. Dabei sehnte ich mich Nacht für Nacht nach jeder Berührung. Ich konnte unseren erschütternden Kuss in Rom nicht vergessen.

»Für ein ganzes Dorf, meintest du«, erinnerte er mich, bevor er meine Hand umfasste und sie an seine Lippen führte. »Ich bin darauf gespannt.« Er hauchte einen Kuss auf meine Knöchel, doch es waren die Versprechungen einer unvergesslichen Nacht in seinen Augen, die mir den Atem raubten.

25

Cleo

Elora war mein Sonnenschein inmitten regenreicher Tage. Nur metaphorisch gesehen. Doch ich lernte schnell, was es bedeutete, ein Event dieser Größe innerhalb kürzester Zeit auf die Beine zu stellen. Meine To-do-Liste wurde länger und länger. Für jede Sache, die ich abhaken konnte, kamen zwei neue dazu, die sich daraus ergaben.

Die größte Hürde stellten tatsächlich die Leute aus Tursi dar. Als sie hörten, dass Dante zu einem kostenlosen Abendschmaus einlud, gab es niemanden, der sofort zusagte. Ich redete mir den Mund fusselig und zählte all die Vorteile auf, die das mit sich brachte, aber sie wollten einfach nicht nachgeben.

Trotzdem ließ ich mich nicht von meinem Vorhaben abbringen, und Dante erzählte ich erst recht nichts davon. Seine vieldeutigen Blicke verrieten mir allerdings, dass er genau wusste, was hier vor sich ging. Eigentlich wartete er bloß darauf, dass ich zu ihm kam, um das ganze Trara abzublasen.

Nur über meine Leiche.

Er war nicht der Einzige, der nicht verlieren konnte. Auch ich hatte meinen Ehrgeiz neu entdeckt.

»Glaubst du, das bringt etwas? Sie schienen mir alle sehr festgefahren in ihrer Meinung«, sagte Elora zweifelnd.

»Wenn ich sie damit nicht kriege, dann gebe ich auf«, erklärte ich feierlich und besah mir die Einladungskarten genauer. Sie waren per Express nach Tursi zur Poststelle geliefert worden, die auch als Tante-Emma-Laden fungierte. »Und ich weiß auch schon ganz genau, wo ich damit anfange.«

Es war der Morgen des großen Tages. Eigentlich wusste bereits das gesamte Dorf, was heute stattfinden würde. Und entgegen dem, was sie mir ins Gesicht gesagt hatten, würden die Menschen sich Zeit dafür nehmen. Doch sie wollten auf andere Art und Weise gebeten werden, das war mir irgendwann klar geworden.

Sie waren wie verschmähte Geliebte, denen der Hof gemacht werden sollte. Deshalb hatte ich in aller Eile Karten designt und auf teurem Papier drucken lassen. Jede Karte war ein Unikat, mit dem Namen der Familie in Gold gepresst.

Ich steuerte zusammen mit Elora, die den Karton mit den Karten trug, das B & B an, wo sich wie erwartet Zia Magda mit ihren Weisen Witwen versammelt hatte. Sie saßen bei Wein und Knabbereien im Vorgarten und lachten herzlich laut über einen bestimmt beeindruckenden Witz.

Vor ihnen stehend, stützte ich eine Hand in die Hüfte, mit der anderen hielt ich ihnen die sechs Einladungskarten hin. Wortlos.

Die Frauen verstummten und warfen einander fragende Blicke zu, bevor Elvira den ersten Schritt machte und die Karten annahm. Als sie die Namen auf den Umschlägen bemerkte, wurden ihre Augen groß. Die anderen streckten sich neugierig und rissen ihr dann die jeweiligen Karten aus den Händen. In Windeseile hatten sie die Umschläge geöffnet und den Inhalt gelesen.

»Das ist eure offizielle Einladung«, sagte ich entschlossen und sah jeder von ihnen für einen Moment in die Augen. »Wenn ihr nicht kommt, nehme ich das persönlich. Das ist eure Chance, Frieden zu schaffen, anstatt Hass zu verbreiten. Von meiner Seite aus wird das hier ansonsten unsere letzte Unterhaltung sein. Dante ist nicht sein Großvater, und je früher ihr das erkennt, desto besser für uns alle.« Ich machte auf dem Absatz kehrt und entfernte mich aus dem Vorgarten, als Zia Magdas Rufen mich zum Innehalten bewegte.

»Hier steht nichts von einer Kleiderordnung ...«

»Abendgarderobe«, rief ich ihr über meine Schulter zu. »So schick, wie ihr könnt.«

Als ich mich wieder dem Weg zuwandte, holte Elora zu mir auf. Ich grinste von einem Ohr zum anderen.

»Wow! Einfach nur wow!«

»Gott, ich zittere. Lass uns schnell die anderen Karten verteilen, bevor mich der Mut verlässt«, sagte ich vor Nervosität lachend. Im Kopf ging ich die wenigen Zeilen durch, für deren Formulierung ich ewig gebraucht hatte.

Signora Magdalena Bianchi,
hiermit sind Sie zu unserem abendlichen Fest auf Speranza geladen. Wir wollen Ihnen und Tursi den allerersten Blick auf die Ferienanlage gewähren, um unsere Freude heute und in Zukunft mit Ihnen zu teilen. Außerdem wissen wir Ihre Meinung sehr zu schätzen, und vor der Eröffnung, aber auch gerne danach sind wir für jeden Verbesserungsvorschlag offen.
Bitte finden Sie sich um 19 Uhr an der Pforte ein. Dort werden Sie von einem unserer Mitarbeiter in Empfang genommen.
Die herzlichsten Grüße
Dante Marinotti & Cleo Hargrove

Eigentlich hatte ich nur Dantes Namen angeben wollen, doch er hatte darauf bestanden, dass ich lediglich meinen Namen darunter setzte. Da ich das aber auf keinen Fall tun wollte, hatten wir uns auf diesen Kompromiss geeinigt.

Fast hatte es sich nach Mehr angefühlt. Als wäre das hier kein normales abendliches Fest, sondern eine … Verlobungsfeier.

Total albern. Ich sollte mich schnell von diesem Gedanken distanzieren.

Es dauerte länger als gedacht, die Karten zu verteilen, doch dieses Mal wagte sich niemand, mir eine Absage zu erteilen. Das würde sie natürlich nicht davon abhalten, trotzdem nicht aufzutauchen, aber ich war entschlossen, es als gutes Zeichen zu werten.

»Danke für deine Hilfe«, sagte ich zu Elora, nachdem wir Speranza wieder erreicht hatten.

Dante und unsere fleißigen Arbeiter hatten bereits dafür gesorgt, dass Geröll, Schutt und alte Möbel weggeräumt waren, sodass zumindest bis zum hinteren großen Hof alles sauber war und die Gäste einen guten ersten Eindruck bekamen. Selbst wenn die Hälfte der Zimmer im Haupthaus und zwei Fincas noch nicht fertiggestellt waren.

»Nichts zu danken«, sagte sie. »Ich muss dringend in die Küche. Habe zwar schon einiges vorbereitet, aber jetzt wird die Zeit knapp. Bis später.«

»Ja, mach's gut.«

Wir winkten einander zu. Ich genoss es, sie hier bei uns zu haben. Sie und Isaac hatten noch einmal eine wunderbare Dynamik nach Speranza gebracht.

Ich holte mein Klemmbrett aus meinem Schlafzimmer, das ich vor der Tour ins Dorf dort deponiert hatte, und ging in den

Hof für die Gäste, um meine Aufgaben entweder abzuhaken oder um bei manchen, die noch zu erledigen waren, in Panik zu verfallen.

Dieser Hof war durch eine Mauer und ein Plateau abgegrenzt von unserem Weinhof und um einiges größer, sodass gleich sechs lange Tafeln Platz fanden. Vor dem Abhang hatten Mario und Manolo bis gestern noch an einem halbhohen Holzzaun gearbeitet, der naturbelassen und schlicht gestaltet war. Davor hatte ich ein halbes Dutzend Terrakottakübel arrangiert, die ich mit Erde und Magnolien aus Ponte Masone gefüllt hatte. Elia Marinos Mutter hatte sie mir bis in den Hof geliefert. Als Dank und Entschuldigung für die Taten ihres Sohnes.

»Okay, Zaun und Blumen sind abgehakt«, murmelte ich. Ich stand noch auf der schmalen Rampe, die zur Einfahrt mit dem Carport führte. Das war auch der Weg, den die Gäste nehmen würden, damit sie nicht allesamt durch den Brunnenhof und das Haupthaus gehen mussten. Vereinzelt würden wir ihnen im Laufe des Abends Touren anbieten, damit sie schon mal ein Bild von der Anlage bekamen, wie sie in ein paar Wochen aussehen würde.

Selbst jetzt konnte sich der Gästehof aber sehen lassen, auch wenn die Weinreben sich hier bloß an der hinteren Sandsteinwand emporrankten. Der Boden war mit Pflastersteinen ausgelegt, die Tische mit weißen Tischläufern und Olivenzweigen dekoriert, die ich von den Bäumen geschnitten hatte, die sich ebenfalls in riesigen Kübeln auf dem Hof verteilten. Auf kleinen Vorsprüngen an der Hauswand standen weitere Blumentöpfe und einzelne Windlichter. Manolo brachte gerade die letzte von insgesamt vier langen Lichterketten an, die von Hauswand zu Hauswand hingen.

Schon vor ein paar Wochen hatte ich passend zu den

Tischen lange Bänke in Auftrag gegeben. Sie waren zum Glück heute Morgen angekommen und rundeten das gemütliche Bild ab.

Ich verließ die Rampe schließlich, um mir die Wildblumenarrangements genauer anzusehen und auf den Tischen zu verteilen, die Signora Marino ebenfalls geliefert hatte.

Nachdem ich anschließend auch das Geschirr und Besteck verteilt hatte, war ich mit meinem Ergebnis mehr als zufrieden. Dante hatte ich den ganzen Tag noch nicht gesehen, was mich nicht weiter wunderte. Er hatte eine der Fincas komplett einrichten wollen, damit die Gäste zumindest ein Häuschen hatten, das sie sich näher ansehen konnten. Ich wusste, dass er bis in die frühen Morgenstunden an den Fußleisten gearbeitet hatte, damit die Möbel heute aufgebaut werden konnten. Ich selbst würde das Ergebnis auch erst heute Abend sehen. Jetzt wollte ich mich erst mal erkundigen, ob Elora gut vorankam, und dann durfte ich mich in mein nagelneues Kleid werfen, das ich mir ganz vielleicht von meinem Gehalt bestellt hatte.

Doch ganz gleich, wie sehr ich mich beschäftigte und ablenkte, das Telefonat mit meiner Mutter ließ mich einfach nicht los. Erst recht nicht, nachdem mich meine Schwestern weiterhin mit Anrufen terrorisierten.

Stunden später wehte italienische Streichmusik aus den Boxen bis zu mir. Ich stand in meinem Kleid und den goldenen High Heels am Eingang neben der Einfahrt, um die Gäste zu begrüßen. Noch ein paar Minuten, dann würde die Basilika ihre Glocken zur vollen Stunde läuten lassen. Ich war so nervös, dass ich meine feuchten Hände an dem apricotfarbenen Satin abwischen musste. Immerhin hinterließen sie keine Abdrücke auf dem glänzenden Mini-Bodycon-Kleid.

»Jesus fucking …«, hörte ich Dante hinter mir fluchen, bevor er zu mir aufschloss und auf mich herabsah. Die Sonne neigte sich bereits hinter den Hügel, sodass sich erste Dunkelheit zwischen uns mischte, die Dante ein verwegenes Aussehen verlieh. Sein Dreitagebart half nicht, dem entgegenzuwirken.

»Ist was schiefgelaufen?«, fragte ich unschuldig blinzelnd, weil ich dieses Mal ganz genau wusste, dass *ich* diese Reaktion hervorgerufen hatte.

Der Schnitt des Kleides war zwar eine klassische A-Linie, und der flattrige Saum reichte mir bis zur Mitte meiner Oberschenkel, doch alles andere lag eng an meiner Haut an. Der Rücken des Kleides war offen und mit Bändern geknotet, bei denen mir Elora geholfen hatte.

Dantes Augen waren so dunkel, dass sie fast schwarz wirkten.

»Ich kann nicht fassen, dass ich …« Er schluckte schwer.

Ich drehte mich ihm ganz zu, solange wir noch keine Gäste hatten. Mit einem Finger fuhr ich über sein schwarzes Hemd, spürte die Muskeln, die sich unter meiner Berührung anspannten.

»… dass du mich bisher nicht noch mal geküsst hast?«, schlug ich leise vor. Mutig geworden von seiner eindeutigen Reaktion. »… dass du mich nicht gepackt und in dein Bett geworfen hast? Dass du …«

Prompt umfasste er meinen Finger mit seiner Hand und hob ihn an seine Lippen, ohne auch nur für eine Sekunde den Blickkontakt zu unterbrechen. Ganz langsam leckte er mit seiner Zunge über die Spitze.

Sämtliche Worte fielen wie Ballast von mir ab. Ich konnte an nichts mehr denken außer an seine Zunge, die meine Fingerkuppe umspielte. Viel zu früh senkte er unsere Hände wieder, doch dann beugte er sich vor, bis seine Wange an meiner lag. Rau auf eine befriedigende Art.

»Ich will dich, Cleo«, raunte er. »Wenn du mich noch willst, dann …«

Dann … Ich konnte kaum atmen, geschweige denn denken, aber irgendwie gelang es mir, eine Hand an seine Wange zu legen. Als er sich ein klein wenig zurückzog, unterbrach ich unseren Blick nur, um ihm leicht in die Unterlippe zu beißen.

Eilig zog ich mich zurück, weil alles Weitere dazu geführt hätte, dass ich mit ihm in meinem Zimmer verschwunden wäre. *Dann* wäre der ganze Abend umsonst gewesen.

»Wie kann ich nicht?«, sagte ich, als ich im selben Moment aus dem Augenwinkel Bewegungen wahrnahm: die ersten Gäste.

Wie zwei Teenager stoben wir auseinander und richteten uns wieder her, obwohl nichts unordentlich war.

Zia Magda und ihre Witwen waren die Ersten, die wir begrüßen durften, doch der Rest ließ nicht lange auf sich warten. Dante und ich hatten in den nächsten Stunden keine ruhige Minute mehr füreinander. Das war jedoch okay. Weil ich seinen Blick immer wieder auf mir spürte. Mir wurde sofort warm, und ich stellte mir vor, wie er mich an sich drückte oder auf der Tischplatte zum Orgasmus brachte.

Er wollte mich.

Etwas, das ich schon gewusst hatte, aber das ich aus seinem Mund hatte hören wollen. Nochmals.

Innerlich grinsend wurde ich zur besten Gastgeberin, die man sich vorstellen konnte, und es gab niemanden auf der Feierlichkeit, der auch nur eine einzige Beschwerde mir gegenüber äußerte.

»Noch mehr Wein?«, fragte ich die Puddu-Familie, die an einem der Tischenden zusammensaß. Auch Cara war dabei, obwohl sie es nicht wagte, ihren Blick zu heben. Ihre Wangen waren gerötet, was mir verriet, dass sie genug von ihren Eltern gescholten worden war. Ich hatte nicht mehr mit Dante darüber geredet, aber ich wusste, dass er ihnen keine Konsequenzen angedeihen lassen würde. Wir waren wohl alle froh, dass nichts Schlimmeres geschehen war. Selbst Leonardo war wieder wohlauf und saß, wenn auch schweigsam, am äußersten Tisch.

»Grazie!«, bedankte sich Giuliana. Ihr Mann hatte schon fast so rote Wangen wie ihre Tochter, aber bestimmt aus anderen Gründen.

Manolo, der sich wie Mario und Ernesto herausgeputzt hatte und mir beim Kellnern half, eilte grinsend an mir vorbei. Er war in den letzten Tagen regelrecht aufgeblüht und kam mit uns allen wunderbar zurecht.

Da der Wein in meiner Karaffe sich dem Ende zuneigte, machte ich mich auf den Weg zur Küche. Elora hatte mittlerweile alle Gänge serviert und amüsierte sich mit Isaac an einem der wenigen Stehtische. Sie hatten ihre Köpfe einander zugeneigt, und es fehlte nicht viel, bis einer von ihnen den letzten Abstand überwand.

Deshalb wunderte es mich auch nicht, dass im Haupthaus niemand anzutreffen war. Wir würden die Gäste erst in ungefähr einer halben Stunde zu einer Tour bitten, wenn auch die Gemütlichsten aufgegessen hatten. Bis dahin hatte ich das kühle Innere noch für mich.

Das dachte ich jedenfalls, bis ich plötzlich Schritte hinter mir hörte.

Ich war nicht direkt erschrocken, doch für einen Moment schoss mir tatsächlich durch den Kopf, dass mich Oliver gefunden hatte. Im nächsten Augenblick verflog der Gedanke, denn es war Dante, der meinen Ellbogen sanft umfasste.

In der Sekunde, in der ich seinen Blick erwiderte, drehte er mich in einer fließenden Bewegung herum und nahm mir gleichzeitig die Karaffe ab, um sie auf die Kommode zu stellen, die glücklicherweise direkt neben mir stand. Er drückte mich sanft gegen die Wand, lehnte seinen Körper an meinen und sah mir tief in die Augen.

Keiner von uns sagte etwas. Wir blickten einander bloß an, als würden wir uns ohne Worte verstehen.

Vielleicht taten wir das auch.

Ich erkannte aber mit eindeutiger Klarheit, dass ich mich nie sicherer bei jemandem gefühlt hatte. Dante gab mir das Gefühl, als würde er mich vor der Welt beschützen, wenn ich es zuließe. Alles könnte um uns herum einstürzen, doch er würde mich in seinen starken Armen halten und nicht loslassen, bis ich bereit dazu wäre.

Der Gedanke in Kombination mit seiner Nähe bescherte mir eine Gänsehaut, und ich war es letztlich, die das Schicksal herausforderte. Ich stellte mich auf die Zehenspitzen und küsste ihn.

Sein Stöhnen entfachte das Feuerwerk in mir. Ich hatte keine Ahnung, wie ich all die Zeit auf ihn hatte warten können, nachdem ich ihn in Rom gekostet hatte. Zum Glück hatte er mir die Karaffe bereits abgenommen, sonst hätte ich sie spätestens jetzt fallen gelassen. Gedankenlos öffnete ich die Knöpfe seines Hemds, um meine Hände über seinen perfekten Oberkörper streichen zu können. Noch nie zuvor hatte ich so stahlharte Muskeln wie diese berühren dürfen.

»Gott«, raunte ich in seinen Mund, bevor ich seine Zunge einlud und an ihr saugte. Mit einer Hand fuhr er mir ins Haar und umfasste meinen Hinterkopf, neigte mich so, dass er mit dem Mund daraufhin an meinem Kinn hinabwandern konnte.

»Dieses Kleid …«, sagte er an meiner Haut. »Eine Sekunde länger und ich hätte versucht, es dir im Hof auszuziehen. Vor aller Augen.«

Ich lachte, bevor er durch den dünnen Stoff hindurch meine Brustwarze mit seinem heißen Mund bedeckte. Das Geräusch blieb mir im Hals stecken.

Ich hätte dich gelassen, hatte ich sagen wollen, stattdessen war ich froh, dass ich überhaupt noch atmen konnte.

Er knetete meine linke Brust, während er mit seiner anderen Hand, die vorher noch in meinem Haar gewesen war, auf Erkundungstour ging. Er spielte mit dem Saum meines Minis und schien jede meiner Reaktionen in sich aufzunehmen und katalogisieren zu wollen.

»Du fühlst dich so gut an«, sagte er, bevor er innehielt und mich von unten herauf ansah. »Darf ich dich berühren, Cleo? Darf ich dich zum Höhepunkt bringen?«

Allein die Frage nach meiner Erlaubnis ließ mich feucht werden.

»Wenn du's nicht tust, rede ich nicht mehr mit dir«, brachte ich hervor, auch wenn ich nicht wusste, wie mir das gelingen sollte.

Sein linker Mundwinkel bewegte sich nach oben. Im nächsten Moment hatte er mich auf seine Arme gehoben und in eines der angrenzenden Zimmer getragen, das ausgerechnet sein Arbeitszimmer war. Die Tür blieb offen, was mich nervös machte und gleichzeitig noch mehr erregte.

Er fegte den Schreibtisch mit einem Arm leer, nachdem er mich auf der Kante positioniert hatte, dann ließ ich mich auf meine Ellbogen zurücksinken.

Ich blickte an mir entlang, als er meine Knie leicht auseinanderdrückte und dann damit begann, meine empfindlichen Innenschenkel mit einer Millionen Küssen zu bedecken.

So hauchzart, als würde ich bei der leisesten Berührung zersplittern.

Stöhnend warf ich den Kopf in den Nacken. Mit den Knöcheln seiner Hand, vielleicht waren es auch seine Fingerspitzen gewesen, hatte er meine Klitoris gestreift. Wenn das keine Absicht gewesen war ...

Er legte erst mein linkes, dann mein rechtes Bein auf seine Schultern, bevor er durch mein feucht gewordenes Höschen an mir saugte.

»Fuck«, schrie ich, weil ich nicht zu mehr imstande war.

»Nicht so laut«, sagte er amüsiert. Trotzdem hörte ich eine gewisse Anspannung aus seiner Stimme heraus. Ich ließ ihn nicht kalt. Auch er war erregt, doch er wollte mir Freude bereiten. Er wollte sich erst um mich kümmern.

Auch das war neu für mich. Ich war für meine Partner noch nie die Hauptattraktion gewesen. Immer war ich ein Gedanke nach ihrem eigenen Glück gewesen.

»Ich weiß nicht, ob ...«

»Wir fangen gerade erst an, Cleo«, entgegnete er, als ich meinen Satz nicht mehr beenden konnte. Bevor ich darauf etwas sagen konnte, zog er meinen Slip erst über das eine Bein, dann über das andere.

Im ersten Moment überrollte mich eine Welle der Scham. Weil ich ihm derart ausgeliefert war, doch Dante fing meinen Blick auf. Seine Pupillen waren geweitet, seine Lippen leicht geschwollen. Er wartete, als würde er genau wissen, was in mir vorging.

Ich nickte schließlich, obwohl er keine Frage gestellt hatte, doch er verstand mich. Ganz langsam näherte er sich wieder meiner empfindlichen, heißen Mitte, während er mit den Händen meine Beine hoch und runter strich. Ich erschauerte heftig, als er das erste Mal mit der Zunge über meine Klitoris fuhr und dann an ihr zu saugen begann. Irgendwann wusste ich nicht mehr, wer ich war. Oder wo.

Mit den Händen umfasste er dann meine Hüfte und meinen Po, um mich daran näher an den Rand zu ziehen. Im wortwörtlichen und im übertragenen Sinn.

»Dante«, keuchte ich.

Ich hatte gedacht, es könnte nicht noch explosiver werden, aber da lag ich falsch. Im nächsten Augenblick spürte ich einen, nein, zwei Finger, die er in meine Feuchtigkeit einführte, und es hätte nicht viel gefehlt, und mich hätte der erste harte Orgasmus überrollt.

Er war erbarmungslos. Schenkte mir keine Pause, und ich trieb ihn weiter an. Rief seinen Namen, verfluchte ihn und mich und ganz Italien, wenn wir schon mal dabei waren.

Dann sah ich die Erlösung am Horizont schimmern und ergriff sie. Mit einer Hand fasste ich in sein Haar, um ihn an Ort und Stelle zu halten. Ich schloss die Augen und ließ los.

»Gott! Oh, fuck.« Ich zuckte unkontrolliert, als ich von einer Schwärze übermannt wurde, die ich sogar mit gesenkten Lidern wahrnehmen konnte. War ich ohnmächtig geworden?

»So ist's gut«, sagte Dante zwischen zwei Küssen auf die Innenseite meines Knies. »Das ist perfekt.«

Nach und nach kehrte ich wieder in die Wirklichkeit zurück. Dante half mir, mich aufzurichten, ohne mich loszulassen. Er hielt mich so fest in seinen Armen, als befürchtete er, ich würde mich nach diesem Erlebnis in Luft auflösen. Das konnte ich nicht mal komplett ausschließen, weil ich mich so leicht und schwerelos fühlte wie noch nie in meinem Leben. Schließlich zog sich der Moment aber in eine unangenehme Leere, die wir zeitgleich spürten. Er rückte von mir ab.

»Ähm, hast du was, mit dem ich …« Sofort reagierte er und holte ein Stofftaschentuch aus einer der Schubladen des Schreibtisches.

»Frisch gewaschen«, versicherte er mir schelmisch grinsend, und ich küsste ihn. Schmeckte ihn und mich vermischt. Es hatte nie etwas Erregenderes für mich gegeben.

»Was ist mit dir?« Ich blickte auf die deutliche Beule in seiner Hose und lächelte. »Ich hätte nichts gegen eine weitere Ablenkung.«

Er legte eine Hand in meinen Nacken und lehnte seine Stirn schwer atmend an meine. »Sosehr ich das Angebot auch annehmen will, du hast dir für diesen Abend ein Bein ausgerissen, und ich will, dass er so wird, wie du ihn dir vorgestellt hast.«

Ich seufzte leise. »Du hast recht. Wir waren schon lange genug weg.« Trotzdem bewegte ich mich nicht. Ich stand neben dem Tisch, mein nasses Höschen in einer Hand und das Taschentuch in der anderen.

»Was ist, Honey?«

»Du wirst mich nicht direkt wieder von dir stoßen, oder? Das hier war nicht … Du sagst mir gleich nicht, dass das ein Fehler war, oder?« Seit wann war ich wieder so unsicher? Mist! Ich saß ganz schön tief in der Scheiße.

Er blinzelte einmal. Langsam, dann umfasste er meine Handgelenke und stellte sich vor mich. Sein Hemd hatte er leider mittlerweile wieder zugeknöpft, aber seine Frisur war charmant durcheinandergebracht worden. Von mir. Ich hatte das getan.

»Für mich gibt es kein Zurück mehr, Cleo. Es tut mir leid, dass ich so lange gebraucht habe, aber jetzt bin ich all-in.«

»All-in?«, echote ich schwach und erntete ein weiteres warmes Lächeln.

Er küsste meine Nasenspitze. »Was auch immer du von mir willst, du kriegst es. Wenn es nur Sex ist, haben wir den besten Sex, den man haben kann. Wenn du einen Freund brauchst, bin ich dein Freund. Wenn du mich als festen Freund an deiner Seite haben willst, dann würde mich nichts glücklicher machen.«

»Wow!«, sagte ich, weil ich ihm keine andere Antwort geben konnte. Ja, ich wollte mit ihm schlafen. Ich wollte seinen Schwanz sehen und in mir fühlen, weil ich quasi seit Wochen an nichts anderes denken konnte, aber wollte ich auch mehr?

Ich glaubte, dass mir dafür ein paar Informationen fehlten. Er verschwieg mir noch zu viel von sich selbst, aber ich war ... offen dafür. Ich würde einer gemeinsamen Zukunft, wie auch immer sie aussah, offen gegenüberstehen.

»Ich kümmere mich um den Wein, geh ruhig zurück«, sagte er, küsste mich ein letztes Mal und ließ mich dann stehen.

26

Cleo

Der Abend war tatsächlich ein voller Erfolg. In vielerlei Hinsicht. Zum einen hatte Dante endlich eine Entscheidung getroffen, und der Ball lag wieder in meiner Hälfte – zu meiner Freude. Zum anderen waren die Dorfbewohnerinnen und -bewohner begeistert von dem, was wir bisher aus der Ferienanlage gemacht hatten.

Sie konnten es nicht in so viele Worte verpacken, aber ich konnte zwischen den Zeilen lesen.

Ich hatte die Gruppe mit den Weisen Witwen herumgeführt, und das anerkennende Nicken war einmal reihum gegangen. Zum Abschluss trank ich einen Absacker mit ihnen und entließ sie dann gut gelaunt ihrer Wege.

Elora kehrte irgendwann aus dem Haupthaus zurück, wo sie entweder die Küche geputzt oder mit Isaac geschlafen hatte. Ihr zerzaustes Haar war ein eindeutiger Hinweis, doch ich wollte sie nicht dazu zwingen, mir etwas davon zu erzählen. Ich bedankte mich für ihre Hilfe beim Aufräumen, während Dante noch eine letzte Gruppe herumführte.

Es war schon sehr spät, und wir waren alle erledigt. Obwohl ich mich längst dazu entschieden hatte, mit Dante den nächsten Schritt zu wagen – seit Wochen trug ich das mit mir rum –, hatte er mich nun zögern lassen. Weil er plötzlich alles wollte.

Die Entscheidung wurde immerhin für eine Nacht aufgeschoben, weil Dante die letzten Gäste mit dem Auto nach Hause fuhr. Sie waren schon zu betrunken und der Weg mittlerweile stockduster.

Ich lächelte ihm zum Abschied zu, und er lächelte zurück, als hätten wir ein Geheimnis, das nur uns gehörte.

Am nächsten Morgen erwartete ich Dante mit einem Espresso in der Küche. Wir hatten keine genaue Uhrzeit ausgemacht, doch ich hatte mich trotz der langen Nacht an unsere tägliche Routine gehalten. Und zu meiner Überraschung tauchte er auf, als ich an der Theke mit meinem eigenen Espresso hantierte.

Als er einen Arm um meine Mitte schlang, kribbelte es sofort in meinem Bauch. Meine Atmung ging schneller, sobald er sein Gesicht an meinem Hals vergrub.

»Du riechst wieder so gut«, sagte er anstelle eines guten Morgens, und das war vollkommen okay für mich.

»Mein Lavendel-Duschgel, das ich von deinem Geld gekauft hab«, gestand ich neckend.

»Ah, deshalb.« Er lachte leise und küsste meine Wange, ehe er mich zu meinem Bedauern losließ. »Ist das etwa für mich?«

»Tu nicht so überrascht. Eine deiner ersten Anweisungen war es, dass ich mir meinen Espresso selbst machen soll«, erinnerte ich ihn. Ich stellte den Zucker zur Seite und rührte den Espresso in meiner eigenen kleinen Tasse, als ich mich seitlich zu Dante drehte. Er lehnte mit der Hüfte gegen die Theke und sah mich aus glänzenden steingrauen Augen an.

Ein kühler Luftzug wehte durch das offen stehende Fenster herein und mir eine Strähne ins Gesicht. Das sah er als Aufforderung, mich erneut zu berühren und sie mir hinters Ohr zu streichen.

Dem Wind sei Dank!

»Ja, dir selbst, aber es ist eine Premiere, dass du mir einen machst.«

»Ein Dankeschön für gestern«, sagte ich freiheraus, wurde aber trotzdem rot, obwohl ich mich nicht dafür schämte. Es war viel mehr dem bestehenden Verlangen nach ihm geschuldet.

»Ach ja?« Er rückte wieder näher, aber ohne mich anzufassen. Was er wirklich nicht brauchte. Mein Blut brodelte allein bei der Vorstellung, ihn wieder zwischen meinen Beinen knien zu sehen. Gott, wie hatte er mich verdorben! »Dann will ich zu gern wissen, was ich bekomme, wenn ...«

»Guten Morgen allerseits«, trällerte Isaac gut gelaunt, als er die Küche betrat, die Augen bereits auf sein iPad geheftet. Mittlerweile wusste ich, dass er jeden Morgen Aktien und irgendwelche anderen langweilige Finanzdinge kontrollierte. Dinge, die man als CEO tat.

Dante und ich rückten sofort voneinander ab, obwohl wir nichts Unanständiges getan hatten. Gleichzeitig war das zwischen uns so frisch, dass ich Isaac nicht unbedingt einweihen wollte.

Dante nahm einen Schluck von seinem Espresso, während ich zur Kücheninsel ging, an die sich Isaac gesetzt hatte. Immer noch hatte er nicht aufgeblickt.

»Wie lange willst du hier eigentlich noch Urlaub machen, obwohl du doch Dantes Firma führen sollst?«, neckte ich ihn. Natürlich arbeitete er Tag für Tag im Homeoffice, auch wenn sich mir der Sinn dahinter nicht gänzlich erschloss, denn Dante hatte ihm die Zügel überlassen, weil er selbst aus New York wegmusste. Jetzt war Isaac allerdings auch weg.

»Urlaub?« Entsetzt hob er den Blick. Er setzte bereits zu einer Erwiderung an, als er mein Lächeln registrierte. »Ah …«

»Es schadet nicht, jemanden beim Grüßen anzusehen«, sagte ich. »Espresso?«

»Sorry.« Tatsächlich erschien eine leichte Röte auf seinen gebräunten Wangen. Er hatte bereits in der kurzen Zeit, die er in Italien verbracht hatte, Farbe bekommen. Und das, obwohl er die meiste Zeit vor seinem iPad oder Laptop hing. »Gern.«

»Dante macht dir sicher mit Vergnügen einen.«

Er lachte. »Für meinen kleinen Bruder immer gern.«

»*Jüngeren* Bruder, nicht kleinen«, ermahnte ihn Isaac.

»Pass auf, was du sagst, sonst kannst du dir selbst dein Koffein zubereiten.«

Isaac machte eine Bewegung mit dem Daumen und Zeigefinger vor seinem Mund, als würde er einen Reißverschluss zuziehen.

Lachend setzte ich mich neben ihn und genoss es, Dante beim Hantieren in der Küche zu beobachten. Wir hatten gestern noch alles komplett aufgeräumt und gesäubert, sodass das einzige Überbleibsel eine volle Spülmaschine war, die auf Hochtouren lief.

Schließlich verabschiedete sich Isaac, weil er einer Videokonferenz beitreten musste.

»Der Abend gestern war hervorragend, Cleo«, sagte er dann doch noch an der Tür stehend. »Du solltest überlegen, ob du so was professionell machen willst. Ich weiß, eigentlich ist es nicht das, was du studiert hast, aber nun ja … mich hast du überzeugt.«

Ich war zu verdattert, um etwas anderes als ein knappes Danke darauf zu erwidern.

»*So was?*«, murmelte ich.

»Events planen, meint er vermutlich«, erklärte Dante trocken. Ich konnte seinen Tonfall nicht einordnen, war aber selbst nicht ganz bei mir und wollte nicht nachfragen. »Hier, die Schatzkarte.«

Das brachte mich schnell auf andere Gedanken.

Ich liebte Rätsel. Hatte früher immer schon das Rätselheft meiner Nonna genommen und mich damit in eine Ecke verzogen, weil ich ohnehin meinen Schwestern und Eltern im Weg war. Dadurch hatte ich selbst kleine Siege erzielt, auch wenn die niemanden außer mich und meine Nonna interessiert hatten.

Die Karte zeigte eindeutig Speranza, aber das eingezeichnete Gelände ging über die Grenzen der Anlage hinaus.

»Weißt du, was sich dort befindet?«, fragte ich, auf das große schwarze Kreuz zeigend.

»Ein Baum?«

»Lustig.« Ich verdrehte die Augen, denn neben dem Kreuz war – Überraschung – ein Baum gezeichnet.

»Wir werden es wohl herausfinden.« Er grinste wie ein Schuljunge, als würden keine Sorgen, keine schwere Vergangenheit und vor allem kein gegen ihn gerichtetes New York auf ihn warten.

Wir hatten auch nach so vielen Wochen nicht über seine Ex gesprochen oder die Tatsache, dass er von der Öffentlichkeit bezichtigt wurde, einer Frau gegenüber physische Gewalt angewendet zu haben. Ich wusste allerdings mit all meinem Sein, dass er es nicht getan hatte. Er war nicht wie Oliver.

»Ich bin bereit«, sagte ich. »Aber willst du Isaac wirklich nicht dabeihaben?«

»Wie ich gesagt habe, machen wir es, wenn überhaupt, nur zu zweit und behalten es für uns, bis wir wissen, dass sich dahinter tatsächlich irgendeine Art von Schatz befindet.«

»Du hast vielleicht recht. Sobald das Dorf Wind davon bekäme …« Ich erschauerte.

»Eben. Und gerade sind die Leut aus Tursi mal gut auf mich zu sprechen. Was ich natürlich nur dir zu verdanken habe«, fügte er an.

Ich lächelte stolz. »Immer wieder gern. Wollen wir los? Elora hat uns sogar Lunchpakete vorbereitet. Keine Sorge, sie weiß nicht, wohin wir gehen.«

»Sie war schon auf?«

»Sie ist sogar schon laufen gegangen. Ich glaube, ganz gleich, wie lange sie abends wach ist, sie kann nicht länger als bis um 5 Uhr schlafen.«

»Bedauernswert. Okay, ich hole noch meinen Rucksack.«

»Dito.«

Die Weinberge hinaufzuwandern, die sich hinter der Anlage den Berg hinauf erstreckten, war anstrengender als gedacht. Wir hatten immerhin mit dem Jeep von der Anlage runter und bis zum Fuß des Berges fahren können. Dadurch war uns etwas Zeit in der prallen Sonne erspart worden. Dass uns heute wieder ein brütend heißer Tag bevorstand, war mir schon klar geworden, sobald wir ins Auto gestiegen waren.

Neben der wenig überraschenden Anstrengung, sich bergauf zu bewegen, war Dante zudem ein gnadenloser Antreiber. Dabei ließ er es sich nicht nehmen, mich ständig zu necken und mich stets mit einem Kuss zu belohnen, wenn ich die nächsten Etappe geschafft hatte.

Ein Winzer kam uns auf seinem schmalen Traktor entgegen und grüßte uns im Vorbeifahren, während wir im Graben standen, weil der Weg zu eng für uns alle war.

»Das sah auf der Karte weniger weit aus«, beschwerte ich mich mit Seitenstechen. Das einzig Gute an diesem Ausflug war meine Kleidung, die mich vor einem Sonnenbrand schützte, wenn auch nicht sonderlich kühlend war. Ich hatte mir sogar eine von Dantes Basecaps ausgeliehen und trug dazu meine Sonnenbrille.

»Von mir aus können wir auch umkehren.« Er verschränkte die Finger seiner Hand mit meiner, hob meine Knöchel an seine Lippen und küsste jeden einzelnen davon. Als ich zu ihm hoch blinzelte, war ich gefangen von seiner Schönheit.

Ich konnte nicht fassen, dass wir zueinandergefunden hatten.

»Was?« Fragend sah er mich an, weil ich nichts mehr gesagt hatte.

»Warum magst du mich?«, schoss es unbeabsichtigt aus mir raus. Gott, war mir das peinlich! »Vergiss das«, beeilte ich mich zu sagen und wollte ihm schon meine Hand entziehen, aber ich wurde festgehalten. Nicht kräftig, eher ... bestimmend.

Also blieb ich stehen.

»Ich finde die Frage durchaus berechtigt.« Nicht die Antwort, die ich mir erhofft hatte.

»Wow, danke.«

»Cleo, wie kann ich dich *nicht* mögen? Wahrscheinlich siehst du das bloß selbst nicht, und deshalb finde ich die Frage berechtigt. Du musst wissen, was ich in dir sehe. Erst recht, wenn du nicht mal eine Ahnung davon hast, wie sehr ich dich mag.«

Ich schluckte schwer. Vielleicht bereute ich es doch nicht, die Frage gestellt zu haben.

»Ich kenne meine Vorzüge. Ich dachte bloß nicht, dass sie dich reizen.«

»Ach ja? Es freut mich, dass du weißt, wie klug du bist. Wie beherrscht und stur. Wie empathisch und witzig. Wie ehrgeizig du auf dein Ziel hinarbeitest, aber trotzdem bereit bist, Kompromisse einzugehen. Das ist wirklich das, was ich am meisten an dir schätze.«

»Dass ich nicht zu meiner Meinung stehen kann?«

Er gab mir einen neckischen Wangenkuss. »Dass du Rücksicht auf die Meinung anderer nimmst und einen Weg findest, wie alle glücklich werden können.«

Oder alle unglücklich, lag mir auf der Zunge, aber zu meinem eigenen Erstaunen verbat ich meiner inneren Kritikerin, auch nur ein weiteres Wort zu äußern. Stattdessen … so absurd es mir auch vorkam … nahm ich das Kompliment einfach an.

Ich stellte mich auf die Zehenspitzen, schlang einen Arm um seinen Nacken und presste meine Lippen wie eine Verdurstende auf seine. Ein Seufzen entfloh mir, weil jeder Kuss magisch war.

Fast hatte ich befürchtet, dass das überwältigende Gefühl abnehmen würde. Dass die Anziehung zwischen uns versiegen würde, bevor sie richtig begonnen hatte, gerade weil sie so fantastisch war.

Aber nein. Sie war geblieben. Würde wahrscheinlich für sehr lange Zeit bleiben.

»Ich mag dich auch«, stellte ich atemlos klar, als ich mich wieder zurückzog.

Er lächelte so breit, dass sich die Falten um seine Augen vertieften. Für mich sah er glücklich aus. Ob er das auch war, konnte ich nicht mit Sicherheit sagen, und das stimmte mich traurig. Noch immer hielt er mich auf Abstand.

»Dann bin ich beruhigt genug, diesen Schatz zu finden – was auch immer er sein mag. Es ist bestimmt nicht mehr weit«, fügte er hinzu, um mich zu beschwichtigen.

»Ganz egal, ich schaffe das.« Mit neuer Kraft und Motivation reckte ich die Faust in die Höhe.

Tatsächlich machte mir der Rest des Weges nicht mehr so viel aus. Zum einen hatte ich das Gefühl, dass Dante das Tempo rausgenommen hatte, zum anderen lenkte mich die wundervolle Aussicht über die Weinberge ab. Ich konnte sogar die Ferienanlage aus der Ferne erkennen und bildete mir ein, sie würde frisch geputzt glänzen. Vollkommener Blödsinn. Ich konnte nicht mal die Fenster sehen.

Trotzdem liebte ich den Anblick. Den strahlend blauen Himmel, an dem sich keine einzige Wolke zeigte. Das saftige Grün unserer Umgebung und das satte Gelb des Sandsteins, das sich überall finden ließ.

Das hier war meine neue Heimat. Der Ort, an dem ich mich wohler fühlte, als ich es in New York je getan hatte. Hier musste ich niemandem etwas vorspielen. Ich konnte selbstbewusst sein und meine Meinung kundtun. Ich konnte zugeben, dass ich etwas nicht wusste, ohne peinlich berührte Blicke zu ernten. Ich musste nicht rund um die Uhr perfekt aussehen, und es gab niemanden, der mir den Mund verbot.

Aber nicht mehr lange … All das würde mir schon bald wieder weggerissen werden. Spätestens dann, wenn der Sommer vorbei war und ich mich meiner ungewissen Zukunft stellen musste.

Eines wusste ich jedoch ganz genau – ich würde nicht für meine Schwestern arbeiten. Auf gar keinen fucking Fall.

Nach weiteren dreißig Minuten und einer kurzen Rast im Schatten der Weinreben hatten wir es geschafft. Ganz oben breitete sich hinter einem Jagdhäuschen eine weite Wiese aus, auf der es mehrere kleine Bäume gab, aber nur einen, der so aussah, als wäre er beeindruckend genug, um es auf Edith Tarantinos Karte zu schaffen.

»Das ist eine Eiche, oder?«, frage ich, als wir direkt unter der imposanten, ausladenden Krone standen. Ich ließ eine Hand über die raue Rinde streichen, ehe ich die Gelegenheit nutzte und meinen Rucksack abstellte.

Ich unterdrückte ein Stöhnen, als ich meine Rückenmuskeln dehnen und mein verschwitztes T-Shirt lockern konnte.

Das Gras und die Wildblumen waren knöchelhoch und umgaben uns mit einem ganz eigenen Duft, den ich für immer mit Italien verbinden würde. Ich war so müde, dass ich mich am liebsten fallen gelassen und ein Nickerchen gemacht hätte.

Zwei Gründe hielten mich jedoch zurück: Erstens fürchtete ich mich vor Vipern, und zweitens wollte ich unbedingt wissen, ob es hier etwas gab, das Edith vergraben hatte. Oder ob es bereits der Schatz war, den ihr Vater versteckt hatte.

Oder ... ob der ganze Hike umsonst gewesen war.

Während ich mich zu akklimatisieren versuchte, stromerte Dante bereits umher. Seinen Rucksack hatte er auch abgesetzt, trug dafür aber einen Spaten, den er in seiner Campingausrüstung gefunden hatte.

Warum er eine vollständige Campingausrüstung gekauft hatte, als er nach Apulien gekommen war, hatte er mit geröteten Wangen verschwiegen. Ich hegte allerdings einen Verdacht. Wahrscheinlich war er davon ausgegangen, dass die Ferienanlage unbewohnbar war. Da ich erst ein paar Wochen später aufgetaucht war, wusste ich nicht mal, ob der Gedanke so weit entfernt von der Realität gewesen war.

»Wonach suchst du genau?«, erkundigte ich mich zwischen zwei Schlucken aus der Wasserflasche.

»Nach einer Stelle, die aussehen könnte, als ... wäre da

etwas.« Er klang von seiner eigenen Strategie wenig überzeugt, was in mir aber eine Welle der Zuneigung für ihn aufsteigen ließ. Ich wusste nicht genau, warum. Liebte ich Inkompetenz?

Ich holte mein Handy hervor und öffnete das Foto, das ich von der Karte gemacht hatte. Anschließend zoomte ich näher an Kreuz und Baum heran.

»Das Kreuz ist südöstlich davon angesetzt«, teilte ich Dante meine Beobachtung mit, der sich daraufhin an der Sonne orientierte. Nach einem Moment positionierte er sich zumindest schon mal in korrekter Relation zum Baum. Ich stellte mich neben ihn.

»Und weiter?« Er sah über meine Schulter. War mir so nahe, dass ich mich zwingen musste, auf die Karte zu schauen und nicht auf seine vollen Lippen.

»Ähm, wenn diese Linie hier die Grenze der Weide markiert, dann befindet sich das Kreuz etwa auf der Hälfte zwischen Grenze und Baum«, ratterte ich meine Beobachtung runter, ehe ich vollkommen den Faden verlor.

Zu meinem Glück ging Dante wieder auf Abstand. Immerhin war einer von uns beiden fokussiert.

Er entfernte sich von mir, und ich drehte mich zu ihm um, sodass ich zwischen ihm und dem Baum stand. Immer wieder blickte er zu mir und dann zur Grenze der Weide. Von dort aus ging es steil nach unten.

»Hier, oder? Das müsste die Hälfte sein.« Er breitete die Arme aus und ging einmal im Kreis, ehe er unter sich blickte. »Hm.«

»Hast du was?« Neugierig geworden eilte ich auf ihn zu.

»Vermutlich nur ein Maulwurfhügel, aber wir sind ja schon hier, also ...« Er ging in die Knie und begann dann, mit dem Spaten auf den weichen Boden einzuhacken.

Da ich nichts weiter tun konnte – er schlug meine körperliche Hilfe aus –, ging ich zurück zu meinem Rucksack. Ich breitete unweit der hoffentlich richtigen Stelle eine Picknickdecke aus. Die Baumkrone spendete dafür immerhin genug Schatten, sodass wir während einer Pause nicht weiter gebraten werden würden.

Ich stellte schon mal Eloras Lunchboxen auf die Decke und zog mir dann die Basecap vom Kopf. Strähnen klebten feucht an meinen Schläfen und meinem Nacken, aber das kümmerte mich nicht. Weil Dante mich mochte. Weil der Tag schön war. Weil mich hier oben, wo ein frisches Lüftchen wehte, keine Sorgen niederdrückten.

Für ein paar Stunden war alles perfekt, so wie es war.

»Ich glaube, das war die falsche Stelle«, verkündete er nach einer Weile, wirkte jedoch keineswegs frustriert.

»Willst du eine Pause machen? Ich kann wirklich übernehmen …«

Er schüttelte den Kopf. »Ich zieh das jetzt durch.«

»Weil du nicht verlieren kannst?« Okay, das war gemein.

»Erst überredest du mich dazu, und jetzt passt es dir nicht mehr?« Das Lächeln entschärfte seine Worte.

»Nein, ich bin nur überrascht von deinem Ehrgeiz.«

»Deswegen habe ich mich bisher davon ferngehalten.« Schweiß perlte ihm in die Augen, und er blinzelte heftig. Ich erhob mich von der Decke und reichte ihm ein Taschentuch. Während er sich über das Gesicht wischte, hielt ich den Spaten fest.

»Nur deswegen?«, fragte ich, als wir wieder tauschten. »Hast du nicht gesagt, dass du die Karte komplett vergessen hattest?«

Er wirkte so groß und mächtig, wie er im Dreck stand und auf mich heruntersah. Die Sonne strahlte ihn von der Seite an, als würde sie ihm huldigen.

»Schon, aber ich wollte nichts mit ihm oder seinem Vermögen zu tun haben.« Sein verkniffenes Lächeln verriet mehr als seine Worte. »Selbst wenn ich am Anfang noch nicht wusste, dass es bei der Karte darum geht.«

»Habe ich dich dazu gezwungen, es doch zu tun?«

Er lachte auf. »Isaac würde dir einen Preis verleihen, wenn du dazu fähig wärst, mich zu irgendetwas zu zwingen. Keine Sorge, das hier ist alles auf meinem eigenen Mist gewachsen. Letztlich habe ich die ganze Zeit gewusst, dass ich mich dem hier früher oder später stellen muss. Ich bin bloß froh, dass ich nicht allein bin.«

»Und ich bin froh, für dich da zu sein.« Mein Herz verkrampfte sich. Seine Offenheit berührte mich. Ich begann, etwas für diesen Mann zu empfinden, das weit über körperliche Anziehung hinausging, und das war nicht gut. Auf gar keinen Fall. Ich hatte noch kein Vertrauen, dass große Gefühle zwischen uns im Guten enden würden. Dafür hatte es bis hierher schon zu viele Probleme gegeben.

Dante brauchte noch drei weitere Anläufe, dann wurde er fündig. Mit der Spitze des Spaten traf er auf eine Blechbüchse, die er daraufhin hervorholte.

Er brachte sie zur Picknickdecke, wo wir uns beide hinsetzten, um das Fundstück genauer zu betrachten. Erde fiel in kleinen Klumpen herunter. Eine Banderole gab es nicht.

»Nicht gerade der Schatz, mit dem ich gerechnet habe«, sagte ich laut. Die Dose war gerade mal so groß wie meine Handfläche.

Dante grunzte bloß, zu sehr war er von seinem Fund eingenommen. Ihm gelang es, mit einem Taschenmesser den Deckel aufzudrücken, und zum Vorschein kam ein Papierstück, von der Zeit unangetastet.

»Eine weitere Karte«, merkte er an, als ich die Zeichnung im gleichen Moment erkannte.

»Das ist Tursi, oder?«

»Scheint so.« Mit dem Zeigefinger fuhr er die grob gezeichneten Häuser und Straßen entlang, bis er das Kreuz fand. »Die Basilika.«

Ein Kloß bildete sich in meinem Hals. Der Ort, an dem er ausgesetzt worden war. War es letztlich nur darum gegangen? Dass Edith ihrem Vater ihren größten Schatz hatte mitteilen wollen? Nämlich Dante? Hatte sie also gar nichts mit dem angeblichen Vermögen ihres Vaters zu tun?

Er faltete das Papier wieder ordentlich zusammen und steckte es in die Dose zurück, die er mir reichte. Ich verstand, dass er Abstand brauchte. Appetit hatte er auch nicht, und so blieb Eloras Lunchbox unangetastet. Der perfekte Moment war schneller vorbei, als ich gehofft hatte.

Obwohl der Abstieg körperlich weniger anstrengend war als der Aufstieg, brauchten wir länger. Je näher wir dem Auto kamen, desto langsamer wurde ich. Nicht weil ich die Stimmung zwischen Dante und mir gerade so grandios fand, sondern weil er sich weiter von mir entfernen würde, sobald wir Speranza erreicht hatten.

Keine Ahnung, woher ich das wusste, doch das war seine Standardmethode.

Trotzdem blieb mir nichts anderes übrig, als ihm zu folgen. Ich traute mich nicht, etwas zu sagen, und das war komplett falsch. Wenn es mehr zwischen uns geben sollte als Sex – und selbst das hatten wir nicht mal durchgezogen –, dann musste eine gewisse Basis zwischen uns existieren.

Als wir den Jeep erreicht hatten, neigte sich die Sonne bereits zum Horizont. Wir hatten noch ein paar Stunden, ehe die Nacht über uns hereinbrach. So, wie wir es vorhergesehen hatten. Doch anstatt unseren Triumph zu feiern, dachte ich nur daran, wie verletzt Dante sein musste. Wie einschneidend es war, zu wissen, dass die leibliche Mutter eine Schatzkarte gezeichnet hatte, die zu dem Ort führte, an dem sie ihr Kind ausgesetzt hatte.

»Wir wissen ja nicht mal, ob sie die Karte davor oder danach geschrieben hat«, sagte ich in die Stille hinein. Die Lautstärke des Radios hatte er sofort beim Losfahren runtergedreht.

»Davor oder danach«, wiederholte er kühl. »Es tut mir leid, Cleo. Jedes Mal, wenn meine Gedanken auch nur in diese Richtung gehen, ist es, als würde ich in ein schwarzes Loch fallen. Mom hat mir dann immer gesagt, dass ich mir sagen soll, dass das Licht wiederkommen wird. Dass es immer einen Ausgang gibt, aber ... Es fällt mir zunehmend schwerer, ihn zu finden.«

Ich war sprachlos, dass er sich mir plötzlich öffnete. Damit hatte ich nicht gerechnet, nachdem er stundenlang schweigend vor sich hin gebrütet hatte. Deshalb blieb mir zunächst auch die Spucke weg.

Das wiederum setzte mich noch mehr unter Druck, denn ich wollte nicht, dass er sich von mir zurückgewiesen fühlte. Gott, hatte ich nicht Psychologie studiert? Was war falsch mit mir?

Du bist schon so emotional involviert, dass du ihn nicht mehr unabhängig von dir betrachten kannst, antwortete mir eine ärgerliche Stimme, die meiner eigenen sehr ähnlich war.

Genau das, was ich nicht hören wollte. Wie sollte ich diesen Mann vergessen, wenn ich zurück nach New York ging und er hierblieb? Ich machte mir keine Illusionen darüber, dass eine Fernbeziehung für mich funktionieren könnte. Nicht mit ihm.

Ich wollte Dante entweder ganz oder gar nicht, und das war ein riesengroßes Problem.

»Ich kann mir nicht mal ansatzweise das Gefühl vorstellen, Dante, aber ich bin für dich da. Ganz gleich, was du brauchst. Selbst wenn du nur schweigen willst ...« Letzteres fiel mir schwer zu sagen, weil ich eine Macherin war. Ich wollte Probleme lösen. Ich wollte etwas tun. Doch mir war klar, dass nicht alle so waren. Manchmal brauchten Personen mehr Zeit mit sich selbst. Mit ihren Gedanken. Falls das so war, dann wollte ich das respektieren.

»Danke, Cleo.« Er griff nach meiner Hand, die auf meinem Oberschenkel gelegen hatte, und ließ sie für ein paar Minuten nicht los, ohne den Blick von der Straße zu nehmen.

Nur wenige Minuten danach erreichten wir Speranza, und die Hölle ging los.

27

Dante

Die Presse hatte mich gefunden. Ich konnte nicht glauben, dass sie mir bis in den untersten Zipfel von Italien gefolgt war. Auf einen fucking anderen Kontinent. So wichtig war ich doch nicht. So viel Geld konnte ein Foto von mir doch nicht einbringen, oder?

Ich hatte die Menschentraube in der Einfahrt vor dem Carport schon beim Abbiegen bemerkt, doch ich hatte nicht nachgedacht. Mein Kopf war nach der Entdeckung der Blechbüchse mit der Karte noch wie in Watte gepackt. Sonst hätte ich die schwarzen Kameras registriert, die sich wie tödliche Schusswaffen auf Cleo und mich richteten.

Fuck.

Da der Jeep keine abgedunkelten Scheiben besaß, waren wir den Fotografen ausgeliefert, wenn wir sitzen blieben. Cleos Augen waren schreckgeweitet, und mein Selbsthass nahm schwindelerregende Dimensionen an. Wie konnte ich den gleichen Fehler immer wieder begehen? Nicht mal Mom hatte ich vor den Konsequenzen meiner katastrophalen Beziehung schützen können, und jetzt musste auch Cleo darunter leiden, die genauso unschuldig war.

»Ich könnte zurückfahren«, überlegte ich laut, während

das Blitzlichtgewitter über uns hereinbrach. Sowohl Cleo als auch ich hielten die Arme über unsere Gesichter und sahen uns darunter hinweg an.

»Sei nicht albern. Sie werden sich hinter das Auto stellen. Wir haben nichts Falsches getan«, sagte sie zu meiner Überraschung. Ihre Stimme zitterte nicht mal, wie ich es erwartet hätte. »Wir steigen aus.«

»Okay. Ich steige zuerst aus und öffne dann deine Tür«, sagte ich, weil ich nicht wollte, dass sie von den Mistkerlen bedrängt wurde. Es waren mindestens ein Dutzend, vielleicht mehr.

Sie nickte. Ich war erleichtert, dass sie mir nicht widersprach.

Ich klaubte Schlüssel, Handy und Geldbeutel zusammen. Meinen Rucksack würde ich später aus dem Kofferraum holen.

Später, wenn die Paparazzi von meinem Gelände verschwunden waren.

Ich drückte fest die Tür auf und zwang die Leute damit, sich zumindest kurzzeitig wegzubewegen. Sobald ich ausgestiegen war und die Tür wieder zuschlug, bedrängten sie mich mit Kameras, Mikros und Fragen.

»Ist das deine neue Freundin?«

»Schlägst du sie auch?« *Sein Ernst?*

»Wann kommst du zurück nach New York?«

»Denkst du, es wird noch eine Anzeige von der Staatsanwaltschaft folgen?«, waren nur einige der Fragen, die mir entgegengeschleudert wurden. Manche auf Englisch, andere auf Italienisch. Ein paar Gesichter kamen mir sogar bekannt vor. Sie hatten mich definitiv über den ganzen Zeitraum während meiner Beziehung mit Ava verfolgt und waren wie Geier, die nur darauf gewartet hatten, dass die Sensationsstory kam.

Ich ignorierte sie alle, drängte mich durch die Menge zur

Beifahrerseite durch, wobei meine Größe und meine Statur von Vorteil waren, und half Cleo beim Aussteigen. Sie hatte sich meine Basecap und die Sonnenbrille aufgesetzt. Ich ergriff ihre Hand, damit sie ihr Gesicht überhaupt nicht zu heben brauchte. Mit einer solchen Entschlossenheit, wie ich sie selten empfunden hatte, führte ich sie sicher an den Paparazzi vorbei, bis wir den Durchgang ins Innere der Anlage erreicht hatten.

Theoretisch konnten uns die Reporter folgen, aber sie schienen die Grenze des Anwesens immerhin zu respektieren. Trotzdem verschwanden sie nicht aus der Einfahrt, die sie theoretisch auch nicht ohne meine Erlaubnis betreten dürften.

Fuck.

Ich traute ihnen keine Sekunde lang. Deshalb ließ ich Cleo auch erst los, als wir an den Fincas vorbei ins Haupthaus gelangt waren.

»Isaac?«, brüllte ich, weil meine Geduld längst explodiert war. Dann drehte ich mich zu Cleo um, die Kappe und Brille abgesetzt hatte und unschlüssig im Flur stehen geblieben war. Ruhiger fragte ich sie, ob alles okay war.

»Ich denke schon. Was ist mit dir?«

Ich blieb ihr eine Antwort schuldig, weil Isaac in ebendiesem Moment den Kopf in den Flur steckte. Er war in der Küche gewesen.

»Ihr seid zurück«, sagte er, ehe er etwas in meiner Miene zu lesen schien. »Was ist passiert?«

Das brachte ihn dazu, ganz in den Flur zu treten.

»Fucking Paparazzi, das ist passiert.«

Seine Augen wurden groß. »Was? Hier?«

»In der Einfahrt.« Ich holte mein Handy raus. »Ich rufe die Polizei an. Soll sie sich darum kümmern. Aber ich will, dass alle hier gewarnt sind. Elora und Mario und die anderen …«

Isaac nickte. »Ich kümmere mich darum.«

»Ähm, brauchst du mich noch? Sonst würde ich mich unter die Dusche stellen?« Ein Bild von ihr nackt neben mir unter der Dusche blitzte auf, ehe ich es vertrieb. Es gab eindeutig wichtigere Dinge, auch wenn mein Schwanz das anders sah.

»Nein, geh ruhig.« Ich wollte noch sagen, dass es mir leidtat, doch sie war genauso schnell verschwunden wie Isaac. Wahrscheinlich konnte sie es nicht abwarten, ihre Sachen zu packen und abzuhauen. Diesen Rummel hatte sie nicht gewollt. Ich konnte bloß hoffen, dass ... Ich hatte keine Ahnung. Gerade sah ich nur Dunkelheit. Kein Licht. Kein Ausgang.

»Fuck«, wiederholte ich und wählte dann die Nummer der lokalen Polizeistation.

Zwei Stunden später waren die Paparazzi von meinem Grund und Boden verwiesen worden, doch dafür stand mein Handy nicht mehr still. Die Fotos waren online sofort eingeschlagen, und die Fotografen hatten sich nicht mal die Mühe gemacht, Cleos Gesicht zu verpixeln. Sofort hatte ich meine Anwältin darauf angesetzt, doch die Presse zahlte lieber eine Strafe, anstatt sich eine Sensation wie diese entgehen zu lassen.

Ich war so beschämt darüber, dass ich Cleo nicht mal aufsuchen konnte, um mich bei ihr für all das zu entschuldigen. Stattdessen hatte ich mir eine Hacke genommen und damit begonnen, die geplanten Blumenbeete vor der zweiten Finca umzugraben.

Körperliche Anstrengung war jetzt genau das Richtige. Dabei war es egal, dass ich heute zwanzig Kilometer zurückgelegt hatte. Und dass es so dunkel war, dass ich mit der Industrieleuchte meine Umgebung erhellen musste und dabei zum Ziel bösartiger Moskitos wurde.

»Hey, wie fühlst du dich?« Isaac trat in den Lichtkreis. »Ich dachte mir, du könntest was Härteres gebrauchen.«

Er hielt mir ein Schnapsglas hin.

»Es wird wohl nicht meine Probleme lösen«, sagte ich, zog aber meine Arbeitshandschuhe aus und griff danach. Sofort stieg mir der scharfe Geruch von Grappa in die Nase.

»Vielleicht nicht, aber es hilft dir, zu entspannen.« Wir stießen die Gläser gegeneinander und leerten den Schnaps in einem Zug. »Und?«

»Und was?«

»Besser?«

Ich lachte leise. »Etwas. Danke.«

Er nahm das Glas wieder an sich und stellte beide auf das Fenstersims, bevor er sich mit verschränkten Armen gegen die Wand der Finca lehnte.

»Ich habe mit ein paar Kontakten gesprochen, aber niemand konnte oder wollte mir sagen, wer hinter dem Tipp steckt«, sagte er nach einem Moment ernst.

»Ich weiß es«, sagte Cleo, die sich förmlich angeschlichen hatte. Oder der Alkohol hatte bereits meine Sinne benebelt.

Sie wirkte mitgenommen und schutzlos. Hatte die Arme um ihre Mitte geschlungen. Sie trug eine lange Jogginghose und ein weites T-Shirt.

»Isaac, lässt du uns allein?«, bat ich meinen Bruder, ohne den Blick von Cleo zu nehmen.

»Klar, ich bin noch eine Weile wach, wenn ihr mich braucht.« Er nahm die Gläser und ging an Cleo vorbei. Sie lächelte ihm knapp zu.

»Wie geht es dir?«, fragte ich sie.

»Das ist jetzt nicht so wichtig, oder?«

»Ich finde schon. Für mich ist es das.«

»Selbst dann, wenn ich dir sage, dass es Oliver gewesen ist?

Er hat mir eine Nachricht hinterlassen.« Ihre Unterlippe zitterte, und sie blickte zur Seite. »Er hat der Presse gesagt, wo sie dich finden können. Aus Rache.«

Seufzend massierte ich mir das Ohrläppchen. »Nicht überraschend, wenn auch ärgerlich. Es tut mir leid, dass du da mit reingezogen wurdest, Cleo, ehrlich. Meine Anwältin tut alles, um dein Gesicht von den Fotos entfernen zu lassen.«

»Du machst dir Sorgen um mich?« Mit offenem Mund sah sie mich an.

»Warum nicht? Du hast mit der ganzen Situation nichts zu tun. Du hast nicht darum gebeten, morgen früh auf der Start- oder Titelseite jedes Klatschmagazins zu sein.«

»Du auch nicht.«

»Es ist meine Beziehung, die zu diesem Umstand geführt hat.«

»Aber es ist nicht deine Schuld.«

Das *Oder* hing in der Luft, auch wenn sie es nicht aussprach. Wollte ich jetzt über Ava sprechen? Ich war der Meinung, dass es in keiner guten Unterhaltung enden würde, vor allem, da meine Emotionen so brachlagen.

Das schien Cleo ähnlich zu sehen. Oder sie hatte es sich aus anderen Gründen anders überlegt, da sie das Thema wechselte.

»Meine Eltern sind außer sich«, sagte sie leise und stieß mit der Schuhspitze gegen einen Stein, den ich noch aus der Erde graben musste. »Ihr PR-Onkel hat mich natürlich sofort erkannt und es an sie weitergeleitet. Sie machen mir die Hölle heiß und wollen immer noch, dass ich nach Hause komme.«

»Ah, ich kann sie verstehen. Sie denken wahrscheinlich das, was alle denken. Dass ich ein Frauenschläger bin und du mein nächstes Opfer bist.« Meine Stimme klang kälter, als ich beabsichtigt hatte. Die Bitterkeit hatte mein ganzes Sein getränkt. Es war schwer, sich aus ihr zu erheben.

»Sie interessiert bloß die Außenwirkung, nicht mein Wohlbefinden.« Hatte ich sie mit meiner Verbitterung angesteckt, oder entstammte sie einer anderen Quelle? Ich hatte bereits mitbekommen, dass ihre Familiendynamik alles andere als einfach war, und stimmte Summer insgeheim zu, die Cleos Schwestern *Hexenschwestern* genannt hatte. Immer dann, wenn Cleo auf sie zu sprechen kam, wurde das Licht in ihr gedimmt. Sie machte sich klein und unscheinbar, als hätte sie Angst, aufzufallen und anzuecken.

»Was wirst du tun?« Am liebsten hätte ich ihr gesagt, dass sie bleiben soll, doch die Entscheidung musste sie allein treffen.

Sie zuckte mit den Schultern. »Ich weiß es nicht. Eigentlich wollte ich dir das bloß von Oliver sagen und mich bei dir dafür entschuldigen.«

»Das ist nicht nötig, aber danke.« Wir sahen uns ein paar Sekunden an, doch ich war unfähig, in ihrem Gesicht zu lesen. Vielleicht weigerte sich auch ein Teil von mir, die Gefühle, die ich darin gespiegelt sah, zu interpretieren.

»Gute Nacht. Arbeite nicht zu lange.«

»Gute Nacht. Schlaf gut.«

Ich sah ihr nach, bis sie durch den Seiteneingang ins Haupthaus verschwunden war. Meine Gedanken wanderten weiter.

Nicht nur Cleo musste eine Entscheidung treffen. Auch für mich war die Zeit gekommen zu handeln, wenn ich nicht wollte, dass noch mehr Menschen in meinem Umfeld verletzt wurden.

Gleichzeitig wollte ich Ava nicht den Hunden zum Fraß vorwerfen. Doch welche Alternative blieb mir?

28

Cleo

Die Paparazzi waren hartnäckiger, als ich mir jemals vorgestellt hätte. Sie hielten sich zwar weitestgehend von der Anlage fern, und durch Dantes Anwältin war mein Gesicht zumindest auf den offiziellen Seiten der Klatschpresse verpixelt, doch das bedeutete nicht, dass sie mich in Ruhe ließen. Inoffiziell kursierte mein Gesicht auf diversen anderen Plattformen. Selbst wenn niemand wusste, wer ich war.

Sobald ich in Tursi war, um Einkäufe zu erledigen, wurde ich belagert. Sie befeuerten mich mit den absurdesten Fragen. Allen voran die, ob ich mich freiwillig schlagen ließe.

Wenn sie wüssten, wie ich von meinem Ex-Freund behandelt worden war, hätten sie gleich die nächste brandheiße Story. Doch ich hielt meinen Mund. Ich sagte nicht ein einziges Wort, auch wenn es mir schwerfiel. Schon immer hatte ich den Drang verspürt, Schweigen mit Wörtern zu füllen, und einer direkten Frage mit Nichtbeachtung zu begegnen, glich meiner persönlichen Folter.

Weil ich nicht die Kraft besaß, den Reportern weiter zu begegnen, suchte ich Zuflucht bei Zia Magda. Sie schlug den Paparazzi förmlich die Tür vor der Nase zu und versorgte mich mit einem Eiskaffee, den ich in ihrer Küche trinken durfte.

»Bleib so lange, wie du willst, bambina. Ich muss zu meiner Schwester. Sie hat sich erkältet. Bei vierzig Grad!« Sie murmelte ein paar Sätze über die Unfähigkeit ihrer Schwester, während sie ihre Sachen zusammensuchte und dann das B & B verließ.

Ich blieb mit meinen Gedanken allein zurück. Immerhin hob der Kaffee meine Laune, und kurze Zeit später rief endlich mal wieder meine Großmutter an.

Es kam nicht häufig vor, dass sie sich bei mir meldete, und noch seltener war es, dass sie Face Time benutzte.

»Buongiorno, Nonna«, begrüßte ich sie und winkte in die Kamera. Das Internet war hier nicht sonderlich gut, weshalb das Bild leicht hakte, aber es reichte aus, um ihr gutmütiges Lächeln zu erkennen.

»Ah, *bambino indiavolato.*« Kleiner Teufel, so hatte sie mich immer schon genannt. »Was sind das? Augenringe? Pah! Du solltest besser schlafen als alle anderen.«

»Warum das?«, fragte ich amüsiert. Sie sagte nie das, was ich von ihr erwartete.

»Warum denn nicht? Du bist im Land deiner Vorfahren. In *meinem* Land. Dort schläft es sich am besten!« Sie grinste, und ihre braunen Augen leuchteten förmlich. Ihr rundes, gebräuntes Gesicht war voll Falten, an denen sie sich nie gestört hatte, und sie gutmütig wirken ließen. Nur ihre Locken färbte sie jeden Monat schwarz. Die einzige Eitelkeit, die sie sich erlaubte. Oder die ihr auch im Alter wichtig war. Meine Großmutter war spitzzüngig, klug und durchsetzungsfähig. Konnte aber auch einfühlsam, freundlich und zurückhaltend sein. Nonna war eine Naturgewalt, um ehrlich zu sein.

»Bis vor Kurzem war das auch so«, gestand ich und weihte sie in meine letzten Wochen ein. Sagte ihr das, was ich bisher nur Summer anvertraut hatte. Dass ich mich in New York gefangen gefühlt und in Italien zum ersten Mal zu mir selbst gefunden hatte. Oder zumindest auf dem Weg dahin war. Dass ich die schlechte Presse zwar ärgerlich fand, aber nicht als die Katastrophe ansah, die meine Eltern daraus machten.

»Du hörst auf dein Herz, kleiner Teufel«, sagte sie. »Deine Eltern wollen dein Bestes, aber sehen oft nicht, dass es nicht das ist, was *sie* als das Beste erachten. Ich kümmere mich um sie. Bleib genau da, wo du bist.«

»Grazie, Nonna«, sagte ich mit erstickter Stimme.

»Und jetzt erzähl mir von ihm. Dante Marinotti, no?«

Ich lachte und erzählte ihr alles, was ich wusste, aber vor allem erzählte ich ihr, was ich für ihn empfand.

Nach dem Gespräch fühlte ich mich wie neu geboren. Meine gute Stimmung hielt auch an, als ich merkte, dass die Paparazzi für den Moment aufgegeben und sich zerstreut hatten. Wahrscheinlich hofften sie, ein Foto von Dante zu knipsen, der ja schließlich der eigentliche Grund war, warum sie den zum Teil weiten Weg auf sich genommen hatten.

Ihn fand ich zurück auf der Anlage. Oder viel eher fand er mich in der Küche, als ich dabei war, die Einkäufe zu verstauen. Elora war in der großen Küche, da die ersten Möbel und Geräte gekommen waren und sie den Aufbau beaufsichtigen wollte. Sie hatte sich nicht mehr nach draußen getraut, seit die Presseleute die Anlage umstellt hatten, was ich ihr nicht verübeln konnte.

»Was ist?«, fragte ich, weil Dante nichts anderes tat, als mich anzustarren. Nicht, dass ich etwas dagegen hatte, aber wenn er schon schaute, konnte er dann nicht auch anfassen?

Er löste sich vom Türrahmen und trat dicht an meine Seite. Mit einer Hand strich er mir über die Wange.

»Lass uns wegfahren«, schlug er vor. Er musste mir nur so nahe sein, und schon setzte mein Herz aus.

»Was? Jetzt? Aber es gibt so viel zu tun und …«

»Für eine Nacht. Wir brauchen eine Pause. *Ich* brauche eine Pause, und vielleicht ist bis dahin mein Sicherheitsteam hier und hält uns die Paparazzi vom Leib.«

»W… wohin?« Eine Nacht? Mit ihm allein? Zur Hölle, ja!

»Ans Meer«, antwortete er. »Also?«

»Ich geh packen!«

Meine plötzliche Begeisterung entlockte ihm ein solch sorgenfreies Lachen, dass ich selbst davon angesteckt wurde. Erst jetzt bemerkte ich, wie sehr ihn die Anwesenheit dieser Geier niedergerungen hatte.

Wir fuhren ohne Isaac und Elora ans Meer, nach Lido di Policoro. Es war aufregend für mich, weil ich mich um nichts kümmern musste. Ich musste weder auf den Weg achten – wodurch mir schlecht geworden wäre – noch das Airbnb buchen. Dante hatte nur von mir verlangt, zu packen und ins Auto zu steigen.

Ich: Ich kann nicht glauben, dass es jemanden wie ihn gibt.

Summer: Nur weil du bisher wie ein Fußabtreter behandelt worden bist …

Ich: Wow, danke.

Summer: Ja, ist doch so! Aber du hast schon recht, er fängt schon mal gut an.

Ich: Anfangen? Womit genau?

Summer: Dich zu bezirzen. Dir den Hof zu machen. Deine Hand im übertragenen Sinn zu küssen. Du weißt schon ... 😍

Ich: Du und deine altmodischen Begriffe ... 😆 Mal sehen, wo es hinführt. Seit der einen Nacht ist nichts mehr passiert.

Summer: Umso besser, dass ihr jetzt Zeit für euch habt. 👀 Und jetzt weg vom Handy. Genieß den Trip. 🍆

Sie hatte recht. Während der Fahrt hatte ich hauptsächlich geschlafen. Das hatte Dante zum Glück nichts ausgemacht. Schließlich waren wir am frühen Abend in unserer Strandunterkunft angekommen.

Die Wohnung lag im zweiten Stock eines Wohnhauses, in dem alle Apartments vermietet wurden.

Nach einem kurzen Flur öffnete sich der Raum in eine Wohnküche mit breiter Fensterfront, die direkt auf die Strandpromenade mit den Palmen und dem türkisfarbenen Meer hinauszeigte. Vor Begeisterung blieb mir fast die Spucke weg.

Die Promenade war mit hellen Steinen gefliest, und romantisch anmutende zweiarmige Laternen würden die Nacht später in ein sanftes Licht tauchen. Steinbänke waren vereinzelt aufgestellt, und dazwischen standen dunkle Schilder zur Orientierung.

Ich war auch ins restliche Apartment verliebt. Die moderne Küche mit der weiß glänzenden Front, die schwarze Ledercouch und der Lesesessel neben einem Bücherregal. Die zwei Schlafzimmer, die durch ein Bad miteinander verbunden waren. Niedrige, aber breite Doppelbetten und Einbauschränke. Rattanmöbel kombiniert mit modernen Accessoires und Dekoartikeln.

Dante hatte mir großzügigerweise das Zimmer mit Meerblick überlassen. Einerseits war ich ihm dankbar, dass wir zwei Räume zur Verfügung hatten, andererseits wusste ich nicht, ob ich dies wieder als Distanz zwischen uns werten sollte. Dagegen sprach dieser Kurztrip. Es verwirrte mich, und ich konnte nur hoffen, dass wir während unserer gemeinsamen Stunden hier zum Reden kamen.

Ich bemerkte, dass ich mit dem wackeligen Fundament unserer Beziehung nicht länger zurechtkam. Es machte mich nervös, wenn ich jeden Moment fürchten musste, dass er die Tür zwischen uns zuschlug, weil er mir nicht vertrauen konnte.

Auch wenn er Gegenteiliges behauptet und sich sogar entschuldigt hatte.

Ich beschloss, es heute nach unserem Abendessen anzusprechen, wenn er von sich aus dazu nichts sagen würde. Das war ich mir selbst schuldig.

Es klopfte an meiner Tür, und ein leises »Bereit?« folgte. Ich warf einen letzten prüfenden Blick in den Spiegel, bevor ich meine Handtasche von der schmalen elfenbeinfarbenen Kommode nahm und die Messingklinke nach unten drückte.

Ich hatte mein allerletztes Kleid mitgenommen, das Dante noch nicht gesehen hatte, in der Hoffnung, es würde ihn umhauen.

Ich hatte es mir am Tag vor meinem Abflug in Rom gekauft und dabei überraschenderweise nicht Oliver im Kopf gehabt, sondern mich selbst. Ich hatte mir vorgestellt, darin abends an einem Strand entlangzuschlendern und dabei der Liebe meines Lebens zu begegnen. Denn mir war damals schon klar gewesen, dass Oliver dies nicht war.

Das Kleid hatte Spaghettiträger, die mit Rüschen geschmückt waren und in ein anliegendes Korsett übergingen. Dieses bestand aus Organza, der mit der gelben amerikanischen Kermesbeere bedruckt worden war. Der Rock und die Cups waren aus einem dehnbaren Leinen gefertigt, sodass sich alles perfekt an meine Rundungen schmiegte.

Dazu passend trug ich hochhackige braune Sandalen. Das Make-up hielt ich dezent und entschied mich einzig für einen auffälligen bordeauxroten Lippenstift.

Als ich Dante schließlich gegenüberstand, vergaß ich, dass ich seine Reaktion auf mich hatte beobachten wollen, weil ich so von ihm eingenommen war. Sein breites Kreuz, das von dem hellen Leinenhemd betont wurde, die dunkelblaue Stoffhose, die seinen Po sicher gut in Szene setzte, sowie den frisch gestutzten Dreitagebart, der seltsamerweise das Grau seiner Augen hervorhob. Sein Haar war wellig und zurückgekämmt, sodass seine Stirn frei war.

»Wow!«, sagten wir gleichzeitig, und sofort löste sich die Anspannung, die mit dem Öffnen der Tür zwischen uns entstanden war.

Wir lachten beide, und er reichte mir seinen Arm, unter den ich mich einhakte.

»Da haben wir uns wohl beide herausgeputzt«, sagte ich amüsiert, als er mich aus der Wohnung führte. Sobald die Tür schloss, erklang ein leises Piepen vom Zahlenschloss.

»Ich bin so erleichtert, dass wir nicht von Paparazzi verfolgt werden, dass ich endlich an was anderes denken kann«, gestand er. »Aber du siehst wie immer unvergleichlich aus.«

Ich errötete leicht. »Ich glaube, so ein Kompliment habe ich noch nie bekommen.«

»Ich hätte es dir früher sagen sollen.«

»Das wollte ich damit nicht andeuten.«

»Ich weiß, aber es ist ja nicht das erste Mal, dass ich das gedacht habe.«

Meine Wangen wurden heißer, und ich wusste erst mal nichts darauf zu erwidern.

»Ich habe uns ein Restaurant ebenfalls direkt am Strand rausgesucht. Elora hat es mir empfohlen«, erklärte er, nachdem wir das Wohnhaus verlassen hatten und auf die gut besuchte Promenade getreten waren. Sie wurde zunehmend voller, je näher die Dinnerzeit rückte.

»Ich bin sicher, sie weiß, was gut ist.« Es fiel mir schwer, mich auf unser Gespräch zu konzentrieren, wenn ich nur an seinen starken Arm denken konnte, den ich unter meiner Hand spürte. Wieder kehrte ich gedanklich zu der Nacht in seinem Arbeitszimmer zurück und wie sehr es mich nach mehr verlangt hatte. Warum uns so viel dazwischengekommen war und wie wir nun hier gelandet waren.

»Hast du noch mal mit deinen Eltern telefoniert?« Nicht gerade das Gesprächsthema, das ich verfolgen wollte, doch entgegen meinem Instinkt wich ich nicht aus.

»Es ist schwierig«, gestand ich und erzählte ihm dann von meiner Unterhaltung mit Nonna.

»Hier ist es schon«, unterbrach er mich kurz, damit ich zusammen mit ihm die zum Meer ausgerichtete Terrasse betrat. Hier stand ein Dutzend runder Tische, von dem die Hälfte bereits besetzt war. Wir wurden zu einem Tisch an einer Ecke geführt, sodass wir freie Sicht auf das blaue Wasser hatten.

Dante schob meinen Stuhl zurück und wartete, bis ich mich gesetzt hatte, ehe er zu meiner Rechten Platz nahm. So nah, dass sich unsere Knie berührten und wir beide die Aussicht genießen konnten.

»Sie unterstützt dich also in allem?«

»Du meinst, ob sie es akzeptieren würde, wenn wir tatsächlich eine Beziehung hätten?«, fragte ich ihn direkt und traute mich sogar, ihn dabei anzusehen.

Zu meiner Überraschung sah er nicht fort und blinzelte auch nicht. Im Gegenteil, er ignorierte alles um uns herum, beugte sich vor und küsste mich wie aus heiterem Himmel.

Ich fühlte mich wie vom Blitz getroffen.

Nicht weil mir der Kuss unangenehm gewesen wäre. Auf gar keinen Fall, nein. Sondern weil ich diese kurze Berührung bis in meine Zehenspitzen fühlen konnte und erkannte, dass ich mir in den letzten zwei Tagen etwas vorgemacht hatte.

Ich brauchte ihn.

Ich wollte ihn in meinem Bett.

Vielleicht würde ich danach noch mehr von ihm wollen, aber ich konnte mir nicht vorstellen, dass ich mich noch intensiver nach ihm verzehren könnte.

Langsam zog er sich wieder zurück. Ich hatte nicht mal Zeit gehabt, meine Augen zu schließen, um die Empfindungen, die durch meinen Körper schossen, zu genießen.

Er lächelte schelmisch und griff nach meiner Hand, die auf dem Tisch lag. Mit dem Daumen zog er kleine Kreise über meine Knöchel.

»Brauchst du denn ihre Zustimmung, oder kann ich dich nach dem Essen besinnungslos küssen?«

Ich schluckte schwer, weigerte mich jedoch, die Einzige zu sein, die übermannt wurde. Langsam lächelte ich, als ich meine freie Hand von seinem Knie weiter nach oben wandern ließ. Sofort wurde sein Lächeln angestrengter, und ich spürte, wie die massiven Muskeln unter meiner Hand arbeiteten.

»Ach, nichts weiter als küssen?«

»Ich bin sicher, wir finden auch noch etwas anderes«, presste er hervor.

Ich hatte mit meiner Hand sein Glied erreicht, das bereits gegen den Reißverschluss ankämpfte. Als ich mit meinen Knöcheln gemächlich darüber fuhr, erzitterte er. Im gleichen Moment vernahm ich ein lautes Räuspern und richtete mich erschrocken auf. Dadurch prallte ich mit der Hand unter die Tischkante, und die bereits darauf stehenden, leeren Gläser klirrten.

Mit hochroten Wangen sah ich zu der Kellnerin auf, die überall hinsah, nur nicht zu uns. Also hatte sie ganz genau gewusst, was sie da gerade unterbrach.

»Wissen Sie schon, was Sie trinken wollen?«, fragte sie betont gelangweilt.

Ich fing Dantes Blick auf, und es war klar, dass wir uns wortlos verstanden.

»Nein, danke, wir haben uns umentschieden, oder, Honey?«, sagte er mit einer solch rauen Stimme, dass ich nicht viel gebraucht hätte, um mich hier und jetzt auf diesem Tisch, vor diesen Leuten von ihm nehmen zu lassen.

Stattdessen sprang ich auf und griff nach meiner Tasche.

»Entschuldigen Sie«, sagte ich noch, dann fasste ich Dantes Hand und zog ihn hinter mir her.

Ich wollte nicht mehr warten.

Ich wollte ihn jetzt in meinem Mund.

In mir drin.

Ich wollte ihn küssen und anfassen und streicheln und quälen, bis er nur noch nach Erlösung verlangte.

Deshalb schafften wir es auch nicht bis ins Airbnb. Dante zog mich vom Strand weg in eine Gasse, auf deren einen Seite eine fensterlose Hauswand lag und auf der anderen eine Reihe von überwachsenen Zäunen, die zu hoch waren, als dass jemand hätte darüber schauen können.

Und wenn doch ... Sagen wir so, in diesen Minuten war mir alles egal.

Dante drückte mich gegen die Wand und presste im selben Moment, da ich sie in meinem Rücken spürte, seinen Mund auf meinen. Zwang meine Lippen auseinander, und ich leistete ihm keinen Widerstand. Saugte an seiner Zunge, sobald ich sie an meiner spürte und eine Welle der Hitze durch meinen Körper gejagt wurde.

Er barg mein Gesicht in seinen Händen, während ich sein Hemd öffnete, um seine Haut zu berühren. Seine Muskeln zu spüren und deren Zittern unter meinen Fingerkuppen zu analysieren.

Sein Stöhnen ging in meines über, während er Küsse auf meinem Nacken verteilte und gleichzeitig meinen Rock nach oben schob. Abgesehen von dem schwachen Licht der Laternen, das von der Promenade bis hierher reichte, verhüllte uns die Dunkelheit der hereinbrechenden Nacht. Niemand, der auf der großen Straße vorbeigehen würde, würde uns sehen, sollte er einen Seitenblick in die Gasse erhaschen. Ein paar Ranken des Efeus schenkten uns außerdem einen kleinen

Sichtschutz. Für mich vollkommen ausreichend, als sich der Rock um meine Hüfte bauschte und Dantes Finger in meinen Slip glitten.

»Dante, Gott ...«, keuchte ich und beugte mich automatisch nach vorn.

»Du weißt nicht, wie oft ich seit dem letzten Mal daran gedacht habe«, sagte er ebenso außer Atem.

»Ich kann es mir ... vorstellen. Hör nicht auf!« Er war an meiner Klitoris vorbeigewandert und umkreiste mit einem Finger meinen Eingang, verteilte die Feuchtigkeit, die ich weder zurückhalten konnte noch wollte.

»Niemals.« Doch dann zog er sich und seine Hand zurück, die verbotene Dinge getan hatte, nur um meinen Blick einzufangen. Ganz langsam hob er seine zwei Finger, an denen ich in der Dunkelheit gerade so die Feuchtigkeit glänzen sah. Als er sich meiner Aufmerksamkeit sicher war, saugte er an ihnen. Sofort wurden meine Knie weich, und ich musste eine Hand flach an die Wand hinter mir pressen, um nicht umzufallen. »Du schmeckst immer noch fantastisch.«

»Ich will nicht mehr warten, Dante«, sagte ich. Flehte ich.

Er neigte sich zu mir. Biss ganz kurz in mein Ohrläppchen, was mich an meine Entscheidung erinnerte, keine Ohrringe zu tragen. Vielleicht hatte ich ein ganz klein wenig den Ausgang dieses Abends auf diese Art und Weise erhofft.

»Ich will mir Zeit lassen«, widersprach er meiner unausgesprochenen Aufforderung.

Nein.

Ich nahm sein Gesicht zwischen meine Hände und zwang ihn, mir tief in die Augen zu sehen. Damit er sehen konnte, *wie* sehr ich ihn brauchte. Er schluckte so schwer, dass sein Adamsapfel zu hüpfen begann.

»Jetzt«, sagte ich leise, aber bestimmt. »Gleich. Die ganze Nacht.«

Sein Mundwinkel zuckte. »Ich gehöre ganz dir.«

Mein Herz klopfte so heftig, als hätte sich ein Trommler in meiner Brust eingenistet. Dante spielte nicht mehr. Als hätte ich mit meiner Forderung einen Schalter umgelegt, riss er mir förmlich den Slip von den Beinen, holte aus seiner hinteren Hosentasche ein Kondom hervor und erlaubte mir, sein steifes Glied zu befreien.

Meine Finger zitterten, als ich den Knopf und den Reißverschluss seiner Hose öffnete und anschließend seine Erektion aus der Boxershorts hervorholte. Er lag warm und hart in meiner Hand. Die perfekte Größe für mich. Besser, als ich es mir vorgestellt hatte.

Ich betrachtete seinen Schwanz einen Moment länger, weil mich das Verlangen überkam, ihn in den Mund zu nehmen, ehe ich mich an meine pochende Mitte erinnerte. Keine Verzögerungen mehr!

Dante rollte das Kondom über sein Glied. Wir küssten uns lange und hart, ehe er mich auf seine Arme hob und erneut gegen die Wand drückte. Ich spürte die heiße Spitze an meinem Eingang und warf den Kopf zur Seite.

»Fuck«, keuchte er. »Ich versuche, langsam ...«

»Vergiss es«, zischte ich und griff mit einer Hand zwischen uns, um ihn in mich einzuführen. »Später. Zeig mir Sterne, Dante.«

Er lachte leise, aber das Lachen verging ihm, sobald er zum Teil in mich glitt. Ich war so feucht, dass das überhaupt kein Problem darstellte.

»Fuck«, wiederholte er, und dieses Mal wusste ich, dass er jeglichen Verstand über Bord geworfen hatte.

Er bewegte seine Hüfte. Tiefer und tiefer. Unwillkürlich

umfasste ich seine Schultern und krallte mich in seiner Haut fest. Hoffte, ich würde darauf keine blutigen Kratzer hinterlassen, weil ich mich nicht mehr unter Kontrolle hatte.

Es fühlte sich so viel unglaublicher an als jeglicher Sex, den ich jemals zuvor gehabt hatte. Dabei hatten wir gerade in dieser Sekunde erst zueinandergefunden. Er hatte sich nicht mal bewegt. Ich spürte einzig diese mich an den Abgrund treibende Schwere in mir. Als wäre ich endlich und wahrhaftig vollständig.

Dann, als er sich langsam zurückzog, um heftig wieder in mich hineinzustoßen, zersprang ich in eine Millionen Teile.

»Cleo«, stöhnte er, und ein leidenschaftlicher Kuss folgte. Seine Hände umfassten meine Hüfte und dann wieder meinen Po, während ich mich an ihn klammerte, als wäre er meine Rettung.

Schnell fanden wir in einen Rhythmus, der uns beide näher zum Höhepunkt brachte. Als er eine Hand löste, um damit bei mir nachzuhelfen, brauchte es nur eine Berührung, und schon überrollten mich gleich zwei Orgasmen direkt hintereinander. Mein Innerstes schien sich an seiner Erektion festzuklammern, und Dante kam kurz nach mir. Als ich noch damit kämpfte, die Wirklichkeit festzuhalten und nicht in eine Welt nur mit Dante und mir abzudriften.

»Holy shit«, presste ich hervor und küsste seine Halsschlagader, die deutlich hervortrat. Vergrub mein Gesicht in der Kuhle und wartete, dass er wieder zu sich kam.

»Ich kann nicht … fuck, Cleo. Das war …«

»Ja«, stimmte ich ihm zu. Nach und nach ließ das Rauschen in meinen Ohren nach, und Stimmengewirr drang bis zu mir. Gelächter folgte, und Panik setzte ein, jetzt entdeckt zu werden. »Äh, vielleicht sollten wir …?«

»Du hast recht. Shit, so sehr war ich nicht mehr außer

Kontrolle seit meinen Teenagerjahren«, gestand er, was mir schmeichelte.

Ich hatte das getan. Ich hatte ihn um den Verstand gebracht.

Innerlich grinsend hob ich meinen Slip auf, nachdem Dante wieder aus mir herausgeglitten war und mich vorsichtig abgesetzt hatte. Ich stopfte ihn in meine Handtasche und zog dann das enge Kleid wieder nach unten, wodurch ich schnell wieder züchtig aussah.

Dante hatte sich ebenfalls wieder hergerichtet und das Kondom in den Mülleimer am Anfang der Gasse geworfen. Seine Wangen waren leicht gerötet, was ich auch in dem dämmrigen Licht erkennen konnte. Selbst meine Atmung hastete gefühlt weiterhin davon.

Ich konnte nicht glauben, dass wir es wirklich völlig hemmungslos in der Öffentlichkeit getrieben hatten. Doch es hatte mich überkommen. Ich hatte es einfach nicht mehr ausgehalten, ihn *nicht* mehr in mir zu spüren. Selbst jetzt fühlte ich mein Verlangen und meine Erregung zurückkehren, die kurzzeitig abgeebbt waren.

»Beeilen wir uns?«, fragte er und hielt mir eine ausgestreckte Hand hin.

Ich lächelte, weil er besser war, als ich mir hätte ausmalen können. Seine Aura, sein Verhalten, seine Persönlichkeit ... all das war nicht perfekt, aber es passte zu mir wie ein verlorenes Puzzleteil, das ich nicht mehr zu finden geglaubt hatte.

»Ja«, sagte ich bloß und verschränkte meine Finger mit seinen. Er küsste meinen Mundwinkel, als würde sich dort ein Wunsch befinden, den er zu greifen versuchte, und wir setzten uns in Bewegung.

29 Dante

Es war die Nacht, die alles veränderte. Endlich hatten wir beide unsere Ängste abgelegt und waren aufeinander zugegangen. Wobei ich wohl am allermeisten derjenige mit Ängsten gewesen war, während Cleo mir bereits deutlich gemacht hatte, was sie wollte.

Ich bekam nicht genug von ihr.

Der Sex in der Gasse war ... Mir fehlten die Worte. Ich war zwar nicht prüde, doch dass ich mich derart hatte hinreißen lassen? Das war ihr zu verdanken.

Ich küsste ihren Nacken. Wir standen am nächsten Morgen in der Dusche, und ich war gerade damit fertig geworden, ihre Brüste, die perfekt in meine Hände passten, einzuseifen. Sie lehnte sich an mich, und mein Schwanz zuckte an ihrem weichen, vollen Po, den ich in der Nacht bereits erkundet hatte, nachdem es in der Gasse so schnell, so heftig gewesen war. Im Apartment hatte ich jeden Zentimeter ihres Körpers berührt, geküsst und geleckt. Das war das köstlichste Dinner, das ich mir hätte vorstellen können. Insbesondere nachdem wir Eloras Empfehlung nicht hatten austesten können, was ich im Nachhinein nicht im Geringsten bedauerlich fand. Dafür hatte ich etwas viel Besseres bekommen.

»Wie kann ich dich schon wieder wollen?«, raunte ich an ihrem Ohr und biss sanft in ihr Ohrläppchen. Sie erzitterte so, wie ich es erwartet hatte.

Dann nahm sie eine meiner Hände von ihrer Brust und führte sie zwischen ihre Beine. Das heiße Wasser, das noch immer auf uns niederprasselte, konnte nicht über ihre eigene Feuchtigkeit hinwegtäuschen.

»Weil ich dich auch wieder will«, antwortete sie heiser, da sie die halbe Nacht meinen Namen geschrien hatte.

»Moment.« Ich öffnete die Plexiglastür nur so weit, dass ich an die Kondompackung kam, bevor ich die kalte Luft wieder ausschloss. Dampf stieg um uns herum auf, als Cleo sich umdrehte und mir das Kondom aus den Händen nahm.

Als sie sich vor mich kniete, verlor ich beinahe die Fassung. Ich wusste, ich würde nicht lange durchhalten, sie so vor mir zu sehen, doch ...

»Cleo Hargrove«, stöhnte ich, als sie meine Eier sanft in eine Hand nahm und mit der anderen das Kondom über meinen Schwanz rollte. Bis zum Ansatz. Doch sie war noch nicht fertig.

Ohne den Blickkontakt zu mir zu unterbrechen, stülpte sie anschließend ihren Mund darüber und ... bei der Hölle, das hier musste das Paradies sein.

Ich legte eine Hand auf ihren Hinterkopf, jedoch ohne Druck auszuüben, nur um mich *irgendwo* festzuhalten. Dann begann sie wirklich und wahrhaftig damit, mir einen zu blasen, und ich sah tatsächlich Sterne und Dunkelheit. Das, was sie von mir hatte haben wollen, schenkte sie mir nun selbst.

»Du bist der ... Hammer. Das fühlt sich so gut an. Fuck.« Ich redete, um mich abzulenken, aber eigentlich wusste ich schon längst nicht mehr, was ich sagte. »Ich kann nicht mehr ...«

»Stopp«, sagte sie, und ihre fantastische Hitze verließ mich. »Ich will, dass du in mir kommst.«

Ich half ihr, sich in der geräumigen Dusche aufzurichten, und sie drehte sich um. Streckte mir ihren Po entgegen, während sie sich mit den Händen an den Fliesen abstützte.

Die Einladung ließ ich mir nicht zwei Mal geben. Vor allem, da ich bereits am Rand hing. Nicht viel mehr und ich würde kommen.

Ich packte sie an den Hüften und stieß einmal heftig in sie hinein. Bis zum Anschlag, so bereit war sie schon für mich. Ihr Stöhnen ging in meinem eigenen unter.

»Schneller«, flehte sie, und ihr Wort war mir Befehl.

Als wir unseren Rhythmus fanden, das Aufeinanderklatschen unserer Haut sich mit dem Rauschen des Wassers vermischte, rieb ich ihre Klitoris, um auch sie zum Höhepunkt zu bringen. Noch bevor ich meinen fand.

Ich beugte mich vor, zog sie leicht hoch, und wir küssten uns für einen Moment in dieser recht unbequemen Haltung, aber ich wollte sie nah bei mir wissen. Nicht nur körperlich. Ich wollte, dass sie meinen Namen schrie und dass sie nur mich wollte.

»Dante«, rief sie und tat mir damit den Gefallen. »O Gott, ja, das ist es.«

Sie kam an meiner Hand, um meinen Schwanz und melkte mich, bis ich meinen eigenen Orgasmus nicht mehr zurückhalten konnte. Ein paarmal noch stieß ich in sie hinein, während ich langsam wieder zu meiner normalen Atmung fand.

Cleo wankte, nachdem das Wasser kalt geworden war und ich mich zurückgezogen hatte. Ich umfasste ihre Schultern, drehte sie zu mir um.

»Alles okay?«

»Mir geht's gut. Vielleicht etwas hungrig«, antwortete sie schelmisch lächelnd. Sie drückte einen Kuss auf meine Hand. »Was steht da eigentlich auf Lateinisch?«

Vor Jahren hatte ich mir nach dem Ikarus auf meinem Arm ein Zitat von Ovid tätowieren lassen.

»Ein Tropfen höhlt den Stein nicht durch Stärke, sondern durch dauerndes Fallen«, zitierte ich. »Eine Erinnerung daran, niemals aufzugeben, selbst wenn der erste Erfolg eine Weile auf sich warten ließ.«

»Das gefällt mir. Aber der Ikarus ist noch sexier«, sagte sie schmunzelnd.

Grinsend drehte ich das Wasser ab und wickelte sie in ein Handtuch ein, bevor ich mich um mich selbst kümmerte. In der einen Sekunde war ich erschrocken, wie klein sie unter meinen Händen war, in der nächsten spürte ich ihre Rundungen und wurde fast direkt wieder hart. Es war zum Verrücktwerden.

»Schade, dass wir heute schon zurückmüssen. Wir haben eigentlich gar nichts gesehen«, sagte Cleo ein paar Stunden später.

Wir hatten es dann doch geschafft, uns anzuziehen und ein kleines Bistro zu finden. Draußen war es jedoch bereits so heiß, dass wir im kühlen Inneren saßen und schwarzen Kaffee zu einem leckeren Croissant tranken.

Ich gab mir Mühe, nicht auf ihre wunden Lippen zu starren. Wir brauchten beide eine Pause, und es war ja nicht so, als würde uns die Zeit davonrennen.

Das stimmt nicht ganz.

Tatsächlich war die Hälfte von Cleos Zeit bereits abgelaufen. Sie würde in weniger als fünf Wochen nach Hause fahren, und was würde ich tun?

Hierbleiben? Speranza führen? Jetzt, nachdem mich die Paparazzi entdeckt hatten, erschien es mir unmöglich. Allerdings hatte ich bereits die Entscheidung getroffen, das Gespräch mit Ava zu suchen. Ich wollte kein Zuschauer des Spektakels sein, das mein eigenes zerstörtes Leben war. Insbesondere dann nicht, wenn Menschen, die mir etwas bedeuteten, weiterhin zu Schaden kämen.

»Wir könnten unseren Urlaub verlängern«, schlug ich vor. Und warum nicht? Isaac hatte auf alles ein Auge, und für wichtige Entscheidungen war ich immer erreichbar.

Sie biss sich verunsichert auf die Unterlippe. Etwas, das mich auf eine unangenehme Unterhaltung vorbereiten sollte. Es dauerte noch ein paar Minuten, ehe sie ein neues Thema anschnitt und meinen Vorschlag damit kommentarlos überging.

»Kannst du mir erzählen, was damals zwischen Ava und dir vorgefallen ist?«

Ich stieß den angehaltenen Atem aus. Tatsächlich hatte ich ihr ohnehin davon erzählen wollen und war nur nicht dazu gekommen, weil ich so besessen von ihr und ihrem Körper war.

»Ich habe nicht auf alles eine Antwort, aber ich kann dir von dem erzählen, was ich weiß«, sagte ich zunächst, weil ich nicht riskieren wollte, dass sie dachte, ich würde ihr etwas verheimlichen. »Wir haben uns auf einer Silvesterparty kennengelernt, und sofort hat es zwischen uns gefunkt. Ich war nicht auf der Suche nach etwas Ernstem, aber sie war charmant und draufgängerisch. Nach den ersten paar Monaten bemerkte ich dann recht schnell, dass sie mir die meiste Zeit etwas vorspielte.«

Cleos Stirn kräuselte sich. »Wie? Ich meine, warum?«

»Sie war offensichtlich nicht glücklich mit mir. Aber jedes

Mal, wenn ich sie darauf ansprach, wich sie mir aus. Ich glaube, ihre Arbeit als Influencerin hatte auch etwas damit zu tun. Sie wollte sich umorientieren, traute sich dann wiederum nicht.« Ich zuckte mit den Schultern. Meinen Blick ließ ich über die Leute gleiten, die draußen vorbeischlenderten. »Weil sie nicht darüber sprechen und ich keine Konfrontation suchen wollte, sind wir auseinandergedriftet. Außerdem ...« Das Kommende fiel mir schwer zuzugeben. Einerseits weil ich mich schämte, andererseits weil ich wünschte, es hätte besser machen zu können. »Sie kam manchmal mehrere Nächte lang nicht nach Hause und sagte mir, sie hätte in Hotels übernachtet. Natürlich war mir irgendwann klar, dass sie nicht allein dort schlief. Trotzdem konnte ich keinen Schlussstrich ziehen, wie ich es hätte tun sollen.«

»Das verstehe ich«, sagte Cleo und drückte meine Hand, die ich auf dem Marmortisch unwillkürlich zu einer Faust geballt hatte. »Du wolltest einerseits nicht weiter verletzt werden und andererseits auch sie nicht verletzen.«

»Richtig, und ich wollte gegenüber meiner Familie nicht als Versager dastehen. Gegenüber der Öffentlichkeit. Unsere Beziehung war von Anfang an eine Sensation gewesen, und wir konnten fast keinen Schritt tun, ohne dass darüber berichtet wurde.« Ich schüttelte den Kopf. »Eigentlich war sie vom ersten Tag an zum Scheitern verurteilt gewesen, aber das sieht man erst im Nachhinein.«

»Und was ist dann passiert?«

Ich lehnte mich auf dem zierlichen Stuhl zurück. Jetzt kam der schwierige Teil.

»Wir haben nie richtig darüber gesprochen, aber ich bin sicher, dass ihre Affäre sie geschlagen hat. Und nein, ich weiß nicht, wer das war.« Sie hatte es mir nicht sagen wollen. Vorher hätte ich es vielleicht rauskriegen können, doch nach dem Skandal waren alle Augen auf mich gerichtet, und ich war nicht fähig gewesen, irgendetwas herauszufinden. Nicht, dass ich mich sonderlich angestrengt hätte. »Ich weiß bloß, dass sie Angst vor ihm hat. Vielleicht auch vor seinem Einfluss. Als die Presse sie mit dem Veilchen abgelichtet hat, war das Kind bereits in den Brunnen gefallen. Ihr verspätetes halbherziges Statement Absicht. Einerseits sagte sie, dass es ein Unfall gewesen war, andererseits ließ sie mich auflaufen, weil sie sich wie ein Opfer verhielt. Das sie natürlich auch war. Nur eben nicht das meine.«

»Niemand hat dir geglaubt.« Keine Frage. Cleo war zu der Zeit auch in New York gewesen. Selbst wenn sie meinen Untergang nicht aktiv mitverfolgt hatte, so war sie sicherlich mit ihm in Berührung gekommen. Schließlich hatte sie mich bei unserer ersten Begegnung erkannt.

»Meine Familie stand natürlich auf meiner Seite, aber mein Business hat darunter gelitten, und letztlich blieb mir nichts anderes übrig, als mich vorübergehend zurückzuziehen und Isaac die Zügel zu überlassen.« Das war mitunter das Schwerste, was ich hatte tun müssen, doch ich hätte die Reißleine schon viel früher ziehen müssen. »Avas Fans sind durchgedreht. In ihren Augen war und bin ich das ultimative Böse. Doch damit wäre ich noch zurechtgekommen, wenn nicht meine gesamte Familie darunter gelitten hätte. Als sie meine Mutter verletzt haben, da … Es gab keine andere Möglichkeit mehr. Ich musste aus New York raus, und Tursi war der einzige Ort, der mir als Exil in den Sinn kam.«

»Das klingt furchtbar.« Sie tippte mit den Fingernägeln auf die Tischplatte. »Hast du denn noch mal mit Ava gesprochen? Insbesondere jetzt, nachdem die Presse dich gefunden hat, was mir immer noch sehr leidtut.«

»Das ist nicht deine Schuld«, versicherte ich ihr. Oliver

hatte sich gerächt, und das hatte nichts mit ihr zu tun. »Ava hat nach der Eskalation ein paarmal versucht, mich zu erreichen, aber nachdem sie keine Lösung vorgebracht hat und nur Ausreden und Entschuldigungen, habe ich sie ignoriert.«

»Verständlich.« Ich verlor mich für einen Moment im Glanz ihrer blauen Augen, als sie sich vorneigte und mich sanft küsste. »Danke, dass du es mir erzählt hast.«

Ich lächelte kurz. Natürlich war ich auch froh, aber ich wünschte, ich hätte schon vorher Vertrauen in sie setzen können.

»Wie wäre es, wenn wir vor der Abfahrt noch am Strand spazieren gehen?«

Sie grinste breit, und mehr brauchte ich nicht.

Unglücklicherweise wurden wir nur eine halbe Stunde später unsanft unterbrochen, als ich einen Anruf von Isaac erhielt.

»Die Anlage brennt«, sagte er ohne Umschweife.

»Bitte was?« Ich registrierte Cleos fragenden Blick, aber ich konnte ihr nicht antworten, weil ich das Gesagte selbst nicht verstanden hatte.

»Ich habe alle zu einem Brunch im Ristorante *La Vigna* eingeladen. Deshalb war niemand dort. Wir wissen eigentlich noch gar nichts«, sagte er, während ich im Hintergrund Rufe und Gebrüll vernahm. »Die freiwillige Feuerwehr ist schon hier, aber es sieht böse aus.«

»Fuck. Wir kommen sofort zurück.« Mein Magen verknotete sich bei dem Gedanken daran, was das für eine gewaltige Katastrophe war. Das einzig Gute war, dass alle unsere Mitarbeiter nicht im Haus gewesen waren. »Was ist mit den Tieren? Mit den Katzen?«

»Der Stall und das Gehege sind nicht betroffen, und Elora

hat sich um die Katzen gekümmert. Ihnen geht es gut. Beeil dich, Dante.«

Ich legte auf. »Wir müssen sofort zurück. Jemand hat die Anlage in Brand gesteckt.«

Nicht für eine Sekunde glaubte ich, dass es sich dabei um einen Unfall handelte. Die Presse hatte mich gefunden, und an ihrem Rockzipfel hingen sicherlich ein paar von Avas selbstgerechten Fans, die meine – in ihren Augen verdiente – Bestrafung selbst in die Hand nahmen.

»Was? O Gott, geht es allen gut?«

»Isaac sagt, dass niemand auf der Anlage gewesen ist. Mehr finden wir vor Ort raus.« Ich spannte die Kiefermuskeln an. Was zur Hölle …?

Hatte ich mir ehrlich eingebildet, dass ich dem Skandal entfliehen könnte? Dass bald alle vergessen hatten, dass ich angeblich *America's Sweetheart* geschlagen hatte? Ich war so fucking naiv gewesen.

»Es wird alles gut, Dante«, sagte Cleo, aber ihre Miene verriet Gegenteiliges. Weder sie noch ich wussten, wie groß der Schaden war und ob all unsere Arbeit in den vergangenen Wochen umsonst gewesen war.

Fast drei Stunden später, nachdem wir in einen Stau geraten waren, erreichten wir die Zufahrtsstraße von Speranza, die ab der Hälfte gesperrt war, weil sich diverse Autos und Feuerwehrfahrzeuge darauf tummelten. Deshalb musste ich den Jeep am Straßenrand parken. Unsere Taschen ließen wir im Kofferraum. Es war erst mal wichtiger, sich das Ausmaß der Zerstörung anzusehen.

Sobald ich ausstieg, konnte ich den Geruch von verbranntem Holz wahrnehmen. Dazu hörte ich immer noch für die Gegend ungewöhnlich viele Stimmen. Normalerweise war es hier nie so laut gewesen, wenn die Arbeiter unter sich gewesen waren.

Dann kamen wir an den Autos vorbei direkt zu unserer Einfahrt, wo sich jedoch nicht nur Polizei und Feuerwehrleute tummelten, sondern – wie nicht anders zu erwarten – die Presse und ... Fans. Meine Anti-Fans. Sie wurden immerhin von einem flatternden Absperrband zurückgehalten, doch das nützte nichts mehr, als sie mich erkannten.

Sofort stürzten sie sich auf Cleo und mich und bewarfen uns mit rohen Eiern. Ich legte einen Arm schützend um Cleo, die ihren Kopf gesenkt hielt.

Mir wurde heiß und kalt gleichzeitig. Wieder dachte ich an den Moment zurück, da meine Mutter von einem harten Gegenstand an der Schläfe getroffen worden war. Das Blut. Meine Hilflosigkeit.

»Frauenschläger!«, riefen die Fans mir zu, gepaart mit einigen anderen Beschimpfungen. Eindeutig amerikanische Fans, die den ganzen Weg bis hierher auf sich genommen hatten, um mir das an den Kopf zu werfen. Hatten sie nichts anderes zu tun? Wie konnten sie sich an diesem ganzen Hass festhalten? Ob nun gerechtfertigt oder – wie in meinem Fall – auch nicht.

Ich schwitzte. Ein Ei traf Cleo an der Hand. Sie keuchte auf. Wahrscheinlich mehr aus Schock als aus Schmerz, doch dieses kleine zarte Geräusch brachte bei mir das Fass zum Überlaufen.

Etwas ging mit mir durch. In dem einen Moment hielt ich mich noch an Cleo fest, im nächsten war ich auf die Traube von Fans losgegangen und hatte einen jungen Mann am Kragen gepackt.

»Ich habe rein gar nichts getan«, brüllte ich ihn an. »Aber ihr seid hier und greift jemand Unschuldiges an!«

Der Typ, der nur ein paar Jahre jünger war als ich, ließ die Eierpackung fallen. Ich schüttelte ihn, als würden ihn dadurch meine Worte besser erreichen. Das war der Augenblick, als mir bewusst wurde, dass ich der Presse genau das geliefert hatte, was sie gewollt hatte.

Die Polizei griff endlich ein. Drückte die Meute wieder zurück, als ich den Fan losließ und rückwärtsstolperte. Cleo griff meine Hand.

»Lass uns gehen. Komm schon«, flehte sie, und mehr war nicht nötig. Sie hatte recht. Ich konnte hier nichts ausrichten.

Doch meine Kehle war auch noch wie zugeschnürt, nachdem wir den offenen Durchgang zum Haupthaus erreicht hatten. Zwei Polizisten folgten uns, weshalb ich mir meine Schwäche nicht eingestehen wollte. Am liebsten hätte ich mich hingesetzt und versucht, vernünftig zu atmen. Mir wurde schwindelig. Ich klammerte mich an Cleos Hand fest.

Isaac und Elora kamen uns entgegengelaufen. Dann wurde mir erst klar, was ich sah. Die komplette seitliche Front des Haupthauses war verkohlt. Ein Fenster im Erdgeschoss war zerschlagen, und dahinter konnte ich nichts als glänzende Dunkelheit erkennen. Es lagen noch vereinzelt Gerätschaften der Feuerwehr herum, und scheinbar hielten sich noch ein paar Offizielle im Inneren auf. Ich konnte sie nur durch die Fenster erkennen. Uniformen und Klemmbretter.

»Wie schlimm ist es?«, würgte ich im selben Moment hervor, als Isaac sich nach unserem Befinden erkundigte.

Elora war weiß wie eine Wand. Ich wusste nicht, ob dies an dem Brand lag oder daran, dass sie sehen konnte, dass nicht mehr viel fehlte, bis ich meine Fassung endgültig verlor.

»Lasst uns reingehen. Die Polizei hat noch ein paar Fragen«, sagte Isaac. »Es ist weniger schlimm als befürchtet.«

Das beruhigte mich minimal. Trotzdem fiel es mir schwer, den Blick von der Wand zu nehmen. Schwarz. All die Arbeit …

Wir versammelten uns in der Küche, in der alle Fenster geöffnet waren. Trotzdem war der Rauchgeruch auch bis hierher vorgedrungen.

Elora verteilte Wasser an uns alle, und die zwei Polizisten erledigten schnell ihre Arbeit. Außerdem konnten sie mir ein paar Fragen beantworten. Zum einen hatten sie bereits die Fans im Auge, aber sie konnten sie nicht willkürlich befragen, da niemand etwas gesehen hatte. Zum anderen wurde der Brand durch einen Molotowcocktail ausgelöst. Ich würde noch auf die Station nach Ponte Masone kommen, um offiziell Anzeige gegen Unbekannt zu erstatten, doch mehr konnte die Polizei nicht tun.

»Was ist mit den Einheimischen? Haben sie nichts gesehen?«, erkundigte ich mich. Ich wollte sie nicht rundheraus beschuldigen, aber sie hatten von Anfang an versucht, mich von hier zu vertreiben. Wenn auch aus einem komplett absurden Grund.

»Wir werden sie natürlich befragen. Bisher ist jedoch noch niemand auf uns zugekommen.« Der ältere Polizist sah mich durchdringend mit seinen wässrigen Augen an. »Oder haben Sie jemand Speziellen im Sinn?«

»Einen Zeugen?«, fragte ich, ihn absichtlich missverstehend, weil er mir die Creeps gab.

»Oder einen Täter?«

Ich ließ mir einen Moment Zeit, darüber nachzudenken. Wir hatten die Jugendlichen vor einer Weile erwischt, doch obwohl sie Geist gespielt hatten, würde ich ihnen so etwas nicht zutrauen.

»Nein, momentan nicht.«

Die Sachverständigen suchten uns kurz nach dem Verschwinden der Polizei auf und erklärten die Lage. Die Substanz des Gebäudes war nicht beschädigt, allerdings müsste man schnell etwas gegen die Feuchtigkeit unternehmen und die komplette Elektronik fachmännisch prüfen lassen. Bis dahin war der Strom in diesem Teil des Hauses abgeschaltet. Sie würden mir einen Bericht zuschicken, den ich dann wiederum bei der Versicherung einreichen sollte.

Als diese Leute auch endlich weg waren, barg ich das Gesicht in den Händen. Ich saß neben Cleo am Küchentisch und versuchte, zu mir zu kommen. Das Licht am Ende des Tunnels zu finden, so klein es auch war.

Cleo rieb schweigend meinen Nacken und meinen Rücken, was mich daran erinnerte, dass ich nicht allein war. Sie war an meiner Seite. So wie Isaac und Elora. Es überraschte mich, dass sich die Köchin derart involviert gab. Vielleicht hatte ich sie falsch eingeschätzt, und sie war doch dazu imstande, emotionale Verbindungen zu Orten einzugehen.

»Tut mir leid mit den Fans«, sagte Isaac zerknirscht. »Als ich eine halbe Stunde vorher draußen war, war da nur die Presse. Das habe ich dir ja gesagt.«

»Mach dir keine Vorwürfe«, beschwichtigte ich ihn. »Ich hätte damit rechnen sollen.«

»Trotzdem ... Das hätte böse ausgehen können.« Er ließ sich endlich mir gegenüber auf den Stuhl fallen und sammelte dadurch einen Großteil seiner nervösen Energie, die bis dahin auf mich übergegangen war, wieder ein.

»Wir haben Mario, Manolo und Ernesto erst mal nach Hause geschickt. Wir wussten nicht, ob du sie um dich haben willst«, erklärte Elora.

Ich nickte dankend. In meinem Kopf herrschte brutales Durcheinander. Normalerweise war ich ziemlich gut im Krisenmanagement, doch gerade jetzt hatte ich keine Ahnung, wo ich anfangen sollte.

»Was …«, begann Cleo, als jemand an die Haustür klopfte.

Fragend sahen wir einander an. Cleo zuckte mit den Schultern. Isaac stand auf.

»Vielleicht haben sie noch eine Frage«, überlegte er laut und ging in den Flur. Es dauerte länger, als ich dachte, bis er zurückkam. Seine Miene hatte sich komplett gewandelt, als stünde er unter Schock.

»Isaac?«

»Du hast Besuch, Dante, aber wenn …« Er unterbrach sich selbst und rieb sich über den Bart. Dann schien er sich innerlich einen Ruck zu geben und trat zur Seite.

Hinter ihm trat der Besucher vor, der sich bis dahin verdeckt gehalten hatte. Ein Mann in mittleren Jahren mit schwarzen Locken, einem spitzen Gesicht und Vollbart. Seine Haut war von der Sonne gebräunt.

Er ließ seinen Blick über die Anwesenden schweifen, ehe er auf mir haften blieb. Steingraue Augen, die mir allzu bekannt vorkamen.

»Scusi, komme ich gerade ungelegen?«, fragte er. Und erst dann bemerkte ich seine Unsicherheit, weil er ganz leicht sein Gewicht von einem Bein aufs andere verlagerte.

»Wer sind Sie?«, fragte Elora.

Ich hatte damit gerechnet, dass Cleo diese Frage stellen würde, weil mir ihre unbändige Neugier bekannt war, doch sie war ganz blass geworden.

»Ah, mein Name ist Lorenzo Retegui.« Mein Herz sackte mir in die Kniekehlen. Dieses Mal war ich wirklich davon überzeugt, dass sich der Boden drehte. »Ich habe gehört, dass mein Sohn hier lebt.«

30

Cleo

Es war ein Fehler.

Nein.

Es war *mein* Fehler, und bis zu diesem tragischen Augenblick hatte ich ihn vollkommen vergessen. Verdrängt, wohl eher.

Nachdem ich vor einer gefühlten Ewigkeit in der Weinbar in Tursi das Foto von Edith Tarantino und ihrem Lorenzo entdeckt hatte, hatte ich Antonio davon erzählt. Und er hatte mir versprochen, er würde nur ein paar Erkundigungen einholen.

Doch ich hatte niemals damit gerechnet, dass Lorenzo Wind davon bekommen würde und hier auftauchte.

Niemals.

Ich steckte ganz schön tief in der Patsche.

Dante sprang einen Moment zu spät auf. Als wäre er von dem Schock gelähmt gewesen und könnte sich erst jetzt wieder erholen. Mit einem Finger deutete er in Richtung Tür.

»Geh. Dich hat niemand hierher eingeladen«, knurrte er gefährlich.

Ich stellte mich hin, ohne zu wissen, was zu tun war.

»Dante, warum beruhigst du dich nicht und ...« Es war

genau das Falsche, was ich sagen konnte. Gosh, warum hatte ich mir nicht auf die Zunge gebissen? Das wäre weitaus weniger schmerzhaft gewesen, als diesen wütenden Blick auf mir zu spüren.

»Du konntest es einfach nicht gut sein lassen, oder?«, fragte er kalt. Seine Stimme schnitt wie ein geschärftes Messer in mein Herz. Ich hatte nicht geglaubt, dass er mir nach allem, was zwischen uns geschehen war, noch derart grob begegnen konnte.

»Komm, wir gehen besser«, sagte Isaac, und Elora folgte ihm nach draußen.

»Ich verstehe, dass der Zeitpunkt nicht geeignet ist«, sagte Lorenzo. »Ich werde für ein paar Nächte bei Zia Magda bleiben.«

Zum Glück wartete er keine Antwort ab. Ich konnte mir nicht vorstellen, dass Dante ihm in dieser Ausnahmesituation auch nur ein gutes Wort schenken konnte.

Es war wirklich der allerschlechteste Zeitpunkt. Dante war erst durch den Brand außer sich geraten und dann durch die Anti-Fans, die sich unerhört verhalten hatten. Ich selbst hatte immer noch damit zu kämpfen, und dabei störte mich der Geruch nach Ei weniger als die heftigen Beschimpfungen, die sie uns beiden an den Kopf geworfen hatten.

Ich blickte von seinem wutverzerrten Gesicht hinab zu seinen Händen, die er flach an seine Beine drückte. Zu meiner Überraschung machte er mir im Zorn keine Angst. Nicht so wie Oliver, der spätestens jetzt mit Gegenständen um sich geworfen und mich angeschrien hätte.

Gleichzeitig konnte der Graben zwischen Dante und mir nicht größer sein.

»Dante, bitte, lass es mich erklären«, bat ich bedächtig. Mein Herz wurde entzweigerissen, weil ich innerlich schon ahnte, dass er mir keine zweite Chance geben würde. Er hatte sich bereits von mir entfernt, und trotzdem konnte ich nicht aufhören, zu kämpfen.

Tränen brannten in meinen Augen, doch ich weigerte mich, jetzt dem Drang zu weinen nachzugeben. Dann würde ich nichts mehr sagen können.

»Ich will nichts mehr hören. Das alles …« Er machte eine ausschweifende Bewegung. »Ich habe es besser gewusst. Es hat so viele Warnsignale gegeben, und ich habe sie alle ignoriert.« Er holte tief Luft, wie um zum entscheidenden Schlag auszuholen, der mich endgültig in die Knie zwingen würde. »Wir passen einfach nicht zueinander. Ava war wie du, und sieh nur, wohin es mich gebracht hat. Lass es uns beenden, wenn wir beide noch nicht zu tief drinstecken.«

»Was meinst du damit?« Niemand wurde gern mit der Ex verglichen, aber es ging um mehr als das.

In der Sekunde, in der unsere Blicke wie zwei Planeten gegeneinanderkrachten, wurde mir die Bedeutung seiner Worte bewusst.

Eilig wandte er sich ab. »Du kannst hier gern noch wohnen bleiben, und ich werde dich natürlich bis zum Schluss bezahlen, aber …«

»Aber?« Meine Stimme war wie ein Echo, doch ich wollte es ihm nicht einfach machen. Während ich so litt, als würde man mir ein glühendes Eisen in die Brust stoßen, wollte ich, dass er die gleichen Schmerzen empfand.

Machte mich das zu einem schlechten Menschen?

»Aber das mit uns ist vorbei. Endgültig.«

Er drehte sich um. Es hätte nicht viel gefehlt, und er wäre vor mir davongerannt. So konnte ich ihm noch einen Moment länger nachblicken, ehe er im Flur aus meinem Blickfeld verschwunden war.

Ich streckte eine Hand aus und hielt mich an der Stuhllehne fest. Meine Knie zitterten. Was war das gewesen?

Wie konnten wir in der einen Minute Verbündete sein und in der nächsten Feinde?

Ich hatte Probleme damit, die Realität zu begreifen, weil ich geglaubt hatte, dass uns der Trip, so kurz er auch gewesen war, einander nähergebracht hatte. Nicht nur körperlich. Er hatte mich eingelassen. Hatte mir endlich von Ava erzählt und …

Ava war wie du, und sieh nur, wohin es mich gebracht hat.

Mir wurde schlecht. Ich konnte hier nicht bleiben. Nicht bei ihm, der mir nicht zuhören wollte. Der glaubte, ich hätte nicht aus meinen Fehlern gelernt. Ich hatte erkannt, dass ich ihn damals auf dem Weg nach Rom verletzt hatte. Deshalb hätte ich dies kein weiteres Mal getan. So war ich nicht. So wollte ich nicht sein.

Trotzdem sah er mich als genau diese Art von Person.

Die Tränen, die ich bis dahin noch so erfolgreich hatte zurückhalten können, rannen nun meine Wangen hinab. Ich presste eine Hand auf meinen Mund und unterdrückte ein Schluchzen, das seinen Ursprung tief in meiner Seele hatte.

Mit erschreckender Klarheit erkannte ich, dass ich mich in Dante Marinotti verliebt hatte. In diesen mürrischen, gutmütigen, verletzten Mann, der nach Italien gekommen war, um zu heilen.

Und warum war ich hergekommen?

Wie in Trance bewegte ich mich aus der Küche zu meinem Schlafzimmer, in der Hoffnung, dass es vom Feuer verschont geblieben war. Dort angekommen, roch es zwar nach verbranntem Holz, doch nichts war von den Flammen berührt worden.

Ich: Kannst du mich auf der Anlage abholen? Mit deinem Auto?

Andrea: Klar. Alles okay?

Ich: Ich muss nach Brindisi.

Andrea: Bin in zehn Minuten da. Reicht das?

Ich: Grazie.

Ich holte meinen Koffer aus dem Schrank und warf alle Sachen unordentlich rein. Etwas, das ich später bereuen würde, doch gerade jetzt konnte ich mich nicht dazu aufraffen, mich darum zu kümmern.

Es klopfte an meiner offen stehenden Tür, und Elora trat ein.

»Was tust du?«

»Packen«, antwortete ich auf dem Weg ins Bad, um meinen Kulturbeutel zu füllen. Ich biss mir wegen meines unhöflichen Tonfalls auf die Unterlippe. »Sorry, ich ... Dante und ich sind nicht mehr auf einer Wellenlänge.«

»Und dann gehst du einfach? Gerade jetzt?« Elora setzte sich neben meinen Koffer aufs Bett. Ihre Wangen waren vor Aufregung gerötet und ihre Augen riesig. Sie knetete die Hände.

Ich hätte sie gern besser kennengelernt. Mehr über ihre

Wünsche und Träume und vielleicht auch ihre Vergangenheit erfahren. Leider war ich zu verletzt.

»Glaub mir, es ist besser so. Ich tue Dante damit einen Gefallen.« Schließlich wollte ich nicht, dass er mich tagtäglich ansah und für das Wochenende in Lido di Policoro verabscheute. Der Ort, den ich für unantastbar gehalten hatte – bis eben.

»Können wir nicht noch mal darüber reden?«

Ich legte den Beutel mit meinem Make-up obenauf und klappte den Koffer dann zu. Tränen stiegen erneut auf, als mir der Gedanke kam, wie schnell sich mein Leben hier wieder zusammenpacken ließ. Ein Teil meiner Sachen befand sich noch in Dantes Jeep. Ich hoffte, dass er damit nicht weggefahren war und ich mir den Rucksack noch herausholen konnte.

Dann erinnerte ich mich an die Schatzkarte seiner Mutter und das Geheimnis, das ich niemals herausfinden würde.

»Ich brauche erst mal Abstand«, sagte ich und meinte eigentlich: Wenn Dante mich fragt, bleibe ich.

Natürlich tauchte er nicht wieder auf, und natürlich war er nicht an meiner Seite, als ich die Tür öffnete und, den Koffer hinter mir herziehend, zur Einfahrt ging. Mir krampfte sich das Herz zusammen, weil ich mich nicht mal von den Tieren hatte verabschieden können. Aber jede weitere Minute hier würde mich dazu bringen, in mich zusammenzufallen.

Warum hatte Dante die Tür zwischen uns zugeschlagen? Warum ...

Es half alles nichts, weil es geschehen war. Er war verwundet gewesen und hatte um sich geschlagen. Ich war gerade nicht stark genug, das zu akzeptieren und zu warten. Der Schmerz in meiner Brust war zu groß. Ich musste auf mich selbst achtgeben, nachdem ich es so lange Zeit nicht getan hatte.

Die Polizei hatte die Zufahrtsstraße geräumt. Keine Presse, keine Anti-Fans. Die Feuerwehr war ebenfalls abgezogen worden, sodass nur noch Andrea in seinem Volvo auf mich wartete.

»Hey«, begrüßte ich ihn.

»Cleo. Lass mich das machen«, bat er und hievte meinen Koffer hinten ins Auto.

»Du bist an Dantes Jeep vorbeigefahren, oder?« Er nickte, nachdem er eingestiegen war. »Ich muss noch meinen Rucksack da rausholen.«

»Klar.«

Zum Glück hatte Dante das Auto nicht abgeschlossen. Als ich meinen Rucksack aus dem Kofferraum griff, blieb ich für ein paar Sekunden stehen. Mein Blick wurde von den Vordersitzen angezogen. Vor nur zwei Stunden hatten wir einander gehabt.

Jetzt war jeder von uns auf sich allein gestellt. Nun, Dante hatte immerhin seinen Bruder, Elora und die gesamte Anlage.

Ich hatte Summer – was schon viel wert war – und eine unsichere Zukunft.

Um Andrea nicht warten zu lassen, schlug ich den Kofferraum zu und stieg wieder in den Volvo. Je eher ich hier weg war, desto eher konnte ich heilen.

»Bist du sicher?«, fragte Andrea zum gefühlt hundertsten Mal.

Wir hatten das Flughafenhotel erreicht, wo meine Reise vor so vielen Wochen richtig begonnen hatte. Es war seltsam, zurück zu sein, unwirklich gar.

»Ich brauche Abstand«, antwortete ich ihm. »Aber solltest du etwas über den Brand herausfinden, lass es die Polizei wissen, ja?«

Wir umarmten uns. »Kommst du wieder?«

Ehrlich gesagt, hatte ich nicht mal beschlossen, in welchen Flieger ich steigen würde. Nach London zu Summer? Nach New York zu meinen Eltern, die mich enterben wollten, weil ich mit Dante zusammen abgelichtet worden war? Nach Timbuktu? Das erschien mir am attraktivsten …

»Ganz sicher«, sagte ich dann doch, weil ich im tiefsten Inneren wusste, dass ich Tursi nicht den Rücken zukehren konnte. Nicht für immer. Dieses Dörfchen hatte sich in mein Herz geschlichen. Selbst wenn Dante mir nie wieder in die Augen sehen könnte, würde ich mich nicht endgültig vertreiben lassen.

»Daran halte ich dich fest«, sagte er lachend und tippte mir gegen die Nasenspitze. »Ciao, bella.«

»Ciao.«

Ich wartete vor dem Hotel noch, bis er davongedüst war, dann betrat ich mit Sack und Pack die Lobby.

Es war kein Problem, so kurzfristig noch ein Zimmer zu bekommen. Offenbar war die Hochsaison bereits vorbei. Ich zahlte mit dem Geld, das Dante mir als Lohn bereits ausgezahlt hatte. Seltsam, unsere Zusammenarbeit damit als abgeschlossen zu sehen.

Im Zimmer schaltete ich als Erstes den Fernseher an, weil ich mit der Stille nicht zurechtkam. Meine Gedanken waren zu laut, während ich auf meinem Handy nach Flügen schaute. Ich fand viel zu schnell einen Flug über Rom nach New York, und es gab sogar noch freie Plätze.

Ich klickte auf *Kaufen*, bevor ich zu lange darüber nachdenken konnte. Hier gab es nichts mehr für mich zu tun. Ich hätte direkt gehen sollen, als ich meinen Koffer zurückbekommen hatte, anstatt mich von der Idee bezirzen zu lassen, dass es hier etwas für mich zu erleben gäbe.

Noch während ich meine Daten eingab, kamen im TV die internationalen News dran. Ich war leider auf keinem halbwegs seriösen Sender gelandet, sondern auf einem, der für Übertreibungen, Lügen und reinen Klatsch bekannt war.

Deshalb war es wenig überraschend, dass die Topstory Dante Marinotti war, der einen Fan am Kragen hielt und eine wutverzerrte Miene zeigte. Ich wollte nicht hinsehen, aber ich konnte nicht anders. Dieses Mal hatten sie mein Gesicht immerhin verpixelt. Anscheinend hatten die Drohungen und Strafen von Dantes Anwaltsteam gefruchtet. All das munterte mich allerdings nicht wirklich auf, weil Dante als gewalttätiger Krimineller dargestellt wurde, der vor einer Strafe aus den Staaten geflüchtet war. Obwohl es niemals eine Anklage gegen ihn gegeben hatte.

Dazu wurden Clips von ihm und Ava eingeblendet, als sie noch zusammen gewesen waren. Sie waren ein hübsches Pärchen gewesen. Das hatte ich mir früher schon gedacht. Bevor ich ihn kennengelernt hatte. Bevor alles den Bach runtergegangen war.

Bisher hatte Ava Nam kein weiteres Statement abgegeben. Seit ihrem ursprünglichen Kommentar vor drei Monaten hüllte sie sich in Schweigen.

Ich schaltete den Fernseher aus und schloss meine Buchung ab.

Meine Zukunft lag in New York. Selbst wenn sich meine Einstellung zu vielen Dingen in meinem Leben geändert hatte, so wusste ich, dass New York meine Heimat war.

Oder?

31

Dante

Ich war so verdammt wütend. Warum musste an dem Punkt, an dem alles perfekt zu sein schien, die Welt untergehen? Wieso war ich mit voller Wucht gegen die scharfkantigen Klippen gekracht, nachdem ich zusammen mit Cleo im Meer geschwommen war?

Unser spontaner Kurztrip war fantastisch gewesen. Ein Traum. Ich hatte erkannt, dass ich Cleo bei mir haben wollte. Dass ich vielleicht sogar tiefere Gefühle für sie entwickelt hatte. Sie dann in meinen Armen halten zu dürfen?

Unbeschreiblich.

Traumhaft.

Fantastisch.

Warum also war alles den Bach runtergegangen?

Ich konnte die Schuld nur bei mir selbst suchen. Insbesondere, nachdem ich sie förmlich davongejagt hatte. Kein Wunder, dass sie mein Angebot, zu bleiben, nicht angenommen hatte. Ich hätte es ja selbst nicht getan.

Doch obwohl ich das wusste, hatte ich mich in der Situation nicht zusammenreißen können. Ich war wieder in alte Muster verfallen und hatte meiner Angst Raum gegeben. Meiner Enttäuschung.

Mir wurde schlecht, sobald ich die Augen schloss und ihren verletzten Blick vor mir sah.

Sie hatte sich mir geöffnet, und ich hatte sie mit meinem Schutzmechanismus von mir gestoßen. Mit meiner Psychologin hatte ich in New York daran gearbeitet, aber als es darauf angekommen war, hatte ich versagt.

»Fuck«, knurrte ich in meine Armbeuge hinein. Ich saß an meinem Schreibtisch und hatte den Kopf auf meine verschränkten Arme gelegt, weil ich nichts sehen wollte. Stattdessen sah ich ausschließlich Cleo vor mir. Die einzige Person, der ich mich seit Langem wieder verbunden gefühlt hatte.

»Fuck«, wiederholte ich, weil mich sowieso niemand hören konnte.

Schließlich erhob ich mich, da meine Pause vorbei war. Die letzten Stunden hatte ich bereits gemeinsam mit Manolo, Mario und Ernesto damit zugebracht, die zwei von den Flammen betroffenen Räume zu entkernen. Je eher wir das erledigten, desto schneller konnte der Wiederaufbau beginnen.

Ich hatte noch am selben Abend Kameras bestellt, die ich längst hätte installieren sollen. So wie ich es Cleo wegen Oliver versprochen hatte.

Nun hatte ich den Salat. Ich machte mir keine Illusionen, dass der Verdächtige gefasst werden würde. Es hatte keine Zeugen gegeben. Und selbst wenn, würde keiner aus dem Dorf für mich eintreten. Selbst nach dem gelungenen Einstand, den Cleo organisiert hatte. An dem Abend, an dem sie sich für mich hatte fallen lassen.

»Willkommen zurück«, begrüßte mich Isaac, der völlig ungewohnt Arbeitsklamotten trug und einen Hammer schwang. Ich konnte die Male, in denen das vorgekommen war, an zwei Händen abzählen. Er war niemand, der sich gern die Hände schmutzig machte. »Abreagiert?«

Ich grunzte etwas, von dem ich selbst nicht wusste, was ich damit aussagen wollte, dann machte ich mich wieder an die Arbeit.

Wie feige konnte jemand sein? Ich sollte in den Jeep springen und Cleo aufhalten. Ihr sagen, dass es mir leidtat, doch mein Stolz hielt mich davon ab.

Denn sie hatte meinen leiblichen Vater in mein Leben geholt, ohne dass ich das gewollt hatte. Nachdem ich ihr deutlich gemacht hatte, wie ich dazu stand.

Du hättest sie zumindest anhören können, hatte Elora gesagt, bevor auch sie sich in die Arbeit gestürzt hatte.

Perfekt. Immerhin waren alle sauer auf mich. Dann konnten wir ja einen Club gründen. Mit mir als Präsidenten.

»Mom und Dad rufen mich abwechselnd an, weil du ihre Anrufe ignorierst«, sagte er, als ich nichts erwiderte. »Sie wollen bloß deine Stimme hören.«

»Sie können sich ja meine alten Sprachnachrichten anhören.« Das war nicht fair. Sie konnten nun wirklich nichts für meine Laune. »Ich rufe sie später zurück.«

»Tu das. Hier, du willst sicher auf was einschlagen.« Er reichte mir den Vorschlaghammer.

Das Einzige, das wir noch nicht zerkleinert hatten, war die verkohlte Tür, die ins Badezimmer führte.

Gott, ich wollte so dringend mit Cleo sprechen. Über die Anti-Fans. Die Presse. Unsere Gefühle. Und sie war nicht da, weil ich sie weggejagt hatte.

Wütend schlug ich auf die Tür ein, die sofort nachgab, so verkohlt war sie bereits gewesen. Das Holz splitterte und flog in alle Richtungen. Zum Glück hatte ich mir vorhin noch eine Schutzbrille aufgesetzt.

Ich verarbeitete die Tür zu Kleinholz und kehrte im Anschluss alles auf den Schutthaufen draußen vor der Tür. Wir hatten einen Container bestellt, der vor dem Carport stand, aber ich würde die Schubkarre erst voll machen. Der Elektriker würde morgen kommen, um sich den Zustand der Kabel anzusehen. Manolo hatte bereits damit begonnen, die Wände an den Stellen aufzureißen, wo die Kabel verliefen. Zum Glück waren das Badezimmer und die Wasseranschlüsse unbeschädigt.

Wir konnten letztlich von Glück reden, dass nur ein Schlafzimmer, ein leer stehender Salon und die Wände im Flur betroffen waren. Es warf uns nicht so sehr zurück, dass es für die Eröffnung gefährlich werden könnte.

Trotzdem war ich unfähig, mich darüber zu freuen. Weil ich immer wieder zu der Situation in der Küche zurückgezogen wurde. Lorenzo Retegui, mein leiblicher Vater, der in der denkbar ungünstigsten Minute aufgetaucht war, und dann ... Cleos verletzter Blick, als ich sie angefahren hatte.

War meine Reaktion unverhältnismäßig gewesen? Aber auch ich war verletzt gewesen ...

»Hey, auf ein Glas Wein?« Isaac lehnte gegen den Türrahmen der Haustür. Er hatte sein Gesicht gewaschen, trug aber noch Jeans und ein schmutziges T-Shirt. Auch sein helles Haar war verstaubt.

»Sicher.« Ich konnte meinen kleinen Bruder nicht endlos vor den Kopf stoßen, bevor er mich zum Reden zwang. »Gib mir eine Minute.«

»Ich warte im Weinhof.«

Sofort verkrampfte sich alles in mir. Weil der Weinhof Cleo und mir gehörte und Cleo nicht mehr da war.

Ich sollte aufhören, so zu denken. Wir waren beide erwachsen. Wir hatten Spaß gehabt. Kein Grund, sich derart verzweifelt zu fühlen. Es war ja nicht so, als hätte sie mein Herz gebrochen, oder?

Nachdem ich mir auch Hände und Gesicht gewaschen hatte, setzte ich mich zu Isaac. Er hatte zwei Stühle an den Rand der Terrasse geschoben, mit einem Beistelltisch in unserer Mitte, auf den er die Weinkaraffe und die Gläser gestellt hatte.

Die Sonne neigte sich dem Horizont zu und tauchte die Landschaft und die Dächer von Tursi in goldenes Licht. Ich bemerkte, wie ich ruhiger, aber auch trauriger wurde.

Vorgestern noch hatte ich Cleo in meinen Armen gehalten. Jetzt fühlten sie sich leer an.

»Was geht in dir vor?«

»Cleo«, antwortete ich ehrlich. Isaac stieß einen überraschten Laut aus. »Was?«

»Ich hätte gedacht, dass dich eher Lorenzo beschäftigen würde.« Ich rechnete es ihm hoch an, dass er ihn nicht als »dein Vater« bezeichnete.

»Tut er auch, aber …« Ich stellte das Weinglas zur Seite und fuhr mir durchs Haar. »Habe ich überreagiert? Ja, oder?«

»Das kannst nur du beurteilen, Mann. Ich weiß nicht, was zwischen euch alles vorgefallen ist, aber ja, es ist schon hart, dass sie gegangen ist. Vor allem, weil das hier ja auch zu ihrem Projekt geworden ist, oder?«

»Das kommt noch dazu. Ich habe zwar gesagt, sie kann bleiben, doch gemeint habe ich das nicht. Das hat sie sicher verstanden.« Ich war so ein Arschloch. »Trotzdem habe ich sie nicht aufgehalten.«

»Warst du denn wirklich sauer auf sie oder auf dich selbst?«

»Vielmehr auf Lorenzo. Was hat er sich dabei gedacht, einfach hier aufzukreuzen, als wäre nichts gewesen?«

»Die Frage musst du ihm selbst stellen.« Isaac beugte sich vor und legte die Unterarme auf seinen Knien ab. Er warf mir einen langen Seitenblick zu. »Wenn du dich traust.«

»Was soll das bedeuten?«, fragte ich gefährlich leise.

»Willst du ihn von Anfang an ausschließen? Weil du dich davor fürchtest, dass ihm nicht gefällt, was er sieht?«

Ich stieß die Luft aus. »Hast du dich mit meiner Therapeutin unterhalten?«

»Im Bett?«

»Isaac! Du hast *nicht* mit meiner Psychologin geschlafen, oder?«

Er lachte lauthals. »Nicht, dass ich nicht darüber nachgedacht hätte. Hast du sie mal in den roten Pumps gesehen? Aber nein, selbst ich habe meine Grenzen.«

Die Augen verdrehend nahm ich den letzten Schluck Wein. Währenddessen ließ ich mir Isaacs Worte durch den Kopf gehen. Er hatte nicht unrecht. Wie immer standen mir meine eigenen Unzulänglichkeiten und meine Angst davor, nicht perfekt zu sein, im Weg.

»Sprich mit Mom, dann wird es dir besser gehen.« Isaac erhob sich schließlich und klopfte mir auf die Schulter. »Ach, und Elora hasst dich gerade ziemlich. Also mach am besten einen großen Bogen um sie.«

»Großartig«, murrte ich und ließ ihn gehen.

Noch eine Weile blieb ich so sitzen, bis ich mir einen Ruck gab und Mom anrief.

»Kann das mein verloren geglaubter Sohn sein?«, meldete sie sich spitz.

»Hast du den Spruch aus einem der unzähligen Elternhandbücher?«

»Und wenn schon? Zutreffend ist er trotzdem.«

»Sorry. Ich wollte mich schon vorher melden, aber …«

»Du musstest erst mal selbst alles verarbeiten?«, schlug sie vor, als ich meinen Satz nicht beendete.

»Nicht, dass mir das gelungen wäre. In meinem Kopf ist noch alles genauso katastrophal wie vor zwei Tagen.«

»Erzähl mir alles.«

Und das tat ich. Erst dabei fiel mir auf, wie lange wir uns nicht mehr wirklich unterhalten hatten. Ich hatte mich zwar mit oberflächlichen Dingen bei ihr und Dad gemeldet, aber nicht mit dem, was mich wirklich bewegte. Von Cleo hatten sie nur gewusst, dass sie hier arbeitete, doch nicht, wie viel sie mir bedeutete. Ich hatte ihnen nie von dem abweisenden Verhalten der Dorfleute erzählt und auch nicht von der Schatzkarte. Von der klitzekleinen und gleichzeitig riesengroßen Info, dass sich meine leibliche Mutter selbst das Leben genommen hatte.

»Oh, Dante, mein Schatz, das alles hast du mit dir herumgetragen? Allein?« Sie klang den Tränen nahe. Das war einer der Gründe gewesen, warum ich all dies bislang für mich behalten hatte. Der andere war ...

»Cleo hat mir geholfen«, sagte ich leise. »Und ich habe sie vor den Kopf gestoßen. Selbst wenn sie Lorenzo ausfindig gemacht hat, ist das nicht unverzeihlich. Ich glaube, ich habe ihr auch längst schon verziehen.«

»Vielleicht solltest du ihr das sagen? Es ist nie zu spät, sich und anderen seine Fehler einzugestehen.«

»Wenn sie mich noch anhört ...«

»Ist es denn keine Option, es zu versuchen?«

»Doch, natürlich ist es das«, murmelte ich. »Danke, Mom.«

»Ich wünschte, ich könnte dich umarmen. Immerhin weiß ich, dass Isaac auf dich aufpasst.« Sie schniefte.

»Mom, ich bin der große Bruder«, erinnerte ich sie leicht amüsiert.

»Das bedeutet nicht, dass ihr nicht gegenseitig ein Auge aufeinander haben könnt.« Sie machte eine kurze Pause und putzte ihre Nase. »Und was willst du wegen der Presse tun?«

Ich stieß ein tiefes Seufzen aus. »Eigentlich hatte ich nichts tun wollen. Deshalb bin ich hergekommen. Aber es scheint unmöglich, dass einfach Gras über die Sache wächst.«

»Dad wollte nicht, dass ich dir davon erzähle, aber hier in New York sind alle Klatschblätter wieder voll mit dir.«

Damit hatte ich gerechnet. »Ich werde mir was überlegen. Aber eine Baustelle nach der anderen.«

»Und Lorenzo?«

»Er muss warten.«

»Dante ...«

»Ich werde mit ihm reden«, versprach ich ihr. Nach einer endlos andauernden Verabschiedung konnte ich endlich auflegen und Cleos Nummer wählen. Mein Anruf wurde sofort auf die Mailbox umgeleitet, als hätte sie ihr Handy aus.

»Fuck.« Was, wenn sie schon im Flieger saß? Ich musste zum Flughafen fahren. Ich musste wissen, ob sie noch hier war. In greifbarer Nähe.

Duschen wurde überbewertet, deshalb wechselte ich bloß meine Kleidung und rannte dann förmlich zum Carport und an dem Container vorbei, vor der ich meinen Jeep geparkt hatte. Doch ich hatte den Wagen gerade erst erreicht, als ein anderes Auto über den Kies fuhr und vor mir anhielt.

Die hintere Tür öffnete sich, und ich sah zuerst schlanke Knöchel in schwarzen High Heels. In der Sekunde danach erblickte ich ihr schwarzes volles Haar, das sie zu einem Dutt zusammengenommen hatte. Sie schlug die Tür zu, und ihr Gesicht wurde von der einzigen Außenlampe angeleuchtet. Kein Make-up, fast schwarze Augen und dichte Wimpern. Volle Lippen und ein herzförmiges Gesicht.

»Ava«, wisperte ich ungläubig und blieb mitten auf der Einfahrt stehen. Den Fahrer des dunklen Audis ignorierend und nur meine Ex-Freundin ansehend.

»Hallo, Dante. Schön, dich wiederzusehen.« Obwohl ihre Stimme weich wie Samt war, schnitt sie mir mitten in die Brust.

32

Dante

Ich konnte meinen Augen nicht trauen. Was hatte Ava hier zu suchen? YouTube-Star und viel wichtiger: meine Ex. Fuck.

Fuck.

Fuck.

Allein mit ihrer Anwesenheit würde sie Öl ins Feuer gießen. Ein Foto und die Hölle würde losbrechen.

»Komm rein, bevor dich jemand sieht«, presste ich hervor. Ich musste mich förmlich zwingen, wieder zurückzugehen und nicht ins Auto zu steigen. Mein Innerstes rief nach Cleo, doch ich konnte Ava nicht wegschicken, ohne den Grund ihres unerwarteten Besuchs zu erfahren. Was, wenn sie eine weitere Hiobsbotschaft in petto hatte?

Gott, hoffentlich hatte Ava niemand auf dem Weg hierher abgelichtet. Oder am Flughafen von Brindisi. Das würde tatsächlich schon für einen weiteren Skandal ausreichen. Was, wenn Cleo davon erfuhr? Würde sie dann überhaupt noch mit mir reden wollen, wenn sie dachte, ich würde ... Nein, ich hatte doch deutlich gemacht, dass das mit Ava und mir komplett vorbei war, oder?

Ich führte Ava nicht ins Haupthaus, sondern in eine der fertigen Fincas, wo wir uns ungestört miteinander unterhalten könnten. Es war die erste Finca, die ich fertiggestellt hatte und für die ich von den Einheimischen viele Komplimente erhalten hatte, weil ich zum einen den rustikalen Look beibehalten, ihn zum anderen mit moderner Technik kombiniert hatte. So ging das Licht direkt an, als wir den Flur betraten. Cremeweiße Wände, Terrakottafliesen und zweiarmige Leuchter, die sich mit Miniaturlandschaftsgemälden abwechselten, die von meiner leiblichen Mutter gemalt worden waren. Eine der wenigen Zugeständnisse an die Geschichte dieser Anlage, die ich gemacht hatte.

Cleo hatte diese Entscheidung bloß mit einem sanften Lächeln bedacht. Das hatte mir ausgereicht. Sie hatte gewusst, dass ich noch nicht bereit war, darüber zu reden. Warum also hatte sie Lorenzo hierherzitiert?

Avas Absätze klackerten laut, als sie mir in die Wohnküche folgte. Eine Bewegung über dem Schalter, und auch hier flammte das Deckenlicht auf. Es roch noch ein wenig nach frischer Farbe und neuen Möbeln, vermischt mit Lavendel, da Cleo einen getrockneten Strauß an die Wand genagelt hatte.

Schließlich drehte ich mich mit verschränkten Armen zu meiner Ex um, die längst kein blaues Auge mehr hatte. Es war ungewohnt, sie ohne Make-up zu sehen.

»Was willst du, Ava?«

Sie hob eine ihrer gelifteten Brauen. Dafür ging sie mindestens einmal im Monat in einen Schönheitssalon. »Ich kann dir nicht mal verübeln, dass du alle Höflichkeiten überspringst.«

»Du bist unangekündigt hier aufgetaucht nach dem Desaster, das du kreiert hast. Tut mir leid, wenn ich kurz angebunden bin.«

»Du hast meine Nummer blockiert.«

»Dein Manager hätte mir eine Nachricht schreiben können«, erwiderte ich prompt, weil ich auch durch ihn erfahren hatte, dass sie vorerst keinen weiteren Kommentar mehr abgeben würde, als sich die Angelegenheit zugespitzt hatte.

Sie senkte den Blick. »Du hast die News gesehen, oder?«, wechselte sie das Thema.

»Welche genau? Dass deine Fans meine Anlage abgefackelt haben oder dass ich angeblich auch meine neue Freundin schlage?«

»Ist sie denn deine neue Freundin? Sie sah … süß aus.« Warum störte es mich, dass sie sich auf Cleo stürzte, anstatt die Katastrophe anzuerkennen?

»Sie ist die beste Frau, die beste Person, der ich je begegnet bin. *Süß* reicht nicht mal ansatzweise aus, um Cleo zu beschreiben.« Und während ich das sagte, wusste ich plötzlich mit jeder Faser meines Seins, dass ich mich in sie verliebt hatte. Dass ich sie unter allen Umständen zurückhaben wollte. Nein. Sie war nie wirklich bei mir gewesen, weil ich das nicht zugelassen hatte. Doch das wollte ich. Ich wollte eine richtige Chance mit ihr, und diese, so schwor ich mir, würde ich nicht vermasseln.

Avas Mundwinkel zuckten. Ich konnte ihre Miene nicht einordnen. Etwas, das mir früher so leichtgefallen war.

»Um zum eigentlichen Thema zurückzukehren, ich habe vorhin eine Pressemitteilung rausgegeben.« Sie atmete schwer und knöpfte den obersten Knopf ihrer kurzärmeligen Bluse auf, als würde sie nicht genug Luft bekommen. »Ich habe die Affäre mit Kenny Gubler zugegeben.«

»Kenny Gubler?«, echote ich. Bis zu diesem Zeitpunkt hatte ich nicht gewusst, mit wem sie mich betrogen hatte. Anfangs hatte es mir etwas ausgemacht, doch mit der Zeit war die Neugier verpufft, denn ich liebte Ava nicht. »Doch nicht …«

»Genau, der Sohn des New Yorker Staatsanwalts«, sagte sie leise. »Das war auch mitunter der Grund, warum ich so lange geschwiegen habe. Ich dachte nicht, dass mir jemand glauben würde.«

»Du meinst, für die Öffentlichkeit war es einfacher zu glauben, dass *ich* dich geschlagen habe, ein Typ ohne leibliche Eltern aus einem anderen Land anstatt der Sohn eines hochdekorierten Staatsanwalts, der regelmäßig mit dem Präsidenten diniert?«

Sie zuckte unter meinen harschen Worten zusammen, aber sie wich meinem Blick nicht aus.

»Ich wünschte, ich könnte das verneinen. Ich wünschte, ich wäre schon vor Monaten so weit gewesen wie jetzt, aber die Wahrheit ist, dass ich mir selbst etwas vorgemacht habe. Ich dachte nicht, dass es so schlimm für dich wird. Ich dachte nicht, dass du dich nicht mehr würdest davon erholen können. Ich ...« Sie schüttelte den Kopf. »Mir bleibt nur zu sagen, dass es mir leidtut, Dante. Von ganzem Herzen. Ich habe Anklage gegen Kenny erhoben, unabhängig davon, wie meine Chancen stehen. Mir ist es wichtig, dass dein Leben nicht mehr von meinen Entscheidungen überschattet wird.«

Fassungslos erwiderte ich ihren Blick. Mit allem hatte ich an diesem Abend gerechnet, doch nicht damit. Niemals damit, dass Ava doch noch Rückgrat bewies und die Wahrheit ans Licht brachte.

»Danke«, sagte ich schließlich, weil mir nichts anderes einfiel. Ganz gleich, ob die Öffentlichkeit ihren verspäteten Worten Glauben schenkte oder nicht, mir bedeuteten sie sehr viel.

»Nicht dafür. Ich hoffe sehr, dass es noch nicht zu spät ist.«

»Ich auch.« Ich rieb mir das Kinn. »All das hätte ich auch in den News lesen können. Warum bist du wirklich hier?«

»Das ist der einzige Grund«, beharrte sie. »Ich wollte mich bei dir persönlich entschuldigen. Zumindest das war ich dir noch schuldig, oder nicht?«

Dazu sagte ich nichts, weil es nicht mehr wichtig war. Ich verabschiedete mich von Ava, lief nach draußen und fuhr los, weil ich nur an Cleo denken konnte. Ich wollte mit ihr reden. Ich wollte die Größe besitzen, mich bei ihr entschuldigen zu können. Ich wollte sie in den Armen halten.

Doch auf halbem Weg nach Brindisi, als meine Anrufe immer noch nicht durchgingen, fiel mir die Sinnlosigkeit meines Unterfangens auf. Ich wusste nicht mal, wo ich nach ihr suchen sollte.

Dann fiel mir Summer ein. Ich atmete erleichtert auf, als sie meinen Anruf schon nach wenigen Sekunden annahm.

»Dante?«

»Ist sie weg?«, raunte ich und krallte mich ans Lenkrad.

Schweigen. »Sie ist wieder in New York.«

33

Cleo

Ich befand mich im kühlen Lift, der mich direkt im Penthouse meiner Familie ausspucken würde. Wie in meiner Erinnerung duftete es schwer nach Rosen und Vanille. Der Lieblingsduft meiner Mutter, seit ich ein Kind gewesen war. Dad musste ihr jedes Jahr das gleiche Parfüm zum Geburtstag schenken, was für ihn eine einfache Art war, sie glücklich zu machen, und für den Rest der Familie eine Verlängerung der Qual. Nicht mal meine Schwestern konnten etwas Gutes zu dieser schweren Note sagen, die jeden Stoff durchdrang und das Haar bis zur nächsten Wäsche danach riechen ließ.

Mein Magen hatte sich längst verknotet, seit ich mich auf den Weg zum Wolkenkratzer in Manhattan gemacht hatte. Keiner wusste, dass ich zurück war. Ich hatte es nicht über mich gebracht, jemandem aus meiner Familie zu schreiben, nachdem unsere letzten Gespräche allesamt feindselig verlaufen waren.

Das war auch der Grund, warum ich hergekommen war. Fünf Tage nach meiner Ankunft, in denen ich mich mehr oder minder in Summers Apartment verbarrikadiert hatte.

Meine Familie würde sich heute im Penthouse befinden. Es war Sonntagabend, und da gab es immer das übliche Familienessen. Außerdem wohnten meine Schwestern noch zu Hause – und das, obwohl Alba bereits verlobt war. Mittlerweile sah es so aus, als würde Alessandro einfach mit einziehen. Ich bezweifelte, dass irgendjemand hier jemals ausziehen würde.

Ein letztes Mal betrachtete ich meinen Aufzug im Spiegel auf der gegenüberliegenden Seite der Tür. Ich war gestern noch shoppen gewesen, weil sich all meine Klamotten hier im Penthouse befanden, ich aber nichts aus meinem Koffer anziehen wollte. All meine Kleider darin waren zu stark mit Erinnerungen an Dante verbunden.

Nach langem Suchen hatte ich mich für ein Minikleid aus braunem Leder entschieden, das trägerlos war und eng an meinem Körper anlag. Nur der Rocksaum lag leicht in Falten. Darunter trug ich eine langärmelige weiße Bluse, die ich nur bis zum Dekolleté zugeknöpft hatte. Pumps in der gleichen Farbe dazu, und fertig war das Outfit. Meine petrolfarbene Handtasche wirkte etwas fehl am Platz, doch ich hatte nicht den Nerv besessen, noch länger nach einem Ersatz zu suchen.

Dann glitten auch schon die Türen auseinander, und ich betrat den sanft erleuchteten Flur mit den glänzenden hellen Fliesen und dem riesigen Spiegel direkt gegenüber. Ein leises Pling hatte meinen Besuch angekündigt, und sofort eilte die Angestellte meiner Eltern herbei.

»Sera«, begrüßte ich die Dame mit dem grauen Dutt und dem schwarzen Hosenanzug. »Schön, Sie zu sehen.«

Ihre erschrockene Miene zeigte deutlich, dass sie nicht mit mir gerechnet hatte. Doch sie wäre nicht Moms Lieblingsangestellte, wenn sie sich nicht sofort wieder gefangen hätte.

»Miss Hargrove, wie schön, dass Sie aus Ihrem Urlaub zurückgekehrt sind. Ich werde Ihre Familie umgehend unterrichten und …«

Ich brachte sie mit einer erhobenen Hand zum Schweigen. »Das ist nicht nötig. Ich bin ja schon da. Sind alle im Esszimmer?« Sie nickte zögerlich, was mich in meiner Ahnung bestärkte, dass während meiner Abwesenheit nicht sehr nett über mich gesprochen worden war. Traurig, dass ich nichts anderes von meiner Familie erwartet hatte.

Ich blickte nach unten und sah, dass ich meine Tasche so fest umklammerte, dass meine Knöchel weiß hervortraten. Warum wünschte ich mir plötzlich, dass Dante hier bei mir war? Er könnte auch nichts an der Situation ändern.

Aber er könnte mir mentale Kraft spenden.

Doch er war nicht hier. Ich musste allein da durch.

»Sera? Wer ist denn da?«, hörte ich Mom aus dem Esszimmer rufen.

Endlich setzte ich mich in Bewegung. Ich erreichte den Raum, bevor Sera meine Überraschung platzen lassen konnte. Nicht, dass sie es nicht versucht hätte. Atemlos holte sie zu mir auf, als hätte sie noch ein paar Sekunden unter Schock gestanden, ehe sie sich an ihre Aufgabe erinnert hatte.

Sie saßen tatsächlich alle zusammen an der langen weißen Tafel. Der hässlichste Tisch, den ich je gesehen hatte, der für Mom aber das Herzstück des Esszimmers war, von dessen stuckverzierter Decke ein riesiger Kronleuchter hing.

Nonna saß wie immer am Kopfende und konnte mich deshalb als Erste sehen, weil sie nur aufblicken musste, während die anderen Anwesenden ihren Kopf zur Seite drehen mussten. Zu ihrer Linken saßen Mom, Alba und ihr Verlobter Alessandro. Ihnen gegenüber hatten Dad, Blanca und ihre Partnerin Isa Platz genommen. Ich hatte Isa erst einmal gesehen, aber sie hatte auf mich einen freundlichen Eindruck gemacht. Freundlicher als meine Schwester, um ehrlich zu sein.

»Cleo?« Mom stellte ihr Weinglas ab, verfehlte dabei allerdings den Tisch, sodass das Glas auf den Fliesen zerschellte. Die rote Flüssigkeit verteilte sich wie eine Blutlache über den Boden.

»Warna«, rief Sera das Hausmädchen, während sie zu dem Malheur eilte.

»Hey«, begrüßte ich alle. »Ich dachte, ihr wärt schon fertig mit dem Essen«, log ich, bevor ich ans andere, nicht gedeckte Kopfende trat und mich in den gepolsterten Stuhl gleiten ließ.

»Du bist zurück«, sagte Dad und lächelte. Für eine Sekunde glaubte ich, dass er sich wirklich freute. In der nächsten legte sich ein Schatten über seine Miene.

Warna und Sera schrubbten im Hintergrund den Boden, doch niemand außer mir achtete auf sie.

»Du siehst anders aus«, merkte Alba mit verengten Augen an. »Sind das neue Klamotten?«

»Und wenn schon?« Nicht mal ein *Wie geht's dir?, Wie war der Flug?* oder ein *Wir haben dich vermisst*. Ich erwartete wahrlich zu viel.

Alba drehte sich zu unseren Eltern um. Nonna schwieg beharrlich, aber ein Lächeln zupfte an ihren faltigen Lippen. Ich gab mir Mühe, ernst zu bleiben. Stimmt. Ich hatte Nonna auf meiner Seite. Mehr brauchte ich nicht.

»Habt ihr Cleo nicht die Kreditkarte gesperrt?«, fragte Alba vorwurfsvoll.

»Doch, natürlich.«

»Wow! Das ist alles, was dich interessiert? Wie ich meine Klamotten bezahlt habe?« Ich lachte höhnisch auf und erntete entgeisterte Blicke. Niemals zuvor hatte ich derart mit meiner Familie geredet. Bisher hatte mir immer der Mut gefehlt. Doch irgendwann und irgendwie hatte ich ihn in den letzten Wochen wiedergefunden. Als ich nur noch mich gehabt hatte.

»Du tauchst hier unangekündigt auf, nachdem du deutlich gemacht hast, dass du dich nicht um unsere Familie oder unseren Ruf scherst«, sagte Blanca. Isa legte eine Hand auf ihre, als würde sie ihre Freundin zurückhalten wollen.

»Ah, so habt ihr euch das schöngeredet.« Ich legte die Handtasche auf den Tisch und drehte mich seitlich, um meine Beine übereinanderzuschlagen.

»Du datest einen Frauenschläger, verdammt noch mal«, ereiferte sich Dad. »Wir wollen nur dein Bestes!«

»Korrektur, ich habe mit *Oliver* einen Frauenschläger gedatet, und das hat euch nicht die Bohne interessiert.« Ich hob das Kinn. »Und ja, es ist meine eigene Schuld, dass ich bei ihm geblieben bin. Weil ich ... Weil ich euch keinen perfekten Schwiegersohn oder Schwager gegönnt habe. Zum Glück habe ich noch gemerkt, dass ich mir damit ins eigene Fleisch schneide. Dass ich endlich mal sagen muss, was ich denke.«

Mom sah aus, als hätte ich sie geschlagen. Dads Gesicht war so rot wie das Innere des Rindersteaks auf seinem Teller, und meine Schwestern sahen mich mit demselben erschrockenen Ausdruck an. Nur Alessandro und Isa wirkten eher neugierig.

»Was bedeutet das?«, fragte Nonna leise in die Stille hinein.

»Ich werde nicht für deine Firma arbeiten, Nonna. Während meines Studiums und meiner Praktika bei euch habe ich einiges gelernt. Es war keine verschwendete Zeit, auf keinen Fall«, fühlte ich mich dann doch verpflichtet zu sagen. »Aber es ist nicht das, was ich tun will. Irgendjemand anderes kann Albas Assistentin werden. Dazu braucht ihr mich nicht.«

»Ich war der Meinung, dass das längst beschlossen ist«, sagte Mom verschnupft.

»Ihr habt das über meinen Kopf hinweg entschieden, und ich habe es zugelassen«, gestand ich. »Aber ich will das nicht tun.«

»Du bist kein Kind mehr, Cleo«, erinnerte mich Dad. »Arbeit ist Arbeit. Das macht nun mal nicht immer Spaß.«

Tief Luft holend hielt ich mich selbst davon ab, darauf einzugehen. Das würde nur in einem einschneidenden Streit enden. »Ich verstehe, wenn ihr mir den Zugang zum Geld weiterhin sperrt. Das ist kein Problem. Ich komme schon irgendwie über die Runden.«

»Dir steht dein Erbe genauso zu wie deinen Schwestern«, sagte Nonna. »Was deine Eltern mit ihrem Vermögen machen, kann ich ihnen nicht vorschreiben, aber Nonno hat auch dir einen Treuhandfond hinterlassen, Cleo. Das Geld gehört dir. Ohne irgendwelche Bedingungen.«

»Mama!«, rief Mom entsetzt. »Du kannst unsere Erziehungsmethoden nicht einfach so untergraben.«

Geduldig sah Nonna ihre Tochter an. »Wie dein Mann gerade korrekt gesagt hat, ist Cleo kein Kind mehr.« Ich schmunzelte. »Meine Enkelin hat immer hart gearbeitet. Sogar dann, als sie nicht entscheiden durfte, was sie lernen wollte. Und auch wenn ihr sie ausgeschlossen habt, weil sie für euch nicht hübsch oder klug genug ist. Es ist mein Fehler, dass ich das nicht verhindern konnte.«

Tränen sammelten sich in meinen Augen, weil ich mich genau an den einen Sommer erinnerte, als ich exakt diese Worte von meinen Schwestern gehört hatte. Sie hatten mich nicht mit in die Schweiz nehmen wollen, weil ich nicht zur perfekten Familie passte. Weil meine Witze zu flach, meine Nase zu groß und meine Art zu sprechen ihnen peinlich waren. Ich hatte nie jemandem davon erzählt, aber Nonna musste es selbst einmal mitbekommen haben.

»Cleo ist perfekt, so wie sie ist.«

Ich erhob mich, umrundete den Tisch und umarmte Nonna. Sie drückte einen Kuss auf meine Wange und rieb dann mit einem Finger den Lippenstiftabdruck weg.

»Ich hole noch ein paar Sachen aus meinem Zimmer. Wenn ihr später reden wollt, könnt ihr mich immer anrufen«, sagte ich noch, doch die Unterhaltung sowie die Stimmung waren vorbei. Nun, seit meinem Auftauchen hatte es nie eine Stimmung gegeben, nahm ich an.

Als ich über die Wendeltreppe mein Zimmer im oberen Stockwerk erreicht hatte, musste ich mich zunächst mit einer Hand an der Wand abstützen. Ich blinzelte mehrmals, um gegen den Schwindel anzukämpfen, der die Blumen auf der Tapete Tango tanzen ließ.

Ich war so verdammt stolz auf mich. Auch wenn ich kurz davor gewesen war, meinen Burrito vom Mittag über den Tisch zu kotzen, hatte ich nicht nachgegeben. Zwar wusste ich immer noch nicht, was ich in Zukunft mit meinem Leben anstellen wollte, aber ich wusste, was ich *nicht* tun wollte.

Mein Zimmer hatte sich natürlich nicht verändert. Es war sauber und ordentlich. Jeder persönliche Gegenstand in Schränke und Schubladen gestopft. Ich holte meinen größten Koffer aus dem begehbaren Kleiderschrank und begann damit, meine übrigen Lieblingsklamotten einzupacken, die ich nicht mit nach Italien genommen hatte.

Es klopfte nach ein paar Minuten am Türrahmen, und ich erblickte ausgerechnet Alba. Sie lächelte unsicher. Ihre Gesichtsfarbe wirkte fahl, als wäre ihr genauso schlecht wie mir.

»Ich will dich nicht lange stören«, sagte sie und schob mit beiden Händen ihr dunkles Haar hinter die Ohren. Sie trug einen weißen Overall, den sie mit einem goldenen Gürtel und Pumps kombiniert hatte. Wie immer perfekt gestylt.

»Aber?« Ich wandte mich ab, weil ich mein Packen nicht unterbrechen wollte. Je eher ich hier weg war, desto besser.

»Hast du das damals gehört? Was Blanca und ich gesagt haben?«

Ich erstarrte. »Da musst du schon spezifischer sein.«

»Dass wir uns schämen, deine Schwestern zu sein.« Ich zuckte unter den Worten zusammen, selbst wenn sie sie heute nicht mit der gleichen Garstigkeit sagte wie vor acht Jahren.

»Ja.«

»Gosh, Cleo, es tut mir so, so leid.« Sie umfasste meine Hand und drehte mich zu sich. »Ich weiß, ich komme harsch rüber, und ich ... vielleicht verstehe ich dich auch nicht. Vielleicht habe ich nie verstanden, dass mein Weg nicht auch dein Weg ist. Aber damals ... Blanca und ich waren wütend auf Mom und Dad, und dich zu verletzen, war einfacher, als mir einzugestehen, wo mein Problem lag.«

»Wunderbar! Und wo lag dein Problem? Hast du zu wenig Taschengeld bekommen?« Ich entzog ihr meine Hand.

»Ehrlich gesagt, kann ich mich nicht mehr erinnern«, sagte sie leise und blickte zu Boden. »Das macht es noch schlimmer, nicht wahr? Trotzdem, es tut mir mehr leid, als ich sagen kann.«

»Ich verzeihe dir.«

»Was?«

Seufzend ließ ich Koffer Koffer sein und blickte sie an. »Das war vor acht Jahren. Wir waren Teenager. Es ist vorbei. Mir bedeutet es viel mehr, wie du dich in Zukunft benimmst. Und Blanca.«

Sie nickte fest. »Ich will deine Entscheidungen gerne verstehen, Cleo. Können wir uns treffen? Bald? Nur wir zwei?«

»Ich habe das so gemeint, wie ich es vorhin gesagt habe. Ihr könnt mich immer erreichen. Ich werde nicht mehr davonlaufen.«

»Darf ich dich umarmen?«

Nachdem diese merkwürdige Angelegenheit erledigt war, half sie mir, den Koffer nach unten zu tragen. Meine Eltern ließen sich nicht blicken, aber Blanca umarmte mich zum Abschied. Wahrscheinlich tat sie wie immer das, was Alba tat.

Ich fuhr anschließend mit dem Taxi zu Summer in die Wohnung, die sie mir für den Moment überlassen hatte, weil sie diese derzeit nicht brauchte. Da sie nur einen Zweijahresvertrag in London besaß, hatte sie ihr Apartment in Brooklyn behalten. Gut für mich.

Leider gab es nur einen ganz engen Fahrstuhl, sodass mein Gepäck ohne mich nach oben in den vierten Stock fahren musste. Aber einmal in dem gemütlichen Zwei-Zimmer-Apartment mit der breiten Fensterfront und den rustikalen Wänden angekommen, spürte ich, wie sämtliche Anspannung von mir abfiel.

Um jedoch nicht über das Geschehene oder das Kommende nachzudenken und dadurch in einen Strudel aus Selbstzweifeln und Angst zu geraten, beschloss ich, mich vollkommen der Selfcare zu widmen. Ich ging baden, ließ ein Hörbuch laufen und peelte meinen gesamten Körper, bevor ich eine Feuchtigkeitsmaske auftrug und mein Haar föhnte.

Der Trip zu meiner Familie hatte sich schon allein für meinen kuscheligen Pyjama gelohnt. Es war zwar auch hier Hochsommer, doch in Summers Wohnung war es gefühlt immer fünfzehn Grad kälter als draußen, insbesondere nachts, sodass ich mich in den blauen Pyjama mit den Sternen drauf werfen konnte, ohne dass mir zu heiß war.

Ich schaltete den Fernseher an und blieb direkt bei irgendeiner spanischen Telenovela hängen. Das war okay. Ich wollte ohnehin auf Social Media rumklicken. Etwas, das ich mir bis dahin vehement verboten hatte, weil ich nichts mehr über Dante oder über mich hatte lesen wollen.

Seit meiner Flucht aus Italien waren tatsächlich geschlagene fünf Tage vergangen, und es erschien mir immer noch unwirklich. Heute Morgen war ich aufgewacht und im ersten Moment der felsenfesten Überzeugung gewesen, dass ich mich auf Speranza aufhielt. So was Albernes …

Ich spuckte das Wasser aus, das ich gerade im Mund hatte, weil Avas Statement auf meiner For-You-Page aufgetaucht war.

»Was zur …«

Sie hatte all das zugegeben, was Dante mir gesagt hatte. Außerdem hatte sie ihrer Affäre einen Namen gegeben. Etwas, das Dante tatsächlich nicht gewusst hatte.

Kenny Gubler. Sohn von Mark Gubler. Ein Staatsanwalt, mit dem meine Eltern auch schon mal zu einem Dinner geladen worden waren.

Wow! Die Presse stürzte sich förmlich darauf. Man hatte mich vermutlich längst vergessen, worüber ich froh war. Ich hoffte, dass sie in Zukunft auch Dante in Ruhe ließen. Besonders auch Ava Nams sogenannte *Fans*.

Seufzend legte ich das Handy beiseite. Ob die Renovierungsarbeiten nach dem Feuer auf Speranza schon begonnen hatten? Würden der Eröffnungstermin trotzdem gehalten werden können?

Ich wünschte mir im Nachhinein, nicht so überstürzt abgereist zu sein. Andererseits war es notwendig gewesen. Ich musste auch mal Entscheidungen treffen, die mich selbst schützten, und ich konnte nicht darauf warten, dass mich Dante vielleicht irgendwann anhörte. Die Art, wie er mich angesehen hatte … So verletzt und enttäuscht.

Ein lautes Klopfen an der Wohnungstür riss mich aus meinen Gedanken. Verwirrt stellte ich das Glas Wasser auf den Couchtisch. Sollte ich öffnen? Vielleicht war der Besuch für Summer? Dann wäre es aber zumindest höflich, Bescheid zu sagen, dass sie sich derzeit in London aufhielt.

Schließlich gab ich mir einen Ruck und blickte durch das Guckloch. Mein Herz sackte ab.

»Ich weiß, dass du da bist. Summer hat es mir gesagt«, sagte Dante. »Können wir reden, Cleo?«

34

Cleo

Natürlich war es Dante.

Wie konnte es Dante sein?

Ich war verwirrt von meiner eigenen Reaktion. Warum war ich überrascht und dann wiederum nicht?

Er sah mich amüsiert an, nachdem ich die Tür geöffnet hatte, weil ich noch die Feuchtigkeitsmaske trug. Das einzig Gute daran war, dass er die Röte auf meinen Wangen nicht sehen konnte.

»Komm rein, ich bin sofort bei dir«, sagte ich und flüchtete förmlich ins Badezimmer.

Jetzt holte mich doch die Aufregung ein, wenn auch verspätet. Ich wusch die Maske ab und trocknete mein Gesicht. Immerhin hatte ich meine Haare schon geföhnt und …

Ich schlug mir selbst gegen die Stirn. Was dachte ich denn? Dante war sicherlich nicht hier, weil er mich so vermisst hatte, oder?

Und wenn doch?

Nein. Ich wollte mir keine Hoffnungen machen, die dann am Ende brutal zerschlagen wurden.

Ohne mich umzuziehen oder weiter Schadensbegrenzung

zu betreiben, was mein Aussehen betraf, ging ich wieder zurück ins Wohnzimmer.

Dante hatte mittlerweile die Wohnungstür geschlossen und stand in der Mitte des Raumes. Er wirkte, als wäre das sein Apartment und nicht Summers. Die Erdfarben und gedeckten Muster passten perfekt zu ihm.

Sollte ich das Summer erzählen, würde sie es mich nie mehr vergessen lassen. Als hätte ich mir absichtlich ihre männliche Version ausgesucht. Dabei hatten beide nichts anderes gemeinsam.

»Hey«, sagte ich noch mal, weil ich nicht wusste, was ich sonst tun sollte. Seine Aura war einnehmend und warm. Als hätte er die Sonne direkt aus Tursi mitgenommen. Doch seine Kleidung hatte sich geändert. Er trug einen schwarzen maßgeschneiderten Anzug und eine dunkelblaue Seidenkrawatte. Die Fliegersonnenbrille hatte er sich in die vordere Jackentasche gesteckt. War er schon länger unterwegs? Es war bereits Abend und die Sonne hinter den Wolkenkratzern verschwunden. Wie lange war er schon in New York? Wollte er nur mal kurz Hallo sagen?

»Hey«, antwortete er, nachdem er auch mich gemustert hatte. Wir standen so weit wie möglich voneinander entfernt. Mehr würde das Apartment nicht zulassen. Es waren vielleicht drei Meter, und trotzdem fühlten sie sich so an wie die Distanz zwischen den Staaten und Italien.

»Was machst du hier?«

»Ich ...« Er räusperte sich und sah zur Seite. War er ... aufgeregt? Als sein Blick das nächste Mal auf meinen traf, erkannte ich Unsicherheit darin. »Kommst du mit mir? Ich habe etwas geplant.«

»Ja«, wisperte ich, bevor ich eine Chance hatte, darüber nachzudenken.

Die Wahrheit war, dass ich ihn selbst in den fünf Tagen so schrecklich vermisst hatte. Mehr, als ich mir selbst bis zu diesem Zeitpunkt eingestanden hatte.

Er lächelte erleichtert. »Du brauchst dich nicht schick zu machen. Von mir aus kannst du so gehen.«

»Dein Ernst?« Wir lachten beide, und für ein paar Sekunden war alles wie vorher. »Ich beeile mich.«

Nach seinem Nicken stürzte ich ins Schlafzimmer und zog mich in Windeseile um. Es war das erste Mal, dass ich wirklich nicht darauf achtete, was ich anzog. Ich sah ein hellblaues Taftkleid und warf es mir über. Zog den Reißverschluss an der Seite zu und schlüpfte dann in weiße Sneakers. Mehr brauchte ich nicht. Hauptsache, ich sah nicht mehr aus wie Gollum.

Ich nahm noch meine Handtasche und folgte Dante dann wortlos nach draußen. Zum Glück mussten wir nicht lange beengt im Fahrstuhl stehen. Es reichte allerdings aus, um mir wieder seiner Größe und Masse gewahr zu werden. Mein Körper erinnerte sich an seinen. Die Muskeln, in die ich mich gekrallt hatte, als er immer wieder in mich hineingestoßen hatte.

»Etwas warm hier«, murmelte ich, als meine Wangen heiß wurden.

Dante sah unbewegt auf mich herunter. Seine Augen wanderten über mein Gesicht, und ich war unfähig zu atmen, bis die Fahrstuhltüren wieder auseinanderglitten.

»Nach dir.« Er überließ mir den Vortritt, schloss dann aber auf dem Weg nach draußen zu mir auf.

Ein schwarzer Wagen wartete direkt vor dem Haus. Der Fahrer stieg aus und öffnete die hintere rechte Tür, damit ich einsteigen konnte. Dante setzte sich auf der linken Seite neben mich, der mittlere Platz zwischen uns blieb frei.

Ich sollte mehr Fragen stellen. Mich erkundigen, was für

Signale er sendete. Weil ich selbst keine Ahnung davon hatte, was er mir sagen wollte. Stattdessen gab ich mich meiner eigenen Illusion hin. Hielt sein unterschwelliges Lächeln wie einen Schatz in meinem Inneren fest.

»Seit wann bist du in New York?«, fragte ich dann doch, weil mir das Schweigen etwas Sorgen bereitete.

»Seit heute Morgen.« Er blickte von mir nach draußen. »Ich war noch bei meinen Eltern und habe der Firma einen Besuch abgestattet. Hab vergessen, dass sonntags niemand arbeitet.«

Ich lachte leise. »Wolltest schon die ersten Kündigungen schreiben, was?«

»Isaac hat zum Glück angerufen.«

Wir mussten nicht weit fahren und hielten vor der Brooklyn Heights Promenade. Dort war ich immer gern mit Summer zusammen spazieren gegangen. Die Aussicht auf die Wall Street und das One World Trade Center war fantastisch.

Auch jetzt, da die Sonne bereits untergegangen und alles hell erleuchtet war.

Ich wagte nicht, mich bei Dante einzuhaken. Er nahm nicht meine Hand.

Unser Fahrer düste mit dem Auto davon, und wir mischten uns unter die Menge, die den Ausblick über den Hudson River ebenfalls genießen wollte.

»Bist du hier öfter gewesen? Mit Summer?«, fragte Dante.

»Manchmal.« Schließlich erreichten wir den Teil der Promenade, der von einzelnen Bäumen gesäumt war. Ich blieb stehen, weil mir mittlerweile schlecht vor Aufregung war. »Dante, es freut mich ja, dass du einen Abstecher zu mir gemacht hast, um Hallo zu sagen, aber das ist wirklich nicht notwendig. Ich bin dir nicht böse. Es ist nun mal … nicht gut gelaufen, alles.«

Er ergriff meine Hände. »Ich bin nicht hergekommen, um Hallo zu sagen, sondern um mich zu entschuldigen. Ich hätte mich niemals so verhalten sollen, auch wenn ich mit der Situation überfordert war. Ich weiß nun, dass Antonio seine Finger im Spiel hatte, was Lorenzo angeht. Aber das ist unerheblich. Du hast es nur gut mit mir gemeint.«

»Dante ...«

»Ich war selbst von mir und meiner Reaktion abgestoßen. So jemand wollte ich nie sein. Ich habe dich so schlecht behandelt, dass ich nur noch hoffen kann, dass du mir verzeihen kannst, Cleo.« Er hob eine Hand an meine Wange und wischte mir eine Träne weg, die ich bis dahin nicht mal bemerkt hatte.

»Ich weiß nicht, ob ich es dir sagen soll, aber ... ich wäre zurückgekommen.«

»Was?«

Ich nahm allen Mut zusammen. Was hatte ich schon zu verlieren nach dem heutigen Tag?

»Ich habe mich in dich verliebt, du Mistkerl. Natürlich wäre ich zurückgekommen.« Ich erwiderte seinen ungläubigen Blick mit einem Lächeln. »Ich brauchte einfach etwas Zeit und musste auch ein paar Dinge erledigen, aber früher oder später wäre ich zurückgekommen.«

Er umfasste mein Gesicht mit beiden Händen und zog mich für einen tiefen Kuss an sich. Ich stieß einen überraschten Laut aus, ehe ich mich an seinem Jackett festklammerte.

»Gott, ich habe dich so vermisst«, flüsterte er an meinen Lippen. »Ich werde alles wiedergutmachen, versprochen.«

»Das brauchst du nicht. Sperr mich einfach nicht mehr aus«, bat ich ihn mit zittriger Stimme, weil ich mein Glück nicht fassen konnte.

»Versprochen.«

Nachdem wir noch eine Weile so ineinander verschlungen dagestanden hatten, führte er mich zu dem eigentlichen Ort, den er vorbereitet hatte. Ein wunderschönes, romantisches Picknick am Ufer des Hudson wartete auf uns. Mit einer Lichterkette und einem Stoffsegel, unter dem mehrere dicke Decken ausgebreitet waren. Dazu gab es einen beeindruckenden Picknickkorb, der fünf Gänge zu beherbergen schien.

»Elora hat einer Bekannten gesagt, dass sie uns etwas zubereiten soll«, gestand Dante verschmitzt. Zwei Sicherheitsleute gingen mit einem Nicken an uns vorbei. Ihre Arbeit war erledigt. Ohne sie hätte sich wahrscheinlich längst jemand daran bedient.

»Sie ist Gold wert. Sind das Feigen aus Italien?«, rief ich begeistert und steckte mir direkt eine in den Mund. »Göttlich!«

»Göttlich oder köstlich?«

»Wo liegt da der Unterschied?«

Er küsste mir den Fruchtsaft von den Lippen, zog sich aber nicht sofort zurück. »Ich liebe dich, Cleo Hargrove.«

Mein Herz platzte fast vor Freude.

»Ich wünschte bloß, wir wären in Italien.« New York war schön und gut, aber es war nicht das Gleiche. Es war nicht der Ort, an dem wir miteinander gewachsen waren.

Dante lächelte verschmitzt. »Ich bin froh, dass du das sagst.«

»Wieso?«

»Weil ich dich fragen wollte, ob du mich zurück nach Tursi begleitest, um Speranza zusammen mit mir zu führen. Als meine gleichwertige Geschäftspartnerin. Wenn du willst …«

Dieses Mal weinte ich wirklich. »Nichts lieber als das.«

Ich küsste ihn und schwor mir, ihn nie wieder loszulassen.

Epilog

Dante

Acht Monate später

Mein Sohn, mein Ein und Alles,
es bricht mir das Herz, mich von dir zu trennen, doch ich sehe keinen anderen Ausweg. Ohne die Unterstützung meiner Eltern bin ich allein, und ich weiß nicht, wie ich für dich, für uns sorgen kann. Ich hoffe, dir dadurch ein besseres Leben zu ermöglichen. Vielleicht kehrst du irgendwann in deine Heimat zurück und kannst deiner Mama verzeihen.
Ich liebe dich.
E. T.

Ich hatte mich irgendwann mit Cleo getraut, den Brief meiner Mutter zu lesen, den ich auch noch danach in meinem Geldbeutel trug. Ihre Worte berührten mich, aber sie ließen mich nicht verzweifeln. Ich verstand, dass es Herausforderungen gab, denen man sich allein nicht stellen konnte. Selbst wenn man es wollte. Mein Groll gegen sie verschwand, und mein Herz wurde leichter.

Kurz danach vereinbarte ich ein Treffen mit Lorenzo auf

neutralem Boden in Brindisi. Wir trafen uns in einem hippen Lokal, und ich hörte ihm zu, während ich Cleos Hand fest umklammerte. Cleo hatte das Ergebnis meiner eigenen Recherche bestätigt, dass Antonio für sein Auftauchen verantwortlich gewesen war. Sie hatte lediglich Erkundigungen einholen wollen, während er seinen Groll gegen mich nicht hatte zügeln können. Deshalb hatte er Lorenzo ohne Vorwarnung nach Speranza geschickt. Zu meiner großen Überraschung hatte er sich bei mir entschuldigt, als ich ihn mit der Wahrheit konfrontiert hatte. Da ich meinen neuen Lebensabschnitt mit Cleo nicht mit Schuld und Vorwürfen beginnen wollte, hatte ich Antonio dieses eine Mal noch davonkommen lassen.

»... wusste nichts von ihrer Schwangerschaft«, sagte er, ohne den Blick von mir zu wenden. Von Anfang an hatte er mich angesehen, als könnte er nicht aufhören, sich mein Gesicht einzuprägen. »Erst als ich von der Montage zurückkehrte, ein halbes Jahr später, erfuhr ich von dir. Edith ging es zusehends schlechter. Niemand schien sie mehr zu erreichen, und irgendwann ...«

Ich nickte. »Davon habe ich gehört.«

Lorenzo wischte sich von Emotionen überkommen übers Gesicht, ehe er seine Geschichte fortsetzte. »Ich habe darüber nachgedacht, dich zu suchen. Schließlich habe ich nie mein Einverständnis gegeben, dich adoptieren zu lassen. Doch ein befreundeter Anwalt riet mir davon ab. Edith hat mich nie als deinen Vater angegeben, und ich hatte keine finanziellen Mittel, um zu kämpfen. Es tut ...«

»Entschuldige dich nicht«, bat ich leise. »Das meine ich ernst. Ich habe die besten Eltern bekommen und ein tolles Leben. Deine Wehmut verstehe ich, aber du brauchst keine Schuld zu verspüren.«

Lorenzo lächelte traurig. »Ich bin froh, dass ich dich als Erwachsenen sehen konnte. Es ist kein Tag vergangen, an dem ich nicht an dich gedacht habe, Dante.«

Langsam sah ich von ihm zu Cleo, während ich nach meinen eigenen Gefühlen forschte. Es stimmte, dass mein Herz immer noch wie ein panischer Vogel in seinem Käfig flatterte, doch die Angst war nicht allumfassend. Ich fühlte auch ... Erleichterung. Dass es endlich vorbei war. Dass ich Antworten hatte. Dass nicht mehr das große Unbekannte auf mich lauerte.

»Ich bin auch froh, dass wir uns sehen konnten. Die Türen von Speranza werden immer für dich offen stehen, Lorenzo«, versprach ich ihm und drückte seine schwielige Hand. Ich meinte es auch so. Wir würden vermutlich nie eine Vater-Sohn-Beziehung haben, doch ich hätte nichts dagegen, ihn besser kennenzulernen und eine Freundschaft aufzubauen.

Nicht viel später danach verabschiedeten wir uns mit einer Umarmung. Cleo führte mich zu meinem Jeep, weil ich noch nicht ganz zurechnungsfähig war. Sie küsste meine Wangen, meine Stirn und schließlich meine Lippen.

»Ich bin so stolz auf dich«, sagte sie, und ich liebte sie gleich noch mehr für alles, was sie war.

»Hast du daran gedacht, die Serviettenspender aufzufüllen?«, rief Cleo aus dem Badezimmer, einige Wochen nach dem Treffen mit Lorenzo.

»Das hast du mich heute Morgen schon mal gefragt«, erinnerte ich sie amüsiert.

Der heutige Tag war für uns beide wichtig. Nachdem wir die Wintersaison genutzt hatten, um uns als frischgebackene Ferienanlagenbesitzer auszutesten, würde jetzt offiziell die Hochsaison beginnen. Wir waren den ganzen Frühling über bis in den Sommer hinein komplett ausgebucht. Es würde spannend werden, aber auch eine riesige Herausforderung.

Mit Cleo an meiner Seite machte ich mir aber keine Sorgen. Außerdem wäre es okay, wenn etwas schieflief. Bisher hatte ich immer das Licht in der Dunkelheit finden können.

»Und? Was hast du geantwortet?«

»Cleo!«

Sie stieß ein glockenhelles Lachen aus, bei dem sich sofort meine Lenden regten, weil ich ebenjenes Lachen erst in der Nacht zuvor gehört hatte. Als wir uns beide nackt zwischen den Decken gewälzt hatten.

»War doch nur ein Scherz. Was denkst du?« Sie stolzierte glücklich ins Schlafzimmer hinein.

»Ja, geht gar nicht.«

»Nicht dein Ernst?«

»Ich kann nicht erlauben, dass jemand deine fantastischen Brüste sieht.« Ihr V-Ausschnitt brachte mich nach nur einem Blick um den Verstand.

»Witzbold.«

Ich überbrückte den Abstand zwischen uns, hob sie hoch und presste meine Lippen genau zwischen ebenjene perfekten Brüste. »Du siehst wunderschön aus, Cleo. Ich liebe dich.«

»Ich dich auch«, sagte sie schüchtern. »Sollen wir dann?«

»Natürlich. Irgendwann müssen wir ihnen ja erzählen, wo sich der Schatz befindet.«

Nachdem ich Cleo zurück nach Tursi geholt hatte, hatten wir ein paar Wochen später die Stelle aufgesucht, die auf der Karte von meiner Mutter markiert worden war. Doch abgesehen davon, dass ich nie wirklich den Willen verspürt hatte, den Schatz meines Großvaters zu finden, hätte es auch für Aufsehen gesorgt, hätten wir zu graben begonnen. Außerdem könnte es immer noch sein, dass Edith nicht den Schatz meines Großvaters im Sinn hatte, sondern ihren Sohn. Mich.

Heute würden Cleo und ich trotzdem allen von der Schatzkarte erzählen, damit der Schatz, falls er existierte, gemeinsam gefunden werden würde. Die Einheimischen hatten mich mittlerweile nicht nur akzeptiert, sie schienen mich auch zu mögen. Ich selbst hatte ein paar Probleme damit, sie einzulassen, nachdem sie mich so lange abgewiesen hatten. Doch nach und nach erwärmte ich mich für sie, und ich wollte das gute Verhältnis weiter ausbauen. Mit der gemeinsamen Entdeckung des Schatzes, wie auch immer dieser aussehen würde, würden wir hoffentlich enger zusammengeschweißt werden.

Schließlich verschränkte ich meine Finger mit Cleos, und wir begaben uns gemeinsam zum Brunnenhof.

Es wurde Zeit, unsere Gäste, Familien und Freunde in Empfang zu nehmen, um sie zu einem unvergesslichen Aufenthalt einzuladen.

Danksagung

Dieses Buch zu schreiben, war ein absolutes Vergnügen. Einmal abgesehen von Cleo und Dante lag mir das Setting sehr am Herzen, da meine Familie aus Süditalien stammt und ich als Kind wundervolle Sommer dort verbracht habe. Dieses Mal geht dementsprechend der allererste Dank an meine Eltern, Beatrice und Marijan, die es uns selbst in schwierigen Zeiten möglich gemacht haben, Erinnerungen in ihrer Heimat zu kreieren.

Vielen Dank an Julia Schmuck, die mich mit ihrer Begeisterung und Einsicht stets aufs Neue antreibt. Du begleitest mich schon seit über fünfzehn Jahren (die genaue Zahl kennen wir beide nicht mehr, haha), und ich würde keines davon missen wollen.

Danke an Karin Pauluth und das ganze Team vom Piper- und everlove-Verlag, die es mir ermöglicht haben, meine *Italian Summer*-Dilogie zu schreiben.

Danke an meinen Agenten Klaus von erzähl:perspektive sowie an meine Stammredakteurin Wiebke Bach, der ich komplett vertraue.

Vielen Dank an meinen Partner-in-crime April Dawson. Unsere morgendlichen Schreibdates sind mir die liebsten. Danke auch an meine Freundinnen und Kolleginnen Ana Woods, Alexandra Fuchs und Marlena Anders, ohne die das Schreiben ganz schön einsam wäre.

Danke auch an meine Familie und meine Freundinnen, die jeden noch so kleinen Erfolg mit mir feiern und mich auffangen, wenn es mal nicht so gut läuft.

Vielen Dank an meine Kater Lune und Seoha, die mein Leben absolut bereichern.

Und zum Schluss auch Danke an euch, liebe Leserinnen und Leser. Ich wünsche euch jedes Mal das bestmögliche Lesevergnügen und hoffe, wir sehen uns in meinem nächsten Buch wieder.

Eure Laura

Inhaltswarnung

Dieses Buch enthält potenziell belastende Inhalte.
Diese sind:

- Toxische Beziehungen mit körperlicher Gewalt
- Trauer, Verlust, Selbstmord (off page)